suhrkamp

KU-285-904

B. S. Arnold

Martin Walser, 1927 in Wasserburg (Bodensee) geboren, lebt heute in Nußdorf (Bodensee). 1957 erhielt er den Hermann-Hesse-Preis, 1962 den Gerhart-Hauptmann-Preis und 1965 den Schiller-Gedächtnis-Förderpreis. 1981 wurde Martin Walser mit der Heine-Plakette der Düsseldorfer Heine-Gesellschaft und dem Georg-Büchner-Preis ausgezeichnet. Prosa: *Ein Flugzeug über dem Haus und andere Geschichten; Ehen in Philippsburg; Halbzeit; Lügengeschichten; Das Einhorn; Fiction; Aus dem Wortschatz unserer Kämpfe; Die Gallistl'sche Krankheit; Der Sturz; Jenseits der Liebe; Ein fliehendes Pferd; Seelenarbeit; Das Schwanenhaus; Brief an Lord Liszt; Meßmers Gedanken; Brandung.* Stücke: *Eiche und Angora; Überlebensgroß Herr Krott; Der Schwarze Schwan; Der Abstecher; Die Zimmerschlacht; Ein Kinderspiel; Das Sauspiel. Szenen aus dem 16. Jahrhundert; In Goethes Hand. Szenen aus dem 19. Jahrhundert.* Essays: *Erfahrungen und Leseerfahrungen; Wer ist ein Schriftsteller?* Aufsätze und Reden: *Selbstbewußtsein und Ironie. Frankfurter Vorlesungen. Liebeserklärungen.*

Helmut Halm, dem Walser-Leser aus dem *Fliehenden Pferd* bekannt, nimmt das Angebot einer Gastdozentur in Kalifornien an. Er versucht eine Flucht nach vorn, denn er meint, durch Emigration zur Emanzipation gelangen zu können. Er macht sich auf, seiner Persönlichkeit Gewicht und Bedeutung zu gewinnen. Doch auch in Amerika wendet er alles wieder gegen sich. In einem Anfall von Übermut wirft sich Halm gleich zu Beginn seines kalifornischen Aufenthalts in die Brandung und entgeht nur knapp dem Tod. Die Liebe zu einer Studentin setzt ihn, den glücklich Verheirateten, ins Unrecht, und das macht ihn verletzbar.

»Martin Walsers *Brandung* – ein Buch, das einen lesesüchtig macht.«   *Beatrice von Matt, NZZ*

»Es ist ein psychologisch erhellendes, sprachlich geradezu virtuos instrumentiertes Buch, das bei aller Beobachtungs- und Gedankenfülle im Ton stets leicht, nie überladen wirkt. Vielleicht *der* Martin Walser-Roman der achtziger Jahre.«

Stuttgarter Nachrichten, Helmuth Fiedler

Martin Walser
Brandung

Roman

Suhrkamp

Umschlagbild von Alissa Walser

suhrkamp taschenbuch 1374
Erste Auflage 1987
© Suhrkamp Verlag Frankfurt am Main 1985
Suhrkamp Taschenbuch Verlag
Alle Rechte vorbehalten, insbesondere das
des öffentlichen Vortrags, der Übertragung
durch Rundfunk und Fernsehen
sowie der Übersetzung, auch einzelner Teile.
Druck: Ebner Ulm
Printed in Germany
Umschlag nach Entwürfen von
Willy Fleckhaus und Rolf Staudt

4 5 6 – 92 91 90 89 88

Brandung

Halm stand vor dem Spiegel im Bad, hatte das Rasieren hinter sich, konnte aber nicht aufhören, sein Gesicht mit einer unauflösbaren Mischung aus Mißgunst und Genuß zu betrachten. Halm wachte auch in den Ferien auf, als müsse er in die Schule, aber nachdem er aufgestanden war, tat es ihm gut, jede Bewegung ein bißchen verkommen lassen zu dürfen. Als der Anruf aus Kalifornien kam, war es kurz nach acht. An einem Schultag hätte ihn dieser Anrufer nicht mehr erreicht. Er hatte annehmen können, ein Anruf kurz nach acht komme aus Sabines Verwandtschaft. Ihre Mutter war vor drei Tagen ins Krankenhaus eingeliefert worden, gestern hatte man sie operiert. Überhaupt galten neun von zehn Anrufen Sabine. Als die Kinder noch im Haus gewesen waren, hatte so gut wie kein Anruf ihm gegolten. Er hörte es sofort an Sabines Stimme, daß das ein Anruf besonderer Art war. Sie sprach nicht, sie rief. Sie rief, daß sie ihren Mann holen werde. Die gar nicht so ferne Stimme – Sabine hatte einfach gerufen, weil Kalifornien so weit weg ist – gehörte Rainer Mersjohann. Halm sah ihn sofort vor sich. In Tübingen. In mehr als einer Situation. Rainer Mersjohann war ein Riese. Aber nicht grob. Ein feiner Riese sozusagen. Die Hände, die er immer so anhob, schon fast pfarrerhaft. Rainer Mersjohann war immer nicht ganz von dieser Welt gewesen. Auf eine einschüchternde Art. Und das kann er gewußt, vielleicht sogar beabsichtigt haben. Halm hatte den sozusagen verehrt. Und die Verehrung hatte der sich gefallen lassen, der blonde riesige feine Mersjohann aus Münster. Wie spät es bei ihm sei, fragte Mersjohann, in Oakland sei es kurz nach elf, nachts. Er rufe an, weil ihm gerade einer ausgestiegen sei, ein junger Kerl aus Austin, Texas. Der hätte am 26. August in Oakland, Kalifornien, anfangen müssen, sei deshalb in der vergangenen Woche da gewesen, um sich hier einzurichten; er habe den am Samstag mitgenommen zu einer Skatpartie, am nächsten Tag sei der verschwunden. Zwei Tage später ein Telegramm aus dem Mittleren Westen, meldend, der junge Mann wolle die Stelle in Kalifornien nicht antreten, der Skatabend habe ihm gezeigt, daß er nicht der richtige Mann sei für diese Stelle. Helmut müsse, bitte, bedenken, daß sich in den USA rund zweihundert Bewerber um jede offene Uni-Stelle drängten und um jede kalifornische dreihundert. Und der sagt nach einem Skatabend ab! Allerdings, der hatte Empfehlungsbriefe, wie Mersjohann sie auch in diesem Land, das ein Tropengebiet des Referenzwesens sei, noch nie zu Gesicht bekommen habe. Also, heute schreibe man den 21. Juli... Bei uns schon den zweiundzwanzigsten, rief Halm und brachte dadurch das Gespräch aus dem Takt. Diese Entfernung trennt die Stimme merklich vom Sprechenden. Man hört den in Kalifornien noch, wenn der schon aufgehört hat zu sprechen; der hört einen noch nicht, obwohl man schon spricht, also fängt er an zu sprechen und merkt erst, wenn er schon spricht, daß man auf dieser Seite des Erdballs auch schon zu sprechen angefangen hat, also spricht man ineinander hinein und der, der die besseren Nerven hat, spricht weiter, der andere hört auf. Jetzt sei schon der 21. Juli – Halm sagte nichts mehr –, er könne bis zum Beginn des Herbstsemesters keine neue Berufung mehr über die Bühne bringen, deshalb rufe er Helmut Halm an. Es sei, glaube er, ihrer früheren Beziehung unwürdig, daß sie sich auf dem Niveau der Neujahrsglückwunschkartenindustrie fortfrette. Entweder komme Helmut für das Herbstsemester nach Oakland, um dort zwei Deutschkurse zu geben, oder sie sollten einander auch noch von der Feiertagspostroutine befreien und schließlich sterben, ohne noch voneinander gehört zu haben. Halm hatte Mersjohanns westfälischen Ton aus der Tübinger Zeit noch im Ohr. Einen nasal ziehenden, an keinem Satzende abbrechenden Ton hatte der damals kultiviert. Rainer Mersjohann war ein Dichter. Er war das junge Genie, das jedes Schulmilieu braucht, um die Masse der Lernenden mit diesem Beispiel zu plagen. Der auf höchste Reinheitsgebote eingeschworene Professor B. hatte im Seminar die makellosen Sonette des zwanzigjährigen Mersjohann aus Literaturzeitschriften vorgelesen. Verzückt und vorwurfsvoll. Warum macht ihr nicht alle solche Sonette! Mersjohann war natürlich auch jünger gewesen als alle anderen. Das gehört immer dazu zum Genie, daß es etwas unbegreiflich früh kann. Den durch die Nase gesprochenen Ton hörte Halm am Telephon nicht. Offenbar machte Mersjohann jetzt den Mund auf beim Sprechen. Damals hatte er nur das mittlere Drittel seines Mundes aufmachen können. Mersjohanns Mund schien von den Mundwinkeln her zugewachsen oder zugenäht zu sein. Wer ihn nicht mochte, dem ging er auf die Nerven. Halm mochte ihn. Mit sanft kippenden, sanft fächelnden und schön kreisenden Händen hatte Mersjohann ausgeglichen, was seinem Mund an Bewegung verboten war. Und dann war der, der am meisten für dieses Studium in Frage kam, abgehauen, man wußte nicht, wohin. Zehn Jahre später hatte er sich gemeldet. An Halms Heimatadresse kamen Briefe aus Amerika. Dann noch Karten, dann Glückwunschkarten. Halm hätte gern gefragt, ob Mersjohann immer noch Jacken mit zu kurzen Ärmeln trage. In einer Apostelspielinszenierung der Studentenbühne hatte Mersjohann den Johannes gespielt und hatte dann den Jackenstil seines Johanneskostüms beibehalten. Du kommst doch, sagte Mersjohann. Heute ist bei uns der zweite Ferientag, sagte Halm. Mersjohann darauf: Also, du kommst. Halm: Er müsse das doch mit seiner Frau besprechen. Ja-aaa, sagte Mersjohann ein bißchen unflätig. Er sei seit vier Jahren Chairman, gehe jetzt in sein fünftes und werde dann dieses Amt nicht mehr so schnell, am liebsten nie mehr innehaben, also eine Gelegenheit wie diese komme kein zweites Mal. Halm bat um Bedenkzeit. 48 Stunden. Er finde es aber rührend, daß Mersjohann an ihn gedacht habe. Mersjohann fand es selber rührend.

Sobald der Hörer auf der Gabel lag, kam der nächste Anruf. Sabines Vater. Er bat Sabine, ins Krankenhaus zu fahren, der Professor wolle das Ergebnis mitteilen, er aber fühle sich nicht wohl. Sabine sagte nicht, warum ihr Vater nicht Elmar oder Franz, einen ihrer beiden Brüder, anrufe, sie sagte: Ja, natürlich. Im August nach Kalifornien, sagte Halm. Um halb zwei ins Marienhospital, sagte Sabine. Um halb fünf kam sie zurück. Das Übliche. Aufgemacht, gleich wieder zugemacht. Sabine hatte es dem Vater schon mitgeteilt. Der hatte die Brauen hochgezogen und nicht mehr gesenkt. Sie hatte ihre Mutter besucht, hatte ihr gratuliert zu der gut verlaufenen Operation. Die Mutter habe gesagt: Endlich hast du einmal ein schönes Kleid an. Und ich, sagte Sabine, hatte Bedenken, ob dieses quergestreifte Durcheinander aus Gold und Grün nicht zuviel sei fürs Krankenhaus. Aber die Mutter sei immer wieder auf das Kleid zurückgekommen. Sie habe gefragt, was das Kleid gekostet habe, sie wolle dieses Kleid bezahlen, weil sie so froh sei, daß Sabine endlich einmal ein schönes Kleid anhabe. Halm sagte: Da kommt das Gutöhrlein-Blut durch. Eine Gutöhrlein kann nie glauben, daß ein Lehrer eine Frau kleiden und nähren kann. Sabine telephonierte mit einer Klinik im Allgäu, die Krebskranken mit Leberextrakten zu helfen versprach. Halm sagte: Im August nach Kalifornien. Sabine sagte, ihr Vater habe offenbar überhaupt nicht damit gerechnet. Deshalb habe sie sofort gesagt, man dürfe nichts unversucht lassen. Sie habe von einer Klinik in Oberstaufen gehört. Helmut konnte nicht mehr von Kalifornien anfangen. Sabine sagte an diesem Abend keinen Satz mehr, der sich nicht auf ihre Mutter bezog. Und wenn sie nichts sagte, sah man, woran sie dachte. Er konnte nicht in sein Arbeitszimmer hinaufgehen und, ungesehen von Sabine, die Einladung nach Kalifornien überdenken. Er mußte in ihrer Nähe sitzen und auf ihren nächsten Satz warten und den beantworten. Sabine war unansprechbar. Sie wirkte gefeit gegen alles, was weniger wichtig war als der Tod. Erst als Halm im Dunkeln neben ihr lag und an ihrem Atem hörte, daß sie eingeschlafen war, konnte er über Mersjohanns Anruf nachdenken. Die Kollegen würde es beeindrucken, den Direktor ärgern. Vier Monate lang nicht ins Lehrerzimmer! Was würde der Vize

kommentieren, wenn er nicht mehr den Eintritt Helmut Halms ins Lehrerzimmer kommentieren konnte? Halm mußte annehmen. Er nahm an, ohne daß er mit Sabine gesprochen hatte. Zum Glück war Sabine bei Mersjohanns zweitem Anruf schon aus dem Haus. Danach rief Halm den Direktor an. Frau Rimmele sagte, ihr Mann sei schon unterwegs. Sie sagte das vorwurfsvoll. Ihr Ton hieß: Nun sind Sie doch auch schon elf Jahre an der Schule meines Mannes, also könnten Sie wissen, daß er am ersten Ferientag aufbricht zu seinen berühmten Rimmelemärschen, die von der Degerlocher Haustüre hinaus auf die Alb führen und genau nach vier Wochen wieder an der Degerlocher Haustüre enden. Rimmele predigt das Wandern nicht, aber er läßt das Kollegium wissen, was alles er auf seinem jährlichen Vierwochenmarsch wieder entdeckt und erfahren hat. Der Rest der Ferien gilt der Ausarbeitung des Rundbriefes, den am ersten Schultag jeder in seinem Fach vorfindet. Zuerst hatte man Rimmeles Dogma, in den Ferien nur dahin zu gehen, wo man zu Fuß hinkomme, für eine Ausgeburt seines Geizes gehalten. Aber Rimmeles zweites Dogma, der Mensch müsse mindestens ein Zehntel seiner Lebenszeit auf eigenen Füßen verbringen, fand immer mehr Anhänger. Das dritte Rimmele-Dogma, der Mensch müsse ein Zehntel seiner Nächte unter freiem Himmel schlafen, wurde zwar immer weniger belächelt, aber kaum von anderen als von Rimmele selbst praktiziert.
Vom Oberschulamt erfuhr Halm, daß das Gesuch um Beurlaubung von einer Stellungnahme der Schule begleitet sein müsse. Also zum Vize. Der sei montags und mittwochs von vier bis sechs im Haus, sagte Fräulein Gebauer, die auch die Spanische Fliege hieß. Halm sagte: Danke. Die Fliege sagte: Bitte. Halm stöhnte. Das war das erste Opfer gewesen, das er Kalifornien hatte bringen müssen. Die Spanische Fliege anrufen, die er sonst sechsundvierzig Ferientage lang weder hätte sehen noch sprechen müssen. Selbst in Auskünfte, die mit einem einzigen Wort zu geben waren, konnte sie noch den Ton tiefsten Beleidigtseins hineinpumpen. Wenn sie

BITTE sagte, hatte man danach ein schlechtes Gewissen. Sollte er Kiderlen daheim anrufen? Er gestand sich ein, daß er das nicht wagte. Er hätte in der Schule in der Stadt drunten bleiben sollen. Aber die neue Schule lag nur 15 Minuten weit weg. Und so gut stand er mit der Kollegenschaft drunten auch nicht. Mit Rimmele wäre er ausgekommen. Dann war Kiderlen aufgetaucht, der die Stauffenberg-Schule als Vizedirektor über alle Schulen des Landes hinausführen wollte; besonders über die, die einen guten alten Namen hatten. Und da Kiderlen wußte, daß Halm von so einer traditionsreichen Edelanstalt gekommen war, war Halm von Anfang an ein Objekt des Kiderlenschen Witzes geworden. Oder hatte Halm zuerst spitze Bemerkungen gemacht? Auf jeden Fall war Halm vor der zupackenden Ich-kann-mit-jedem-Art dieses Spitzenmannes zurückgezuckt. Kiderlen hatte dem trotz seiner Fußmärsche rasch alternden Rimmele nach und nach die meisten Direktorsarbeiten abgenommen. Er war der Direktor. Er vergeudete keine Zeit auf Fußmärschen. Er machte täglich 180 Liegestütze und würde, sagte er lächelnd, einige mehr machen, wenn die Zählerei nicht wäre. Er trainiere allerdings ein Verfahren, die Liegestütze so zu rhythmisieren, daß er 10 davon machen könne, ohne sie zu zählen. So müsse er nur auf 18 zählen und habe 180 gemacht. Den Weltrekord halte ein Schweizer mit 1611. Das sagte er, um darauf hinzuweisen, wie wenig er leiste. Lächerlich, 180 Liegestütze. Aber er schrieb ja Schulbücher. Das war seine wichtigste Nebenbeschäftigung. Im vergangenen Jahr hatte er das Lehrerzimmer gefüllt mit seiner Klage über den neuen Minister. Dieser neue Minister, noch zwei Jahre jünger als Kiderlen und offenbar vom selben Schlag, erließ dauernd neue Richtlinien, so daß Kiderlen das Lehrbuch, an dem er gerade arbeitete, schon zum dritten Mal hatte umarbeiten müssen. Und an dieser Stelle lenkte er den Blick der zuhörenden Kollegenschaft auf seine Frau, die Psychologin, die drei bis fünf Bücher schreibe, bis er eins zuwege bringe. Mit 40% Rabatt konnte man diese Bücher bei ihm kaufen. Das letzte, über die Schmerzmittelsucht

12-14jähriger Unterschichtskinder, war noch in aller Munde. Halm gab sich das Kommando: Ruf ihn an. Er konnte nicht. Am Samstag! Kiderlens waren auch berühmt für das, was alles in ihrem herrlichen alten Haus stattfand. Unvorstellbar, daß er hinführe, läutete und sagte, er bitte um Unterstützung eines Gesuchs. Wahrscheinlich hatte keiner ein so schlechtes Verhältnis zu Kiderlen wie Halm. Halm mußte allmählich zugeben, daß Kiderlen in jeder Hinsicht bewundernswert sei. Schon äußerlich! Diese doppelreihigen Jacken, Nadelstreifen, immer alte Stoffe, verblichene, aber beste Stoffe. Wer alterte die für Kiderlen? Die Stoffe waren nicht abgewetzt, nur verblichen. Dadurch hatten die Jacken, trotz ihres erstklassigen Schnitts und der erstklassigen Stoffqualität, nichts Herrenjournalhaftes. Halm bewunderte Kiderlen. Er war nur nicht imstande, den das merken zu lassen. Wahrscheinlich war der von einer feinsinnigen Familie, als deren einziger Sohn, mit unendlicher Geduld und Begeisterung und unter andauernden Huldigungen erzogen worden. Mehrere Tanten, die seinetwegen auf eigene Kinder verzichtet hatten, mußten sich Tag und Nacht im Küssen und Streicheln und Loben und Preisen abgelöst haben. Und dann noch seine Frau, die Psychologin! So groß wie er, so schlank wie er. So blond wie er schwarz. Als Halm sie auf einem Schulfest kennenlernte, hielt er sie für eine Ärztin. Sie: Das müsse daher kommen, daß ihr Vater Arzt sei, Professor... Während sie sprach und nur Familiendaten wiedergab, die Kiderlen seit Jahr und Tag kennen mußte, hing er förmlich an ihren Lippen. Seine Augen strahlten wie die eines Kindes, dem ganz genau die Geschenke gemacht werden, die es sich gewünscht hat. Dieser Kiderlen hatte noch nicht ein einziges Mal eine Krawatte getragen. Auch nicht, als der Minister in die Aula kam. Man weiß nie, ob man sich wirklich durchschaut, wenn man sich ganz zu durchschauen glaubt. Vielleicht fällt man nur auf eine weitere Kulisse herein, die man vor den wirklichen Befund schiebt, weil der für das sogenannte Selbstgefühl unerträglich wäre. Daß der keine Krawatten trug, war gar nicht der wunde

Punkt. Daß Halm selber sich dafür verachtete, weil er immer noch Krawatten trug, das war's. Jeden Morgen, wenn er vor dem Spiegel die Krawatte zuzog, warf er sich vor, daß er sich von dieser Schlinge nicht befreite. Wilde Tücher hätte er tragen wollen, Halsketten, goldene, oder aus Jade, oder gar Bernsteinketten. Immer schon. Aber nie hatte er das gewagt. Er fand, er sehe nicht so aus wie einer, der solche Ketten tragen kann. Und dann kommt dieser Kiderlen und demonstriert ihm jeden Tag, daß nichts leichter ist, als die Krawatte wegzulassen und Tücher und Ketten zu tragen. Inzwischen galt Halm im Lehrerzimmer als Hort der Opposition. Kiderlen war mit dem neuen Minister trotz dessen Erlaßschwemme so gut wie befreundet; er führte auch die Erlasse streng durch, die nach der Meinung mancher Kollegen nur zur Disziplinierung der Lehrerschaft dienten. Neuerdings mußte ein Unterrichtsbesuch nicht mehr angemeldet werden. Jeder Lehrer konnte jederzeit von der Schulleitung oder vom Oberschulamt überrascht werden. Gerade noch vor Ferienbeginn hatte Halm vor der Lehrerversammlung für einen Kollegen gesprochen, den ein Unterrichtsbesuch bei der Rückgabe einer Klassenarbeit überrascht hatte. Halm hatte plädiert, ein Lehrer könne verlangen, besucht zu werden, wenn er unterrichte, nicht aber, wenn er eine Klassenarbeit zurückgebe. Halm hatte die neue Praxis spitz kommentiert und so dargestellt, als sei sie ausschließlich von Kiderlen zu verantworten. Halm hatte sich reden hören. Was er gesagt hatte, gefiel ihm nicht. Was ging ihn das alles an? Sollte sich doch der junge Kollege selber vertreten. Jeder Mensch muß sich selber vertreten. Am liebsten hätte Halm gesagt: Andere Scheingefechte, bitte! Aber jetzt hatte Kiderlen seinen Auftritt. Unser Machtverteufler, hatte Kiderlen gesagt, unser Ohnmachtsverklärer. Machiavelli wäre auf dem Scheiterhaufen verbrannt worden, wenn Halm etwas zu sagen gehabt hätte, damals, Joseph II. sowieso, von Ignatius und Lenin gar nicht zu reden! Damit erntete Kiderlen einen großen Lacher, den er abwehrte. Bevor Mersjohann hier angerufen hatte, hatte Halm nicht gewußt, wie nötig es war, daß er von hier wegkam. Er hatte es sich nicht eingestehen dürfen, weil er keine Aussicht gehabt hatte, wegzukommen. Jetzt, da es möglich war, war es nicht mehr wegzudenken. Wie eine Glut, die Zug bekommt, plötzlich hochbrennt, brannte es in ihm jetzt. Er mußte weg hier.

Sabine schlief. Oder schlief sie nicht? Beide hatten gelernt, so zu atmen, daß der andere glaubte, man schlafe. Solange man hörte, daß der andere wach war, konnte man nicht einschlafen. Am nächsten Morgen wurde dann in freundlichem Streit geklärt, wer den anderen erfolgreich getäuscht hatte und wer wirklich zuerst eingeschlafen war. Immer wollte jeder als letzter eingeschlafen sein.

Als Sabine von ihrem dritten Besuch in Oberstaufen zurückkehrte, ließ sie sich neben Halm auf die Gartenbank fallen, lehnte sich an ihn, rückhaltlos. Vielleicht war es die Erschöpfung. Zum ersten Mal seit Tagen streichelte sie Otto wieder. Halm sagte: Wir fahren ja bald. Sie nickte. Da wurde er noch mutiger und sagte: Nach Kalifornien. Sie nickte wieder. Er sagte: Woher weißt du das? Da verzog sie nur das Gesicht. Das hieß: was glaubst du eigentlich, ich bin ein Vierteljahrhundert mit dir verheiratet, die Verbergungsmöglichkeit nähert sich der Nullgrenze. Er wagte nicht zu fragen, ob die Leberextrakte halfen. Er hatte Angst, Sabines Gesicht überziehe sich, falls sie nichts Gutes mitzuteilen hatte, wieder mit diesem Fremdheitsfilm, mit dieser Abweisungsschicht, mit diesem Unansprechbarkeitspathos, das sie an sich hatte, seit sie von dem Gespräch mit dem Professor zurückgekommen war. Es mußte etwas mit dem Tod zu tun haben. Er bettete Sabines Kopf auf ein Kissen und ging ins Haus, um eine Flasche Weißwein zu holen. Als er mit der Flasche und zwei Gläsern zurückkam, schüttelte sie ganz leicht den Kopf. Kleiner und absoluter und schonender kann man Verneinung und Ablehnung nicht ausdrücken. Kaffee? Ja, Kaffee schon. Als er mit dem Kaffee hinauskam, lag sie noch ganz genauso auf der Bank, wie er sie hingebettet hatte. Eine Hand auf Ottos Kopf. Zum ersten Mal seit dem Tag der Mitteilung redete sie von selbst. Sie fing noch einmal bei dem Professor an. Der sei, als er mitten in der Mitteilung war, angerufen worden, habe sie mit Gesten um Entschuldigung dafür gebeten, daß er seine Ausführung kurz unterbrechen müsse. Gesagt hatte er schon, daß der Krebs, den ihre Mutter habe, der schlimmste sei, den es gebe, ein Darmpolyp, und zwar ein gestielter... Moment, bitte. Jetzt rief also eine Bekannte an, die wissen wollte, wie es dieses Jahr gewesen sei in dem Kloster auf Korsika, ob der Baron – den französischen Namen verstand Sabine nicht – dieses Jahr mehr exhibitionistisch oder mehr voyeuristisch gelaunt gewesen sei. Der Professor, der vergeblich versucht hatte, der schrillen Stimme dreinzureden, konnte erst jetzt sagen, daß er in diesem Jahr das Kloster gar nicht bekommen habe, die Familie Agnelli habe es an sich gerissen, weil dort die immer schwieriger werdende Sicherheitsgewährung ein bißchen weniger schwierig zu sein verspreche. Offenbar um die Schrille loszuwerden, habe der Professor gesagt, man sehe sich ja morgen abend bei Kiderlens. Aha, sagte Halm. Ja, die Welt ist klein, sagte Sabine. Aber Kalifornien ist trotzdem weit weg, dachte Halm. Die Mutter habe schon wieder Schmerzen, sagte Sabine, aber sie schiebe alles auf die Narbenbildung. Alles Unangenehme kommt jetzt von der Narbenbildung. Und trotzdem weiß sie Bescheid. Sie will es nicht aussprechen. Sie hofft auf die Leberextrakt-Behandlung. Aber sie weiß, daß sie keine Aussicht hat. Aber sie hofft natürlich. Aber sie glaubt es nicht. Aber hoffen tut sie. Nur nicht glauben. Der Vater sage nichts mehr. Kein Wort. Er sitze neben dem Bett, halte Mutters Hand, keiner sage etwas. Wenn es hoffnungslos sei, sei die Überführung ins Allgäu ein Fehler gewesen, sagte Sabine. Diese Plagerei mit dem Darmrohr, jeden Tag, die Einläufe. Vor der Überführung nach Oberstaufen habe die Mutter im Marienhospital noch den Friseur kommen lassen. Damit wollte Sabine wohl sagen, daß nicht nur sie, sondern auch die Mutter selber für diesen Versuch mit dem Leberextrakt gewesen sei. Das Telephon läutete. Sabine schreckte hoch. Oberstaufen? Es war Oberstaufen. Die Mutter möchte zurück nach Stuttgart, gleich. Ja, sagte Sabine. Vielleicht geht es heute noch. Sabine rief das Krankenhaus an. Eine Stunde später hielt der Krankenwagen in der Buowaldstraße, Halm stand mit Sabine und Otto vor der Gartentür, Sabine stieg ein, Halm ging mit Otto den Plattenweg hinab zum Haus. Er sagte: Ach Otto. Die arme Sabine. Zweimal nach Oberstaufen an einem Tag. Aber diesmal mußte sie wenigstens nicht selber fahren. Er sagte: Otto, jetzt geh ich ins Haus, Nietzsche holen. Mal sehen, ob der was hat über Teilnahme ohne Mitleid. Demnächst würde eine Furchtbarkeit die andere ablösen. Er holte die vier Bücher, legte sie draußen auf den Tisch, zu denen von Heine. Mersjohann hatte beim zweiten Anruf gefragt, ob Halm nicht einen Heine-Vortrag halten könne, da seien 500 Dollar zu verdienen. Eine aus Deutschland Verjagte habe eine Stiftung gemacht, jedes Jahr Ende Oktober werden einen Tag lang Vorträge gehalten. Da das Gehalt nicht gewaltig sei, wolle er Halm noch ein paar Vorträge verschaffen. Halm las also Heine. Jetzt wollte er aber zuerst Nietzsche. Dann stellte sich heraus, daß er den jetzt auch nicht wollte. Er wollte sitzen, die Beine hochlegen und das Grün studieren und spüren, daß er ruhig sei. Was auch immer bevorstehe, er sei ruhig. Das Telephon läutete schon wieder. Er ließ es läuten. Aber der Anrufer gab nicht nach. Halm mußte nachgeben. Lena, du, wenn ich das gewußt hätte, wir dachten, ihr seid in Griechenland. Ja, Traugott schon, sagte die Tochter. Ob sie vorbeikommen könne, nicht für eine Stunde, für ein paar Tage, nur für ein paar Tage, sie werde alles erklären. Aber ja, komm sofort, sagte Halm. Ihr Ton zeigte an, daß sie erledigt war. Sie kam mit Gepäck. Halm bezahlte das Taxi und trug ihre zwei Koffer vom Gartentor ins Haus hinab und im Haus hinauf in den obersten Stock. Es gab immer noch Lenas Zimmer und Julianes Zimmer, zwei Kammern, deren schiefe Wände Sabine selber blumig tapeziert hatte. Es waren eher Schmuckschachteln als Zimmer, Schmucknester. Sabine war durch das Größerwerden der Töchter zu immer neuen Dekorationsvisionen hingerissen worden. Lena ging gleich wieder mit hinunter. Halm setzte sich ihr gegenüber. Aber Lena kam mit Otto, der seine Schnauze nur noch auf ihre Schuhe legen wollte, um den Tisch herum und setzte sich neben ihren Vater auf die Bank. Sie wollte offenbar nicht, daß er ihr Gesicht sehen mußte. Er hatte sich extra genau gegenüber gesetzt, sie sollte spüren, daß ihm die Schnittnarben nichts ausmachten. Wahrscheinlich hatte sie die Absicht bemerkt. Also, Traugott ist seit acht Tagen weg. Wahrscheinlich ist er mit der Kollegin, mit der er gerade diesen Ergänzungslehrgang in München gemacht hat, anstatt zurück nach Stuttgart gleich weiter nach Griechenland gefahren, auf die Insel Sakontos, auf der er letztes Jahr mit Lena war; in das Häuschen, das sie für dieses Jahr wieder bestellt hatten. Was war das für ein Lehrgang in München, fragte Halm. Gesprächstherapie, sagte Lena. Vielleicht fährt er auf dem Rückweg von Griechenland auch wieder vor Übermüdung bei Salzburg die Böschung hinab, wie auf eurer Heimfahrt im letzten Jahr, sagte Halm. Das glaube ich nicht, sagte Lena. Traugott mache keinen Fehler zweimal. O Lena, sagte Halm und legte seinen Arm um sie. Ich wäre so gern dagegen gewesen, sagte er, aber da ich meinen Motiven nicht traute, wagte ich nicht, dagegen zu sein. Ich habe ihn wirklich nicht gemocht. Dieser Meditationszirkus, diese angelesene Religion, aber ich traute mich nicht, meinen Widerwillen merken zu lassen. Ach laß nur, sagte Lena, er hat sofort gemerkt, daß du ihn nicht magst. Halm sagte, erst als sie Traugott zuliebe ihre Brüste kleiner machen ließ, habe er gewußt, daß er als Vater versagt hatte. Vor diesem Sichselbstanbeter hätte er Lena warnen müssen. Dann der Unfall. Und jetzt ist er also weg. Sei froh, Lena. Deine schöne Brust. Dir so etwas einzureden! Dann läßt er dich durch eine Scheibe fallen! Mußt du immer noch zu diesem Narbenschleifer? Sie gehe nicht mehr hin. Der sei furchtbar. Du gehst mit nach Kalifornien, sagte Halm. Dort gibt es die besten Chirurgen der Welt, die richten dich her, daß man überhaupt nichts mehr sieht. Man sieht ja sowieso schon fast nichts mehr. Lena ging ins

Haus. Gleich darauf hörte man sie Klavier spielen. Am Abend rief Sabine an. Die Mutter sei wieder da. Sie bleibe die Nacht über bei ihr. Sabines Stimme sagte mehr als ihre Sätze. Am nächsten Vormittag, gegen neun Uhr kam sie zurück. Entweder war Sabines Gesicht kleiner oder die Augen waren größer geworden. Das Gesicht war stehengeblieben wie eine Uhr. Es war überhaupt nicht das Gesicht, mit dem man an einen familiären Frühstückstisch tritt. Daß Lena da war, wirkte sich auf dieses Gesicht nicht aus. Sollte er rufen: Sabine!! In der Hand trug sie ein Paar Pantöffelchen; so operettenhafte wie Sabine sie nie kaufen würde. Die stellte sie vorsichtig, als sei sie überhaupt nur deshalb eingetreten, auf den Tisch. Die mußten ihrer Mutter gehört haben. Sabine sagte: Jetzt ist sie also tot. Halm holte hörbar tief Luft durch die Nase. Aber ihr Vater wisse es noch nicht. Das schaffe sie nicht. Der ertrage das nämlich nicht. Eine Beerdigung halte er nicht aus. Man müsse ihn im Glauben lassen, die Mutter sei noch in Oberstaufen. Nein, das geht auch nicht. Es gibt nur eine Lösung. Sabine ging zum Telephon und rief Dr. Weichbrod an. Ob er, Arzt und Freund zugleich, das übernehmen könne, dem Vater zu sagen, daß seine Frau tot sei. Dann erzählte sie. Die im Marienhospital haben die Mutter sofort punktiert. Fünf Liter Wasser entfernt. Die haben nur den Kopf geschüttelt, als sie sahen. Schon unterwegs hat sie sich dauernd erbrochen. Es war wie Durchfall. Und roch auch so. Es war ihr heiß, innen und außen. Man hatte sie in kalte Tücher gewickelt. Es nützte nichts. Um acht schaute der Pfarrer herein. Ob er eine Krankensalbung vornehmen dürfe. Steht es so schlecht mit mir, habe sie gesagt. Nein, das sei keine Letzte Ölung, sondern eine Unterstützung des Heilungsprozesses. Halm schnaufte wieder laut auf. Zehn Minuten später schläft sie. Ab vier Uhr geht der Atem schwerer. Der Mund geht auf, der Kopf ruckt vor. Wie ein Vogel, der stirbt, sagte Sabine. Die Haare und der Kopf vibrierten. Sie stemmte sich gegen das Fußteil des Bettes. Alles vibrierte. Füße und Beine kalt, bis zu den Knien. Sie sagte noch, Sabine solle das Fenster öffnen, das Fenster

ausstellen. Sie wußte noch ganz genau, wie man diese Marien-
hospital-Fenster ausstellt, und konnte Sabine sagen, wo der
Hebel sei und wie zu bedienen. Danach sagte sie nichts mehr.
Um sieben kommt der Pfarrer, er geht mit der Hostie ans
Bett, dann sagt er: Ach, ist die Mutter schon tot.
Die Beerdigung im Pragfriedhof ging überraschend leicht
über die Bühne. Theater war es ja, wie sie schwarz kostümiert
auf die Imponier-Architektur eines babylonischen Nieder-
walddenkmals zuschritten. Operntreppen hinauf. Drinnen
Orgelmusik. Der Sarg wurde in ein putziges Gehäuse gescho-
ben. Vor lauter Blumenberg merkte man es kaum, daß der
Sarg nachher fehlte. Und das Sausebrausgeräusch kann sowohl der Orgel als auch der Verbrennung gedient haben.
Halm dachte: wahrscheinlich soll man sich bei dieser Art Beerdigung genau die Gedanken machen, die ich mir mache. Er
fand jede Art von Beerdigung richtig. Dem Tod gegenüber ist
alles richtig. Nachmittags saß man noch mit dem Vater, den
Brüdern Franz und Elmar und mit Elmars Frau Gitte. Der
Vater wollte nicht ins Haus. Das wußte man. Er hatte vor Jahren einmal zu Halm gesagt, daß er von der Mutter seiner Frau
nicht gut behandelt worden sei in diesem Haus. Vater Gottschalk war aus Heslach, ein mittelloser Lehrer, der die Heim-
buchertochter geheiratet hatte. Die Heimbuchers hatten zwar
keinen Konzern, auch keine Fabrik, auch keinen Metzgerla-
den, aber sie hatten dieses Haus in der Buowaldstraße. Das
war ihr Stolz. Das *Landhaus*. So hatte es sein Erbauer genannt, der Bäcker Kugel, der das *Sillenbucher Bauernbrot* geschaffen hat und sich ein Landhaus draußen am Wald hat
bauen können. Aber die Tüchtigen waren auch die Heimbuchers nicht, tüchtig waren nur die Gutöhrleins. Der Postsekretär Heimbucher konnte froh sein, eine Gutöhrlein geheiratet zu haben, dadurch kam er zu einem Haus. Der Lehrer
Gottschalk konnte froh sein, eine von Gutöhrleins abstammende Heimbucher heiraten zu können, wie anders hätte ein
Lehrer, also ein Hungerleider, zu einem Haus und auch noch
zu einem *Landhaus* kommen können. Sabines Vater hatte das

Landhaus so bald wie möglich verlassen. Allerdings, die Eigentumswohnung am Hegelplatz, in die er und seine Frau gezogen waren, hatte wieder nicht er verdient, sondern die letzten Endes von den einzig tüchtigen Gutöhrleins abstammende Frau, die sich in Abendkursen zur Steuerhelferin ausgebildet und ein eigenes Büro gegründet hatte. Jetzt war sie also tot. Vater Gottschalk sagte an diesem Nachmittag nur einen Satz, und den zu Sabine, gleich als er, von Franz den steilen Weg herab geleitet, Platz genommen hatte: Warum hast du's mir nicht selber gesagt. Halm wollte die vorwurfsvolle Klage zurückweisen, Sabines Blick hinderte ihn. An ihrem Gesicht sah er, daß sie ihrem Vater recht gab. Sie ging gleich hin zu ihm, legte ihr Gesicht an seine Schulter, so blieben sie eine Zeitlang. Elmar fing von seinem Thema an. Wenn es nach ihm gegangen wäre, hätte das elterliche Haus längst verkauft werden müssen. Ein altes mickriges Haus, aber 2700 Quadratmeter, in Stuttgart-Sillenbuch, Hanglage, im Augenblick allerwenigstens 2 Millionen wert, also 700 000 für jeden. Das sagte er deutlich zum jüngeren Bruder Franz hin, von dem seit langem eine solide Geschäftstätigkeit erwartet wurde. Auch diesmal führte Elmars Rede zu dem für Halm peinlichen Ergebnis, daß Halm, auch wenn sie die Miete, die er an die Brüder zahlt, jedes Jahr erhöhen würden, das, was durch Verkauf herauszuholen wäre, einfach nicht zahlen könne. Keiner könne das zahlen. Hier könnte ein Zwölffamilienhaus stehen, rief Elmar. Sabine: Nebenan steht bald eins! Elmar sprang auf. Aha! rief er. Bitte! rief er. Wer sagt's denn! rief er. Der schw-schw-schwule Neffe hat also verkauft! Und wir?! Halm hatte das Gefühl, daß jetzt alle ihn anschauten. Schon wieder so ein Schwiegersohn wie der Postsekretär Heimbucher und der Lehrer Gottschalk. Immer wenn die Familie zusammenkam, wurde erzählt, wie das *Landhaus* vom Bäcker erbaut wurde, an eine Freifrau von Meldegg verkauft wurde, wie die nach 1918 verarmte, Heimbuchers als Mieter aufnehmen mußte und wie dann die nach Amerika ausgewanderte Tante Luise, eine Gutöhrlein natürlich, die Dollars brachte, mit denen ihre Nichte, die Heimbuchergroßmutter, eine geborene Gutöhrlein natürlich, der Meldegg das Haus abkaufte. Nach der Protokollierung habe die Heimbucherin vor lauter Triumph wochenlang im Schwebezustand verbracht. An dieser Stelle der Gutöhrlein-Sage dachte Halm immer an den Mann dieser schwebenden Großmutter, den Postsekretär Heimbucher, der sich bald darauf unter einem der zierlichen Giebel erhängt hatte. Franz, der jetzt die Hausgeschichte erzählte, hatte von der Gutöhrleintüchtigkeit nicht soviel mitbekommen wie sein Bruder Elmar, aber auch er erzählte die Geschichte nur zum Ruhme der Gutöhrleins. Am innigsten wurde immer geschildert, wie die sagenhafte Luise Gutöhrlein aus dem Welzheimer Wald in die Stadt Stuttgart geflohen sei, als Stummfilmgeigerin am Charlottenplatz aufgetreten sei, weitergeflohen sei nach Paris, London, Southampton und, als Mann ausstaffiert, Mitglied einer Bordkapelle geworden und bis nach Amerika gekommen sei. Und am ausführlichsten wurde erzählt, wo die amerikanische Luise, als sie in den zwanziger Jahren ihre Nichte in Sillenbuch besuchte, die Dollarnoten, die sie zurückließ, jedesmal versteckt hatte. Im Nähkästchen, in Wäschestapeln, Thermometerhülsen, Tee-Eiern, Bibelseiten, Pfeifenköpfen fand die Heimbucherin das grüne Geld und glättete das Osterhasengut und hielt's zusammen, bis es anno 1929 reichte zum großen Coup. Halm hörte dieser Dollargeschichte zum ersten Mal mit Interesse zu. In Kürze würde er selber Dollars verdienen. So viele, Elmar zu beeindrucken, würden es nicht sein. Zum Glück war Franz auch gegen den Verkauf der *Heimat*. Ohne Franz hätte man Elmars ökonomischen Beweisführungen längst nicht mehr standhalten können. Franz war allerdings ein unsicherer Bundesgenosse. Manchmal kam er mit einem Mercedes 450 und manchmal mit der Straßenbahn. Verheiratet war er auch nicht. Jeder Satz des Bankkaufmanns Elmar dagegen wurde von seiner Frau Gitte mit rauher Stimme und kurzen Sätzen verstärkt. Gitte war Anwältin. Sabine vermutete, daß Elmar nur seiner Frau zuliebe auf den

Verkauf dränge. Halm mochte Elmar so gern wie Franz. Schon daß der jedesmal stotterte, wenn er etwas sagte, was ihm nicht ganz selbstverständlich war, nahm Halm für ihn ein. Vater Gottschalk nickte, solange er am Kaffeetisch saß, jedem der sprach zu. Irgendwann fehlte er dann. Man sah ihn im Garten herumstreifen. Er besuchte die Blumen und Sträucher, die er, solange er hier gewohnt hatte, selber gepflanzt hatte. In diesem Gutöhrlein-Haus hatte er sich nie wohl gefühlt, im Garten immer. Einmal hatte er das seinem Schwiegersohn Halm gestanden. Aber auch nur, weil er Zeuge geworden war, wie Sabine ihren Mann angeschrien hatte, weil der einen minderwertigen Strauch entfernen sollte und statt dessen einen Fliederstrauch entfernt hatte. Schwiegersöhne haben's hier schwer, hatte er gesagt und zum Giebel hinaufgeschaut, unter dem der Postsekretär Heimbucher geschwebt hatte. Als er jetzt aus dem Garten zurückkam, hatte er einen Grashalm zwischen den Lippen und verstärkte damit das langsame Kopfschütteln, mit dem er Sabines Wunsch, er möge jetzt wieder ins Haus ziehen, beantwortete. Aber sie habe es doch der Mutter versprochen, ihn wieder ins Haus zu holen, sagte Sabine. Ihr Vater schüttelte den Kopf noch langsamer. Also brachte ihn Sabine abends zurück an den Hegelplatz. Er habe – den Grashalm im Mund – leise vor sich hin gepfiffen, als sie ihn vom Auto zum Aufzug gebracht habe. Als alle gegangen waren, sagte Halm: Von mir aus könnt ihr wirklich verkaufen. Nicht wahr, Otto, wir zwei kommen überall unter. Der sah herauf, als stimme er zu. Sabine deutete nach oben. Jetzt, die Kinder. Nicht daß das Überdruß oder auch nur Ermüdbarkeit enthalten hätte. Solange nicht alles, was sie für notwendig hielt, getan war, konnte Sabine nicht müde sein. Sie rief im Haus hoch: Lena, Juliane, bitte! Zuerst wurde den beiden deutlich gemacht, daß sie sich zu früh aus dem Verwandtenkreis entfernt hatten. Juliane sagte fröhlich, daß sie alles, was da geredet werde, schon dreimal gehört habe, für ein viertes Mal sei es einfach nicht gut genug. Sabine sagte: Verwandtengespräche brauchen kein Niveau. Wenn ihr euch so benehmt, habt ihr eines Tages keine Verwandten mehr. Das klang wie eine Drohung, aber Juliane machte ein Na-und-Gesicht, und Lena reagierte gar nicht. Halm bewunderte Sabine wieder einmal, weil sie sich so wenig von Tatsachen beeindrucken ließ. Daß Lena ihren Traugott einfach aufgebe und sich hier im Haus verkrieche, komme nicht in Frage. Lena sagte, daß sie niemals zurückgehe zu Traugott, unter keinen Umständen. Juliane fragte, ob Lena die andere hinausboxen solle? Du kannst ganz still sein, sagte Sabine. Jetzt komm ich auch noch dran, sagte Juliane fröhlich. Du schaust hier um eine Stelle, nach Berlin kommst du mir nicht mehr, sagte Sabine. Juliane staunte. Ich sage nur Christoph, sagte Sabine. Juliane wurde feuerrot. Du hast also spioniert, sagte sie. Spioniert! rief Sabine. Wenn ich eure Dreckwäsche in die Hand nehmen muß, weil ihr zu faul seid, sie in die Waschmaschine zu stopfen, gestatte ich mir, Briefe, die aus euren Taschen fallen, zu lesen. Ein zwanzig Jahre älterer Mann, der zwei Kinder fast in deinem Alter hat und eine Frau! Juliane sagte, es sei ihr zwar egal, wo sie Fünfundachtzig- bis Siebenundneunzigjährigen das Mousse à Toilette auf den Arsch sprühe, um ihn dann zu putzen, hier oder in Berlin, aber sie lasse sich nicht gern etwas sagen von jemandem, der irgendein Zettele ergattert habe, das ihn nichts angehe. Mit ihr sei über dieses Thema nicht zu reden. Sei das aber eine Bedingung für den Aufenthalt in diesem Haus, dann fahre sie noch heute abend ab. Und zwar nach Berlin. Und stand auf und ging hinauf. Die Tür machte sie wunderbar leise zu. Sabine sah Halm und Lena an. Jetzt hätte sie Unterstützung gebraucht. Lenas Gesicht vermied jeden Ausdruck. Halm nickte. Sabine wollte immer alles regeln. Sie glaubte, man könne eingreifen. Er war auch dagegen, daß die fröhliche Juliane mit ihren zweiundzwanzig Jahren die Beute oder das Opfer oder die Geliebte eines vierundvierzigjährigen Familienvaters wurde. Aber wie das verhindern? Ihm kam der blödsinnige Gedanke: warum liest sie auch solche Fetzen, die ihr aus den Sachen der Töchter in die Hände fallen! Ausgesprochen hätte er das nie. Sabine war im Recht. Und daß sie das am Beerdigungstag ihrer Mutter regeln wollte, zeigte nur, wie wichtig ihr das war. Raff dich auf! Hilf ihr! Hol Juliane zurück! Gleich! Bevor der Streit sich festfrißt! Alles hat jetzt diese Tendenz, unheilbar zu werden. Mein Gott, so steh doch auf! Bevor Sabine aufsteht und schreien muß! Denk an Kalifornien, steh auf! Aufstehen konnte er nicht, aber er konnte sagen: Lena, sei so gut, hol du sie. Lena stand auf, ging, als müsse sie jeden Schritt aus zähem Lehm ziehen, hinaus. Sobald Lena draußen war, sagte Sabine: Vierundvierzig, zwei Kinder, Sonderschullehrer. Die Berufsbezeichnung klang, als könne sie für dieses Wort keinerlei Ausdruckskraft zur Verfügung stellen. Diese Bezeichnung sage ja doch wohl selber, was zu sagen sei. Lena kam allein zurück. Sie setzte sich auf den Klavierstuhl. Juliane komme nur herunter, wenn man ihr sofort den gestohlenen Brief zurückgebe und zusage, daß über diese Sache nicht gesprochen werde. Halm sah, daß Sabine ihn ansah. Er wurde gebraucht. Er spürte, daß sein Bewußtseinsfilm stehenbleiben wollte. Keine neuen Daten, Forderungen, Pflichten. Am besten ein leeres Bild. Am besten gar nichts. Nichts als nach Kalifornien. Lena hatte sich umgedreht auf ihrem Klavierstuhl und spielte sozusagen automatisch etwas Schnelles. Sie hatte schon eine Zeitlang aufbegehrende Läufe gespielt – presto agitato, dachte Halm –, als Sabine aufsprang und schrie, sie werde noch wahnsinnig in diesem Haus, am Beerdigungstag Klavierspielen! Lena ließ ihre Hände sofort sinken, Halm war schon an der Tür, rannte hinauf. Jetzt hatte er die Kraft, die ihm vorher gefehlt hatte. Er brüllte: Juliane, komm jetzt sofort herunter. Bitte! Bitte!

2

Mit teigigen Gesichtern stiegen sie um 6.23 in Köln aus und schleppten die sieben Stücke zur Rückseite des Hauptbahnhofs auf den Breslauer Platz. Um 8.30 sollte von hier der Bus nach Brüssel gehen. *Vis à vis Rheinuferbahnhof* hatte es auf dem *Info* der Charterfluggesellschaft geheißen. Halm, Lena und Sabine waren die ersten auf dem Platz. Die, die nach ihnen kamen, stellten sich zu ihnen. Dann kam einer, der wußte, wo der Bus stehen würde. Halm schleppte die zwei schweren Koffer dorthin. Lena und Sabine trugen die fünf kleineren Stücke. Dann hielt der Bus doch an einer anderen Stelle. Fröhlich nahm Halm die schweren Koffer wieder auf. Es würde keinem gelingen, ihm die Reisestimmung zu verderben. Als sie die deutsche Grenze passierten, drückte er Sabines Hand und war eigentlich nicht gewillt, diesen Innigkeitsdruck in den nächsten Monaten zu mindern. Er schaute hinüber zu ihr, sie zu ihm. Wenn nicht die starr aufrecht sitzende Lena gewesen wäre, hätte Halm Sabine zugeflüstert, es müsse sich, wenn er seine Stimmung richtig deute, um eine Hochzeitsreise handeln. Lena ließ sich in kein Gespräch ziehen, sie schaute geradeaus, als fahre sie den Bus. Sie preßte ihren Mund mit einer endlosen Kraft zusammen. In Brüssel wurde Halms Laune hart geprüft. Immer war's die falsche Halle, und in jeder neuen Halle die falsche Schlange, an der sie sich anstellten; kein Mensch wollte hier diese Charterfluggesellschaft FFT kennen, geschweige denn vertreten. Halm brannten die Hände, die Gelenke schmerzten, keinen trockenen Faden hatte er mehr am Leib. Er sagte zu Lena und Sabine, die fabelhafte Luise Gutöhrlein sei sicher auch nicht gerade wonnig gereist, als sie sich, als Mann verkleidet, mit einer Bordkapelle hinübergeigte. Endlich erbarmte sich eine Firma Belgavia der FFT-Reisenden. Als sie sich an den durchgesessenen Sitzen des Flugzeugs festschnallten, war Halm dem Singen nahe. Er konnte sich nicht erinnern, je eine solche

Mag-kommen-was-wolle-Stimmung gehabt zu haben. Er hatte sich zwischen Lena und Sabine gesetzt. Er boxte Lena in den Oberarm, küßte sie auf die Stirn, zwickte sie, lachte sie an. Als die Maschine abhob, gewann er ihr durch sein Glück fast ein Lächeln ab. Das wollte er sofort ausbeuten. Sie sollte zugeben, daß es herrlich sei, so hinauf- und hinauszustarten! Sie sagte so knapp wie möglich: Mich hält hier nichts. Mich gar nichts, sagte er und küßte Lenas Schläfe. Aber war das nicht ein furchtbarer Satz? Mich hält hier nichts. Bei ihm war es Jubel. Bei ihr? Beide wollten fort aus dieser verwirkten deutschen Gegend! Das genügt doch, daß beide fort wollen. Spürst du, wie wir steigen! Lena, das ist es doch, so zu steigen! Das hört überhaupt nicht mehr auf! Und dann droben, auf 33 000 feet, wie ruhig flossen sie dahin! A hot dinner will be served. Lena, hast du das gehört! Sabine, sagte er, hör zu, ich sage gerade zu Lena, daß es nicht mehr schöner werden kann, wir sind oben, jetzt, ganz oben. Wir fliegen nach San Francisco. Zu dritt. Wer kann das denn noch! A hot dinner will be served! Lena, Sabine, wir sind entronnen! Schaut nicht zurück! Die Ohren gehören jetzt anderen Namen. Northern Hebridean Islands, das läßt sich hören. Iceland. Greenland. Da schaut hin, der Schnee reicht den Bergspitzen bis an den Hals. Die Sonne bleibt tief hinter uns zurück. Wir kürzen ab. Die Zeit vergeht wie im Flug, Lena! Ein Lächeln, bitte. Kann ein Sichselbstanbeter einen so verletzen, daß man den Kopf nicht mehr drehen kann, auch wenn das, was man sähe, vielleicht die Hudson Bay ist? Und in San Francisco sei das Wetter schön, sagt der Kapitän. 21 Grad. Ideal, Lena, 21 Grad! Halm machte offenbar einen solchen Eindruck rundum, daß ihn sogar von hinten eine ärmliche Orientalin bat, ihr die Landungskarten für sie und ihre Mutter auszufüllen. In Alep geboren, anno 1922, mehr ist nicht bekannt. Da man Geld nur angeben mußte, wenn man mehr als 5000 Dollar dabei hatte, machte Halm hinter diese Frage einen Strich. Sie korrigierte. Die ärmliche Angel Khato und ihre krankhaft dicke Mutter haben mehr als 5000 Dollar dabei! Halm spürte seine Mittellosigkeit wie ein Adstringens. Hungerleider wurde der deutsche Lehrer von Gutöhrleins genannt. Dreizehnhundert hat er dabei.

Sabine wollte die Neue Welt frisch gekämmt betreten. Der Kamm brach. Sie hält Halm die zwei Stücke hin und fragt: Was bedeutet das? Halm sagte sofort und stürmisch: Daß du Kämmen nicht nötig hast, Sabine! Du und Kämmen, lächerlich! Deiner Haare wilde Haube heißt dich Immerschön! Halm wollte, wenn ihm danach war, möglichst geschwollen daherreden. Jetzt noch die Lektion *Rainer Mersjohann*. Daß ihr ihn auch gleich kennt. Die blonde Haartolle, die er damals mit Pomade zur Woge geklebt hatte, kann gesunken sein. Damals gleißte die Tolle wie Gold. Aber die Augen werden doch nicht weniger blau aus den goldenen Wimpern schimmern, oder? Und bewegen tut er sich wie eine Kerze, die nicht ausgehen will, klar! Und die Hände, fromm-schöne Spachteln, immer an schwingenhaften Armen fächerhaft bewegt. Ein großer Mensch in Samt. Aus Samt. Und nicht rundlich tendierend wie Halm, sondern schlank, eben groß. Kurzum: Ariel! Grinst nicht, wenn er jedes t spricht, als sei es ein th. Er stammt aus Münster, da sprechen sogar Leute so, die keine makellosen Sonette schreiben. Er hat ja noch aus Amerika Gedichte geschickt, in den ersten Jahren. Englische und deutsche. Und, bitte, er hat uns eingeladen, laßt ihn spüren, daß wir ihn für unseren Retter halten. Er ist es. Vier Monate lang die Firma Kiderlen und Rimmele vom Hals zu haben – Paradies! Vier Monate lang den Sichselbstanbeterkontinent jenseits des Horizonts zu wissen – Paradies! Vier Monate lang dem steilen Nordhang in Sillenbuch entronnen zu sein –, Sabine, bitte, gib zu, das Gutöhrleinmonument hat seine Schattenseiten, Kalifornien dagegen liegt, da schaut hinaus, ganz in der Sonne. The Golden State. Was für ein Flughafen, schaut doch! Nicht drängeln! Lustvoll, Sabine, zögern wir den Augenblick des Eintritts ins Gelobte Land noch ein bißchen und noch ein bißchen hinaus. O Sabine, daß du dich hast bewegen lassen, den mühseligen Kram zu besorgen, der besorgt sein muß, ehe man abhauen kann, das vergißt er dir nie: sagt er ihr noch vor der Paßkontrolle ins Ohr. Daß Frau Niedlich täglich ins Haus kommt, sich um Otto kümmert – genial, Sabine! Aber dann fehlte Rainer Mersjohann. So viele warteten da gar nicht, daß er das nicht sofort gesehen hätte. Also, ihr bleibt hier in der Gepäckburg, laßt euch nicht entführen, er wird die Washington University anrufen. Halm sucht ein Telephon, hat keine Münzen, findet eine Bank, kriegt coins, telephoniert, versteht, daß Mr. Mersjohann nie pünktlich sei, unterwegs sei er, im Department sei er auf jeden Fall nicht, vielleicht zu Hause, folgte die home number. Ist das nicht ein wunderbarer Dialekt: home number! Also langsam und unverdrossen zur Familie zurück. Setzt euch. Und keine Niedergeschlagenheit, bitte. Abgeholt oder nicht, sie seien in California! Ihn hätte sie jetzt gern gewürgt, die Niedergeschlagenheit. Nach einem Vierteljahrhundert und soviel tausend Kilometern hätte Herr Mersjohann, diese samtene Edelcharge, dieser Honigtropf, der hätte wirklich pünktlich aufkreuzen können, mein Gott. Es wird doch, bitte, hier nicht auch gleich wieder zugehen wie überall. Er bestand darauf, daß California ganz anders sei als alles andere. Es näherte sich schließlich ein Herr in blauweiß karierten Hosen und einer grünweiß karierten Jacke. Auf dem Kopf ein runder dunkelgelber niederer Strohhut mit einem breiten schwarzen Band. Das sind die Halms, sagte der Herr. Du bist Helmut, sagte er. Sie sind Lena, sagte er. Aber Halm konnte nicht sagen: Du bist Rainer. Es war nicht Rainer. Deutlicher als er Rainer im Kopf hatte, konnte man jemanden nicht im Kopf haben. Er hätte Rainer zeichnen und malen und in jedem Material der Welt abbilden können, aber das, das sah er sofort, das war nicht Rainer Mersjohann. Halm blieb nichts anderes übrig, als so zu tun, als halte er den anderen für Rainer Mersjohann. Der wollte ja für den gehalten werden. Halm mußte immer wieder hinüberspähen und versuchen, eine Prise Rainer Mersjohann zu kriegen. Wenn er jemanden von früher traf, erkannte er den meistens nicht sofort wieder, aber im Lauf der

Zeit gelang es immer, das frühere Bild im jetzigen unterzubringen, den Jetzigen als die Fortsetzung des Früheren zu nehmen. Rainer Mersjohann einst und jetzt – das blieben zwei, vorerst. Er mußte die zwei zusammenbringen. Vorerst war es quälend, den früheren Freund nicht getroffen zu haben. Der, der sie abgeholt hatte, führte sie zu einem dunkelgrünen Combi. Alle Universitätsautos seien so feierlich grün. Der dann am anderen Ende der vorderen Polsterbank saß, war ein fremder Herr. Dick, bläulich hängende Backen, an diesen Backen hing farbloses Bartgekräusel, das sich unterm Doppelkinn durchzog. Als der den Hut abnahm, kam ein blanker Schädel hervor. Wo noch Haare gewachsen wären, waren sie offenbar weggeschoren. Wo war denn Mersjohanns Kerzensamtpoetenblick? Wo waren die goldenen Wimpern? Der sagte, ohne herüberzuschauen: Starr mich nicht so an, wir fahren durch San Francisco! Und gab Erläuterungen. Downtown, Treasure Island, jetzt die Brücke über die Bay, da drüben seht ihr schon die zusammengewachsenen Städte Oakland, Berkeley, Albany, San Pablo, El Cerrito, Richmond und so weiter, hinter uns links die Insel Alcatraz, jenseits davon, wenn ihr euch ganz umdreht, die Golden Gate-Brücke. Er sprach ruhig, sanft, sah nicht da- oder dorthin, wenn er von da oder dort sprach. Halm litt. Er hörte ihm gierig zu. Sah schon wieder nur zu ihm hin. Halm hatte sich in den letzten Wochen nach Rainer Mersjohann gesehnt. Vielleicht konnte die Freundschaft wieder aufleben. Zu Hause hatte er keinen Freund. Einen nach dem anderen hatte er… verloren. Immer derselbe Grund: seine Freunde hatten ihn immer spüren lassen, daß sie bereit waren, ihm das und das zu verzeihen. Er hätte ihr Freund sein dürfen, obwohl… Nein, danke. Lieber nichts als das. Wenn Einschränkungen nötig waren, hatte er lieber keine Freunde.

Man bog in die Contra Costa Avenue ein. Die Stadt hieß Berkeley. Zwanzig Autominuten vom Haus bis zum Campus der Universität in Oakland. Das Gelände, auf dem eine Universität stehe, heiße Campus. Das Haus gehöre einem Professor, der zur Zeit in Spanien sei. Der angebliche Rainer schloß auf, rannte hinein, innerhalb von 30 Sekunden müsse man die Alarmanlage ausschalten, sonst melde die *Einbruch* an die ADT-Zentrale. Der Eisschrank sei voll, stehe in einem der Schriftstücke, in denen der Professor, in verschiedenen Kapiteln, eine Gebrauchsanweisung und Zustandsbeschreibung des Hauses gebe. Er habe, zur Sicherheit, noch Bier dabei. Und trug 4 × 6 Dosen an den stummen Halms vorbei. Halm mußte aufhören, an früher zu denken. Hier saß ein freundlicher Riese und trank das Bier, als habe er den Elfstundenflug hinter sich. Der Riese brauchte sofort mal fünf Dosen. Man saß im Halbrund des Küchenerkers, sah hinaus auf den Vorgarten, zur Straße hinauf, dann wieder durch die offene Küchentür und das Eßzimmerfenster hinaus über das Gewell aus Baumkronen und Dächern bis zur gleißenden Bay und über sie hinüber zu den Umrissen San Franciscos. Sabine sagte, diese Aussicht sei herrlich. Der Riese schaute Halms an mit vorgeschobenem Unterkiefer, weghängender Lippe. Der Rainermund war noch beim Sprechen eher geschlossen als offen gewesen. Nie mehr schien dieses Neurainers vorgeschobene, weghängende, verbogene Unterlippe die Oberlippe berühren zu können. Und die Augen! Hinter rot geränderten Lidern ein eher undeutlicher Blick. Halm mußte sich sofort umstellen oder wieder abreisen. Vergiß Ariel, lern Falstaff kennen! Wir sind also nicht jünger geworden, sagte der Riese. Halm erschrak. Sabine sagte, das Vorgärtchen zur Straße hinauf sehe ja fast japanisch aus. Der Riese drehte den Kopf auf seinen runden Schultern langsam zu Sabine hin. Wie eine Haubitze, dachte Halm. Getroffen, Sabine, sagte er. Japanese Garden heiße diese Partie in Professor Rineharts Beschreibung. Die Bewässerungsanweisungen für diesen Teil lesen sich wie eine Einführung in den Shintoismus, sagte der Riese. Professor Rinehart oder seine Frau oder beide seien offenbar japanoman, man sehe nur, was da in den Vitrinen herumstehe und an den Wänden hänge. Jetzt aber die hiesige Technik. Zuerst das Wichtigste, die Alarmanlage. Man tippt 3388, hat 30

Sekunden Zeit, dann muß man draußen sein, beim Zurückkommen auch 30 Sekunden. Der Riese erklärte alles so, als müßten Halms diese Geräte nicht nur benutzen, sondern, falls nötig, auch reparieren können. Halm verstand nichts, spielte aber den Aufmerksamen. Das schien der zu bemerken. Er hörte, als er mit der Erklärung der fast zwei Meter hohen Back-, Grill- und Bratanlage noch nicht fertig war, einfach auf, sagte leise, fast seufzend: Vielleicht sollten wir's wirklich lassen. Und sagte, er wolle nun doch gehen. Und ging. Dann klemmte aber die Gittertür, die gegen Insekten vor der Haustür hing. Der Riese brummte. Eine der drei Angeln hing aus ihrer Halterung. Halm sagte, das sei doch egal. Der sah ihn über seine auf die Nase hinabgerutschte Brille an. So willst du also mit einem Haus umgehen, das dir nicht gehört, sagte er mit dreimaligem schwerem Nicken des Riesenschädels. Dieser Herr Mersjohann nahm jetzt wieder den Hut ab. Die Bartkrause ums Doppelkinn sah dann noch grotesker aus. Der wußte, wo im Keller Werkzeug war, und fing an zu arbeiten. Halm spielte den Handlanger. Die Hände ... es konnte Rainer sein. Die frommen Spachteln, die manierierte Art, die Hände zu bewegen, selbst wenn er nach Material und Werkzeug griff – das war Rainer, das war Mersjohann. Die langen Hände, weder dick noch blau noch rot, die Johanneshände, die immer aus den zu kurzen Jackenärmeln ragen mußten. Ach Rainer, sagte Halm, es tut mir leid. Was? sagte der. Daß du jetzt hier noch schuften mußt, sagte Halm. Ich kann dir ja nich'n Haus vermieten, das nich'n Ordnung iss, oder! sagte der. Da habe er wohl, als ihm der Sohn des Professors das Haus übergab, nicht aufgepaßt, dafür arbeite er jetzt. Aber Helmut könne ihm gern noch 'n Bier holen. Halm merkte, daß er anfing, diesen neuen Rainer zu bewundern. Eine solche Sachlichkeit! Und so ruhig. So ausgeruht. So freundlich. Als der Europa verlassen hatte, war Hektik noch kein Modewort. Und hier war es offenbar auch keins. Der machte an der Tür herum, als gebe es überhaupt keine Zeit. Dann hatte er also alles hingekriegt: das screendoor – so nannte er die Tür – schwebte wieder und schloß einwandfrei. So was hätte sein früherer Rainer Mersjohann nie hingekriegt. Aber der jetzige hatte es hingekriegt. Mit Rainers Händen! Dann ging der. Schade. Aber er wollte ihn nicht halten. Der hat was Liebes, sagte Sabine nachher. Und wie der die Waschmaschine, den Trockner, den Herd, den riesigen Backofen erklärt hat – Sabine staunte. Und das ist ja nicht sein Haus. Aber er hat sich offenbar eingearbeitet in die Beschreibungen des Professors. Mühe hat sich der gegeben, sagte Sabine. Und geschickt ist der, sagte Sabine. Ja, sagte Halm und schüttelte den Kopf. Und er habe es immer Helmut UND Sabine erklären wollen, sagte Sabine. Hast du gesehen, wie der staunte, daß du dich dafür nicht interessierst? Das war nicht höflich. Ich habe mir alle Mühe gegeben, aber ich verstehe davon einfach nichts, sagte Halm. Weil du nichts davon verstehen willst, sagte Sabine. Sie finde den toll. Vielleicht ist das Amerika, sagte Sabine. Lena war in ihr Zimmer verschwunden. Sabine und Halm putzten, was mit Küche und Essen zu tun hatte, bis alles auf die peinliche Weise sauber war, wie sie das gewohnt waren. Hatten sie zu Hause je miteinander geputzt? Dann gingen sie noch in das ein paar Straßen tiefer gelegene Geschäftsviertel. Die Supermärkte waren auch am Sonntagabend geöffnet. Diese Trauben, Sabine, schau! Und erst diese Fische, Helmut, schau! Und Mais und Kefir und Avocados und Artischocken, und wie billig! Sabine sah sofort, daß sie mit dem Gehalt auskommen werden. Nur für die 800 Dollar Miete werden sie zuschießen müssen. Dafür wohnen sie nicht ganz in der Ebene drunten, sondern schon ein bißchen am Hang, mit Blick auf die Bay-Brücke, die Bay und San Francisco. Helmut fühlte sich gleich wohl zwischen den Häusern rundum, die entweder aus Granada oder aus Stratford-on-Avon stammten. Eng nebeneinander, aber so tief eingelassen in Bäume und Büsche, daß die unterschiedlichen Traditionen nur wie Anspielungen auftauchten aus den Massen Grüns. Halm holte Lena aus ihrem Zimmer, in dem sie saß wie entführt, und riß sie und Sabine mit sich fort zu einem Gang hügelan. Senkrecht hinauf führte zwischen Zäunen ein schmaler Fußweg. Yosemite-steps. Also noch eine Tradition mehr. Sie gingen aufwärts, bis sie den vollen Blick hatten. Eine dunkle Ebene, darin schärfstes Geglitzer. Auf der Brücke Lichterschnüre über die Bay. Das aus goldgrünen Lichtpatzen aufgestockte San Francisco vor einer violetten Hügelsilhouette. Dahinter und über allem, horizontbreit, ein greller Feuerhimmel. Unter diesem Himmel hatte man sich also den Pazifik zu denken. Ach Lena, ach Sabine, wahrscheinlich ist er schon zu lang in Sillenbuch gewesen. Dieser Anblick sprengt ihm schier sein sogenanntes Fassungsvermögen.

3

Als er diesen Geruch am nächsten Morgen immer noch wahrnahm, fragte er Sabine, ob dagegen etwas zu tun sei. Das sei der Geruch eines anderen alten Ehepaars, sagte Sabine. Jedem Ehepaar entstehe in seinen Räumen allmählich so ein Spezialgeruch, den es selber nicht mehr wahrnehme. Am meisten im Schlafzimmer. Du sprichst, als seist du der Minister für Alte Ehepaare, sagte Halm und stand auf.

Sabine hatte auch nicht gut geschlafen. Wenn sie an diese Luft denke, höre sie auf zu atmen. Diese Luft hat eine Farbe, sagte er. Schluß jetzt, sagte sie. Ich atme nur noch ganz flach, sagte er. Sobald ich tiefer einatme, riecht die Luft, das heißt, sie hat eine Farbe. Sabine sprang aus dem Bett und rief: Professor Rinehart ist Völkerkundler.

Sie fahren nach dem Plan, den Rainer für sie gezeichnet hat. Auf der Shattuck durch Berkeley bis zur Ashby, dann links hinauf zu den Oakland Hills, bis zum *Claremont Hotel*, einem weißen Monster, das, so Rainer, einer höheren Verwünschtheit nicht unteilhaftig sei; um das herum, wenn sie's denn schafften, zu sehen sei das Crocker-Tor der Washington University, sie könnten sich angekommen wähnen.

Sie fanden hin, schauten stumm auf die Studenten, die durch die zwei viereckigen rötlichen Steinsäulen des Crocker-Tors in den Campus hineindrängten. Halm fragte, ob er hier nicht doch wieder fahren solle? Hier fährt man langsamer. Und Rainers Frau hat eine Fahrschule. Er könnte bei ihr ein paar Stunden nehmen. Du willst mich los sein, sagte sie. Ja, sagte er und winkte ihr nach, bis er sie nicht mehr sah. Er stand wie ein Hindernis in der Flut der zum Tor strömenden Studenten. Dann ließ er sich hineintreiben in das Baum- und Hügelparadies. Rainers Skizze Nr. 2: der Campus. Auch in dieser Skizze gab sich Rainer als launiger Wegweiser. Sei man durch die Crockerpfosten durch, habe damit auch fast schon die dem

Studentenbedarf dienenden Geschäfte an der Student Union Plaza hinter sich, peile man, bitte, rechts droben Coit Hall an und merke sie sich, sie berge die Kurslokale, also immer zu auf das, was da droben liegt wie etwas gestrandetes Antikes. Links drunten tauche aus weiter Wiesenwanne, gerade fertig geworden, Lincoln Library auf; etwas aus grünem Glas, von blätterhaft geschwungenen Marmorschilden geschützt, und Wasser drum rum, daß sich's spiegeln kann. Rechts droben jetzt, Pierce Hall, etwas willkürlich Assyrisches auf einem Hügel für sich, beherbergt Natural Sciences. Bis hierher sei immer etwas rechts droben oder links drunten, jetzt liege aber die wenig ansteigende Wiese voraus, die Bäume nehmen zu, schier ein Wald, aber ein Wald sei nicht gewollt von dem Campusentwerfer; die Mammut- und Redwoodbäume bleiben Baumpartien; also groves (o ja, *Hain* kann man hier noch sagen), dazwischen der Weg, der auf- und abschwinge und das trockene Bett des Okra Creek auf einem katzenbuckelhaft gewölbten Brückchen überquere. Fast gerade, aber nicht europäisch alleenhaft bepflanzt, zeige der Weg jetzt auf das Ziel: Granit und Schiefer der Wyoming-Gotik von Fillmore Hall. Im 3. Stock, Zimmer 306, das Sekretariat, geistreich beherrscht von Mrs. Carol Elrod. Klopfen konnte Halm nicht, die Tür stand offen. Rainer hätte auf seiner Wegweisung zur Sekretärin ruhig noch anmerken können: weißhäutig, schwarzäugig, eine runde Stirn, um die herum die schwarzen Haare sozusagen züngelnd aufhören. Sie sagte nicht zuviel und nicht zuwenig. Sie tat nicht zu fremd und nicht zu vertraut. Halm hatte gleich das Gefühl, daß man es ihr überlassen konnte, wie es weitergehe. Sie trug einen Jeansrock und eine ärmellose Bluse. Offenbar sollten die Schulterrundungen der runden Stirn zur Seite stehen. Ihr Büro war klein und vollgestellt. Vor ihrem Schreibtisch ein Stuhl, der seitlich gestellt war, es ging nicht anders. Man saß also, wenn sie einem diesen Stuhl anbot, mit dem Profil zu ihr oder mußte den Kopf um neunzig Grad zu ihr hindrehen. Sie zeigte ihm das Büro im 4. Stock, Nr. 407 F, das er als das seine ansehen solle. Dann beschrieb sie ihm den Weg zurück zur Coit Hall. Er sagte nicht, daß er, vom Crocker-Tor kommend, rechts droben Coit Hall schon habe liegen sehen. Er war orientierungsschwach, ein Rückweg war für ihn immer eine neue Strecke, in der er den Hinweg nicht mehr wiederfand. You just stop back after your class, sagte sie. Das hieß wohl, sie erwarte ihn nach der Stunde. Sie sprach mal deutsch, mal amerikanisch. Ihr Deutsch war flott, irgendwie klang da Berlin nach. Täglich einmal die Neese ins Fach, sagte sie. Was ihn angehe, lande in seinem Fach. Washington University sei berühmt für seine events. Da fehle ihr schon wieder ein deutsches Wort. Einem first generation kid fehle mal ein deutsches, mal ein amerikanisches Wort. Zwischen den Schneidezähnen hatte sie einen hübschen Abstand. Mit ihren in Wellen nach vorne wachsenden, unregelmäßig aufhörenden Haaren sah sie eigentlich wie ein englischer oder deutscher Romantikdichter aus. Aber auch wie ein Schaf. Eine große Unterlippe. Wie Rainer. Aber nicht weghängend, sondern die Oberlippe deutlich tragend. Und aus dem nie ganz zugewandten Gesicht dieser herüberschauende Blick. Byron als Schaf, dachte Halm, das geht doch nicht. Noch länger durfte er sie nicht anstarren. Er dankte ihr so heftig, daß sie es nicht bloß für Routine halten konnte.

Auf dem Weg zurück zur Coit Hall ärgerte er sich über seine verwetzte, schlappe, alte Mappe; wahrscheinlich weil die durch das saftigste Rasenaufundab schweifenden Campuswege vor studentischer Jugend brausten. Er hatte das Gefühl, er werde gewirbelt, untergetaucht, fortgespült. Er mußte stehenbleiben, in die Bäume schauen. Wer etwas mit Bäumen erleben will, muß hierherfahren, sagte er so leise, daß nur er selber es hörte. Daß Bäume fromm machen, habe ich bemerkt, bevor ich es gewußt habe, sagte er genauso leise. Aufgescheucht wurde er von den Schreien zweier Studentinnen, die aufeinander losstürzten, einander dann aber nicht verprügelten, sondern umarmten. Heute war der erste Schultag. Coit Hall war von allen vier Seiten auf Treppen zu ersteigen.

Die Konversationsstunde in Raum 101, der Sprachkurs in 102. Durch das rechteckige Fensterchen in der Tür sah Halm, daß in 101 eine Studentin saß. Er ging hinein, grüßte und setzte sich so weit wie möglich von ihr weg. Es war zehn vor neun. Die Studentin fragte, ob Halm auch zum Konversationskurs hier sei. Halm sagte ja. Die wunderte sich wahrscheinlich, daß ein Mann in diesem Alter noch den Konversationskurs besucht. Selbst für einen instructor war er zu alt. Die Studentin streckte die Arme aus, gähnte. Halm las den Zweizeiler auf ihrem T-shirt: *Small things amuse great minds.* Zwischen der mit *things* endenden und der mit *amuse* beginnenden Zeile die kleinen Dinge, die nicht klein waren. Fünf vor neun waren drei Studenten da. Fünf nach neun waren es sieben. Dann kam einer und fragte, ob hier noch ein Stuhl zu haben sei. Halm sagte ja. Jetzt war kein Stuhl mehr frei. Dann kam, an Krücken sich über den Boden schleifend, eine Behinderte. Ein Student mußte einen Stuhl zurückerobern. Halm merkte, daß er schwitzte. Er stellte sich vor, sagte, daß er in Konversation kein Held sei, daß er Gelegenheiten zur Konversation lieber meide, daß er sich aber auf diesen Konversationskurs freue, weil hier ja keine Konversation stattfinde, sondern ein Konversationsspiel, also fangen wir doch gleich an, zum Beispiel mit den möglichen Meinungen über Konversation, also darüber, ob man, um Leute zu beeindrucken, besser die Wahrheit sage oder ob lügen erfolgversprechender sei und ob nicht am allerschönsten die Konversation in einer fremden Sprache sei, da man in der ja auf die unschuldigste Art lüge, weil man nie ganz genau wisse, was man sage, also könne man kühner sein als in der Muttersprache, man habe es ja nicht zu verantworten... Was er sagte, hatte er sich vorher ausgedacht.

Nachher, auf dem Weg von Coit Hall zurück zur Fillmore Hall, fühlte er sich wie nach einer Niederlage. Er war erschöpft, ausgelaugt. Aus Angst, daß die Studenten nicht sprächen, hatte er zuviel gesprochen. Dadurch hatte er die, die vielleicht gesprochen hätten, vom Sprechen abgehalten. Als er gerade wieder über die Katzenbuckelbrücke ging, hörte er seinen Namen. Eine Studentin hatte ihn eingeholt. Eine große Blonde. Sie streckte ihm die Hand hin, sagte, sie heiße Fran, sie freue sich auf den Kurs bei ihm, sie liebe deutsche Literatur, am meisten Rilke und George. Es war nicht die mit dem Zweizeiler-T-shirt. Sie ging auch zur Fillmore Hall. Sie fragte, ob er zum ersten Mal hier sei. Ja, ja, sagte er. Sie sagte, sie habe das Gefühl, sein Konversationskurs werde sehr lebendig. In der Klasse hatte sie zu denen gehört, die nichts gesagt hatten. Sie machen jetzt Konversation, sagte er. Sie lachte laut. Dann sagte sie, sie sei sehr schüchtern, wahrscheinlich werde sie in der Klasse vier Monate lang keinen Ton sagen. Sie gingen wieder stumm nebeneinander her. Dann sagte sie: Mögen Sie Rilke und George auch so gern? Ja, ja, sagte er, natürlich. Er überlegte, was von dem, was ihm durch den Kopf ging, er sagen sollte. Sie sagte, sie sei ein Jahr in Wien gewesen, da habe sie Rilke und George lieben gelernt. Ein Jahr Wien, wie schön, sagte er. Wenn er nur nicht gleich gesagt hätte, daß er auch zur Fillmore Hall gehe, dann hätte er jetzt an einer der vielen Abzweigungen abbiegen und sich zwischen grünen Rundungen verlieren können. Vor den Aufzügen in der Fillmore Hall sagte er: Ich hab es ja gesagt, ich bin nicht gut in Konversation. Sie sagte, er sei doch sehr gut in Konversation, weil er einem Lust mache, mit ihm zu sprechen. Er winkte erschrocken scharf ab und sah mit einem, wie er hoffte, gequält aussehenden Gesicht zu den aufleuchtenden Stockwerksziffern auf. Sie betraten den Lift. Going up? fragte sie den Studenten, der schon im Aufzug war. Trying to, sagte der, und Halm, der doch zu Hause auch Englisch gab, stellte wieder einmal zerknirscht fest, daß er diese Sprache nie beherrschen werde. Irgendwie war es ihm peinlich, daß er von der ersten Stunde gleich mit diesem Mädchen zurückkam. Carol Elrod empfand das offenbar auch so. Halm hatte das Gefühl, er erröte, also sagte er, er müsse schnell in sein Büro. Er hörte noch, daß das Mädchen nach Professor Ackerman fragte. Mit Wohlgefühl schloß er die Tür von 407 F auf, die jetzt fast vier

39

Monate lang seine Tür sein würde. *Prof. Halm* stand auf dem Schild. Professor Taenzer, dessen Büro das war, hatte ein Urlaubsjahr. Halm ließ sich auf den Schreibtischstuhl fallen. Von oben wurde er mit eisiger Luft besprüht. Er stieß sich ab, rollte zurück, bis er vor dem direkten Kältestrahl sicher war. Das Büro hatte kein Fenster. Das Neonrechteck an der Decke hatte er zuerst für ein Deckenfenster gehalten. Neben dem Neon ein Gitter, aus dem die Kaltluft kam. Er würde einen Pullover und einen Schal hier deponieren. Die grünen Wände waren mit Zeichnungen und Gemälden von Kinderhand tapeziert. Peinlich, Bilder anschauen zu müssen, die von Kindern fabriziert sind, an deren Dasein man nicht schuld ist. Die Bilder waren nicht abnehmbar. Professor Taenzer, der sich an ihnen natürlich nicht satt sehen konnte, hatte sie hingeklebt, für immer. Halm würde sich Plakate beschaffen, und sei es mit Neuschwanstein drauf. Rainer hatte sich entschuldigt für dieses Büro. Fillmore sei das älteste Gebäude überhaupt. Daß die deutsche Abteilung darin untergebracht sei, zeige, wie Deutsch hier eingeschätzt werde. Die Lateinamerikaner, bisher auch in Fillmore, seien ab Januar in der neuen Menlo Hall. Plötzlich fährt mit einem grausam knirschenden Geräusch ein Schlüssel ins Schloß, ein Reinigungsmann sagt Hi, geht zum leeren Papierkorb, geht wieder. Halm hatte den Eindruck, zwischen dem Schlüsselstecken und Türöffnen sei überhaupt keine Zeit vergangen. Wenn er jetzt hier etwas getan hätte, wobei man nicht gesehen werden darf? Ein schwarzer Chinese war das. An der Jacke ein Namensschild: Elisha. Sobald der Mann wieder draußen war, konnte Halm Hei sagen. Nach dem Sprachkurs ging er noch einmal in die Abteilung. Er wollte Frau Elrod zeigen, daß die Begleitung durch eine Studentin eine Ausnahme gewesen sei. Wie der erste Vormittag gewesen sei, wollte sie wissen. Der Sprachkurs sei kein Problem, sagte er, aber die Konversationsklasse, er habe nur drei Teilnehmer zum Sprechen gebracht. Fragen Sie doch mal, warum die überhaupt kommen, sagte Frau Elrod. Rainer hatte ihn ausgelacht, als er gefragt hatte, wie man so einen

Kurs leite. Und diese wunderbar geistesgegenwärtige Frau Elrod hat ihn für nachmittags um drei vorsorglich mit zwei teaching assistants verabredet, die schon zwei Semester lang Konversationskurse gegeben haben. Und morgen nachmittag um drei im Foundation Building. Fragen zur Versicherung. Übermorgen, die Karte für die Bibliothek und das Photographieren für die Social Security Card. Jetzt wollte er Frau Elrod zum Mittagessen einladen, aber er ertastete gerade noch, daß er den Geldbeutel verloren hatte. Ein vor nichts haltmachender Schrecken. Er kann sich doch nicht leisten, einen Geldbeutel zu verlieren. Er findet, er müsse so tun, als habe er unglücklicherweise schon eine Verabredung zum Mittagessen. Aha, sagte Frau Elrod. Er tat, als wisse er überhaupt nicht, was sie meine, und sagte beiläufig, daß seine Frau mit einem Bekannten zum Essen komme. Mein Gott, wohin log er sich da! Und warum denn, bitte? Also dann, bis nachmittags. Den Geschäftigen markierend, ging er in sein Büro, rief Sabine an. Die hat den Geldbeutel schon gefunden. Gott sei Dank. Dieses Wegrieseln des abgeschlagenen Schreckens. Sie will gleich herfahren. Halm hatte Mühe, ihr das auszureden. Wem, wenn nicht ihm, tue Fasten gut! Fünf nach vier am Crocker-Tor! Dann suchte er einen Weg hinaus, der nicht an der Abteilung vorbeiführte, ging nicht Richtung Coit Hall, sondern noch tiefer ins Campus-Gelände hinein. Überall lagen jetzt Studenten wie Denkmäler im Grünen. Wenn Kühe nach stundenlangem Fressen sich zum Wiederkäuen niederlassen, kommt es auch zu solchen götterhaften Lagerungen. Campus-Mittagsruhe, vertieft von den Glockenschlägen des Campanile. Plötzlich sah er Grabsteine. Auf bloßem Rasen. Einzelne Studenten und Studentinnen lagen zwischen den Gräbern und auf ihnen. Lesend, dösend, wiederkäuend. Manchen, die ihre Knie angezogen und darauf eine Schreibunterlage plaziert hatten, dienten Grabsteine als Lehne. Vor einem Grabstein lag auf dem Rücken, ein Bein angezogen, das andere gestreckt, das Mädchen, das ihn nach der Konversationsstunde angesprochen hatte. Sie hatte einen Arm über das

Gesicht gelegt, aber er erkannte sie an der grellblauen Turnhose mit den breiten weißen Streifen und an dem weißen frotteehaften Trikot mit dem weiten runden Ausschnitt. Sie lag genau vor dem Grabstein. Die braunen Beine glänzten in der Sonne. Die blonden Haare waren auf dem Gras eher messinggrün als blond. Alte Turnschuhe hatte sie an, farblose. Das hatte er jetzt gesehen. Er konnte gehen. Er ging nicht. Gib zu, daß das ein toller Tag ist! Ich gebe es zu, sagte das angesprochene Ich zu dem, der es angesprochen hatte. Dann erst ging er. Zum Glück war er Jugend gewöhnt. Daheim lagen sie zwar nicht auf Gräbern herum, kamen auch nicht so in die Klasse, aber es gab schon ganz schöne Erscheinungen. Ihm machte das nichts mehr aus. Je heftiger die auftraten, desto weniger machte es ihm etwas aus. Das hatte er hinter sich. Dank... ach nein. Was soll dieser Name noch! Einen reineren Irrtum als seine Nicole-Pleite konnte es nicht geben. Er ging ins Büro zurück. Angenehm, wie schwer es war, dieses Büro zu finden. Es lag nicht am Gang. Am Gang lag nur die Tür 407, hinter der ein paar Stufen aufwärts zu einer Tür ohne Nummer, hinter der ein Vorraum, von dem vier Türen weggingen zu den Büros 407 C bis F. Auf den Boden des Vorraums war ein roter Pfeil gemalt, der wies zu einem Türchen, so nieder, als sei es der Einlaß oder Auslaß für Zwerge. Es stand offen, gab ein rundes Loch frei, das in eine Blechröhre führte. *Fire-Escape* stand an der Wand. Neben dem Loch ein Haufen alter Bücher. Er mußte hineingreifen und nehmen, soviel er auf einen Griff kriegen konnte. Drinnen wurde die Beute betrachtet: *1848 Ähringe und Naiestaan im Johr Achtevärzich Luschtiche Hoheloher. Gschichtlich und Gedichtlich vum Wilhelm Schrader, eme alte Naiestaaner.* Leipzig, ohne Jahreszahl. Und: *Dictionary of ANECDOTE, selected and arranged for The Pulpit and the Platform by the Rev. Walter Baxendale, New York 1889. Das Anekdotenbuch* schlug er gleich auf und blieb hängen am Stichwort DEATH. *Death, Bound to* las er. Und stellte – das war er sich als Lehrer schuldig – lesend gleich eine deutsche Version her: *Vergil* berichtet über einen König aus alter Zeit, der, wenn er strafte, so unnatürlich grausam war, daß er gern einen Toten an einen Lebenden fesselte. Der Ärmste konnte sich von seiner widerwärtigen Last nicht trennen. Die Leiche war fest an seinen Körper gebunden, Hand an Hand, Gesicht an Gesicht, Mund an Mund; wenn er sich hinlegte, legte sich die Leiche hin, und sie stand auf, wenn er aufstand; wo auch immer er hinging, die Leiche war dabei, bis zu dem ersehnten Augenblick, als der Tod ihn erlöste. Ihm fiel natürlich das Mädchen ein, das auf dem Grab lag, ein Bein ein wenig angezogen, ein Arm über dem Gesicht. Wie fest, wie entschieden die ihm, als sie ihn eingeholt hatte, auf dieser Katzenbuckelbrücke die Hand gegeben hatte! Das war ein Augenblick, in dem er lebendiger gewesen war als vorher und nachher. Das Leben braucht auch Ausdruck, dachte er. Der Tod hat mehr als genug davon.

Um dreiviertel war er bei Frau Elrod. Die Bürotür stand also immer offen. Aber die Tür von ihr zu Mersjohann war anscheinend immer zu. Er war aber da, kam heraus, jackenlos, im weißen Hemd, mit violetter Krawatte; die Hände hielt er auf dem Rücken. Ging der vorgebeugt? Halm hätte gern die Hände gesehen, weil er an denen seinen Rainer wiedergefunden hatte. Mersjohann sah Halm mit einer Neugier an, die sich als gespielt gab. Da die Anfänge uns nachgehen, sag, wie deiner war, sagte Mersjohann. Daß du mit der schönen Dummen auftrittst, weiß ich schon, was also hast du noch erlebt? Carol sagte, es sei ihre Schuld. Sie hätte Halm warnen müssen vor diesem typischen kalifornischen College Girl, blond, Porsche, Papapraxis in Pacific Heights, San Francisco, und scharf wie ein Haifischzahn. Zurück jetzt ins Geschirre, Mr. Chairman, um halb fünf kommt der Bote von der Druckerei, jedes Jahr ist das Deutschdepartment das letzte, mich packt die nackte Scham… Rainer tat, als renne er in sein Büro. Wir sehen uns ja abends bei mir, rief er.

Zur Zeit sei es schlimmer als je, sagte sie mit einem Schmerzensblick zu Rainers Tür. Das Schubertreferat! Was wette sie, daß Rainer damit nicht fertig werde, bis er im Flugzeug sitze. Wenn der Kapitän sage, in wenigen Minuten werden wir in Houston landen, wird Professor Mersjohann sein westfälisches Weizenbrotlächeln kriegen und nicken und sagen: Pünktlich, wie wir gern sind, Steward, einen doppelten Bourbon. Er wird Sie benutzen wollen, sagte sie ganz leise, als Gelegenheit zum Trinken, reichen Sie ihm nicht den kleinen Finger. Aus seinem Büro rief Rainer in lustiger Intonation: Wenn geflüstert wird, krieg ich aber Verfolgungswahn! Sie sprach sofort laut weiter: Sie waren natürlich nicht mit Ihrer Frau essen, das war ja klar. Aber mit dem Blondäffchen auch nicht. Mit dem bißchen Kraft, das mir diese Irrenabteilung übrigläßt, werde ich an der Lösung dieses Rätsels knorzen. Aber da kommen ja endlich unsere Zwillinge, ich nenne Barbi und Susi Zwillinge, obwohl sie einander nicht gleicher sehen als ein Spiegelei einem Rührei. Sie sind eines Wesens, Schicksalszwillinge, sonst wären sie nicht, die aus Kempten, die aus Köln, beide als TAs in Oakland gelandet. Wir hatten vor zwei Jahren einen deutschen Dichter als Gastprofessor hier, Tassilo Herbert Meßmer, der glaubte nach drei Monaten Kalifornien immer noch, daß TA nicht teaching assistant heißt, sondern transactional analysis. Now meet Barbi und Susi, das ist Professor Halm. Die zwei wollten vor der Tür ihres Chairman erst mal laut darüber klagen, daß 500 Dollar pro Monat zuwenig sei. Die Kölnerin redete, die Kemptnerin nickte. Frau Elrod verlangte der klagenden Kölnerin das Geständnis ab, daß sie noch nirgends so gern gewesen sei wie in Kalifornien. Die Kölnerin sagte: Das ist doch ganz klar. Die Kemptnerin nickte. Jetzt aber: Sie waren in den Ferien an der Ostküste, sind da auf die Rassias-Methode gestoßen, diese Methode muß hierher! Schluß mit den Konversationsstunden, bei denen einem der Bauchnabel einschläft! Bei drill instruction reagiert der Student 65mal pro Unterrichtsstunde, bei uns 3 bis 4mal. Bis jetzt gibt's drill instruction nur bei Spanisch, Französisch, Italienisch; Deutsch ist sich zu fein dazu. Der instructor muß da wirklich ran an den Studenten, mit

Händen und Füßen, Möbel raus und losgelegt. Nach einer Stunde drill instruction schwitzen alle wie nach einer Boxstunde, instructor und Studenten. Halm sagte: Interessant. Leider müsse er sich verabschieden. Um vier erwarte ihn seine Frau am Crocker Gate.

Als Sabine dann nicht da war, konnte er sich nicht von der Vorstellung befreien, Mrs. Elrod beobachte ihn von einer höchsten Campusstelle aus und stelle fest, daß er gelogen habe. Wie in diesem wilden Durcheinander soll er Sabine finden? Aus dem Campus quellende Studenten, die selbstvergessen über die Straße drängen. Ungeduldige Autos, zu den Haltestellen strebende Busse. Von der Bay herauf ein unbändiger Wind, ein wildes Licht. Studentinnen, die nach stundenlanger Unterdrückung ihrer Lebendigkeit jetzt einfach draufloskauen und vor den mahlenden Mündern die Kaugummiblasen platzen lassen. Und die an die Blusen klopfenden Brüste. Busse mit undurchsichtig schwarzen Scheiben schlucken Studentinnen weg, die er, glaubt Halm in diesem Augenblick, überhaupt nie mehr vergessen kann. Einem Spastiker, der im Rollstuhl hängt, wird aus der Bustür eine Plattform auf das Trottoir heruntergelassen, die Rollstuhlräder drehen durch, der Elektromotor schafft die kleine Erhöhung nicht, die die Plattform den Rädern entgegensetzt, alle stehen und schauen, ein Schwarzer schiebt endlich den Rollstuhl auf die Plattform, die hebt sich, zieht den Stuhl in den Bus, der Bus fährt ab. Papierfetzen und Plastikbecher wirbeln im heißen Wind hinterher. Sabine stupste ihn in die Rippen. O Sabine, Gott sei Dank, daß du da bist! Sie stehe schon die ganze Zeit da. Ach ja, er ist auf den grünen Mercedes programmiert und sollte hier doch Ausschau halten nach einem mattgelben Volvo. Sobald man wieder auf der quer durch die Städte laufenden Shattuck Avenue war, konnte Sabine sprechen. Lena sei noch nicht aus ihrem Zimmer gekommen. Das ist die Zeitdifferenz, sagte Halm. Hoffen wir's, sagte Sabine. Er bat Sabine, langsam zu fahren. Er wollte an nichts vorbeifahren, ohne es gesehen zu haben. Sabine hatte schon das beste Blumengeschäft ausfindig gemacht. Sie kam heraus mit einem typischen Sabinestrauß. Das schafft sie überall, daß ein Strauß nicht mehr aussah wie aus einem Blumengeschäft, sondern wie von der Wiese oder wenigstens von Cézanne. Der Chinese begleitete sie bis zur Autotür. Lena sagte, sie gehe nicht mit zu Mersjohanns. Sie sagte das durch die geschlossene Zimmertür. Man fragte, warum nicht. Muß man denn alles erklären, sagte sie. Halm und Sabine sagten, sie könnten doch wenigstens zusammen Tee trinken und dabei die Sonne hinter San Francisco untergehen sehen. Keine Antwort mehr. Halm forderte Sabine durch eine Geste auf, den Versuch abzubrechen.

Als sie sich unten in ihrem Schlafzimmer für den Besuch anzogen, stellte Halm fest, daß die Luft noch genauso rieche wie beim ersten Eintritt. Und als sie bei Mersjohanns eintraten – halb Stratford-on-Avon, halb Rothenburg ob der Tauber, hatte er draußen zu Sabine gesagt –, rief er gleich laut aus, da sehe man, daß Sabines Behauptung, jedes Ehepaar produziere einen besonderen Geruch, nicht stimme. Hier bei Mersjohanns herrsche nichts dergleichen. Oder wir sind kein Paar, sagte Rainer. Halm sagte ganz ernst: Rainer, ich beneide dich. Elissa wollte jetzt von Halm wissen, ob seine Bemerkung über die wunderbare Luft in diesem Haus von Rainer bestellt worden sei. Habe Halm damit für Rainers Standpunkt Partei ergreifen wollen, daß sich dessen Raucherei nicht auf die Luft im Haus auswirke? Sie wollte nicht glauben, daß Halm von Rainer nicht über diesen ewigen Streit informiert worden sei. Elissa haßt verrauchte Räume. Da Rainer praktisch ununterbrochen raucht, hat sie ihm im Untergeschoß ein zweites Wohnzimmer eingerichtet, das an sein Arbeitszimmer grenzt; da drunten kann er rauchen, soviel er will. Aber sie fürchtet, daß der Geruch allmählich heraufdringe in ihren Stock. Sie schlafen auch nicht auf demselben Stockwerk.

Du wärst ein guter Goldgräber gewesen, sagte Rainer, in deutscher Sprache, die Elissa nicht verstand. Und sagte rasch zu Elissa hin, die den Sätzen in der Fremdsprache einen Wulstmund entgegengesetzt hatte, daß er Helmut, weil der ein solches Gespür für geheime Spannungen beweise, gerade eine Goldgräberbegabung bescheinigt habe. Und wieder zu Halm hin: Elissa stamme von Goldgräbern der ersten Stunde ab. Halm sagte, jede Ehe beruhe auf dem, worüber sich die miteinander Verheirateten unter keinen Umständen einigen können. Differenz hält Ehen zusammen, nicht Einigkeit. So redete Halm leichthin, weil er bei Elissa Mißtrauen gespürt hatte. Und diese Frau wollte er gewinnen. Diese Goldgräbernachkommin. Ihre kurz geschnittenen Haare erinnerten ihn an J. F. Kennedy, ihr Kinn an venezianische Gondeln, es schwang schön aus. Darüber wachte eine feine Nase. Und kühne Augen. Oder kühle? Oder spöttische? Zum Spott bereite? Er war froh, daß Rainer eine Frau hatte, die ihn anzog. Zu dieser Frau würde er schneller hinfinden als zu seinem früheren Freund. Wenn sie nicht zu mißtrauisch war. Am liebsten hätte er gesagt: Wenn man so wohnt, ist man liebenswürdig. Dieser hingestreichelte Verputz, diese Gewölbedecke mit den dunklen Balken. Das ist doch kein Wohnzimmer, eine Kapelle ist das, ein Saal. Angebaut ans dreistöckig am Hang liegende Haupthaus. Auf der Ebene seines 2. Stocks darf das Haus an diesem feierlichen Saal teilnehmen. Man sah über die Bay, sah San Francisco; aber von hier heroben sah man nicht nur einen Brückenanfang, sondern drei Brücken ganz und gar, auch die ihres Ruhms so werte Golden Gate ganz und gar; und durch sie durch und über sie weg sah man den Pazifik, der der Sonne gerade das Bett machte. Jetzt in das Dreistöckige. Da war's verwinkelt wie in einem alten Schiff. Eine Wendeltreppe führte nach unten. Dort schlief, wohnte, arbeitete also Rainer. Von seinen Türen aus ging's in die Natur: auf eine von Büschen und Bäumen gesäumte und von riesigen Efeublättern überwucherte kleine Felslandschaft. Elissa war nicht mit heruntergekommen. Das sei schon 50000 vor Christus ein Indianerquartier gewesen. Er zeigte die Höhlen, die Mahl- und Kochmulden im Stein. Bevor sie wieder die

Wendeltreppe hinauf in Elissas Welt gingen, machte er die Zigarette aus, als falle das nicht schwer. Er habe ohnehin ein Emphysem, Goethe habe auch eins gehabt. Schon beim jungen Goethe stehe: *weite meine Brust*, beim älteren: *mache meine Brust doch weiter*. Droben staunte Halm wieder in Elissas Kapelle herum. Elissa sagte, Rainer werde ihnen im Lauf des Abends immer noch etwas und noch etwas zeigen da drunten, um sich Gelegenheit für weitere Zigaretten zu verschaffen. Er sei dabei, sich umzubringen. Jetzt lächelte sie rein dekorativ. Rainer stand vorgebeugt, seine legendären Hände auf dem Rücken; die weghängende Unterlippe war innen naß. Ärmellose dunkelgrüne matte Seide trug Elissa. Als Halm aus der von ihr gehaltenen Salatschüssel Salat nahm, sah er in ihre schweren Brüste hinab. Gleich darauf fiel ihm ein Salatlöffel auf den Boden. Rainer holte einen anderen Löffel. Halm fing einfach an, das Haus zu preisen. Dieser cream-colored plaster und die ceiling beams und dieses Täfer, paneling, soufflierte Rainer fast noch bevor Halm das Wort brauchte. Was ihn hinriß, war nicht Geschmack oder Wohlhabenheit. Geschmack beeindruckte ihn überhaupt nicht. In diesem Haus herrschte Feierlichkeit. Wo man hinschaute, sah man etwas, was nicht dem Gebrauch dienen konnte. Und wer solche Zusammenstellungen arrangiert, der will auch, daß man sie sieht, dachte Halm, also schau ich alles an und tu so, als sei hier alles das Faszinierendste überhaupt. Ist es ja auch. Der schwere Kettenvorhang des Kamins war so weit zurückgezogen, daß man drinnen, auf dem zum Anzünden vorbereiteten Holzstoß, einen nackten Frauenkörper liegen sah, fleischfarben, ganz nach der Natur, in einer Pose, als sehne sich diese Frau dem Verbranntwerden entgegen. Die Kamin-Werkzeuge staken in einem dafür mit Löchern versehenen Krokodilschädel. Und für die Griffe dieser Werkzeuge waren offensichtlich Knochen verwendet worden. Mitten im Raum, umwabert vom Flor des waldmeisterlimonadegrünen Teppichbodens, eine kniehohe, breit hingelagerte Vitrine, deren Wände Spiegel sind. Drinnen, auf schwarzem Tuch, Landschaften aus Kristall. Das einzig Lebendige in dieser Bizarrerie, eine Tarantel. Jeden Freitag werde die mit einer lebenden Zikade gefüttert. Orangerot und schwarz gestreift ist die haarige Tarantel. Den Totenkopf, der den Kaminsims krönt – er hat noch alle Zähne und stammt, sagt Elissa, von einer Frau –, krönt eine Tarantel beziehungsweise das an Haut und Haaren, was die Tarantel abgelegt hat. Elissa zeigt den Deckel auf dem Rücken, durch den die Tarantel ihr erstes Leibgehäuse verlassen hat. Das müßte man können, sagt sie, so aussteigen aus einem Lebensgehäuse, das nicht mehr paßt. Du kannst, sagte Rainer. An den Wänden, Seitenaltären gleich, vier Vitrinen mit Steinen. Diese rocks, sagt Elissa, habe sie von ihrer Mutter geerbt. Eine geborene McCleave, soufflet Rainer so dazwischen, daß Halm sofort an eine geborene Gutöhrlein hoch zehn denkt. Ihre Mutter ist mit ihren rocks in der ganzen Welt zu shows gereist und hat Preise heimgebracht für Pyrite, Fluorite, Quarze. Halm wollte alles wissen. Ihm tat es gut, daß ihr seine Neugier guttat. Elissa bedankte sich bei Halm für sein Interesse. Aber zu bedanken hatte sich doch er! Nein, nein, sie, sagte Elissa. Die meisten, die ins Haus kommen, tun so, als seien sie durch nichts mehr zu beeindrucken. Halm dachte: Dieser gänzlich bequeme Körper in dunkelgrüner Seide… Unser Ältester macht eine Arbeit über Lagerstättenkunde, sagte Rainer leise. Deshalb ist er jetzt mit Bethlehem Steel in Spanien. In Galicia, sagte Elissa. Halm dachte an Kantaten, wo ein Sopran mit einer Bratsche zusammenwirkt. Galicia, wiederholte die Bratsche, wo schon die Römer Gold schürften, Wasser als Bohrkraft nutzten, 40 km lange Kanäle anlegten zur Auswaschung des Goldes, die Kanäle mit Schaffellen ausschlugen, daß im Fellhaar der Goldstaub hängenbleibe. Daher das Goldene Vlies, sagte der Sopran. 300 000 Sklaven, bewacht von 200 000 Soldaten, sagte der dunkle Ton. In Abständen ließen sie Steine unberührt, daß der Statthalter, der immer erwartet wurde, aber nur alle paar Jahrzehnte kam, sehe, wieviel sie abgehoben hatten. Die Steinsäulen stehen heute noch, schreibt Milton, sagte Elissa. Milton ist ein For-

scher, sagte Rainer. Jamey auch, sagte Elissa. Innere Lager-
stätten, sagte Rainer. Als sie zum ersten Mal *Jamey* sagte, ging
man wie in einer richtigen Kirche zum nächsten Altar. Da wo
in einer Kirche der Hochaltar steht, stand hier eine niedere,
voluminöse Säule, die einen kuppelartig gewölbten Käfig
trug, darin ein Papagei. Ein gewaltiges Tier. Das ist P, sagte
Elissa. Rainer übernahm ohne jede Hast: Jamey hat ihn gebracht. Jamey war in Orinda im College. Da fuhr er täglich
hin. Aus Rainers tief einschwingender Handbewegung sah
Halm sofort, daß Jamey, um nach Orinda zu kommen, täglich unten durch den Berg, auf dem sie jetzt standen, durch
mußte. Elissa hat ihre Fahrschule auch in Orinda. Sie fuhren
immer zu zweit. Halm spürte eine Art Angst. Diese Geschichte klang, als könne sie nicht gut ausgehen. Solchen Geschichten hörte er aber nicht gern zu. Einmal, als Jamey auf
dem College Green sein Lunchpaket ißt, sieht er einen Vogel
auf dem Baum. Er holt sich Samen, klettert hinauf, ist noch
nicht ganz auf Reichweite, da fliegt der weg. Jamey runter,
holt sich im Dorm bei seiner Freundin einen Kissenbezug,
nimmt mehr Samen mit, klettert wieder hinauf, der Stamm
wird oben sehr dünn, der Wipfel schwankt, Jamey hält still,
ganz lange, völlig still, dann bewegt er sich nur noch millime-
terweise, dann ist er dort, hat ihn, den Vogel, bringt ihn im
Kissenbezug heim, sagt, das sei P. Sie gehen ins Zoogeschäft.
Das sei ein gelbköpfiger Amazonaspapagei, Wert: 700 bis
1000 Dollar. Man schneidet ihm gleich die unteren Flügel,
daß er nicht mehr fort kann, kauft ihm diesen Käfigdom, für
den Elissa dann die Marmorsäule findet und diese Stelle im
Raum. Gesprochen habe P nur mit Jamey. Das heißt, seit Jamey fort sei, sei P stumm. Seit Jamey diesen Vogel vom Wipfel geholt habe, habe er gewußt, der Junge bleibe nicht auf
dem College. Jamey habe schon nach dem ersten Jahr gesagt,
daß er nicht Geld bezahle, um etwas zu lernen, was er gar
nicht lernen wolle. Das hatten sie nicht ernst genommen.
Dann war er abends nicht mehr am Green gewesen, wo Elissa
ihn immer holte. Die Polizei kam. Freunde riefen an und

drohten. Nach Monaten rief er an. Aus Orlando, Florida. Ein paar Tage später aus Burlington, Vermont. Einen Tag später aus Columbus, Ohio. Eine Woche später aus San Diego, California. So sangen sie die Legende ihres Jamey. Der sei ein Genie der Liebenswürdigkeit. Ein Praktiker des Lebens. Daheim in jedem Element. Eine Zeitlang habe er noch gearbeitet als professioneller scuba diver in Südkalifornien. Man reinigt da die Unterseite der Yachten reicherer Leute. Dann durfte er den Staat nicht mehr betreten. Eine Drogensache. Als er noch anrief, fragte man auch einmal, ob er studiere. Nur crackpots studieren, sagte er, lachte, hängte auf. Wenn er anrief, bezahlte er es immer selber. Jetzt ruft er nicht mehr an. Aber vielleicht ruft er wieder einmal an. Karten kommen noch. Also dreißigmal dürfte der den Kontinent inzwischen durchkreuzt haben. Unheimlich, wie schnell der reist. Ausschließlich per Anhalter. Er muß etwas in seiner Anhalterarm- und Handbewegung haben, was zwingend ist. Vielleicht reist er von Festival zu Festival. Religiöse Musik, das war, als sie das letzte Mal von ihm hörten, seine Sache. Die Zeiten, da er heute aus Phoenix, Arizona, und vierundfünfzig Stunden später aus Orono, Maine, anrief, sind vorbei. Vielleicht wird ihm inzwischen in vielen Staaten nachgestellt. Wie ihm nachgestellt wird, wird nur dem Besten nachgestellt. Jetzt sahen alle auf das große gerahmte Foto an der Wand. Da hingen zwei Fotos. Aber es war klar, daß man jetzt nicht Milton anschaute, sondern Jamey. Beide sahen aus wie junge Rainers. Vielleicht ruft er heute noch an, sagte Rainer. Rainer trank von den sechs Flaschen Wein nach Halms Schätzung vier. Schon den Sherry hatte der wie Sprudel getrunken. Und manchmal war er auf eine Zigarettenpause verschwunden. Halm fragte, ob er bei Elissa ein paar Fahrstunden nehmen könne. Elissa sagte, sie lehre nur Motorrad. Motorrad, sagte Sabine fast ein wenig grob, na ja, dann lernst du eben Motorrad! Halm glaubte zu spüren, daß Elissa ihnen gern ihr Motorrad zeigen würde. Halms Interesse für Motorräder war sofort stürmisch. Rainer, der dort rauchen durfte, ging gern mit. Sabine folgte. Elissa tätschelte die Kawasaki oder wie sie hieß, wie man ein altes Pferd tätschelt. BMW sei natürlich tausendmal besser, sagte sie. Und nur doppelt so teuer, sagte Rainer. Damit fährt sie täglich nach Orinda, sagte er und machte wieder, um das Tunell zu malen, die tief einschwingende Handbewegung. Er könne sich's ja überlegen, sagte Elissa. Er kriege Rabatt. Allerdings, von Thanksgiving an ist ihre Schule zu. Da fährt sie los, sagt Rainer, Jamey suchen. Bis April. Halm nickte. Sabine nickte auch. Halms fuhren dann die Euclidschleifen hinab, bogen in die Direttissima namens Marin Avenue ein, die wie zehn übereinander gebaute Sprungschanzenanläufe total gerade nach unten führt. Die Querstraßen waren immer die abfangenden Schanzentische. Dann ging's wieder hinab. Halm mußte Sabine bremsen, die zeigte Zeichen eines Rauschs, der nicht nur vom kalifornischen Cabernet Sauvignon stammte. Als sie von der Garage ins Haus gingen, kläfften in Nachbars Haus Hunde, die nicht groß sein konnten. Die Grillen setzten sich gleich wieder durch. Halm ergriff Sabines Hand und drückte sie und zog Sabine eng an sich. Aber das wollte Sabine überhaupt nicht. Lena hatte noch Licht. Halm dachte, Lena sollte Jamey retten. Sie klopften an Lenas Tür, riefen ihren Namen, umsonst. Plötzlich brüllte Halm: Lena! Darauf Lena, leise: Ja. Komm doch noch ein paar Minuten heraus! Lena, ohne spezielle Betonung: Ich möchte noch lesen. Sie gingen die steile enge Treppe hinunter. Das Schlafzimmer roch immer noch nach dem Völkerkundlerpaar. Halm fühlte sich entmutigt, ließ sich auf das riesige Doppelbett fallen. Ein Donner antwortete ihm. Das Kopfteil des Metallbettes war von einem gewaltigen, aber offenbar sehr wackeligen Siegestor aus Messingblech überbaut. Halm und Sabine sahen einander an, nickten. Als sie dann nebeneinander im Dunkel lagen, sagte Sabine: Das ist ein Paar. Halm sagte: Und ein Haus. Das auch, sagte Sabine. Halm dachte: Das war also der erste Tag. Sabine schien schon zu schlafen. Er ließ sich vom Zikadenton einnehmen. Es war, als bestünde die ganze Welt nur noch aus diesem Ton. Elissas

Tarantel wurde mit diesen Sängern gefüttert. Das Mädchen mit der grellblauen Turnhose lag auf dem grünen Grab. Plötzlich hielt er es für wichtig, daß diese blaue weißgestreifte Turnhose unten nicht gerade aufhörte, sondern vorne und hinten rund geschnitten war und daß diese zwei Rundungen an den Seiten zu Einschnitten führten. Darüber kam er nicht hinweg.

4

Am zweiten Tag nahm Halm auch eine *Campus Gazette* aus der überdachten Traufe am Crocker-Tor. Die Schlagzeile des Tages: *Sex Blind Admission*. Bisher durften nur 33 Prozent der Studenten weiblich sein. Von jetzt an stellt sich die Zulassungsstelle, was das Geschlecht angeht, blind. Englisch ist eine Sprache für Schlagzeilen. Deutsch konnte er diese Zeile nicht nachbauen. Als er mit seiner *Gazette* an der Coit Hall-Treppe ankam, sah er, daß das Mädchen vom Grab und die Studentin mit dem Small Things-Zweizeiler auf den Stufen saßen. Das Mädchen hatte heute eine dunkelblaue Trainingshose an und auch ein T-shirt mit Schrift. Die mit dem Zweizeiler sagte: Sie sind gar kein Professor. Halm gab sich ertappt. Sie, gleich weiter: Sie kommen ja nie zu spät. Das Mädchen sagte: Mir geht es heute nicht gut. Halm sah sie an. Grau, Blau, vielleicht Grün kam vor in diesen Augen. Jetzt gerade sah er darin einen bewölkten Tag in Südschweden. Er sagte: Ich muß den Saal erobern. Einen blöderen Satz gab es nicht. Der Raum 101 war nun wirklich alles andere als ein Saal. Er hatte sagen wollen, da gestern die Stühle nicht gereicht hatten, wolle er heute aufpassen, daß kein Stuhl weggeholt werde. Aber das war ihm zu kompliziert, also einfach, also dieser blöde Satz. Er hätte doch fragen können, warum das Mädchen sich nicht wohl fühle. Eigentlich hatte er die beiden fragen wollen, wie man *Sex Blind Admission* am besten übersetze. Daß heute drei Stühle leer blieben, empfand er als Niederlage. Er ließ ein Blatt herumgehen, auf das er die Tischform gezeichnet hatte. Jeder sollte, wo er saß, seinen Namen eintragen. *Sex Blind Admission*, das war doch ein Konversationsthema. Morgen dann Frau Elrods Vorschlag, die Motive. Er war in allem auf Vorrat bedacht. Er konnte nichts verbrauchen, für das nicht schon Ersatz vorhanden war. Er würde mit dem letzten Stück Brot in der Hand verhungern. Das war sein Freiheitsbegriff. *Sex Blind Admission* entfesselte die Studenten kein bißchen mehr als das Thema von gestern. Halm direkt gegenüber saß ein Student, der noch nichts gesagt hatte. Im Sitzplan erspähte Halm, daß der Jeff hieß. Messingblond wie das Mädchen vom Grab. Starre Haare, vorstehend wie ein Mützenschild. Jeff gähnte des öfteren. Meistens rührte sich die Hand nicht, den gähnenden Mund zu verbergen. Halm litt unter diesem Gähnen. Wie konnte er dem das heimzahlen? *Sex Blind Admission* schien den überhaupt nicht zu interessieren. Also in Stuttgart würde ein Schüler wenigstens versuchen, das Gähnen zu verbergen. Dem ist sicher der Bauchnabel eingeschlafen. Er hätte sich doch nicht so hochmütig entfernen sollen, als die Kölnerin drill instruction erklärte. Er schwitzte vor Ratlosigkeit. Vor der völligen Blamage rettete ihn ein bärtiger Teilnehmer, der erklärte, daß Washington University immer schon den Auswärtigen Dienst versorgt habe, im Auswärtigen Dienst brauche man weniger Frauen, deshalb bisher diese Einteilung. Howard hieß der Bärtige. Der war über dreißig und hatte etwas im Gesicht, was man nicht auf Universitäten lernt. Dieser Howard sprang geradezu ein, wenn Halm nachließ. Halm glaubte deutlich einen Hilfswillen zu spüren. Das tat ihm gut. Aber das ist doch gar nicht nötig. Er schafft es schon. Hilfe ist auch peinlich. Laß nur, Howard. Bitte.

Noch vor der Katzenbuckelbrücke holte ihn das Mädchen ein. Ob sie heute in seine Sprechstunde kommen könne, fragte sie. Er hat Sprechstunde um zwölf, stimmt, nach German II, natürlich kann sie da kommen, 407 F, Fillmore Hall. Es tue ihr leid, daß sie im Kurs heute wieder nichts gesagt habe. Auf der Brücke kam ihnen Rainer Mersjohann entgegen. Sollte man stehenbleiben? Aber Rainer ging schon vorbei, vorgebeugt, humorvoll grüßend. Der grüßt wie bei Shakespeare, dachte Halm. Vielleicht hat ihn die Katzenbuckelbrücke inspiriert. Halm war froh, daß das Mädchen gleich nach der Brücke links abbog. Wahrscheinlich verbrachte sie ihre Freistunden auf dem Grab. Eine Vorstellung, die ihm behagte. Grüß Gott, Frau Elrod! Guten Tag, Herr Halm. Sie waren die einzigen in der Abteilung, die einander nicht beim Vornamen nannten. Er hätte gern Carol gesagt zu ihr. Herr Ha-alm! Bitte, was soll er zuerst tun, wenn er eintritt?! Blick nach links zur Fächerwand, sein Fach starrt vor Einladungen, Informationen, Empfehlungen. Als er von den Papieren aufsah, begegnete er ihrem Blick. Er mußte wieder ins Papier schauen. Man hätte sich niederlassen sollen in diesem Blick. Da wäre es einem gutgegangen. Er schaute aufs Papier und sagte: Carol, das ist ja eine ganze Menge. Das Wichtigste sei die Party bei Rainer, die sei offiziell, zu seiner Begrüßung, der Dean sei da, vielleicht sogar der Provost und, rein theoretisch, sogar der Präsident. Den sexistischen Skatabend am Samstag, bei Roy, wolle sie nicht kommentieren, da sie vermute, Herrn Halm sei dieser Termin der liebste von allen. Unter der Tür erschien ein kleiner stämmiger Mann, etwa Halms Alter. Ein Gesicht voller Bart. Fritz O. Dempewolf. Er komme nur, um Herrn Halm zu sagen, daß er ihm auch ein Briefchen ins Fach gelegt habe. Und weg war er. Carol sagte: Unser Mini-Solschenizyn. Und schon hörte man Roy Kinsman auf dem Gang näher kommen. Jetzt wäre ich doch bald auf unserer sauren Kartoffel ausgerutscht, rief er im Ton, in dem man sonst flucht. Warum soll eine hohle Nuß nicht auf einer sauren Kartoffel ausrutschen, rief nicht ganz glaubhaft übermütig der Kollege Dempewolf zurück. Im Zimmer sagte Roy dann: Arschloch! Jedesmal wenn ich den sehe, habe ich zwei Tage Verstopfung. Aber sagt es ihm nicht, der nützt das aus. Sie sähen sich ja am Samstagabend beim Skat. Freitags, die Party, schwänze er, sonst sei sein Haus am Samstag nicht fertig für den Skat, und der Skat sei wichtiger als die Party. Als Halm nach German II auf die Treppe hinauskam, saß das Mädchen wieder auf den Stufen. Sie habe 407 F nicht gefunden. Aus dem Aufzug, den sie zusammen betraten, kam dann natürlich Carol Elrod. Wer sagt's denn, sagte sie, raffte schnippisch ihre Tasche und drosch mit ihren Absätzen ein böses Solo auf den Fillmore Hall-Boden. Oder bildete er sich das nur ein, weil er ein schlechtes Gewissen hatte? Guten Ap-

petit, rief er der Davonstöckelnden nach. Die war begabt auszudrücken, was sie empfand! Das Mädchen sagte, Carol sei
ihr die liebste Person auf dem ganzen Campus. Niemand tue
soviel für einen wie Carol. Er zog seinen hiesigen Schlüsselbund: Hier der Beweis! Diese Schlüssel hat Carol für ihn gebündelt und dazu ein Papier verfaßt mit allen Schlüsselnummern und den dazugehörigen Türnummern. Aber dann
wollte es ihm nicht gelingen, eines dieser rundum schartigen
Dinger ins Schlüsselloch zu bringen. Und die Nummern darauf waren so klein, daß er sie in diesem trüben Vorraum nicht
lesen konnte. Das Dumme bei diesen Schlüsseln war, daß jeder in vier Stellungen probiert werden mußte, bis man sagen
konnte, der sei es nicht. Wenn er halb so alt wäre, könnten
beide über seine Ungeschicktheit lachen. Für sein Alter stand
in einer solchen Situation der Vokabelsupermarkt der Psychologie zur Verfügung. Sicher gab es wie für Versprecher
oder Vergessen auch da ein vorgefertigtes Verständnis. Er
schwitzte. Er gab auf. Vielleicht habe er heute den Büroschlüssel zu Hause gelassen, sagte er. Eine weniger einleuchtende Erklärung konnte es nicht geben. Da er ihr bei seiner
Erklärung nicht ununterbrochen in die Augen schauen
konnte, senkte er den Blick und las auf ihrem shirt den äußeren Schriftkreis: *Federated Fire Fighter*. Im inneren Schriftkreis liefen nur Buchstaben rundum *AFL-CIO*. Das Zentrum
dieser Kreise war ein rotes Feld, darin ein großes gelbes *F*.
Ach ja, sie hieß ja Fran. Eine Abkürzung für Frances wahrscheinlich. Franziska wäre ein passender Name für sie. Er
schlug vor, in eines der Student Union-Cafés zu gehen. Hoffentlich glaubte sie nicht, er traue sich nicht zu, mit ihr allein
in diesem abgeschiedenen Büro zu sein, und inszeniere deshalb dieses Schlüsselversagen. Dort, in der Mittagssonne, sa
ßen sie auch allein. Alle anderen zogen das schattige Innere
vor. Also, ihr Problem, ein Aufsatz, für ihren Aufsatz-Kurs
bei Professor Littlewood, bis nächsten Dienstag, über irgendein Gedicht. Sie möchte über ein deutsches Gedicht schreiben. Sie könnte natürlich auch Professor Ackerman oder

Professor Mersjohann fragen, aber sie fragt lieber ihn. Sie würde am liebsten über Rilkes Panther-Gedicht schreiben, es neu übersetzen und dann darüber schreiben; sie hat die Übersetzung von Robert Bly dabei. Die gibt sie ihm. Er liest sie halblaut. Liest halblaut auch das Original. Sie sitzen an einem kleinen runden Tisch. Auf der Steinplatte eine Tasse Kaffee, ein Glas Milch. Rilke englisch und deutsch. Sie sitzen in Sonne und Wind. Ja, Herr Kiderlen, schauen Sie ruhig zu von Ihrer hohen Warte! Er las noch einmal halblaut die Blysche Übersetzung:

> From seeing the bars, his seeing is so exhausted
> that it no longer holds anything anymore.
> To him the world is bars, a hundred thousand
> bars, and behind the bars, nothing.

Das war zum Glück nicht einschüchternd. Bis zur letzten Zeile: nicht einschüchternd. *...reaches the heart, and dies* für *hört im Herzen auf zu sein,* IM Herzen, Mr. Translator, IM Herzen! Vielleicht geht es nicht. Aber vielleicht geht es. Wenn es geht, dann jetzt, in dieser Sonne, an diesem Tischchen. Dieses Gedicht kann nur von zweien übersetzt werden, die Ende August, zwischen zwölf und eins als einzige an einem Tischchen im Freien sitzen und nichts gemeinsam haben im ganzen Universum als die drei Strophen Rilkegedicht. Gib zu, daß dies ein toller Tag ist, sagte er zu sich. Ich gebe es zu, sagte das angesprochene Ich zu dem, der es angesprochen hatte. Zu dem Mädchen sagte er ohne jeden Nachdruck: Eine schöne Beschäftigung, mit Ihnen in dieser Sonne dieses Gedicht zu übersetzen. Bevor er den Satz beenden konnte, grüßte sie jemanden, der hinter ihm vorbeiging. Der blieb stehen und fragte, ob sie mitgehe ins *Coliseum* zu David Bowie. Sie ruckte den Kopf ein wenig nach oben und schüttelte ihn ein bißchen und sagte, sie gehe in die Oper. Das klang schön hochmütig. David Bowie! Sie geht in die Oper! Jetzt warfen sie einander also Wörter zu. Nichts sonst kann man einander so zuwerfen. Er ließ immer wieder die Rilkewörter steigen, sie mußte Englisches steigen lassen, das da mithalten konnte. Auch er ließ Englisches steigen. Manchmal nahmen sie sogar seins. Das Hin und Her erreichte fast Gewebeniveau. So empfand zumindest er es. Nachher stand auf dem Papier

> From bars which pass, his eyes are so exhausted
> no things can they now hold
> His eyes behold all bars, as if behind all bars
> there were no world.
>
> His lithe and swinging stride is strong,
> and circles down into an end.
> It is a dance of power around a point
> in which anesthesized a great will tends.
>
> Rarely enough the drape of his lids lifts up
> totally silent – and then a picture passes in
> to penetrate his body's silent tension
> and in his heart ceases to be.

Nicht daß er glaubte, sein Englisch reiche aus, dieses Gedicht zu übersetzen. Aber die Anmaßung, deren er sich bewußt war, belebte ihn. Er wollte etwas tun, was er nicht konnte. Er wollte über sich hinaus. Er war Schriftführer bei diesem Wörterspiel. Dann steht er auf. Wenn sie ihm zeigen will, was sie über die Erfahrung mit diesem Gedicht schreiben will – er spricht es gern durch mit ihr. Und senkt den Kopf wie eine Fahne, hebt ihn, grüßt und geht. Sie saß noch. Er ging wie auf den Zug. Sie mußte ja noch ihre Papiere in ihre eher elegante als schülerhafte Umhängetasche packen. Er rannte zurück zur Fillmore Hall, nahm den Seiteneingang, stand vor seiner Tür, zog den Geldbeutel, nahm aus dem den Büroschlüssel, öffnete die Tür, rettete sich mit dem rollenden Stuhl vor der Eisdusche an das fast leere Regal und schaute die Kinderzeichnungen an, ohne sie zu sehen. Es war für ihn selber interessant, daß er jetzt ohne jedes Zögern den Schlüssel aus dem Geldbeutel hatte holen können. Jetzt wußte er wieder, daß er den Schlüssel vom Bund abgetrennt hatte, weil das der Schlüssel war, den er täglich brauchte, da wollte er nicht immer vier Schlüssel durchprobieren müssen. Aber vorher, als er mit dem Mädchen vor der Tür gestanden war, hatte er das nicht gewußt. Wer fand das interessant? Wer fragt da wen? ER fragt DICH. ER ist erbittert, enttäuscht, wütend. Halm spürte, daß er gleichzeitig wütend, enttäuscht, erbittert war, aber auch ruhig und zufrieden. Der, der erbittert, enttäuscht, wütend war, wollte sich trennen von dem, der ruhig und zufrieden war. ER-Halm begriff nicht, daß man von einem Tisch wegrennen konnte, an dem man mit so einem Mädchen saß. ER-Halm sagte: Gib zu, daß das elend ist, trottelhaft ist, erbärmlich ist, blamabel ist, gib das sofort und einschränkungslos zu! Halm fühlte sich angeschrien und sagte: Ja, ich gebe das zu, aber nicht einschränkungslos; die Einschränkung spreche ich aber nicht aus, sonst geht dieser unerfreuliche Dialog ewig weiter. ER-Halm: Feigling. ICH-Halm: Nichts gebe ich so gern zu wie das. ER-Halm: Das ist nie wieder gutzumachen. ICH-Halm: Ja, das hoff ich auch. ER-Halm: Los, geh in die Abteilung, beschaff dir eine Liste der undergraduates, schau nach, wo sie wohnt, ob sie Telephon hat! ICH-Halm: Du bist... un... un... unausdrückbar simpel. Sie will eine gute Note mit möglichst wenig Aufwand, sie will nämlich Zeit haben zum Schwimmen und Laufen. Vielleicht auch für den Freund. Daß sie täglich viel Zeit zum Schwimmen und Laufen braucht, hat sie angedeutet. Ich muß ihr helfen, Zeit zu gewinnen zum Schwimmen und Laufen. Und für den Freund vielleicht! Sie ist verwöhnt. Laut Carol: Porsche, Papapraxis, Pacific Heights. Das ist ein Mädchen, für das immer zuviel getan wurde. Zuerst von den Eltern, dann von den Freundinnen, dann von den Freunden, jetzt bin ich dran, basta. Alles andere ist deine ich weiß nicht aus welcher Blindheit, Unaufmerksamkeit und Lebensfremdheit stammende Einbildungssucht. Nichts wäre diesem Mädchen so fremd und unverständlich wie das, was wir jetzt über sie hin- und herdenken. ER-Halm: Miesmacher! ICH-Halm: Laß dich verlaufen. Das gibt sich. Heute abend probieren wir diesen kalifornischen Roten, ich glaube, der ist nicht schlecht. ER-Halm: Versoffenes Stück. ICH-Halm: Besser als ein blamiertes Ganzes. ER-Halm: Jetzt auch noch Kalauer! So was wollte über Nietzsche arbeiten. Halm wählte einfach die Nummer in der Contra Costa Avenue. Sabine, um drei muß er im Foundation Building sein, bei Dolores Chen, zur Wahl einer bestimmten Krankenversicherung für die Zeit hier, dann kommt er sofort heim, und zwar mit dem Bus, und was tut sie? Es streife eine Katze durch den Garten, die beobachte sie. Und Lena? Will nicht angesprochen werden. Halm rannte hinaus.

Er war der letzte von denen, die zum Versicherungsunterricht kamen. Dolores Chen sprach sehr schnell und wußte das und erklärte es mit ihrer Herkunft aus New York, aber man könne ja fragen. Am meisten fragt ein Mann aus der DDR, der auch für ein Semester hier ist. Halm hatte sich instinktiv neben den gesetzt. Der war vielleicht nur fünf Jahre jünger, alle anderen waren fünfzehn oder fünfundzwanzig Jahre jünger. Einmal fragte die mehr aus Chen als aus Dolores bestehende Dame Halm, ob er noch eine Frage habe, und um ihn dazu aus den schwach besetzten Stuhlreihen herauszufischen, rief sie ihn the older gentleman. Er hatte keine Frage. Wenn er eine hätte, würde er sie sowieso an seinen Landsmann Zipser aus Leipzig stellen, der schon so viel weiß wie die New Yorker Chinesin und trotzdem nach immer neuen Details fragt. Er fragt sogar, was nicht einmal die versierte Chen weiß. Sie wird es für ihn herausbringen. Er soll sie anrufen. Halm hatte den Eindruck, Zipser frage im Namen der ganzen DDR. Nachher tauschte man die Telephonnummern aus. Zipser wohnt im Faculty Club, jenem Gebäude ganz aus schweren Stämmen, am höchsten gelegen, aussehend wie ein viel zu großes Jagdhaus. Halm fuhr im Bus heim. Zuletzt fuhr außer ihm nur noch ein blinder Schwarzer mit. Beide stiegen an der Endstation aus.

Der Blinde fragte, als sie auf dem Trottoir standen, wohin er jetzt sein Gesicht gewendet habe. Halm stotterte, der Fahrer rief aus dem Bus: Down Solano. Halm ging rasch weg, zur Contra Costa Avenue hinauf. In dieser Straße fühlte er sich geborgen. Halm konnte diese Häuser nur mit einer Art Gier anschauen. Am liebsten wäre er vor jedem stehengeblieben. Auf beiden Straßenseiten standen dicht hintereinander Autos. Zum Fahren blieb nur eine schmale Mitte. Wenn zwei Autos einander begegneten, mußte eines zurück und eine Ausweichlücke suchen. Selten genug, daß überhaupt ein Auto sich bewegte. Diese am Hügelbauch liegende Straße träumte. Jawohl, Herr Kiderlen, schauen Sie ruhig zu, wie Herr Halm in einem vom Abend gemilderten Licht durch warmen Straßenfrieden geht. Ein riesiger, nicht hoher, aber weit und breit dicke, wie mit Elefantenhaut bezogene Äste versendender Baum hielt ihn endgültig fest. Ein Haus aus dunklem Holz war in märchenhafter Lebensgemeinschaft mit diesem Baum, der angab wie ein Bodybuilder. Zwei Gartenzwerge, fast in Menschengröße, also zwei riesige Gartenzwerge standen unter dem Baum, schauten aber abwärts, Richtung Haus. Aus den offenen Fenstern übte es das *Albumblatt für Elise*. Ja, Herr Kiderlen, diese Szene sei Ihrem arbitrarischen Grinsen empfohlen. Ach, wenn er sie Ihnen nur als solche hinschicken könnte. Samt den elementschaffenden Zikaden. Zirka dreißig Meter Wegstrecke setzt die *Elise* die Zikaden außer Kurs. Dann tönen beide. Dann nur noch die Zikaden. Am Freitag füttert Elissa damit ihre gestreifte Tarantel. Wenn er zu Hause in der Wochenzeitung, die Herr Kiderlen wie ein Accessoire ins Lehrerzimmer trägt, die modischen Verklärungen der Kälte las, spürte er nur, daß diese eleganten Produktionen konformistischen Überdrusses ihn nichts angingen; hier glaubte er zu spüren, positiv zu erleben, wie ihn die Menschen anzogen. Es war anstrengend, an allen vorbeizugehen. Er schaute jeden, dem er begegnete, so lange wie möglich an. Schon im japanischen Vorgarten sah er, daß Sabine die von Rineharts hinterlassenen Gießvorschriften befolgt hatte. Die wie dicke grüne Pfennige gleißenden Blätter waren noch ganz naß. Im Inneren des Hauses hat Frau Rinehart dafür gesorgt, daß man sich kaum bewegen kann, ohne sich in irgendeinem Spiegel zu sehen. Meistens sieht man in einem weiteren Spiegel noch den Spiegel, in dem man sich sieht. Also bemerkt Halm gleich, daß der Kragen seiner Jacke halb eingeschlagen war. Hatte er am Morgen die Jacke erst draußen angezogen? Hatte er den ganzen Tag so komisch ausgesehen? Warum auch nicht! Sehr gut, wenn er heute so verrutscht komisch ausgesehen hat, sehr gut! Er ging durch Wohn- und Eßzimmer ins Arbeitszimmer des Völkerkundlers und sah steil hinunter auf die mit rötlichen Steinen gedeckte Terrasse, von der Stufen ins Gras führten. Er sah Sabine kauern. Sie hatte der Katze Futter hingestellt. Die war die paar Stufen vom Gras heraufgekommen. Der Weg zum Futter führte jetzt an Sabine vorbei. Sabine rührte sich nicht. Die Katze auch nicht. Irgendwann brach die Katze auf. In Richtung Teller. Auf dem sabinenächsten Punkt ihres Weges hält sie an, schaut zu Sabine hin, die Vorderpfoten kleben offenbar in einer anderen Welt. Die Hinterbeine müssen langgezogen, dann sogar nachgezogen werden. Nach einer wieder unendlich langen Zeit hat sie sich gegen alle möglichen inneren und durch Erfahrung dorthin gekommenen Widerstände bis zu Sabine hingeschleppt. Als sie schon fast dort ist, bukkelt sie sich, windet sie sich, der Kopf biegt sich am länger werdenden Hals in Sabines offene Hand hinein. Jetzt legt Sabines Hand los mit Kraulen, Drücken, Streicheln. Die Katze hält sich dieser fabelhaft entgegenkommenden Hand hin, schmiegt sich in sie hinein und windet sich unter ihr, als sei die Hand eine Dusche, von der man nicht genug kriegen kann. Überallhin soll sie reichen, diese Dusche. Irgendwann hat sie doch genug, jetzt kann sie hinübergehen zu dem Teller und fressen. Dieser Hunger ist ja auch noch da. Sabine kann sich aufrichten und gehen. Halm rannte rasch zu der schmalen steilen Treppe, öffnete die Tür zum Treppenschacht und gratulierte der Heraufkommenden zu ihrer Eroberung. Ach

Sabine, sagte er, du kannst es. Sabine sagte: Hast du das gehört, die faucht, wenn sie miauen will, so irritiert ist die. Die
will wirklich miauen und schnurren, und dann kommt zuerst
ein Fauchen heraus. So jung und so verstört. Halm rief sofort:
Lena! Ein deutlich geduldiges Ja kam aus ihrem Zimmer.
Halm rief, er bitte, daß man jetzt zu dritt esse und trinke und
dabei hinausschaue auf San Francisco und den sich rötenden
Himmel. Er lasse sich übrigens nicht abweisen. Your parents
bend over backwards to please. Und wenn du's nicht zu
schätzen weißt, wirst du getötet. Noch scherzhafter konnte
er nicht werden. Die Tür ging langsam auf und unnachahm-
lich sacht trat Lena heraus, blieb vor den Eltern stehen, mit
einer Hand hielt sie die andere. Sie stand so, daß das durch
die hausbreiten Scheiben eindringende Abendlicht sie voll
traf. Die Unfallnarben am Mund und an der Nase schienen
zu glühen.

5

Morgens tupft die Sonne San Franciscos Bauten aus dem
Dunst. Sie geht vor wie ein Aquarellist und fängt an mit den
Pfeilern der Bay Bridge. Halm sah, solang er im Haus war,
am liebsten hinaus. Gut, den Jackenkragen mußte er kontrol-
lieren, dann aber wollte er, so schwer das in diesem Haus war,
Spiegel möglichst meiden. Sobald er die mächtigen rötlichen
Viereckpfosten des Crocker-Tores hinter sich hatte, spielte er
den Erlösten. Er stürzte sich sozusagen in die hügelauf-, hü-
gelabwogende Jugendflut. Die Studenten waren hier auffälli-
ger jung als ihre Altersgenossen zu Hause. Ein paar lagen oder
saßen schon morgens um neun im Gras, das da und dort noch
naß war vom künstlichen Regen, der nach dem Uhrtakt aus
unsichtbar eingebauten Mündungen sprühte. Hunde warteten schon im Gras, bis ihre Herrinnen und Herren zurückka-
men aus den Steinklötzen. Auch heute stürzten Studentinnen
schrill schreiend aufeinander zu und umarmten einander
dann, als sei das ein ungeheuer unwahrscheinliches Treffen in
der Wüste Gobi. Manchmal saugte sich Halms Blick so an
Entgegenkommenden fest, daß er fürchtete, es drehe ihm,
wenn die an ihm vorbeigingen, einfach den Kopf herum. Als
er im Klassenzimmer ankam, hatte er das Gefühl, sich durch
ein phantastisches Dickicht durchgearbeitet zu haben. Er entschuldigte sich zuerst bei den Studenten für das Thema von
gestern: *Sex Blind Admission*. Er wolle sie, verspreche er,
nicht mehr zu Themen nötigen, für die man morgens um neun
kein Interesse aufbringen könne. Adieu, Aktualität! Uns interessiert doch nur der Stoff, aus dem wir selber sind. Also
Fortsetzung der Konversation über die Konversation. Sie erinnerten sich hoffentlich noch an die erste Stunde. Und
sprach schnell weiter, um zu verhindern, daß einer diese ge-
fährliche Frage verneine. Vor Konversation habe er Angst,
das habe er gestanden, aber Konversation über Konversation
ziehe ihn an. Er schlage vor, jeder sage jetzt, ob er immer das

sage, was er denke, und wenn nicht, was sage er dann statt dessen, und hängt das, was man statt dessen sagt, mit dem, was man denkt, aber nicht sagt, zusammen, und wie? Will man also mit dem, was man sagt, auf das, was man denkt, hinweisen und es doch verheimlichen... Er sprach immer wieder zu dem Mädchen hin. Auch zu Jeff. Wenn er zu Jeff hinsprach, verstärkte er Stimme und Ausdruck. Er wollte Jeff beistehen gegen das Gähnen. Zum Glück war der immer besorgt scheinende Howard für dieses Thema zu interessieren. Er bestritt den gewaltigen Unterschied, den Halm in der ersten Stunde gemacht habe zwischen Fremdsprache und Muttersprache. Das Verhältnis von Verschweigen und Aussprechen bleibe unter allen Umständen gleich. Freud habe formuliert, wie sich durch Versprechen das Verschwiegene räche. Halm hätte gern gesagt, daß er sich gestern an einem Café-Tisch nicht ein einziges Mal versprochen habe, obwohl er ununterbrochen verschwiegen habe, was er gern gesagt hätte. Ob Freud nicht einen etwas strafsüchtigen Begriff von der Selbstunterdrückung habe? Ist nicht jede Sprache eine Fremdsprache, hätte Halm gern gesagt, ausgerufen sogar. Fremd dem, was wir sind. Was wir sind, darf nicht herauskommen. In keiner Sprache. Also, die heutige Behauptung: Jede Sprache ist mehr zum Verbergen da als zum Enthüllen... Schade, das Mädchen beteiligte sich nicht. Man sah ihr nicht an, ob sie zuhörte. Ihr Stuhl stand weit ab von dem Tisch, an dem alle saßen; sie hatte auch hier ein Bein ganz angezogen und weit ausgewinkelt; ihr rechter Fuß lag knapp über dem linken Knie. Auf dem Grab hatte sie auch das rechte Bein angezogen. Es sah aus, als wolle sie vor allem dieses bloße braune Bein beisteuern. Sie umfaßte ihr ausgestelltes Fußgelenk mit einer Hand. Sie saß sehr leicht auf ihrem Stuhl und schaute manchmal hin zu einem, der sprach, und drehte den Kopf zum nächsten, der sprach, aber langsam, als wisse sie selber nichts davon. Nachher holte sie Halm wieder ein. Sie war nicht zufrieden mit dem, was ihr bis jetzt zu dem Gedicht eingefallen war. Halm blieb stehen, als könne er nur im Stehen so nachdenken, daß ein Rat für sie herauskomme. Er wollte Rainer nicht begegnen. Und wenn schon, dann nicht wieder so theatralisch auf der Katzenbuckelbrücke. Habe sie das Gedicht nicht in Wien kennengelernt? Dann sei es das Beste, alles zu erzählen, was dabei eine Rolle gespielt habe; so erfahre man, welche Rolle ein Gedicht in einem Leben spiele; mehr könne man über ein Gedicht nicht erfahren. Und plötzlich ging ihm auf, daß er verschweigen mußte, welche Rolle das Rilkegedicht im Augenblick für ihn spielte. Mit diesem Mädchen an einer Wegbiegung auf einer rundum schaukelnden Wiese zu stehen ist falsch. Geh weiter. Vor ihnen trabten zwei Hunde her, ein alter dicker Rüde, gemischt vielleicht aus Huskie und Chow-Chow, und eine junge schlanke Boxerhündin. Der alte Dickfellige trabt ganz dicht neben und eine Kopflänge hinter der geradezu nackten Jungen. Die Junge will nichts von dem Alten wissen, weicht aus ins Gras, ihre Wendung nützt er, überfällt sie von hinten, sie setzt sich sofort mit dem überfallenen Hintern ganz fest ins Gras. Aber der übt seine Verkehrsbewegungen gegen ihre Flanke aus. Das mag sie auch nicht, also rennt sie los, er nach, wieder ganz dicht neben ihr. Ein zweiter, viel jüngerer Rüde taucht auf, der würde besser zu ihr passen. Der Alte knurrt, fletscht, der Junge läßt sich verjagen, der Alte trabt wieder wie angelötet mit der Jungen weiter. Wo das Paar vorbeikommt, bleiben Studenten stehen und lachen. Halm tat einen Mordsschritt und sah, um den viel zu großen Schritt zu motivieren, auf seine Uhr. Also, einfach erzählen, wie es war, in Wien, dann entsteht in dem Gewebe von damals von selbst das Muster, an dem das Gedicht mitgewirkt hat. Sagte er. Auf dem höchsten Punkt der Brücke kam ihnen Rainer entgegen und grüßte shakespearisch. Der hatte sich also, als er merkte, daß Halm heute ein paar Minuten später dran war, im Anmarsch auf die Brücke so lange Zeit gelassen, daß die Begegnung wieder auf dem peinlichsten Punkt stattfinden mußte. Und natürlich trat, mit noch vorgewölbterem Mund und noch kritischerem Blick, Carol aus dem Aufzug. There you are, sagte sie und ging diesmal langsam davon, zeigend, daß sie langsam noch vorwurfsvoller gehen konnte als schnell. Das Mädchen sagte: Das ist eine so schöne Frau! Halm nickte, so fest er konnte. Das Mädchen stieg im dritten Stock aus, deshalb fuhr er weiter zum vierten. Eigentlich hatte er in der Abteilungsbibliothek Heine-Werke holen wollen. Jetzt saß er unter der Kältedusche und stellte fest, daß er weder Schal noch Pullover mitgebracht hatte. Er saß und ließ die Kälte über sich ergehen. Hoffentlich kam jetzt nicht auch noch der schwarze Chinese Elisha und drehte seinen knirschenden Schlüssel im Schloß. Elisha kam nicht, dafür aber brach mit seinem noch viel härteren und lauteren südamerikanischen Lachen Professor Torres in den Vorraum. Halm konnte nichts dagegen tun, daß ihn wieder diese Entzweiung beherrschte. ER-Halm tobte. ER-Halm mußte reden. Drauflosreden. Man kann so tun, als verstehe man nichts. Es sich verlaufen lassen. Jede Flut gibt einmal nach. Man kann durch Weghören jeden Laut zum Lärm machen. Für alles, wozu ER sich hinreißen lassen mußte, konnte man geradezu vorsorglich die Kategorie LÄRM einführen. Lärm von der Küste. Brandungslärm. Lebenslärm. Es gibt sich. Bald genug. Aber als Halm am nächsten Morgen in die Klasse kam, mußte er doch zweimal schlucken: das Mädchen fehlte. Da ging, als er schon saß, die Tür doch noch einmal auf. Es war aber Gail, die sich zwischen ihren zwei Krücken hereinschwang. Und lachte. Wenn es Lachen war. Es konnte auch Anstrengung sein, was ihr den Mund so öffnete. Man sah dann vor lauter Korrekturketten keine Zähne. Zusammen mit den Krücken ergab das eine unglücklich wilde Wirkung. Jetzt hatte er gestern das so schön vorbereitet: Was verschweigt man, wenn man etwas sagt? Was sagt man, um etwas verschweigen zu können? Wie kann man von Gesagtem auf Verschwiegenes schließen? Heute sollte jede und jeder dazu Stellung nehmen. Er war als Pädagoge verpflichtet, jeden Teilnehmer zum Sprechen zu bringen. 65mal pro Stunde würde jeder von euch reagieren müssen bei drill instruction! Also EINMAL pro Kopf pro Woche –, das mußte sein! Heute wäre sie dran gewesen. Er hatte plötzlich keine Lust mehr, vom Verschweigen zu schwärmen. Reden wir über etwas anderes. Nach der Stunde, als Halm in der vollen Sonne die Stufen von Coit Hall hinunterging, war er glücklich. Er war wieder er selber. Geschlossen. Ruhig. Seren. Er tendierte nicht mehr. Dieses Mädchens wegen unruhig gewesen zu sein –, das war zum Lächeln. Fehlte sie einmal, war es gleich, als sei sie nie dagewesen. Also bitte! Er hat nichts dagegen, daß das Leben weitergeht. Wunderbar, daß man überall Lachenden begegnet. Aber er muß ja nicht dabei sein. Angenehmer als die Müdigkeit, die ihn jetzt durchströmte, konnte nichts sein. Er hörte seinen Namen. Es war Jeff. Sein Rennrad führend, ging er neben Halm her wie gestern das Mädchen. Das gleiche Blond. Die gleichen Augen. Er wolle Halm bloß sagen, daß er die Konversation sehr genieße. Das sagte er englisch. Alle mögen Sie, sagte er deutsch. Besonders Fran, rief er und startete nach links hinunter, wo die Marmorblätter wie Schilde um ihre dunkelgrüne Glas-Library stehen. Halm rief ihm nichts nach. Das weiß man doch, daß das Leben ein Durcheinander ist. Hört sich an wie Lärm. Auf der Brücke kam Rainer entgegen, hielt, freute sich. Gut siehst du aus, allein, sagte er. Habe er erst das Referat über Schuberts Textverständnis so weit, daß es von selber wächst, werde er sich aufdrängen. Daß dieser Herbst ohne Helmut und ihn vergehe, werde er nicht dulden. Helmut solle sich nicht zu rasch behelfen. Adieu. Und winkte. Aber sein Arm fuhr diesmal nicht shakespearisch großbogig durch die Luft, als ziehe er einen ironischen Hut, er hob nur langsam die Hand, bis sie endlich vor seiner Brustmitte hielt. Die Johanneshand des Sonettedichters. Halm sah ihm nach, wollte ausdrücken, wie schön es sei, ihm jeden Tag auf dieser Brücke zu begegnen, aber er brachte nichts heraus. Dieser Jeff! Halm schüttelte den Kopf. Er mußte sich jetzt ohnehin auf Carol einstellen. Er mußte jetzt in die Abteilung. Er mußte jetzt durch die stets offene Tür 306, dann laut grüßen, dann Blick nach links, sein Fach, jawohl, da lag schon wieder eine Ladung Papier. Carol spielte: Das sei aber eine Überraschung, daß er den Weg in die Abteilung finde, und auch noch allein. Halm hatte das Gefühl, als komme er schon neunzehn Jahre lang in dieses Sekretariat. Ein angenehmes Gefühl. Er forcierte jetzt hemmungslos den Gegenton. Nirgends höre er es lieber als in diesem Zimmer, daß man aus lauter Höflichkeit und Gastfreundschaft so tue, als sehe man ihn gern usw. Carols Lippen rutschten von den vorgewölbten prächtigen Zahnreihen, die Lücke zwischen ihren Schneidezähnen schien breiter zu werden. Man muß den Leuten das Gefühl geben, man möge sie, sagte sie, als gebe sie das Ergebnis dieser Unterhaltung bekannt. Halm tat verletzt. Mögen müsse man die Menschen, nicht nur so tun, als ob! Null story, sagte sie. Daran erkenne sie, daß einer aus der Bundesrepublik komme. Nicht einmal ihren Tip, die Motive der Studenten zu diskutieren, habe er einer Erprobung für wert gehalten. Und sie versteh's ja. Er hat einfach eine andere Methode, er nimmt sich die Studenten einzeln vor, erkundet ihre Motive im zärtlichen Clinch am Cafeteriatisch, folgt ihnen bis zum Grab! Hoffentlich kommt er bei soviel Zuwendung im einzelnen durch, bis Semesterende. Wenig, und das gründlich, sei sicher ein bewährtes pädagogisches Prinzip. Er stotterte. Sie lachte. Er schwor hoch und heilig, sie tue ihm unrecht. I'd love to, sagte sie, und dann lachten sie beide, und er mußte, zum Glück, zu German II.

Am nächsten Morgen saß das Mädchen in der kurzen blauen weißgestreiften Hose wieder so weit als möglich vom Tisch, steuerte das angezogene braune Bein bei und fragte nachher, ob sie um zwölf in die Sprechstunde kommen könne. In schwarzer Bluse, beiger Hose und nicht ganz flachen, fast kognakfarbenen Schuhen stand sie vor der Tür 407 F. Ihre Turnschuhe trug sie in der Hand. Er nahm den Schlüssel aus dem Geldbeutel, erzählte, daß der auch neulich im Geldbeutel gewesen sei, erzählte seine Schlüsselverlegenheit so, daß sein Alter nicht vorkam, dafür, in koketter Version: ein Pedant, der sich selber hereingelegt hat. Sie holte aus ihrer runden

Hängetasche zwei Texte, Shakespeare und George, welchen von beiden würde er als nächstes Aufsatzthema vorziehen. Am Montag bringe sie, wenn sie dürfe, den *Panther*-Aufsatz in die Sprechstunde. Sie fürchte allerdings, daß sie aufdringlich erscheine. Er mußte zuschauen, wie ihre Lippen sich beim Sprechen schließen und lösen. Ihr Mund wird nicht auf- und zugemacht. Sprechen ist bei ihr ein andauerndes Lippenlösen und -schließen. Fließend. Um ihre Mundwinkel hat sie winzige Krater. Narben. Die minimalen Mondlandschaften geben diesem sanft auf- und zufließenden Mund eine herbe Einbettung. Unter Carols scharfen Sätzen über die typische kalifornische Studentin hieß einer: Und das ganze Jahr diesen braunen Teint. Wie wenig sagte dieser Satz über die vielen lebendigen Farben dieses Gesichts. Ja, er wird das alles gern lesen, und am Montag kann man sich hier wieder treffen. Sie stand auf, stand noch eine Sekunde, dann ging sie. Als sie die Türe schon geöffnet hatte, drehte sie sich noch einmal um und wünschte ein schönes Wochenende. Dem sie's wünschte, der bleibt sitzen und starrt. Es gibt keinen Grund, sich wieder zu bewegen. Außer daß Sabine dich kurz nach eins vom Crokker-Tor abholt. Seine erste Frage: Lena? Sie will nicht angesprochen werden, sagte Sabine. Fahr langsam, Sabine, sagte Halm, wir sind in Kalifornien. Du mußt mit Lena sprechen, sagte Sabine. Sie kann doch nicht dreieinhalb Monate im Zimmer hocken, eine Teetasse in der Hand, auf die Wand starren und mit diesem Traugott abrechnen. Und dann ist sie wütend, wenn man hineinkommt. Sie will nicht, daß man sie erwischt, wie sie da hockt und starrt. Halm sagte: Sitzt und starrt. Sabine sagte: Sie muß mit auf diese Party, heute. Wenn sie nicht mitgeht, geh ich auch nicht mit. Am besten wäre es, wenn sie jeden Tag ins College ginge. Kurse nähme. Spanisch, zum Beispiel. Langsam, Sabine, noch langsamer, hier ist doch kein Haus wie das andere! Und die Leute in dieser Sonne. Das ist schon alles sehr begünstigt hier, findest du nicht. Sabine sagte, er müsse morgen unbedingt mit auf den Monterey-Gemüsemarkt. Was da unter einem Dach leuchte und dufte! Das war dann auf dem Tisch, das leuchtende Gemüse, von Sabine erweckt zu vollem Geschmack. Halm sagte: Lena, gib zu, daß das schön ist, wie wir hier sitzen, zuerst eine ganze Schüssel voller Artischocken, dann drei Sorten Squash, grüne Spargel, Reis, Käse, und das vor diesem San Francisco, tief im weichsten Dunst. Und die Wolkenkratzerspitzen schauen heraus wie naseweis. Wie junge Vögel aus dem Nest. Lena, bitte! Lena sagte: Ja, sehr schön. Und erst bei Mersjohanns, wie schön es da sei, und wen sie da kennenlerne! Er wollte sie mitreißen. Aber er sah, daß sie nicht mitreißbar war. Sie wollte nicht mit zu Mersjohanns. Aber zu Mersjohanns mußt du mit, sagte er. Er müsse sie zwingen. Zu ihrem Glück. Nächste Woche müsse sie mit in die Uni. Spanisch, Philosophie, Musik, was sie wolle. Die Professoren könne sie bei Mersjohanns kennenlernen. Sie schüttelte den Kopf. Er schrie, daß er nicht nachgeben dürfe! Ihretwegen! Sie stand plötzlich auf, ging ihr Zimmer, schloß ab. Später ging er an ihre Tür und nahm die Verhandlungen wieder auf. Er entschuldigte sich dafür, daß er versucht habe, sie zu ihrem Glück zu zwingen. Sie könne ihm ja nachher alle Vorwürfe machen, aber zuerst solle sie doch einmal mitgehen, das heißt, zuallererst solle sie doch die Tür aufmachen. Es war schon vier vorbei, als sie sich bereit erklärte. Sabine machte Vorschläge für die Kleidung. Die nahm sie an ohne jede Regung. Sie ließ sich anziehen wie ein Kind. Sabine hatte mit dem Chinesen einen wie von der Himmelswiese gefallenen Strauß geschaffen. Sie fuhren zu dem Kreisverkehr, von dem die Marin Avenue schnurgerade und fast senkrecht über die Schanzentische hinweg zur Euclid hinaufführt. Keiner sagte etwas. Man hatte die Tochter erpreßt, genötigt; zu ihrem Glück; daß das richtig war, würde man beweisen müssen. Lena hatte ihre Mundwinkel-, Kinn- und Nasennarben kein bißchen überpudert. Das war ihre Antwort auf die Nötigung. Die Narben sahen aus wie poliert. Aber er konnte nichts sagen. Nicht einmal gegen diesen Traugott durfte man etwas sagen! Lena behauptete, nur die Psychoanalyse sei schuld. Während Traugotts Analyse habe sich

72

die Ehe aufgelöst. Mit der Mutter habe Traugott zugleich seine Frau überwunden. Ohne allen Stimmungsaufwand sei das vor sich gegangen. Ganz sachlich. Die Abnabelung von der Mutter war wirklich fällig. Daß da auch noch die Frau dranhing, hat man ja nicht wissen können.

Unter der hochgewölbten Decke des Kapellenflügels drängten sich die Gäste. Auch auf der Terrasse standen sie und waren so miteinander beschäftigt, daß sie Bay und Stadt und Brücken nicht zu bemerken schienen. Aber vielleicht spielte die erhabene Lage doch eine Rolle bei der Laune, die hier herrschte. Alle strahlten. Wen man anschaute –, er strahlte. Ob er zuhörte oder sprach, er strahlte. Halm hatte noch nie so viele Strahlende gesehen. Er spürte, daß er auch strahlen wollte. Zuerst mußte er noch das Bekleidungsniveau prüfen. Höher als erwartet. Er drückte Sabines Hand. Sie hatte ihn gezwungen, eine Krawatte umzutun. Sabine nickte, sie wußte, wofür er sich bedankte. Rainer führte die Halms von einer Gruppe zur anderen, fand jedesmal einen Anknüpfungspunkt für ein Gespräch, bemaß die Zeit und hatte offenbar eine Reihen- und Rangfolge der Grüppchen im Kopf, von der Frau des Präsidenten bis zum Mini-Solschenizyn Fritz O. Dempewolf. Der Präsident und der Vize hatten nicht kommen können. Beide hatten für die Universität in Washington zu tun. Die Präsidentenfrau teilte Halm diesen übermächtigen Umstand mit einem geradezu schmerzlich um Verständnis bittenden Ausdruck ihres wunderbaren Frauengesichts mit. Halm hörte sich sagen: Wo der Präsident und der Provost auch seien, er fühle sich hochgeehrt, daß ihm ihre Abwesenheit mit dem triftigsten Grund, der überhaupt denkbar sei, erklärt werde, und von wem erklärt, bitte! Wenn der Präsident gekommen wäre, und sie hätte gefehlt, das wäre ein Mangel gewesen, den er in keine mildernde Formulierung hätte tauchen können. Sie hätten dann ja gar nicht gewußt, wer gefehlt hätte, sagte sie lachend. Oh, sagen Sie das nicht, sagte Halm, mir hat, bevor ich Sie kennenlernte, etwas gefehlt. Ich habe nicht gewußt, was, das stimmt. Jetzt weiß ich es. Halm hatte das Gefühl, seine Klasse in 101 höre ihm zu. Er wollte demonstrieren, wie leicht man in einer fremden Sprache daherreden könne. Er hatte das Gefühl, er sei nicht verantwortlich für das, was er sagte. Er geriet in einen Rausch. War das nur der Cocktail? Er mußte schnell einfügen, daß alles, was er sage, von der englischen Sprache oder von diesem Cocktail oder von beidem komme. Die Präsidentenfrau bedauerte es süß schmerzlich, daß er jetzt nach extenuating circumstances suche. Mildernde Umstände, summte Rainer so sanft genau dazwischen, daß Halm ohne Hemmung weiterparlieren konnte. Aber da nahm ihn Rainer aus dem Gespräch wie den Auflauf aus der Röhre. Halm zischte ihn an: Das geht doch nicht! Im Weggeführtwerden rief Halm der lachenden Frau noch Entschuldigungen zu. Lieber hätte er ihr etwas ganz Geschwollenes zugerufen. Aber das ging ja nicht. Nichts ging. Fortgeschleift wurde man. Meet Mr. and Mrs. Holmquist, Dean und Frau. Lena war abgedriftet, schaute zum Fenster hinaus. Und wo war Sabine? Sabine war bei ihm. Der Dean, ein Skandinavist, sprach gerade über sein Projekt: der Campus muß sofort mit 700 Computern ausgerüstet werden. Er hat seine Edda-Forschung schon ganz computerisiert. Seine Frau sagt, sie garantiere dafür, das Walkürebühnenbild, an dem sie gerade arbeite, bleibe computerfrei. Sie verlegt, erzählt sie, Wagner an die Pazifik-Küste. Die Walküren tauchen als eine Art Brandungs-Minotauren aus den Wellen auf und holen die Helden heim in ein pazifisches Walhall. Halm wußte gar nicht, wie er seine Hingerissenheit zeigen sollte. Was war das wieder für ein Paar, diese Holmquists! Sein Skandinavistsein wurde durch ihre Opernbühnenbildnerei förmlich ausgestattet, und ihre Kulissenwelt erhielt durch seine Skandinavistenprofessur eine Art landschaftlicher Würde. Die Erfahrung, daß Rainer die Halms immer zu früh von den Leuten trennte, denen er sie gerade zugeführt hatte, wiederholte sich bei jeder Gruppe. Was für Menschen! Alle! Oder war es das Licht, das von der gleißenden Bay herauf- oder gar vom Pazifik herüberdrang? Sabine behauptete ja:

74

Meerlicht zeichnet aus. Halm konnte sich nicht erinnern, daß ihm eine Gesellschaft gut gekleideter Menschen je so gefallen hatte. Diese Lebhaftigkeit! Diese Leichtigkeit! Diese Leidlosigkeit! Es gab doch keine Probleme! Bitte, hör das Gesamtgeräusch aller Stimmen im Raum: noch am Ganzen hörst und spürst du, daß es sich zusammensetzt aus lauter Freundlichem. Und das Sichtbare entspricht dem vollkommen; es ist ein Raum, vibrierend mit Seide, Leinen und Frisuren, Haut und Schmuck und Zähnepracht. Wo man hinschaute, sagte gerade jemand zu jemandem genau das, was der am liebsten hörte, und der sagte nun seinerseits dem anderen genau das, was der am allerliebsten hörte. Und jeder konnte das offenbar so gut, daß alle zusammen einen Ausdruck vollkommenen Wohlgefühls schufen. Oh, Roy Kinsman! Also doch da! Das freut Halm. Schuld sei der Chairman, sagt Roy, jetzt wird eben morgen auf Stühlen gesessen, die noch nicht fertig sind. Und fährt fort, seiner Gruppe zu schildern, wie es zugeht bei der Schweinezucht, die er auf seiner Hobbyfarm im Upper Happy Valley betreibt. Also, das Ferkel rücklings in den Futtertrog, er hält das Ferkel, Sally drückt dem die Eier in den Sack und ritsch-ratsch weg ist die Ausstattung. Sobald die Kleinen quieken, beginne die Muttersau wie verrückt gegen die Tür zu rennen. Sie würde, wenn sie hereinkäme, rücksichtslos angreifen. Sally bestätigte alles mit gleißenden Lippen und glänzenden Augen und einer Stimme, die auffallend tief war, vor allem, wenn man gerade noch die helle Stimme ihres Mannes gehört hatte. Eine Tenor-Alt-Ehe war das. Sally war Texanerin. Und Bildhauerin. Auch das paßte, fand Halm. Hier paßte überhaupt alles zu allem. Wofür konnte dieser gleißende Sallymund geeigneter sein als zum Hervorbringen texanischer Laute! Der Mund kreißte förmlich, um dieses vokalsüchtige Texanisch, das in jedem Vokal alle anderen mittönen läßt, hervorzubringen. Halm hätte gern noch länger zugeschaut, aber Rainer zog ihn schon zu Kirk Elrod: Carols Mann und Poeta laureatus der Universität. Rainer informierte die Halms noch, als man schon bei Mr. Elrod angekommen war, über dieses lebenslängliche Dichteramt. Der Poeta laureatus wird dafür bezahlt, daß er als Dichter auf dem Campus gegenwärtig ist. Wie er das macht, ist nicht vorgeschrieben. Rainer entschuldigte sich dafür, daß er Halms nicht vorher informiert habe. Der Dichter sagte: Wir schieben alles auf *Schuberts Textverständnis*! Dabei habe er noch keinen Satz geschrieben von diesem alles lähmenden Aufsatz, sagte Rainer. Es gibt Kinder, die töten die Mütter schon während der Schwangerschaft, sagte Kirk Elrod. Das gefalle ihm an den Professoren, zwischen denen er jetzt seine letzten Lebensjahre verbringe, daß sie einander mit denselben Forderungen quälten, mit denen sie den Studenten das Leben schwermachten. Dieser Zwang, sinnlos Aufsatz um Aufsatz zu schreiben, müsse religiösen Ursprungs sein. Zu Halm gewendet: *Publish or perish*, kein Schriftstellersatz, reines Campus-Produkt. Trinken wir auf den Campus! Man trank. Der Poet und Rainer ließen sich ihre Gläser sofort wieder mit unvermindertem Bourbon füllen. Trinken wir auf unseren Gast aus Deutschland! Der Poet sagte: Wo in der Welt könnten Maniaks wie Rainer und ich leben?! Nur auf dem Campus! Nur auf dem Campus der Washington University in Oakland, California, sagte Rainer. Trinken wir auf die Washington University in Oakland, California, sagte der Poet. Man trank. Sie müssen wissen, sagte der Poet, der Präsident dieser Universität hat etwas übrig für Alkoholiker. Rainer sagte scharf: Kirk, bitte! Kirk ließ sich nicht drausbringen. Ob Halm zufällig seinen Roman *Inspiration Inn* gelesen habe? Halm zögerte. Rainer kam zu Hilfe: Ich hab ihn dafür dreimal gelesen, Kirk. Na ja, dann könne er ja seinem Freund Helmut schildern, wie der Roman entstehe, in einer Sturmnacht, in der die Pazifik-Brandung einen Besucher bei einer Alkoholikerin oder bei einem Alkoholiker festhalte – tatsächlich sei dem Alkoholiker der Alkohol wichtiger als das Geschlecht –, und in dieser Nacht entfalte sich der Roman als eine erlösungssüchtige Schnapsidee. Er kennt sein Buch nicht, sagte Rainer. Schnaps kommt in dieser Nacht so gut wie nicht vor, die tosende Pazifik-Brandung in der hallenden Bucht ist das Element, das die Erzählung trägt. Begreifst du, warum *Inspiration Inn* soviel Erfolg hatte, fragte Kirk Elrod und sagte so schnell, daß Rainer nicht antworten konnte: Vier Millionen Exemplare. Er habe noch eins oder zwei, wenn Halm Lust habe. Halm sagte, daß er am liebsten alles von Kirk Elrod lesen würde. Der Poet sagte, er werde ihn versorgen, sie wohnten ja auf demselben Hügel. Zum Wohl. Man trank. Habe ich Ihnen schon erzählt, was Kennedy mir schrieb, als *Inspiration Inn* herauskam? Bevor Halm antworten konnte, hatte sich Carol von der Gruppe nebenan gelöst und sagte: Kirk! Diesmal liegst du falsch mit deiner Senilen-Koketterie! Herrn Halm kennst du seit drei Minuten, und selbst du läßt normalerweise fünf Minuten vergehen, bis du einem dasselbe noch mal auftischst. Wissen Sie, sagte der Poet, Carol ist dafür verantwortlich, daß meine Senilität nicht so auffällt. Sie erleben im Augenblick, wie gut sie das macht! Zum Wohl! Jedesmal, wenn wir unser Haus am Grizzly Peak Boulevard verlassen, sagt sie: Heute paßt du aber auf, daß du nicht alles dreimal erzählst. Und ich sage: Liebling, wieso denn ich?! Ich bin doch senil! Du mußt aufpassen, daß ich nicht alles dreimal erzähle! Alle lachten, der Poet am lautesten. Er verschluckte sich und kriegt einen Hustenanfall. Jetzt erst sah man, was für ein Riese er war. Der Husten streckte ihn, zog ihn zusammen, streckte ihn. Als er den Stuhl sah, den Carol rasch hertrug, war der Anfall sofort weg, er sagte ganz ruhig: Das würde dir so passen! Zu Hause mir dann predigen, wie unmöglich mein Benehmen wieder gewesen sei. Sie mag einfach nicht, wenn ich von meinem Alter anfange. Das Thema Alter ist für Carol tabu. Stimmt's, Veilchen? Ja, Liebling, sagte Carol. Darum sag ich jetzt nie mehr etwas über mein Alter, sagte er. Damit habe ich praktisch Redeverbot, denn das einzige, was einen Menschen in meinem Alter noch interessiert, ist sein Alter. Stimmt's, Veilchen? Ja, Liebling, sagte Carol. Er: Als ich jung war... Liebling, sagte Carol. Ja, Veilchen, sagte er. Zum Wohl, sagte Carol. Oh, sagte er, zum Wohl! Das ist selten, das ist einmalig, Carol fordert mich zum Trinken auf! Weil du, solang du trinkst, nicht von deinem Alter reden kannst, sagte Carol. Er: Ich wollte doch von meiner Jugend reden. Sie: Wer von der Jugend redet, redet vom Alter. Zum Glück, sagte er, gibt es etwas, was für mich noch interessanter ist als mein Alter. Der Alkohol, sagte Carol und ließ ihre vorgewölbten Zähne hinter ihrer großen Unterlippe versinken. Elrod wandte sich ganz zu Halm: Was die Mutter meiner zweiten Frau gesagt hat, als *Inspiration Inn* erschien, habe ich Ihnen erzählt. Kirk Elrod konnte einen Satz so enden lassen, daß man ihn genausogut als Frage wie als Feststellung hören konnte. Dann wurde er plötzlich leise. Veilchen, sagte er, ich nehme den Stuhl, der Krampf. Sein Gesicht zuckte, entspannte sich, zuckte wieder. Er saß jetzt auf dem Stuhl. Carol hatte eine seiner Hände, an der rieb sie herum. Ob sie gehen könnten, fragte er vor sich hin. Die kleine Carol führte ihren dürren Riesen durch die Leute durch wie Moses sein Volk durchs Meer. Sie hatte ein weißes Kleid an; über die runden nackten Schultern führten Träger aus goldenen Ringen. Halm sah, daß jetzt Dempewolf bei Lena am Fenster stand. Rainer sagte, noch sei nicht Feierabend, und winkte die Halms weiter. Have you met Leslie Ackerman and his wife Joyce. Die Hand, die Leslie Ackerman den Halms reichte, hielt dabei das Glas, da er die Linke gerade brauchte, um sie über sein linkes Auge zu halten; vielleicht war ihm etwas hineingeflogen. Leslie sei der Mann für Moderne, Spezialität: Thomas Mann. Joyce schreibt eine Doktorarbeit über Hermaphroditismus in Mythos und Literatur. Joyce, ein schöner Totenkopf mit gelber Brille und flachsblonden Zöpfen, lächelte Halms mühelos an. Halm schaute unwillkürlich zu dem vom Tarantelleib gekrönten Totenkopf mit Zähnen auf dem Kaminsims. Ja, Joyce lächelte genauso rechteckig. Rainer sagte, Leslie sei übrigens in Sapporo noch für die USA hochgesprungen. Now I'm beaten by DDR-Girls, sagte der fast schüchtern und ging dabei noch in die Knie. You're sure they are girls, sagte seine Frau. Diese Frage wurde rein spielerisch an Zipser aus Leip-

zig weitergegeben. Der sagte, er als Spezialbau-Statiker
könne über die Geschlechtsechtheit von Sportlerinnen seines
Staates keinerlei Auskunft geben. Halm hatte den Eindruck,
Zipser habe die Frage ernster genommen, als sie gemeint gewesen war. Rainer sagte, das sei eine Aufgabe für interdiszi-
plinäre Anstrengung. Und drängte weiter. Zu einem Mann,
der aussah wie aus schimmligem Zeitungspapier. Professor
Debeaugrande. Über dem rechten Ohr eine fünfmarkstück-
große haarfreie Stelle. Farbe an ihm hatte nur das zitronen-
gelbe Gebiß. Der Professor fragte Halm auf französisch, ob
er Französisch spreche. Eigentlich nicht, sagte Halm und
wartete vergeblich, daß Sabine sage, Französisch sei in der Familie ihr anvertraut. Aber Sabine war gar nicht mehr dabei.
Wo war sie? Professor Debeaugrande sagte, seine Muttersprache sei nur Französisch. Wie er das meinte, sagte er nicht,
dafür stellte er Halm seiner etwa hundertjährigen Mutter vor,
die in rosarotem Chiffon und weißer Angorastola neben ihrem fünfundsechzigjährigen vergilbten Sohn stand. Der Professor erklärte, warum er hier nur Französisch lehre und nicht
Latein, was ursprünglich sein Fach gewesen sei. Halm verstand, daß man sich hier andauernd beschwert hatte, weil er
so pedantisch auf Strichen über langen Silben bestanden habe.
Er habe sich dazu gezwungen gesehen, weil die amerikanischen Vokale so schlecht seien, daß damit keine langen e's, o's
und u's zu bilden seien. Der Amerikaner weiche in den Diph-
thong oder – vor allem der Südstaatler – in den Triphthong
aus. Nach siebzehn Jahren habe er kapituliert, sagte der Professor. Halm wollte sagen, daß keine fünf Meter weiter eine
texanische Vokalistin stehe: dorthin, mein Herr, dann werden Sie nicht mehr fordern, amerikanische Vokale müßten
dazu taugen, Lateinisch zu sprechen! Halm sah, daß er nur
noch einen guten Meter von P entfernt war. Und hinter Ps
Käfig stand Elissa. Mit einem Farbigen. Heute war Freitag.
Er könnte sie fragen, ob die Tarantelfütterung schon stattgefunden habe. Er ließ Mutter und Sohn einfach stehen. Er
wechselte zum ersten Mal ohne Rainers Führung von einer

Gruppe zu einer anderen. Der Farbige und Elissa verstummten, als er um den Käfig herumkam. Sie sahen ihn an, als wollten sie ausdrücken, er müsse, da er sie störe, ihnen jetzt sagen, warum er sie störe. Der Farbige trug eine rosarote Latzhose. Elissa hatte etwas enges, zweiteiliges, plissiertes, dreiviertellanges Violettes an. Etwas Ärmelloses, alles Betonendes. Da Halm nichts sagte, stellte Elissa vor: Othello Jesus de Garcia, der Leiter des Drama Departments. Halm schaute auf das, was Othello Jesus de Garcia an einer Jadekette um den Säulenhals trug: eine Art Aztekenmedusa. Beide dachten nicht daran, Halm das Gefühl, daß er störe, zu ersparen. Sie sagten einfach nichts mehr. Er mußte sich verneigen und gehen. Das billigten beide spürbar. Debeaugrande und Mutter konnte er gerade noch vermeiden. Hin zu Sally und Roy. Sally erzählte gerade, der Nachbar im Upper Valley, bei dem sie das Kastrieren gelernt habe, beiße die Hoden seiner kleinen Eber mit den Zähnen ab. Aus religiösen Gründen, sagte Sally und lächelte so, daß ihre gleißenden Lippen eine Zeitlang ein bebendes Rechteck bildeten. Rainer duldete es nicht, daß Halm zu einer Gruppe gehe, bei der er schon gewesen sei. Obwohl Halm außer Carol und Carols Mann keinen hatte gehen sehen, waren jetzt viel weniger Leute da. Richtig ausgedünnt sah die Versammlung aus. Irgend etwas schien immer wieder Leute so langsam hinauszusaugen, daß man nicht merkte, wie sie gingen. Aber dann, auf einmal, fehlten sie. Die Präsidentin! Unvorstellbar, daß die gegangen war ohne einen Gruß! Daß die das fertiggebracht hatte. Ihm tat es weh. Das ist die Strafe, die auf Konversation steht. Als schon fast niemand mehr da war, kam er zu Fritz O. Dempewolf, der mit Lena am Fenster stand. Dempewolf entschuldigte sich bei Halm dafür, daß er der Tochter einen Hauch Wahrheit angeboten habe. Er habe nicht anders gekonnt. Die Fähigkeit, Schmus zu reden, sei ihm auf dem Weg von Schlesien über Sibirien nach Kalifornien abhanden gekommen. Halm fühlte sich gemeint. Er glaube ja auch nicht, sagte Dempewolf, daß der Vater dieser Tochter glaube, er sei hier an eine Elite-Anstalt gekommen. Er, Dempewolf, sei der am schlechtesten bezahlte Lehrer der Abteilung, sei aber seit siebzehn Jahren hier. Das heiße doch, daß er der schlechteste Lehrer sein müsse, aber das wiederum sei nicht der Fall, in der Hinsicht habe er keine Komplexe, nur, dies sei eben ein Land, in dem sich nicht wie sonst in der Welt alles, sondern gar alles ums Geld drehe. Er kämpfe also um bessere Bezahlung nur um des Geldes willen, nicht aber, weil er sich durch die Unterbezahlung diskriminiert fühle, denn, wie gesagt, was die Beurteilung seiner Lehrfähigkeit angehe, da fühle er sich kompetent, aber Geld brauche man hier einfach, nichts als Geld! In Rußland, zum Beispiel, brauchst du Beziehungen, Freunde, Verwandte, in Rußland brauchst du Menschen, hier Geld, nichts als Geld. Natürlich, er hätte, als er nach 13 Jahren Sibirien nur noch das eine Gefühl hatte: möglichst weit weg von den Sowjets, da hätte er nicht nach Amerika, sondern nach Australien gehen müssen –, zu spät. Aber was soll's! Den Schlesier enttäuscht die Welt. Oh, Sie entschuldigen mich, ich bin nicht um die halbe Welt geflohen, um mir hier das tiefverlogene Exportgrinsen eines Genossen anzuschauen. Vielleicht sehen wir uns noch. Meine Einladung gilt. Und drehte sich fast militärisch und ging. Zipser aus Leipzig lächelte ihm nach und sagte: Immer rennt er weg. Hat der was gegen mich? Man weiß nie, was man alles auf'm Kerbholze hat. Es freue ihn, einen Stuttgarter zu treffen. Sein großes Vorbild sei ein Stuttgarter, Professor Leonhardt. Leonhardt sei eine Potenz höher als er, Zipser. Ein Genie. Als Halm sagte, er wohne keine zehn Minuten von Leonhardts Fernsehturm, freute sich Zipser noch mehr. Er würde lieber ein Semester in Stuttgart verbringen als hier. Aber IREX gebe es nur in Amerika. Und den Erdbebeneinfluß auf Bauten, sein Spezialgebiet, könne man hier noch besser beobachten als auf der Schwäbischen Alb. IREX bezahlt 400 im Monat, Kost und Logis gratis im Faculty Club. Die Hälfte des Gehalts gibt Zipser für Fotokopien aus, die er heimbringen will. Das ist brav, sagte ein Mann mit einer grauen, geradezu aufschäumenden Haarpracht.

Professor Felix Theodor Auster, Philosophie. Er hat gerade von Halms Frau gehört, daß Halm ein Buch über Nietzsche schreibt. Er doch auch. Hier seine Adresse. Übrigens in walking distance vom Campus. Er sei gerade dabei, die Fahnen seines Aufsatzes *Erst Nietzsche und dann Kafka* zu korrigieren, für die *Studi Tedeschi*, er werde Halm eine Kopie davon machen lassen; in diesem Aufsatz habe er sich in einem abgefeimten understatement als Nichtnietzschefachmann bezeichnet; leider könne er Nietzsche hier kaum anbieten, hier sei man noch auf dem Soziologietrip. Vokabular statt Sprache. In Europa werde Nietzsche jetzt zuviel zitiert, weil er in den zwanzig Jahren davor zuwenig zitiert worden sei. Mehr ist es ja nicht, das Geistesleben, als Zuviel- und Zuwenigzitieren und Zitiertwerden. In Berlin sei neulich ein Kollege, während er Nietzsche zitierte, tot umgefallen. Ungefährlich sei es zum Glück nicht, das Geistesleben. Für Verheiratete sollte man es sowieso sperren. Ein verheirateter Philosoph, das ist so was wie der. Er zeigte auf den stummen P in seinem Käfig. Besonders gespannt sei er auf Halms Heine-Vortrag, er werde Halm mit dem Nietzsche-Aufsatz auch sein kleines Büchel *Über konservativen Unmut bei Heine* ins Fach legen. Ob Rainer Gebrauch gemacht habe von Austers Hinweis? Rainer ließ seine Lippe so weit weghängen wie nie zuvor; man sah die Flüssigkeit stehen wie in einer halbvollen Dachrinne. Er wußte offenbar nicht, wonach er gefragt wurde. Auster schüttelte den Kopf, sagte aber im gütigsten Ton, er habe ihm doch seinen Schubert-Aufsatz geschickt: *Das philosophische Lied oder Was wußte Schubert vor Schopenhauer?* Rainer sagte: You write damn much. Publish or perish, sagte Auster, und zu Halm: Wissen Sie, mein Ehrgeiz ist es, von Literaturwissenschaftlern zitiert zu werden. Philosophen, auf die pfeif ich. Ich sollte auf alles pfeifen, ich weiß. Besonders auf das Zitiertwerden. Aber lieber als aufs Zitiertwerden pfeif ich aufs Pfeifen! Mein Transzendentalpfiff! Höchst hörenswert! Oh, Leslie…, entschuldigen Sie mich, ich seh Leslie Ackerman, ich muß ihm eine Freude machen, ich hab seinen Dekadenz-

Aufsatz zitiert im *Quarterly*, das muß ich ihm sagen, inzwischen lösen Sie die absolute Preisfrage: Was macht beliebter, Zitieren oder Zitiertwerden? Bis später. Halm rief ihm nach: Den Nietzsche-Aufsatz nicht vergessen und das Büchlein, bitte! Auster blieb noch einmal stehen, drehte sich um und sagte, geradezu schimmernd vor Ruhe: Werd ich! Dann hastete er fort. Aber man sah, beides stellte er nur dar, die Ruhe und die Hast. Darstellen machte ihm offenbar Spaß.

Zuallerletzt blieben im waldmeisterlimonadegrünen Flor nur noch Halms und Elissa und Rainer übrig. Da begriff Halm, daß es Zeit war zu gehen. Ja, du, Freund, sagte Rainer, jetzt bist du vorgestellt und darfst dich benehmen, das ist hier so. Und Frauen, sagte er zu Sabine, dürfen sowieso, was sie wollen, man verhindert nichts. Sabine sagte: Sie sagen das so traurig. So, so, sagte er und hob den Kopf so hoch, daß man nicht mehr in die weghängende halbvolle Unterlippe sah. Ja, wenn sie das als traurig höre, habe sie wohl das absolute Gehör. Sie standen draußen vor dem Haus. Elissa war nicht mit herausgekommen. Rainer hob sich auf die Zehenspitzen, reckte den Kopf noch höher, als müsse er über eine zu hohe Mauer schauen. Hänsel-und-Gretel-Haus sagen die Amerikaner dazu, sagte er und deutete auf das Haus. Üble Geschichte, sagte er, Hänsel und Gretel, meine ich. Er warf die Zigarette weg, nahm die Hände auf den Rücken und erstarrte förmlich in seiner Haltung. Du bist kaum fuffzig, sagte Halm so leichthin als möglich. Verlang nun keinen Purzelbaum von mir, sagte Rainer. Und wo bleibt Lena, sagte Sabine. Man geht eben verloren, sagte Rainer. Dann, zu Halm: Take care. Und ging ins Haus. Was jetzt? sagte Sabine. Halm sagte, Sabine könne das Auto holen, er warte auf Lena, die könne nur noch bei Elissa sein. Sie saßen dann im Auto. Statt Lena kam Elissa und sagte, sie bringe Lena nachher hinunter. Halms nickten, lächelten, verstanden nichts, fuhren ab. Sabine genoß es, die Euclid hinunterzuschwingen und dann in die totale, direkte, steile, senkrechte, von Bäumen und Häusern dicht gerahmte Marin einzubiegen und die mit sich öffnendem Mund hinunterzutreiben. Halm ließ sich anstecken. Er sagte, man könne zwar nicht mehr sagen, man sei einen öden, grauen, tonlosen Herbsttag lang unter schwer niederhängenden Wolken durch einen unvergleichlich trostlosen Landstrich geritten und beim Einfall der Dämmerung vor dem Haus Usher angelangt, und doch, und doch... Zuerst war ihm alles so strahlend vorgekommen. Jetzt hatte er vergessen, Elissa nach der Tarantelfütterung zu fragen. Sabine bog früher aus der Marin hinaus, sie wollte heute mal von oben her in die Contra Costa. Das führte durch noch verwunschenere Straßen. Baumhöhlen waren das, keine Straßen. Häuser, die nicht nur ernst gemeint waren. Sabine fuhr im Schritt, hielt und hielt, sie riefen einander zu, was sie sahen. Und doch, sagte Halm, es scheint alles nicht zu genügen. Denen, die's haben. Jetzt schau, Sabine, schau. In einer dämmrigen Baumhöhle bei geöffneten Fenstern unter gelbem Licht saß eine Familie.

Von ihrem Wohnzimmer aus sahen Halms das Licht der untergegangenen Sonne hinter San Francisco. Wahnsinnig, sagte Halm, wie schnell eine Cocktailparty vorbei ist. Dann sagte er: Ein Tag kann nicht schöner sein. Und, dachte er, man traut sich kaum, es zu sagen, nicht schwerer. Man hörte nichts als Zikaden.

6

Da Lena, als sie spät am Abend von Elissa gebracht wurde, nicht zum Sprechen aufgelegt gewesen war, hatten Halm und Sabine gehofft, am Samstagmorgen, beim Frühstück, mehr von ihr zu erfahren. Aber beim Frühstück saß sie abgewandt. Sie hat einen Pullover über das Nachthemd gezogen. Mehr will sie heute offenbar nicht anziehen. Halm wollte möglichst bald ins Arbeitszimmer, zu den Texten, die ihm das Mädchen gegeben hatte. Am ersten Samstag in Kalifornien sitzt man nicht im Haus herum, sagte Sabine in dem Ton, in dem man Gesetze verkündet. Sie hat die Karten studiert. 80 Meilen südlich soll gebadet werden. In Santa Cruz. Lena sagte, sie wolle arbeiten. Halm sagte, er müsse abends landeinwärts, ins Upper Happy Valley, Skat bei Roy Kinsman. Deswegen müsse man nicht den ganzen Tag im Haus sitzen, sagte Sabine. Jetzt litt sie schon. Los, auf jetzt, zieht euch an! Ohne Lena, sagte Halm und zuckte die Schultern. Wenn sie nicht dabei wäre, würden die Eltern auch ohne sie gehen, sagte Lena. Aber du bist dabei, sagte Sabine. Das versprach, eines der im Kreise gehenden Gespräche zu werden, die dauern, bis einer aufspringt und hinausrennt. Halm stand auf und sagte, er sei jederzeit bereit zum Aufbruch. Sie sollten es ihm sagen, wenn sie sich geeinigt hätten. Sabine: Er habe gefälligst hierzubleiben, bis man einig sei. Halm: Ob man den Ausflug nicht auf morgen verschieben könne, vielleicht sei Lena morgen bereit. Morgen könne man länger am Meer bleiben als heute. Aber Sabine wollte heute ans Meer. Gleich. Jetzt. Diese Sonne, dieser Himmel, also bitte! Am ersten Samstag in Kalifornien, Skat! Du bist doch gar kein Kartenspieler, daheim spielst du nie! Weil er keinen mehr habe, mit dem er gern spielen würde, sagte Halm. Das Telephon läutete. Es war Rainer. Gerade habe Roy angerufen, er werde nicht fertig mit den Stühlen, sie müßten den Skatabend um eine Woche verschieben. Sabine wird sich freuen, sagte Halm. Rainer sagte: Was machen wir? Und er betonte das WIR. Halm sagte, Sabine wolle nach Santa Cruz, ans Meer. Das ist richtig, sagte Rainer. Am späteren Abend, nach einem Tag, den er Schuberts Textverständnis gewidmet haben werde, würde er Halms gern belästigen. Halm bat ihn zu kommen. Sabine war, wenn sie etwas wollte, eine Art Naturgewalt. Aber Lena war überhaupt noch nicht bereit. Sie habe Kopfweh. Sabine konnte das nicht gelten lassen. Sabine wußte immer ganz genau, was für jeden in der Familie in jedem Augenblick das Beste war, deshalb konnte sie es wagen, das auch gegen den durchzusetzen, der das selber noch nicht wußte. Halm schlüpfte sozusagen aus dem Zimmer. Die Tür zum Arbeitszimmer war offen, er konnte so tun, als nehme er teil. Sabine wurde schrill. Dieser Lump! Dieser Traugott! Ob Lena dem zuliebe von jetzt an hinter verschlossenen Türen kauern wolle! Es habe nichts mit Traugott zu tun! Traugott sei kein Lump. Traugott sei ein Opfer seiner Mutter. Unfähig zu allem, was ihm nicht ganz direkt von seiner Mutter beigebracht worden sei. Vielleicht überlege Sabine sich einmal, ob ihr daran etwas bekannt vorkomme. Sabine wurde sehr laut. Dieses Psychologiegeschwätz. Dieses unerlebte, unerlebbare, unlebendige Nichtsalsvokabular! Lena ging in ihr Zimmer. Sabine sagte: Oh. Arme Sabine. Er mußte die Zeit, bis die einig waren, nützen. Er hatte schon die Kopien in der Hand: das 129. Sonett von Shakespeare und ein paar Zeilen von George. Zuerst Shakespeare.

> *Th' expense of spirit in a waste of shame*
> *Is lust in action; and till action, lust*
> *Is perjur'd, murderous, bloody, full of blame,*
> *Savage, extreme, rude, cruel, not to trust...*

Das war sicher nur englisch schön, aber die Neugier auf das, was es vielleicht heißt, zwang ihn, eine Auswahl deutscher Wörter danebenzusetzen: Geistverlust in Schamverschleiß ist Lust, die loslegt, vorher ist Lust verlogen, mörderisch, blutrünstig, kriminell, roh, rücksichtslos, primitiv, grausam, unberechenbar... Er stand auf – merkte im Aufstehen noch, daß Professor Rineharts Stuhl und Schreibtischplatte klebrig waren –, ging hinüber zu Sabine, die am Tisch saß und auf die Tischplatte starrte. Er schob seine Hand unter ihre Haare und knetete ein bißchen an ihrem Nacken herum. Komm, Sabine, wir fahren ans Meer. Er würde das 129. Sonett widerlegen. Sabine sagte: Laß mich! Sprang auf und verschwand im Treppenschacht nach unten. Es läutete. Zwei Farbige. Ein Paar. Beide, wohl im Fleisch. Beide, in kurzärmeligen weißen Polohemden. Er fing sofort an zu predigen. Enjoy life on earth. Awake! Work can be a pleasure. Is yours? Are you grateful for what God has done? Er hob mit heller Stimme den Ton mindestens wie Mozart, wenn er Fragen singen läßt. Und die Frau hob ihr Gesicht. Es nützte nichts, daß Halm sich als katholisch bekannte. Seine Frau sei auch katholisch gewesen, sagte der. Sie nickte grave. Er bot an ein special treatment für Katholische. Halm mußte die Schnakentür hinaushalten, solang der redete. Er konnte die ja nicht hereinlassen, sonst war er heute abend Zeuge Jehovas. Er gab einen Dollar für zwei Heftchen. Man solle nicht alles für selbstverständlich halten, weder das Aufwachen noch den Sonnenschein. Halm starrte auf die Tätowierung auf dem Unterarm: riesig die Zahl 13, und auf der Zahl eine Katze, die einen gewaltigen Buckel machte. Er mußte natürlich an die Katzenbuckelbrücke über den Okra Creek denken. Von allem, was diese Woche in Kalifornien gebracht hatte, war das der alles andere beherrschende Augenblick geworden: das Mädchen und er auf der buckligen Brücke. Wahrscheinlich trug dazu Rainers Auftauchen bei, sein schwer deutbares shakespearisierendes Grüßen. *Th' expense of spirit in a waste of shame/Is lust in action...* Der Prediger war inzwischen beim Werbemittel success. 1945 waren sie 65 000, jetzt über 2 Millionen. We are flourishing. Halm holte noch einen Dollar. Oh no, we are not supposed to take extra money. Aber wie sollte man dann je wieder auseinanderkommen? Wenn er die Schnakentür losließ, schlug die dem Prediger an den Kopf. Halm sagte: Bitte, entschuldigen Sie mich. Die beiden sahen ihn geradezu komponiert erstaunt an. Den Farbigen wird alles zum Ausdruck. Ihm dagegen blieb nichts als die federtüchtige, von Rainer reparierte Schnakentür. Er ließ sie zugehen: lento maestoso ostinato. Dem Prachtspaar half gekonntes Erstaunen nichts. Halm genierte sich zwar, als er endlich die Haus- und Wohnzimmertür zuhatte, aber er hatte sie doch zu. Wie schlecht gelangen ihm die einfachsten Situationen. Nicht für die Schule, sondern für das Leben lernen wir. Schlechte Noten erwarb er sich. Er sah in den Himmel über San Francisco. Das tut ja weh, dieses Blau. Irre, wie lebendig man sich da fühlen könnte. Sabine, komm, ans Meer! Das rief er den steilen Treppenschacht hinab. Sabine erschien am unteren Ende und sagte: Nicht ohne sie! Das hieß, daß er die Verhandlungen aufzunehmen hatte. Er klopfte an Lenas Tür und redete ruhig und geschäftsmäßig an die geschlossene Tür hin. Falls Lena der Meinung sei, gestern sei es falsch gewesen, sich von den Eltern zur Party nötigen zu lassen, könne sie heute ohne jede Erklärung zu Hause bleiben. Habe sie aber Grund, das gestrige Mitgehenmüssen nicht zu bereuen, wäre es fair, sich heute wieder zum Mitgehen nötigen zu lassen. Das überlasse er einfach ihrer Entscheidung. Einen Augenblick lang herrschte im Haus grelles Schweigen. Dann sagte Lenas wunderbar stille Stimme: Ich komme. Sie kommt, brüllte er, raste den steilen Treppenschacht hinab, bog unten rechts ins Schlafzimmer, legte seine Arme um Sabine. Sabine entzog sich seiner Umarmung, bückte sich und stellte die Pantöffelchen, die von ihrer Mutter übriggeblieben waren, unter das Bett. Es muß in einer Familie immer einen geben, der weiterredet. Heute war Halm dran. Bis Lena und Sabine einander wieder ansprechen konnten. Das Geradeaussprechen im Auto erleichtert die Kontaktaufnahme. Man spricht miteinander, ohne zueinander sprechen zu müssen. Sabine lobte den zehn Jahre alten Volvo. Halm pries das peinliche Blau über den verbrannten Hügeln Kaliforniens. Sabine rühmte, daß in dieser riesigen dürren Wanne die Autobahn meilenweit zwischen blühenden Oleanderwällen läuft! Inmitten eines Heers von Wagen flossen sie ruhig südwärts. Schau, diese Autos, rief Halm, keine zwei gleich! Und wie wenig die drängen, sagte Sabine. Hier sei Fahren noch schön. Dann mußten sie über den Bergrücken, an dem auch San Francisco hinaufsteigt, wenn es den Pazifik sehen will. Alles glühte. Die aus zwei nebeneinander hinfließenden Leibern bestehende Autoschlange bog sich manchmal so langsam aufwärts, daß sie fast stand. Sabine, der Maschinist, wiederholte den Tenor von Professor Rineharts feierlich-pedantischen Anweisungen zum rechten Gebrauch des bejahrten Volvo: daß der ja nicht zu heiß werde! Lena und Halm nahmen bang teil an Sabines Versuchen, den Volvo so durch die Mittagsglut des bergauf schiebenden Verkehrs zu fahren, daß er sich nicht zu sehr erhitze. Halm genoß alles, auch die Spannung, ob der Volvo durchhalten werde oder nicht. Er genoß es, wenn sie an einem Ort vorbeifuhren, der Saratoga hieß. Der Volvo hielt durch. Man war droben und drüben, es ging hinab und hinaus zum Meer. Die Bucht, die da anfängt, ist so groß, daß man sie nur auf der Karte als Bucht erkennt. Santa Cruz, der erste Ort, wenn man von Norden kommt. Die Promenade, eine einzige Jahrmarktfront. Halms fanden durch den Rummel durch in den Sand, der so heiß war, daß sie die Schuhe sofort und wimmernd wieder anzogen. Durch Wasser watend und unter Felsnasen durchkrabbelnd kamen sie an einen ruhigeren Strand. So, jetzt, Pazifik, wir sind da. Ich soll grüßen von den Herren Kiderlen und Rimmele, wirklich, das haben die mir aufgetragen, dort im Schwäbischen. Halm sprach es aus. Das Brandungsrauschen erlaubte das. Selbst Radios in nächster Nähe liefen stumm. Pazifik eben. Da kannst du sagen, was du willst. Er horchte, ob die Brandung ihm auftrage, die Herren Kiderlen und Rimmele zu grüßen. Er glaubte, das sei nicht der Fall. Er würde das den Herren Kiderlen und Rimmele mitteilen: Der Pazifik hat Ihre Grüße entgegengenommen, aber nicht erwidert. Halm hätte jetzt am liebsten wieder geschwollen dahergeredet. Aber wenn du nicht Hölderlin heißt, darfst du's Maul nicht aufmachen. Das bringen einem die Kiderlens bei. Ausgerechnet die! Als dieser Kiderlen, frisch von der Uni, zum ersten Mal an der Lehrerkonferenz teilnahm, sagte er, der Anschlag im Pausenhof: *Das Herumfahren mit Rädern ist verboten*, müsse auch in einer Stuttgarter Schule hochdeutsch möglich sein, deshalb schlage er vor: *Das Umherfahren auf Rädern ist zu unterlassen*. Und weil Halm darauf hörbar murmelte, damit hätten sie für dieses Schuljahr das Hauptproblem gelöst, suchte Kiderlen von da an Gelegenheiten, Halm vor den Kollegen zu blamieren. Halm redete eben gern geschwollen daher. Aber bevor Herr Kiderlen, der donnerstags immer mit der Hamburger Wochenzeitung auftritt, das so benannt hat, hat Halm selber es nicht so genannt. Er wußte, daß er nicht ruhig reden konnte. Er mußte sich erregen, sonst war er stumm. Er kam sich, wenn er das Wort ergriff, wie ein Steinzeitmensch vor, der den Feuerstein schlägt, um einen Funken zu erzeugen. Seit Kiderlen ihn ein paarmal parodiert hatte, war er stiller geworden. Vielleicht hatte Kiderlen recht. Vielleicht neigte er dazu, ein dröhnender Pauker zu sein. Gut, wenn das nicht sein soll, dann war er eben still. Die paar Jährchen noch. War Kiderlen Hölderlin? Der war intelligenter, klüger, schlauer, gefaßter, beherrschter. Halm konnte es so ruhig feststellen wie noch nie. So, Pazifik, jetzt weißt du alles. Du mußt ja von jedem, der an deiner Küste landet, alles wissen. Und ich wüßte nichts und niemanden, dem ich lieber beichtete als deiner Brandung. Oh, was für ein Mantel für alles du bist, Brandung. Halm sagte, sich entschuldigend: Friedrich, mir ist danach. Meistens sagte er das, bevor er geschwollen daherredete. Der Pazifik hatte ihm dazu keine Zeit gelassen. Als sie im Sand lagen, sagte Halm: Sabine, hier könnte ich sein. Sabine sagte, man sollte Zürns eine Karte schreiben. Halm sagte: Im Augenblick reden wir aneinander vorbei. Als könne das helfen, zeigte er auf die Buben, die einander den zwetschgensteinförmigen amerikanischen Fußball über gewaltige Entfernungen zuwarfen. Sie versetzten diesen nicht mit Luft gefüllten Ball beim Abwurf noch in eine Drehbewegung, daß er wie ein Geschoß aus einem gezogenen Lauf sich während des Flugs um sich selber drehte und so ganz ruhig flog, immer dem anderen genau in die Hände. Dann hatte man die Pazifikwellen lange genug angeschaut. Jetzt also hinein. Man mußte sich zuerst an diese anstürmenden Glaswände gewöhnen, die beim Auflaufen und Vornüberstürzen in einen Schaumwall zerbrachen, nein, explodierten, in Schaumstrudel explodierten, in Schaumfontänen zerspritzten, in weiße Gischt zerspritzten, und diese Gischt zerrieb sich strandaufwärts vollends in lauter Blasen und schaumiges Wasser, das dann schnellstens wieder zurückschob, unter der nächsten Welle hindurch, ab ins Meer. Wie diese Glaswände im Abstand von 20 oder 30 Metern hintereinander anstürmen –, das sieht aus, als verfolgten sie einander. Die jagten einander auf den Strand zu, auf dem sie explodierten, zerspritzten, zergingen. Das war eine Folge, die Halm behagte. Halm hatte den Eindruck, als seien die Wellen hier höher als an dem Strand drüben, der ihnen zu überfüllt gewesen war. Drüben standen die Leute reihenweise und ließen sich entweder überrollen oder versuchten, auf kleinen Brettern auf eine Welle draufzukommen und mit ihr, bis sie brach, hereinzufahren. Hier gab es keinen mit einem solchen Brett. Also, sagte Halm, probieren wir's. Lena und Sabine hielten da, wo die Wellen schon in Schaumstrudel zerbrochen waren, und ließen sich den Schaum zugute kommen. Halm wollte weiter. Er mußte. Jenseits der Brandung konnte man schwimmen. Aber wie durch die anstürmende Glaswand durchkommen? So weit hinaus, daß du bei der Welle bist, kurz bevor sie bricht, dann durch sie durch, dann bist du im ruhigsten Pazifik, wo die Wellen noch keine scharfen Schaumkronen haben, sondern große runde Rücken. Es war ihm nicht ganz wohl bei dieser Überlegung. Aber er war jetzt so viele tausend Kilometer gereist bis zu diesem Ozean, jetzt durfte er sich nicht abschrecken lassen. Die Brandung ist das Fest. Dieses Heranrasen, dann Schaum und Donner. Das ist alles zuviel. Die Sonne, das Salz. Schaum, Donner, Glut und Salz. Hast du's jetzt? Bist du soweit? Du bist soweit. Du mußt dich entscheiden für eine Welle, die du nimmst. Die nächste nimmst du. Die nächste kam an, wurde, je näher sie kam, desto größer, höher. Er sah hinauf. Drei Meter mindestens, dachte er. Da war sie schon da. Er kam nicht durch. Vielleicht fehlte es ihm an Entschlossenheit. Die auf ihn einschlagende Welle warf ihn einfach um. Er schlug mit dem Rücken und mit dem Hinterkopf auf den gar nicht weichen Sand, überschlug sich rückwärts, wurde unter Wasser gewirbelt, gedreht, geworfen. Luft hatte er eigentlich nicht mehr. Er war in einem tosend zusammenstürzenden Kristallpalast, in dem man erstickte. Also jetzt. Was denn?! Dann kriegte er Haftung. Die Hände krallten in den Sand. Sie wollten verhindern, daß ihn das zurückflutende Wasser wieder mitrisse. Er lag am Strand, konnte sich nicht rühren. Lena und Sabine beugten sich über ihn. Nur kein Aufsehen, bitte. Hier liegt er doch ganz gut. Grins', daß die ihren Schreckensblick mildern. Keinesfalls läßt er sich jetzt von euch hinausführen. Er liegt hier, bis er wieder selber kann. Er liegt hier wunderbar. Umspielt sozusagen von ein bißchen Schaum und Gischt. Er forderte Lena und Sabine auf, sich doch auch in dieses ungefährlich auf und ab treibende Wasser zu setzen. Als er sich aufrichtete, tat ihm verschiedenes weh. Sabine sagte: Also wirklich, das hätte gerade noch gefehlt. Sabine neigte nicht dazu, geschwollen daherzureden. Sie hatte Mangos dabei und Melonen. Und kernlose blaue Trauben, die schmeckten, als müßten sie, im Fall einmal alle anderen Früchte ausstürben, die Feinheiten aller Früchte der Erde in einem Geschmack vereinen. Sabine und Lena gingen noch öfter ins Wasser. Halm nicht mehr. Der Pazifik hatte ihm ein paar Knochen verrenkt. Auf dem Heimweg waren alle drei ziemlich laut. Lena und Sabine schilderten immer wieder, wie die riesige Welle über Halm hereingebrochen sei, wie er verschwunden und überhaupt nicht mehr aufgetaucht sei. Dann plötzlich sei er viel weiter drüben am Strand gelegen. An einer ganz anderen Stelle, als zu erwarten gewesen sei. Halm hörte zu. Er wollte jetzt nicht gleich wieder an diese

Augenblicke im grün-weißen Gewirbel des zusammenstürzenden Kristallpalastes denken. Er war froh, sich mit Außenansichten identifizieren zu können, schaltete um und wollte jetzt von Lena wissen, wie es gestern abend gewesen sei. Sabine hatte mitgeteilt, sie werde den Heimweg nicht wieder über die 17 nehmen, sondern auf der Pazifikseite des Bergrückens bleiben. Die 1N sei keine Autobahn, aber dafür müsse sie, allen Hinweisen nach, sehr *scenic* sein. Es gehe immer eng am Meer entlang, erst in San Francisco über den Berg und dann über die Bay Bridge hinüber aufs Land. Solche Entschlüsse zierte sie dann noch mit der Frage: Einverstanden? Eine geborene Gutöhrlein. Ein paar Jahre lang war Sabine Schöffin gewesen und hatte sogar Richtern das Leben schwergemacht. Sie fuhren also an dem gleißenden Pazifik entlang und auf und ab und hörten Lena zu. Die redete jetzt offenbar gern. Sie habe gestern abend bei Rainer und Elissa, als sie erwähnte, sie spiele Klavier, etwas vorspielen müssen. Halm sagte, das grenze an ein Wunder, daß Lena einen Wunsch einfach und direkt erfülle. Wo denn da ein Klavier sei? Unten bei Rainer. Rainer habe fast keine Bücher, aber viele Platten. Die größte Sammlung von Schubertplatten an der Westküste, habe er behauptet. Elissa rede von Rainer, auch wenn der dabei sei, wie von jemandem, der eine Stufe tiefer rangiere als sie selbst. Rainer höre sich das an. Ihm scheine es zu genügen, daß Elissa überhaupt über ihn spreche. Was sie sage, sei dann nicht mehr so wichtig. Fast nur Elissa habe geredet. Man sei drunten vor Rainers Zimmern auf den warmen Steinen des Indianer-Lagers gesessen. Elissa habe gesagt, bevor der von der Party gebliebene Zigarettengestank nicht draußen sei, könne sie sich oben nicht aufhalten. Rainer habe unten zwei Meter abseits sitzen müssen mit seinen Zigaretten. Und solange sie da gesessen seien, habe der eine Flasche Whisky getrunken. Sie habe andauernd Halt rufen wollen, aber sie habe sich nicht getraut. Das hält doch kein Mensch aus, sagte Sabine. Lena sagte, Rainer warte ängstlich und ohne etwas anderes tun zu können darauf, daß Elissa den Krieg erkläre. Daß er den verliere, sei klar. Der sei schon verloren. Es sei nur noch nicht sicher, ob nur Rainer dabei zugrunde gehe oder beide, Rainer und Elissa. Das nahmen ihr ihre Eltern, obwohl man von einer pathetischen Szenerie in die andere fuhr, nicht ab.

Manchmal, wenn die Straße wieder einen besonders hohen Hügelpunkt erreicht hatte, hielt Sabine am Straßenrand, und man schaute voraus und zurück und die Steilküste hinab, wo die stumme Brandung ihren Schaum schlug, als sei sie dazu da, die dunkelfelsige Küste mit Weißzeug zu dekorieren. An vielen Stellen waren Autos abgebogen, waren die Sandwege hinausgefahren bis an den Rand der Steilküste. Weiter nach Westen ging es nicht. Man war am Ziel. Die Steilküste war nicht durch Zäune und Schilder bezeichnet, aber durch Autoschnauzen. Die Leute saßen hinter den Scheiben, hatten Blechdosen in der Hand und sahen hinaus auf diesen Ozean und tranken aus Dosen. Und da alle zur Bewunderung des Pazifik in ihren Autos sitzen blieben, sah es aus, als bewunderten auch die Autos den Ozean. Halm spürte, daß an seiner Ergriffenheit die den Ozean Anstaunenden genauso mitwirkten wie der Ozean selbst. Sabine bog nicht hinaus, hielt nicht mit dem Volvo einen oder zwei Meter vor dem Abgrund. Sie stiegen aus, gingen hin, schauten den Ozean an und die Zuschauer. Die in den Autos sahen nur den Ozean. Das sind die wirklich Frommen, dachte Halm. Sabine sagte: Half Moon Bay! Jetzt schaut euch bloß einmal das an, also das hätte ich nicht gedacht! Diesen Ton hatte man seit den Oberstaufen-Fahrten nicht mehr gehört von ihr. Halm dachte: Danke, Pazifik. Aber Krieg, Lena, wieso Krieg? Das ist einfach eine eheliche Rollenausbildung. Ehen, in denen diese Rollen ausgebildet sind, sind praktisch unzerstörbar. Elissa hat, kraß gesagt, den andauernden Feindseligkeitstext; Rainer hat die unendliche Toleranzrolle; ihm macht es Spaß, geplagt, vielleicht sogar gequält zu werden, und zwar von keinem Menschen als von Elissa. Jeden anderen, der ihm so käme, brächte er um. Von ihr genießt er es. Natürlich leidet er. Natürlich ist es auch furchtbar für ihn. Aber für ihn ist das Leiden nicht furchtbarer als für sie das Tun. Das weiß er. Das tröstet nicht nur, das ermöglicht überhaupt den Genuß, das Spiel, den Raum, die Ehe. Wenn es nicht zu solchen Rollen kommt, dann ist die Ehe schnell vorbei. Zwei Jahre oder fünf, aus. Er war schon drauf und dran zu sagen: zwei Jahre oder drei. Aber dann hätte man nicht mehr von Elissa und Rainer, sondern von Lena und Traugott gesprochen. Das wollte er, wo Lena jetzt so aufgeweckt war, vermeiden. Wenn die Rollen einmal sitzen, wird jeder Streit zum Kitt! Er geriet ins Schwärmen: Alles was eine Ehe gefährdet, festigt sie. Wenn einer in einer Ehe merkt, daß er in Gefahr ist abzudriften, produziert das in ihm Haftkraft. Je größer die Belastung, desto größer die Haftkraft. Das eine eine Funktion des anderen. Halm dachte: Jawohl, Herr Kiderlen, das sage ich auf einer glückseligen Fahrt am abendlich glänzenden Pazifik entlang. Daß die zwei Rollen, die eine Ehe ausmachen, gern eine qualvolle Komödie ergeben, weiß man ja. Das Qualvolle ist genau das, was auch das Komödienhafte ist: daß man nicht auseinander kann! Sonst wär' die Ehe auch gar nicht erträglich, sagte er und hoffte, Sabine werde diesen schwierigen Steilküstenkurven immer gewachsen sein. Ihr Vater und ihre Mutter kennten Mersjohanns nicht. Sie habe Angst um beide. Wie könnte man die beiden glimpflich trennen, das sei die wichtigste Frage. Trennen, bevor der Krieg ausbreche, der einen von beiden oder beide vernichten werde. Die beiden müssen auseinander. Rechtzeitig. Aber wie?! Lena wurde fast schrill. Die stille Lena. Die gefaßte Lena. Halm hatte schon manchmal den Eindruck gehabt, Lena habe sich vorgenommen, durch nichts erschüttert werden zu können. Wann hat sie je geschrien, geweint, geklagt?! Sie hat nur immer verstanden, in Kauf genommen. Jetzt hatte sie gerade geschrien. Aber warum? Sie hoffte doch wohl nicht auf Rainer. Unter dem Vorwand, ihn retten zu müssen, die Auflösung dieser Ehe betreiben? Das war Kinokitsch, nicht Lena. Er genierte sich. Hatte er, trotz aller Vorsicht, zuviel Kino konsumiert? Seit er seine Nietz-

schepläne endgültig als gescheitert ansah, seit dem Tag, a
dem, nach sieben Monate dauerndem Schweigen, von jene
Verlag, der für zuständig gehalten werden konnte, das Man
skript mit einem vorformulierten Ablehnungsbrief eintra
der vermuten ließ, daß andauernd Hunderte gleich unbrauc
barer Manuskripte über Nietzsche eingeschickt wurden – a
ders wäre ja ein solcher Formelbrief überhaupt nicht z
erklären –, seit dem Tag war er vielleicht ein bißchen e
schlafft, war manchmal sitzen geblieben bei einem Film, d
ihn früher sofort verscheucht hätte. Er war anfällig geword
für diesen lösungsfreudigen, demiurgischen Kitsch. Er hät
gern, was er Lena in Gedanken gerade unterstellt hatte, völ
zurückgenommen. Er wußte, daß Lena und Sabine, was
dachte, auf eine unwörtliche, aber qualitätstreue Weise z
Kenntnis nahmen. Das war in dieser Familie so. Also sollt
sie, bitte, auch zur Kenntnis nehmen, daß er sich schämte f
diese kinohafte Unterstellung. Bitte, Lena, bitte. Oh, M
ment, rief er, Moment, erst jetzt, mein Gott, wie lang brauc
man, bis man etwas wiederkriegt, was lang her ist, und ma
kann gar nichts tun dazu, es zu kriegen, jetzt fällt mir plöt
lich ein, wie Rainer Mersjohann aus Tübingen verschwan
Er war verlobt, sehr früh. Sie, acht Jahre älter als er, auch a
Münster, will ihn besuchen. Ein Bekannter, ein früher
Freund von ihr, nimmt sie, auf dem Weg in die Schweiz, i
Auto mit. Sie steigt aus in Tübingen, in der Weizsäckerstraß
Der Bekannte fährt weiter. Sie läutet, wird zu Rainer geführ
der staunt, ist aber froh, will ihr schon einen Kuß gebe
stutzt, fragt, wie sie gereist sei, ach mit dem Soundso, er ken
den Namen, das ist doch einmal sein Rivale gewesen, und m
dem fährt seine Verlobte im Auto von Münster bis Tübinge
von dem läßt sie sich fahren, zu ihm! Und schlägt sie. Ann
gret hieß sie. Er muß sie ganz schön geschlagen haben. D
Verlobte lief schreiend auf die Straße. Einen Tag später ve
ließ er Tübingen. Erst allmählich erfuhr man, was vorgefalle
war. Die Vermieterin, mit einem Uhrmacher verheiratet, d
sie schlug, hatte alles mitangehört, hatte Annegret zurückha

ten wollen, die ließ sich nicht halten. Ja, sagte Halm, sie hieß Annegret. Die Vermieterin sagte, das Dümmste, was eine Frau, wenn sie geschlagen wird, machen könne, sei weglaufen. Dann habe man die Schläge und sonst nichts. Bleibe man aber, habe man das Unrecht, das einem zugefügt worden ist, als Kapital, damit könne man etwas anfangen, leben könne man davon, und nicht schlecht... So redete die Frau des Uhrmachers, der sie, weil seine Arbeit so nervenaufreibend war, immer wieder einmal schlug.

Steil führte die 1N über den Berg nach San Francisco und schwang sich als Autobahn an der Herde traulich im Abendlicht stehender Wolkenkratzer vorbei. Dann über die Schatzinsel, die Bay, man schlüpfte in die Baumhöhlen der Contra Costa, war daheim. Die Zikaden hatten schon ihren genauen Ton errichtet über dem Viertel. Die zwei Hunde im Nachbarhaus kläfften. Ein Paar Möpse, sagte Sabine, einer sei blind. Sabine hat schon Kontakt mit Bob next door und seiner Frau. Er ist Lehrer, nebenher betreiben sie mit einem zweiten Auto, einem Pick-up Truck, eine Firma für Gartenbestellung. Vor der Tür lag ein Paket Bücher vom Dichter. 30 Sekunden Zeit ließ die Alarmanlage den Heimkehrenden, sich zu erkennen zu geben, sonst riefe sie Hilfe. Sabine machte Buchweizenpfannkuchen, die mit Sauerraum gefüllt wurden. Danach gab's wieder die Trauben. Als Rainer kam, war Lena schon wieder in ihrem Zimmer, und obwohl er bis zwei Uhr nachts blieb, kam sie nicht heraus. Rainer hatte eine Schubertplatte mitgebracht: *Der Tod und das Mädchen*. Rainer war heiter. Er sei so glücklich, daß Halms jetzt endlich da seien. Sabine machte ihm auch noch Buchweizenpfannkuchen. So etwas Gutes hatte er angeblich überhaupt noch nie gehabt. Man sprach über die Cocktailparty. Rainer und Halms gehörten beim Bewerten der einzelnen Leute ganz und gar zusammen, sie schauten alle und alles noch einmal an miteinander, als führten sie Dias vor aus einem gemeinsam verbrachten Urlaub. Halm sagte, daß schon ein Bücherpaket vor der Tür gelegen habe. Rainer sagte: Ja, lies nur. Über Kalifornien stehe was drin. In der Prosa. Die Gedichte seien natürlich keine. Vor einer Woche sei ein Bengal Poet auf dem Campus gewesen. Der sei nach San Francisco gekommen, weil er Jack London übersetze und dessen *Beauty Ranch* und die Ruinen des sagenhaften *Wolf House* besichtigen wollte, aber irgend jemand hat auch Kirk auf sein Programm gesetzt, also trafen die zwei im Faculty Club zusammen. Der kleine Bengale machte andauernd Verbeugungen vor dem riesigen Kirk, von dem er natürlich keine Zeile kannte. Kirk sei ja trotz jenes Briefes von Kennedy eine regionale Größe geblieben. Dem Bengalen hatte man vormittags zwei Gedichte von Kirk zu lesen gegeben. Beim Mittagessen sagte der Bengale, besonders das eine gefalle ihm sehr gut. Darauf Kirk: Ja, das andere sei aber auch sehr gut, es werde jeden, der momentan in diesem Haus sei, überleben. Der Bengale habe jetzt so oft genickt, wie er sich vorher verbeugt hatte. Die Achtung für einen Kirk Elrod erwerbe man sich nicht durch ein bißchen Lektüre, sagte Rainer. Aber abgesehen davon, *Inspiration Inn* sei mehr als eine Alkoholikergeschichte. Wenn du so weitertrinkst, reicht der Whisky nicht, hätte Halm gern gesagt. Trink halt ein bißchen langsamer, hätte er gern gesagt. Aber als habe Rainer das alles gehört, trank er immer schneller. Wie er selber hierhergekommen sei, erzählte er jetzt. Tübingen erwähnte er nicht. Er fing gleich mit einem Onkel in Emden an. Bei diesem Onkel in Emden hatte er immer die Ferien verbracht. Der habe ihn also gekannt, also habe er den ohne weiteres um etwas Geld bitten können, der Onkel wußte ja, Rainer würde sich nur Geld leihen, das er zurückzahlen konnte. Zuerst habe Rainer in Detroit als Spüler gearbeitet, dann in Philadelphia ein Inserat aufgegeben: Deutscher Junge sucht Familie. Von zwölf Familien sei Antwort gekommen. Nacheinander habe er bei allen gewohnt. Gearbeitet habe er bei einem Beerdigungs-Unternehmen, Leichen präpariert, dann bei der Krankenambulanz, noch ohne Führerschein, also hinten drin tätig, einer Frau verhalf er einmal während der Fahrt zu Zwillingen, dann Pfleger im Nachtdienst, tags an der Uni, dann in Charlottes-

ville, Virginia, als Gärtner mit eigener Ausrüstung, selbstän-
dig, gewohnt im Auto, auch den größten Teil der Doktorarbeit im Auto geschrieben, über Wahrheit und Lüge bei Kleist,
erste Stelle in Morgantown, West Virginia, dann Middlebury,
Vermont, dann Davis, California, dann Irvine, dann hier in
Oakland. Allen Familien sind alle Auslagen zurückbezahlt
worden. Er ist keinem etwas schuldig. Außer Elissa. Und
Milton. Und Jamey. Falls Milton und Jamey seine Kinder
seien. Davon gehe er aus. Noch immer. Obwohl es vernünfti-
ger und heilsamer wäre, davon auszugehen, die Söhne seien
von einem anderen Mann. Er kenne diesen Mann. Dieser
Mann lebe jetzt in Washington. Ein sadistischer Pentagon-In-
tellektueller, der Pelzmäntel trage. Aber es gebe ja auch
Leute, die an Gott glaubten. So glaube er, er sei der Vater der
Söhne. Reine, schöne Fiktion. Vielleicht sei alles durch die
englische Sprache entstanden. Durch deren kalifornische
Version. Dies sei ein Wörterland. Eine Wörterwelt. Die Leute
seien ganz wild auf Wörter. Die Wörter erledigten die Sachen,
hier. Es gebe dann keine Sache mehr. Elissa sei in dieser Tradition aufgewachsen, in der die Wörter nicht so von den Sachen
abhängig seien wie da, wo er aufgewachsen ist. Halms seien
Elissas neuestem Freund ja begegnet: Othello Jesus de Garcia! Er sehne sich nach Entscheidung. Aber wie sollte er sie
nicht auch fürchten. Jamey kehre zurück, wenn die Eltern
den Zustand der Rechtsdiffusion beendet hätten. Jamey
könne keine Lüge ertragen. Nicht eine einzige. Nicht die
kleinste. Es werde sich zeigen, zu wem Jamey dann gehe. Natürlich hoffe jeder, Jamey werde zu ihm kommen. Elissa
bleibt noch, weil sie weiß, Jamey kann nur zu Rainer zurück-
kehren. Sie hat Jamey vertrieben. Sie wirft es sich vor. Sie
bleibt bei Rainer, weil sie sich dafür bestrafen will. Er profi-
tiere von diesem rührenden Rest von Gewissenhaftigkeit in
Elissas ungenauem Wesen. Im November schließe sie ihre
Fahrschule und sei dann bis April in den Südstaaten unterwegs, weil Jamey doch bei seiner Lebensweise den Winter
höchstwahrscheinlich im Süden verbringe. Also halbiere sich

gewissermaßen die Fläche, auf der man ihm begegnen könnte. Eine irrsinnige Rechnung. Aber Elissa liebe irrsinnige Rechnungen. Obwohl Rainer sicher mehr als eine Flasche Whisky getrunken hatte, konnte er immer noch sprechen. Halm mußte Elissa verteidigen. Rainer konnte es ihm übelnehmen, wenn er diesen Beschuldigungen durch Nichtssagen zustimmte. Rainer erwartete vielleicht, daß man Elissa gegen ihn in Schutz nehme. Außer ihm hatte niemand das Recht, so über Elissa zu urteilen. Also sagte Halm, alles, was Rainer vorbringe, sei Einbildung. Da schaute Rainer ihn so an, daß er erschrak und sofort hinzufügte: Könne auch Einbildung sein, solang Beweise fehlten. Die Bilder von Milton und Jamey seien doch zwei Rainer-Versionen. Die zwei hätten ein Gesicht, und zwar seins. Und zwar jenes, das er, Halm, aus Tübingen noch genau in Erinnerung habe. Hätte er Milton oder Jamey irgendwo getroffen, hätte er sie schneller erkannt als ihn auf dem Flugplatz. So! Rainer sagte: Du redest Müll, Junge. Milton und Jamey sehen mir so wenig gleich wie ich mir gleichsehe. Du hättest dich besser rausgehalten. Rainer mußte aufstehen. Er wurde nicht mehr fertig mit dem, was jetzt in ihm passierte. Wer den verteidigt, der den Vertrag bricht, bricht ihn selbst, sagte er. Es tut mir leid, Sabine, daß Sie mit diesem ungenauen Mann verheiratet sind. Der taugt wohl nichts. Er geht zwar nicht über Leichen, aber über Brücken geht er. Ich warne Sie. Es tut mir nämlich leid. Ihretwegen. Und ging. Förmlich hinausgerissen wurde er, das sah man. Die Tür schlug er zu. Halm mußte Sabine mit Gewalt zurückhalten. Sie meinte, man könne Rainer in diesem Zustand nicht fahren lassen. Halm sagte, der lasse sich nicht halten. Er ist Westfale. Sabine hatte Rainers Platte in der Hand. *Der Tod und das Mädchen.* Klang der Titel jetzt anders als am Anfang des Abends? Halm dachte an den Friedhof, an die Vergilgeschichte. Sabine fragte, ob sie die Platte noch hören sollten. Halm war nicht dafür. Sabine wollte einfach noch mit Rainer zu tun haben. Sabine sagte: Eine solche Rechtsempfindung. Eine solche Schärfe der Rechtsempfindung. Halm dachte daran, wie Sabine als Schöffin durch ihre besondere Empfindungsgenauigkeit den Richtern das Leben schwergemacht hatte. Als sie ins Schlafzimmer hinunterkamen, sagte er: Droben merk ich den Geruch nicht mehr, aber hier. Schrecklich, sagte Sabine. Halm tat, als glaube er, Sabine meine damit den Geruch des anderen Ehepaars. Es war aber klar, daß Sabine viel mehr gemeint hatte. Vielleicht hatte sie sogar ihn gemeint.

7

Halm warf Decken über Schreibtischstuhl und -platte. Womit hatte Professor Rinehart diese Pappigkeit erzeugt? Vielleicht steckte etwas Völkerkundlerisches dahinter. Halm las die zwei Kopien. Das 129. Sonett von Shakespeare und von Stefan George EIN LETZTER BRIEF.

Meint sie damit wirklich nur, daß er entscheiden solle, welcher Text das bessere Aufsatzthema ergäbe? Oder meint sie ihn? Will sie ihm etwas sagen? Er konnte sich nicht satt sehen an diesem Anfang: *Th' expense of spirit in a waste of shame/Is lust in action.* Bei George spezialisierte er sich auf die Mitte: *du hast gesehen daß ich tag und nacht darauf wartete. ich konnte es nicht sagen. ich konnte es nur in träumen ahnen. auch hätte ich es nicht sagen dürfen. da du es hättest finden müssen.* Halm konnte nicht sitzen bleiben. Der riesige Ringer Pazifik hatte ihm jeden Knochen verrenkt. Was tat denn jetzt nicht weh? Am peinlichsten war es ihm, daß er Socken und Schuhe nicht mehr selber anziehen konnte. Das verrenkte Kreuz ließ es nicht zu, Hände und Füße einander bis zur Berührung anzunähern. Er stemmte sich vorsichtig, ohne das Rückgrat in Anspruch zu nehmen, hoch und ließ sich genauso vorsichtig in den Sessel gleiten. Los, starr nicht die Texte an, mach die Hausaufgabe. Shakespeare oder die Ohnmacht des Wissens. George oder die Stummheit des Betroffenen. In welchem Thema könntest du ihr mehr sagen? Du hast keine Zeit, deine wirkliche Hausaufgabe heißt: Heine. Heinesätze sammeln. Wochenlang, einfach Sätze sammeln, die dir Eindruck machen. Dann die gesammelten Sätze so lange immer wieder lesen, bis du ahnst, warum dich gerade diese Sätze beeindruckt haben. Er konnte nur hoffen, der Titel, den er Rainer schon am Telephon hatte durchsagen müssen, würde dann passen. *Emigration als Emanzipation.* Halm griff, als er sich im Sessel eingerichtet hatte, nicht nach Heine, sondern nach den zwei Kopien. *Th' expense of spirit in a waste of shame/Is lust in action; and till action, lust/Is perjur'd, murderous, bloody, full of blame.* Durch die offene Tür hörte er, wie Sabines Kugelschreiber energisch eilte. Sie kam offenbar kaum nach mit Schreiben, so viel hatte sie denen zu Hause mitzuteilen. Wem könnte er schreiben? Mitteilen, wie sich aus allen eine plötzlich heraushebt. Braune Beine. Und die Turnhose, die nicht gerade aufhört, sondern rund. Hinten und vorne rund. Das führt an den Seiten zu Einschnitten. Sie war die einzige, die ihm die Hand gegeben hatte. Kräftig hergestreckt hatte sie ihre Hand. Sie hatte ihn angeschaut mit grauen oder blauen oder graublaugrünlichen Augen. Alle anderen, die an ihm vorbeigingen, die er angeschaut hatte, hatten sich geradezu konzentriert darauf, ihn nicht zu bemerken. Alle anderen hatten getan, als sei es ihre Aufgabe, einen Blickwechsel mit ihm zu vermeiden. Sie aber war mit ihm über diese Brücke gegangen. Die schwang ja ein bißchen, wenn man drüberging, diese Katzenbuckelbrücke über den trockenen Okra Creek. Danke, Rainer, für diesen Namen. Wie ernst mußte er Rainers wüsten Ausfall nehmen? Der war sein Chef, hier. Gemein von einem Chef, seine Stellung so auszunützen. Vielleicht wußte er inzwischen schon nicht mehr, was er in seinem Rausch gesagt hatte. Selbst wenn Rainer nicht mehr wüßte, was er gesagt hatte, was ihn dazu gebracht hatte, so etwas zu sagen, existierte noch. Das Beste wäre, er würde, wenn Rainer nüchtern war, fragen, ob Rainer das aufrechthalten wolle. Aber wann war Rainer nüchtern? Und was, wenn Rainer das wiederholte! Du taugst nichts. Das würde Halm nicht noch einmal hören wollen. Vor der eigenen Frau! Sabine wartete sicher darauf, daß Halm das entkräfte, widerlege, auf Alkohol oder irgendeinen anderen *extenuating circumstance* zurückführe. Er konnte nicht. Er spürte, Rainer hatte recht. Er taugte nichts. Wie er da saß und, anstatt zu arbeiten, einem Mädchen nachdachte und sich sielte in seiner Armseligkeit. Die lächerlichste Figur der Welt: ein Lehrer, der sich in eine Schülerin verliebt. Verlieben! Dieses Wort hat bei ihm immer schon Ekelempfindungen ausgelöst. Man müßte sich an jemanden wenden können. Aber das Übel ist ein vollkommen verurteiltes. Durch Lächerlichkeit. Durch Verächtlichkeit. Widerwärtigkeit. Unerwähnbarkeit. Wahrscheinlich tragen Rainer und Carol alles zusammen, was über Halms Benehmen auf dem Campus zu erfahren ist. Der Punkt der höchsten Informationskonzentration ist Carol. Woher weiß sie, daß Halm am Friedhof war? Wer hat ihr gesagt, daß Halm mit dem Mädchen an dem Catereria-Tischchen gesessen ist? Rainer und Carol passen zusammen. Bei beiden diese beherrschende Unterlippe. Seit er Kirk Elrod kennt, weiß er gar nicht mehr, wie er an Carol denken soll. Der ist bestimmt fünfundsiebzig; sie, knapp vierzig. Dreißig Jahre... Wie bei ihm und dem Mädchen. Wahrscheinlich ist die zweiundzwanzig. Wie Elrod gehustet hat, wie den der Krampf verzerrt hat, wie Carol den hinausgeführt hat. Dreißig Jahre. Carol und Kirk, zu denen gehört er. Bei denen will er sich einreihen. Denen will er, solang er hier ist, alles so glimpflich machen wie möglich. Die furchtbare Last dieses Unterschieds will er denen tragen helfen. Dieser Zwang, vom Alter zu sprechen! Als er noch gar nicht bei Elrods Gruppe angekommen war, hatte er den schon auf die Wie-geht's-Frage sagen hören: Wie soll's gehen, in meinem Alter. Dann hatte jemand Elrod nach seiner Meinung über ein Theaterstück gefragt. Das können sich junge Leute leisten, solch wahnhaftes Auftrumpfen, hatte er geantwortet, ihn interessiere das nicht mehr. Halm hatte das Gefühl, man könnte jeden Text dieser Welt übersetzen in einen Text, den einer über fünfzig spricht. Das ist eine andere Sprache. Man möchte verhindern, daß sie zur einzigen Sprache wird, die man spricht. Man fürchtet, lächerlich zu werden, unerträglich. Vollends kompliziert wird es dadurch, daß es Leute gibt, die fünfzig vorbei sind, aber so tun, als interessiere sie das nicht besonders. So deutlich wie jetzt, in diesem Moment, hatte er noch nie an das Sterben gedacht. Einer Augenblick lang war es ihm gegeben gewesen, die Deutlichkeit der Vorstellung des Sterbens zu steigern. Das Hinabgerissenwerden war richtig spürbar gewesen. Deutlicher als je zuvor. Bis die Vorstellung auch nur eine minimale Ahnung dessen enthält, was dann wirklich passieren wird, muß sie noch milliardenmal zunehmen an Deutlichkeit, Gewalt, Brutalität. Eine entsprechende Vorstellung ist unmöglich. Das ist der Schutz, der schöne. Der Schrecken, den diese bisher größte Deutlichkeit der Vorstellung des restlosen, ungemilderten Hinabgerissenwerdens auslöste, war immer noch ein süßer Schrecken. Mit der wirklichen Gewalt wird man nicht mehr reden können. Hoffentlich schreit er nicht. Leise, sauber, schnell sollte sein Sterben sein. Er mußte wegdenken davon. Der unendlich lange Augenblick, in dem ihn die Brandung gerollt hatte, mußte gemieden werden. Er kam sich lahm vor, jetzt, aber auch geheilt. Er war durch. Dreißig Jahre. Das mußte man sich doch nur ein einziges Mal vor Augen halten, dann hörte alles auf, man war gerettet. Jetzt konnte er Elrods *Inspiration Inn* aufschlagen und lesen. Er hatte die Kraft, sich dafür zu interessieren. Er wollte sich begeistern für Kirk Elrod. Er wollte Elrod eine Freude machen. Und nichts würde den so freuen wie eine ausführliche, gegenstandsreiche, glaubwürdige Hingerissenheit. Und da er Angst hatte vor Rainer – obwohl es jetzt doch keinen Grund mehr gab, Angst zu haben –, wollte er Carol von Rainer weg- und zu sich hinziehen. Carol war eine Macht. Vielleicht sollte er versuchen, auch Elissa auf seine Seite zu ziehen. Dieser Rainer konnte, weil er selber schlimm dran war, gefährlich werden.

Zum Glück war der Montag ein Feiertag. Labor Day. Sabine wußte es vom Fernsehen. Sie wußte auch ganz sicher, daß die Universität Ferien hatte an diesem Tag. Das sei Amerikas 1. Mai. Wahrscheinlich hatte jeder geglaubt, Halm wisse das. Und das Mädchen, das am Montag in seine Sprechstunde kommen wollte? Die hat eben nicht an Labor Day gedacht. Er konnte froh sein, daß er sie erst einen Tag später wieder treffen würde. Oder vielmehr: ihm konnte es wirklich gleichgültig sein, daß er sie erst am Dienstag wiedersehen würde. Nach einem späten Frühstück bat er um Lenas und Sabines

Aufmerksamkeit; er wolle ihnen, um es sich selber anzueig
nen, erzählen, was er gelesen habe. Macht es euch bequem
Schaut nicht nur nach San Francisco hinüber, sondern weit
rechts hinaus, nach Norden, wo die Golden Gate-Brück
liegt, die wir von hier aus nicht sehen, dort spielt der Roma
Schaut hin, wo ihr nichts seht als das, was ich euch von Ki
Elrods *Inspiration Inn* erzähle.

An einem heißen Herbsttag Anfang der dreißiger Jahre wol
ten zwei Männer, ein Ed Crowley, Chefingenieur einer gr
ßen Baufirma in San Francisco, und John Frey, sein Verme
sungsgehilfe und Chauffeur, in einem fast neuen Auto, M
dell A Ford Sedan, an einem einzigen Tag auf der Straße 1
von Eureka nach San Francisco fahren. Sie kamen nur bis P
taluma. Schon in Geyserville stellte Frey fest, daß der Kühl
Wasser verlor. Sie mußten langsam fahren und immer wied
nachfüllen; in Petaluma also, rund vierzig Meilen vor S
Francisco, gaben sie auf. Die Golden Gate-Brücke war
noch nicht gebaut. Und für die letzte Fähre war es zu spä
Was ma nit erflüge cha, cha me-n-erhinke, sagte John Fre
und übersetzte das Schweizer Sprichwort für Mr. Crowle
ins Amerikanische. Es tue ihm leid, sagte John Frey, daß s
in einer Stadt übernachten müßten, auf die er nicht vorbere
tet sei. Es gab eine fast freundschaftliche Abmachung zw
schen ihnen: Ed bereitete sich vor auf alles, was mit Brücke
und Straßenbau zu tun haben konnte auf ihren Fahrten. U
Brücken- oder Straßenbau-Aufträge heimzubringen, ware
sie ja unterwegs. John sollte sich um alles übrige kümmer
von Fischsuppe bis Historical Landmark. Aber nur um Re
litäten, bitte, hatte Mr. Crowley damals gesagt. Alles n
Ausgedachte, etwa nur für Touristen Arrangierte, intere
sierte ihn nicht. Sein Satz: Phantasien kaufe ich nicht. Das w
eine klare Arbeitsteilung. Aber Musik bzw. Gesang liebte
sehr. John Frey mußte immer sein *Schweizer Liederbüchle*
dabei haben, und während der langen Fahrten sollte er singe
solang er nur konnte. Bis Geyserville hatte John noch gesur
gen *Mein Lieb ist eine Alpnerin/Gebürtig aus Tirol/Sie träg*

wenn ich nicht irrig bin/Ein schwarzes Kamisol. Dann hatte er sich auf den Motor konzentrieren müssen. Für Petaluma konnte er also dem Chef nichts raten. Crowley hatte aber einmal selber einen Chef gehabt, der immer von Schwertfischsteaks im *Washoe House* in Petaluma geschwärmt hatte, dazu Chardonnay aus Sonoma, und das alles serviert unter einem riesigen Büffelkopf und mit Blick auf Eukalyptuswälder. John sehe, Ed versuche, seine Abhängigkeit von John nicht ins Unendliche wachsen zu lassen. Der Meister, der den Kühler untersuchte, sagte: 24 Stunden mindestens. Dann würde Crowley morgen früh mit dem ersten Schiff auf dem Petaluma River nach San Francisco fahren, um die Projekte, von denen einige auftragsreif waren, noch morgen in die Firma zu bringen. Im Frühjahr mußte gebaut werden. John Frey würde die Reparatur abwarten. Er war bald zehn Jahre im Land und litt immer noch unter anfallartigem Heimweh. Er stammte aus dem Rheintal, Kanton St. Gallen, und hatte gerade in San Francisco bei einer Veranstaltung des Grütli-Vereins gehört, es gebe an der Küste nördlich von San Francisco eine Bucht, Muir Cove, darin, über einen Felspfad erreichbar, eine Wirtschaft, betrieben von einer Uralten, die in der Gegend die *Swiss Lady* heiße. Jeder Schweizer in Kalifornien müsse einmal dort gewesen sein. Im Hotel *Wilhelm Tell* in Tomales werde einem der Weg beschrieben. Tomales lag nur ein paar Meilen westwärts von Petaluma, kurz vor der Küste. Mr. Crowley hatte nichts dagegen, daß John Frey mit einem vom Mechanikermeister geliehenen Auto nach Tomales hinausfuhr. Im *Wilhelm Tell* in Tomales lachte man, als er nach der *Swiss Lady* fragte, aber man beschrieb ihm den Weg in die Bucht und zum *Inspiration Inn*, der Wirtschaft jener *Swiss Lady*. Es war eine elende Fahrerei. Auf und ab und karussellhaft kurvig. Und dunkel war es auch. Ein Farmer ließ ihn in der Scheune übernachten. Am nächsten Morgen war er in der kleinen Bucht Muir Cove, in der eine Felsnase vorsprang, an der man nur bei Ebbe vorbeikam. Bei Flut mußte man drüberklettern. Schwierigkeitsgrad zwei bis drei. Das geliehene

Auto stand am *Pelican Inn*, einer Wirtschaft am Rand der Redwood-Wälder, kurz vor der Bucht. Kletternd kommt er also in den nördlichen Teil der Bucht, ist fasziniert von der Schwierigkeit, diese Wirtschaft, wenn da eine sein sollte, zu erreichen. Nach der Felsnase wurde der der Felswand abgewonnene Weg sehr schmal und führte aufwärts, bis er eine Plattform erreicht, eine hausbreite Nische in der Felswand. Von diesem halbrunden Platz führten Gänge ins Felsinnere. Wenn nicht über dem mittleren Eingang *Inspiration Inn* gestanden hätte, hätte man das Ganze für ein Indianerquartier halten können. Die Wirtin saß allein an einem Steintisch inmitten des halbrunden Platzes. Frey stellte sich vor und freute sich, von ihr zu erfahren, daß ihre Vorfahren aus dem Kanton Appenzell gekommen seien, aus Trogen nämlich. Dann habe sich die Kurverei und Kletterei doch gelohnt. Sie heiße Gret. Sie freute sich auch darüber, daß wieder einmal ein Schweizer hergefunden habe. Die Saison sei ja vorbei. Eigentlich habe sie vor April niemanden mehr erwartet. In ihrem Alter sei man nicht ungern allein. Sie war dürr, hatte einen langen Hals, um den, an einem Samtband, ein Goldfranken hing. Vom Pazifik drängten jetzt überfallartig Wolken herein, es fing so an zu regnen und zu stürmen, daß John Frey an diesem Tag nicht mehr zurück konnte. Die Türen hielten stand. Scheiben oder Dachplatten, die kaputtgehen konnten, gab es nicht. Man konnte im Fels um die Nische herumgehen, zu einem jetzt in Lee liegenden Ausgang. Von da konnten sie durch eine Luke hinausschauen. Die ganze Bucht unter ihnen war ein Kessel voll dampfender, tosender Gischt. Ob sie keine Angst habe, daß einmal eine Sturmflut bis zu ihr heraufsteige. Nicht einmal die Flutwelle 1906, kurz nach dem Beben, habe bis herauf gereicht. Ihr Vater habe diese Höhlen ein Jahr nach dem Beben den Coast Miwok Indians abgekauft, die nach Norden ins Hoopa Valley-Reservat gezogen seien. Die Indianer hätten in einer eigens dafür bestimmten Kalender-Höhle seit 46 Jahren jedes Jahr an der Wand vermerkt, mit Angaben über den Wasserstand in der Bucht und den Wasserstand in de

Süßwasserzisterne, die zu dem Höhlensystem gehörte. In 467 Jahren sei das Süßwasser nie ausgegangen und das Salzwasser nie eingedrungen. Ihr Vater sei ein Ingenieur gewesen. Und ein Arzt. Und einiges mehr, was es heute nicht mehr gebe. So erfuhr John Frey die Geschichte der Familie Stäbler-Sulzer, die am 9. September 1765 auf dem Schiff *Chance* in Philadelphia ankam. Die Erzählerin sagte, sie erzähle, was sie erzähle, jedem, der es hören wolle. Sie erzähle es allen, sang sie, who have not under a false training grown indifferent to their earthly origin. Ihre Erzählung war ein einziger Lobgesang auf ihren Vater. Fast jedesmal, wenn sie ihren Vater nannte, setzte sie hinzu: ein Mann, wie es keinen mehr gibt. Ihr Vater hatte seinem jüngeren Bruder den Franken genommen, den sie jetzt am Hals trug. Den Franken hatten die Vorfahren anno 1765 auf der *Chance* mitgebracht. Von den fünf Kindern der Familie Stäbler-Sulzer überlebte nur eines die zweiundvierzigtägige Überfahrt, das jüngste, ein Sohn. Die Mutter hatte dem Kind das Goldfrankenstück an einem Lederbendel um den Hals gehängt. Dieses Goldstück war in der Familie immer schon zum Pendeln benutzt worden. Seit 1765 ging das Goldstück an den jüngsten Sohn. Die Gabe zu pendeln und die Wünschelrute zu führen, die die Familie schon immer hatte, sollte jetzt immer beim jüngsten Sohn sein. Die Fähigkeit sei aber an eine Bedingung geknüpft gewesen: der Ausübende durfte nie einen Tropfen Alkohol zu sich genommen haben. So blieb es, bis Grets Vater seinem jüngsten Bruder einmal von der Farm nach Philadelphia hinein folgte und ihn dann in einer der Schnapskneipen einer endlos langen Vorstadtstraße bei einem Mädchen sitzen sah, dem er gerade den Goldfranken umhängte. Grets Vater entriß dem Mädchen den Franken, kehrte nicht mehr auf die Farm in Lancaster County zurück, sondern schloß sich einem Trupp an, der über den Ohio vordringen wollte. In Martinsville am Ohio verließ er den Trupp, kam auf einem Schiff an den Mississippi und auf dem Mississippi nach St. Louis, arbeitete ein Jahr lang an einer Wasserleitung für eine Brauerei, die ein Schweizer baute, schloß sich dann einer Wagenkolonne an, die sich Oregon Liberty Trail nannte. Aber Frederick Stabler sprang vorher ab, er wollte nicht nach Oregon, sondern nach Kalifornien. Da tat er sich um als Arzt und als Wassersucher. In einem Land, in dem es von April bis November nicht regnet, konnte man einen brauchen, der das Wasser wußte und auch wußte, wieviel da zu erwarten war. Nach dem Erdbeben im Jahr 1906 breitete sich eine Art Respekt vor den erdinneren Kräften aus. Manche fürchteten, das Wasser bleibe ganz weg und die Wüste marschiere zum Meer. Frederick Stabler war bald ein gemachter Mann. Mit dreiunddreißig heiratet er und am Hochzeitstag trinkt er Wein. Danach glaubt er nicht mehr an seine Begabung, also glaubt auch sonst niemand mehr daran. Er bildet sich aus zum Ingenieur. Die Frau stürzt sich in needlework. Was sie stickt, kommt unter Glasplatten. Ihre Spieltische für Backgammon werden im Westen berühmt. Er konstruiert die erste Stabler-Pumpe. Eine überraschend einfache Pumpe. Jetzt könnte er also den Erfolg genießen. Aber er will mehr. Er reist nach Europa, auch in die Schweiz, besucht und besichtigt die Maschinenfabriken, hat einen Koffer voller Skizzenbücher, als er in Southampton an Bord der *Titanic* geht. In der schrecklichen Nacht nimmt er nicht teil an dem Tanzfest, sondern studiert in der Kabine seine Skizzen. Ihm sagt das Geräusch, das sich anhört, als ob das Schiff an einer Kaimauer entlangstreife, genug. Er hört, schon bevor er droben ist, daß die Maschinen stoppen, und sobald er droben ist, sieht er hinter dem Schiff die weiße Masse des Eisbergs im Dunkel verschwinden. Er hat als einer der ersten den Rettungsgürtel an, aber als er das Gedränge bei den Rettungsbooten sieht, rennt er wieder abwärts, ins Schiffsinnere. In einer schon verlassenen Kabine der ersten Klasse zieht er sich um. In Damenkleidern, mit Pelzmantel und einem haubenartigen Hut, kommt er wieder hinauf. Da herrscht die Panik. Er hat richtig gedacht. Nur noch Frauen dürfen in die Boote. Vor ihm sagt eine Frau, wenn ihr Mann nicht mit ins Boot dürfe, gehe sie auch nicht. Ich bin der Bankier Guggenheim, sagt der

Mann. Aber er sagt es nicht auftrumpfend. Der Offizier, der einen Revolver in der Hand hat, schüttelt den Kopf. Frau Guggenheim sagt, sie bleibe bei ihrem Mann. Dann drängt sich einer vor: er sei der Direktor der White Star Line, er sei Mr. Bruce-Ismay. Der Offizier zwingt ihn mit der Pistole zurück. Frederick Stabler kommt als Frau in ein Boot, wird gerettet, erreicht Kalifornien zum zweiten Mal, trennt sich sofort von seiner Frau, er will jederzeit arbeiten, er will nur noch arbeiten. Seine Pumpen werden noch besser. Um die Fabriken entsteht Stabler City. Frederick Stabler hat eine Idee: er möchte seine Pumpen nur mit Alkoholikern bauen. Er entwickelt eine Arbeitsdisziplin, auf die sich ein Alkoholiker einlassen können soll: es gibt nur Arbeitsgruppen, keinen Vorarbeiter; die Arbeitsgruppe stellt die Pumpe ganz her, die Arbeitsgruppe setzt die Arbeitszeit fest; die Arbeitsgruppe holt im Lager, was sie braucht, und liefert bei der Kontrolle ab, was sie produziert hat. Die Gruppe ist verantwortlich für das, was jeder, der zu ihr gehört, tut. Es gibt nur Akkordarbeit. Die Gruppe kann durch Mehrheitsentscheidung verfügen, daß sie mit einem nicht mehr zusammenarbeiten will. Einer, der aus einer Gruppe fliegt, kann sich bei einer anderen Gruppe bewerben. Wenn einer in zwei Wochen bei keiner Gruppe mehr aufgenommen wird, muß er sich als entlassen betrachten. Stabler City schwankt zwischen Chaos und Disziplin. An jedem Samstag gibt Frederick Stabler ein Fest. Diese Feste werden berühmt. Stabler bezahlt ein ständiges Orchester, das er in Marineuniform steckt. Zu jedem seiner Feste sind alle seine Arbeiter mit ihren Familien eingeladen. Jedes seiner Feste ist ein Kostümfest. Zutritt hat, wer in einem Kostüm kommt, das ihn als etwas darstellt, was er nicht ist. Stabler selber tritt auf seinen Festen immer als Dame auf. Immer wieder als eine andere Dame. Man hält ihn längst für einen Transvestiten. Manche behaupten, er sei wahnsinnig. Später werden seine Feinde sagen, er habe sein Geld gemacht mit Alkoholschmuggel während der Prohibitionszeit. Eine ganze Flotte sei andauernd für ihn zwischen Muir Cove und

Kanada unterwegs gewesen. Das ist der Schmutz, den der Neid zusammenkratzt. Daß Stabler City eine wilde Stadt ist, stimmt. In Stabler City werden mehr Menschen erschossen als in Chicago. Aber Selbstmorde kommen nicht vor. Nirgends sonst ist man dem Ideal, daß Arbeit und Leben gleichermaßen genießbar sein sollen, näher gekommen. Die Banken werfen Stabler das Geld nach. Alle wollen bei Stabler investieren. Und er verliert das Augenmaß. 1929 ist es aus. Stabler will sich umbringen. Er will der erste Selbstmörder sein in seiner Stadt. Aber er wird von Eileen am Selbstmord gehindert. Mit Eileen flieht er in diese Bucht, in sein Muir Cove. Niemand weiß, wo er ist. Er hat Muir Cove immer geheimgehalten. Aber daß er am Pazifik etwas hat, ahnte man. Daher auch die Bootlegger-Legende. Eileen ist ihm bei einem seiner Kostümfeste aufgefallen. Sie trat immer als Seeoffizier auf. Er machte mit der Frau, die dreiunddreißig Jahre jünger war als er, einen Vertrag: für jeden Tag, den sie mit ihm verbrachte, wurden ihrer Familie 999 Dollar überwiesen. Auch nach dem Zusammenbruch wurden die Zahlungen durch eine Bank in San Francisco besorgt. Diese Eileen, ein Mädchen irischer Herkunft, verläßt Muir Cove einmal, um in Mill Valley eine Ladung ice-cream zu holen. Stabler hat in seinen Höhlen Vorräte jeder Art, nur ice-cream nicht. Ohne ice-cream, sagt Eileen, kann sie nicht leben. Sie wird in Marin Valley von einem Bruder ihres Mannes gesehen und trotz ihrer Männerkleidung erkannt. Ihr Schwager folgt ihr in die Bucht, verrät seinem Bruder Pat, was er gesehen hat, Pat organisiert eine Belagerung. Wenn Stabler Eileen herausgibt, kann er gehen, wohin er will. Stabler überläßt es Eileen. Die will zu ihrem Mann zurück. Da zieht Stabler seine Pistole, Pat glaubt, Stabler wolle die Frau erschießen, und schießt Stabler zusammen. Der sagt: Danke. Er hatte nur sich selber erschießen wollen. Eileen kniet bei ihm und wimmert: Fred, o Fred. Sie will jetzt von ihrem Mann nichts mehr wissen. Gret wird vom College geholt, sorgt dafür, daß ihr Vater in einer der indianischen Gräberhöhlen beigesetzt wird, und bleibt da. Ihre Mutter ist längst im Mittelwesten verschwunden. Gret gehört nichts mehr in Stabler City. Sie rüstet Muir Cove um zu *Inspiration Inn*. Die Fabriken werden von einem Konzern übernommen. Jetzt werden die Pumpen am Fließband gefertigt. Von Stablers Versuch, mit Alkoholikern zu arbeiten, wird nicht mehr gesprochen. Nur noch in den Kneipen reden sie darüber. Die Trinker. In der Zeitung steht jetzt, daß es Trinker gebe, die behaupteten, diese Stadt sei ein Werk von Trinkern. Es sei zwar verständlich, daß Trinker glaubten, alles, was hier schön sei, sei von Trinkern gemacht, aber es sei natürlich genauso grotesk wie unwahr. Vollends geschmacklos sei es, den großen Pionier Frederick Stabler zum Trinker zu machen. Dagegen sollte man einschreiten, steht in der Zeitung. Aber aus dem Rathaus wird geantwortet, durch Einschreiten erhalte man das Gerücht erst recht am Leben. Wahrscheinlich sterbe es schneller aus, wenn man es sich selbst überlasse. Das tut man. Der Effekt: immer neue Alkoholikergeschichten kommen auf. Stabler City wird ein Ausflugsort für Trinker. Alkoholiker ziehen wieder hierher. Man muß einschreiten. Man schreitet ein. Ein frei gewählter Stadtrat entscheidet demokratisch, daß man Alkohol in Stabler City nicht verbiete, wohl aber ächte. Im Namen des großen Wassersuchers und Wasserförderers Stabler entsteht eine mächtige Bewegung. Haus um Haus wird dem Alkohol entrissen. Eines Tages können die Zeitungen melden: Stabler City ist alkoholfrei. Jetzt wird produziert wie noch nie. Die ersten Pumpen, die Stabler baute, kommen ins Museum. Eine Pumpe wird zur allerersten erklärt, vergoldet und vor dem Rathaus auf einen weißen Marmorblock gestellt. Die Stabler-Legende wird gereinigt und präpariert wie eine kostbare Tierhaut. Stabler City blitzt vor Stolz. Eine schönere Statistik hat es nirgends gegeben. Firma, Presse, Politik arbeiten zusammen. Man hat alles im Griff. Wer ohne Chaos nicht auskommt, kann auswärts auf seine Kosten kommen. Zum Beispiel im *Inspiration Inn*, keine 20 Meilen von Stabler City entfernt. In der Zeitung macht man sich regelmäßig lustig über die Schauergeschichten, die eine geschäftstüchtige Frau, die sich auch noch als eine Nachkommin von Stabler ausgebe, ihren von ihr alkoholisierten Zuhörern erzähle. Grets Wirtschaft geht gut. Sie ist mit ihrem Leben zufrieden. Ihre Gäste geben ihrem Leben den Sinn. Alle Gäste, die zu ihr kommen, haben von ihr und ihren Erzählungen gehört, die brauchen ihre Erzählungen. Ohne regelmäßige Ausflüge ins *Inspiration Inn* könnte in Stabler City gar nicht gearbeitet werden, behauptet Gret. Frederick Stabler wäre längst zu Tode präpariert, wenn Gret nicht immer weitererzählte, das Wirkliche, das Wahre, das Unpräparierbare. In Stabler City gehe es jetzt zu wie auf einem großartigen Schiff, auf dem alles glänzend funktioniert, nur daß das Schiff, aus Angst vor Ansteckungen, nie mehr Land anlaufen wird. Das bewirkt in einigen auf dem Schiff eine Art Hunger nach etwas ganz anderem. Darum kommen sie zu ihr. Immer mehr kommen zu ihr. Auch Offizielle aus Stabler City kommen zu ihr. Sie kommen nicht offiziell, aber sie kommen. Irgendwann einmal wird ihr Vater in seiner GANZEN Größe in Stabler City gefeiert werden. Vorher wird sie nicht sterben.

Die Lady schaute John Frey kein einziges Mal an, solang sie ihre meist kurzen Sätze schräg nach oben hinaussagte, als sei jeder Satz für sich und habe mit den Sätzen vorher und nachher nichts zu tun. Und sie rieb, solang sie so über John Frey hinweg redete, andauernd den Goldfranken zwischen Zeigefinger und Daumen. Angesichts dieser schönen großen hageren Hände dachte John Frey unwillkürlich, das seien Hände, für die nichts zu schwierig sein konnte. Als habe sie den Gast nur zu unterhalten gehabt, solang die Sturmbrandung ihn hier hielt, kam sie, sobald der Sturm abflaute, an ein Ende. Die Ebbe hatte die Felsnase in der Bucht trockengelegt, John Frey zahlte, dankte verlegen, verabschiedete sich und fuhr zurück nach Petaluma. Er nahm sich vor, so bald wie möglich einen Besuch in Stabler City zu machen. Er wollte mehr wissen über Frederick Stabler. Warum sollte er nicht die Biographie dieses Mannes schreiben? Er schrieb gern. Seit Jahren führte er ein Chauffeurs-Tagebuch. Es wäre ihm wie Verschwendung vorgekommen, wenn er die vielen Eindrücke, die von jeder Fahrt in ihm zurückblieben, der Willkür seines Gedächtnisses überantwortet hätte. Vielleicht war er geizig. Er wollte alles bewahren. Das war mehr als ein Zufall, daß er auf diesen Stabler gestoßen war, das war eine Aufforderung. Wieso denn Biographie? Viel mehr war hier zu tun! Daß ihm das erst jetzt einfiel! Rehabilitierung war hier zu leisten! Mein Gott, die *Swiss Lady* war Stabler. Die Frauenkleider. Die Hände. Gret war Fred. Diese Gret wollte erlöst werden. So lange wurde das jedem erzählt, bis einer alles verstünde, was den Stablers von Trogen bis Lancaster County bis Titanic bis Stabler City passiert ist. Am liebsten hätte John Frey sofort umgedreht und wäre wieder hingefahren und hätte gesagt: Hi Fred, how are you today. Aber er konnte Ed Crowley nicht noch einen Tag warten lassen. Sein Ford war repariert. Bevor er wegfuhr, fragte er den Mechanikermeister noch, wo Stabler City genau liege. Der hatte den Namen noch nie gehört. Also nicht zwischen San Francisco und Eureka, dafür könne er garantieren. Es könne nicht mehr als 20 Meilen von Muir Cove weg sein, sagte John Frey. Also da kenne er Hügel und Tal, sagte der Meister, Stabler City komme da nicht vor. Aber bitte, warum gehe John, wenn er ihm nicht glaube, nicht zum hiesigen Triple-A-Büro oder gleich zur Polizei! John Frey ging gleich zur Polizei. Nein, Stabler City gibt es nicht. Nicht in Kalifornien. Ganz sicher nicht. Als John Frey auf der 101 nach San Francisco fuhr, erinnerte er sich daran, wie die im *Wilhelm Tell* in Tomales gelacht hatten. Und er war jetzt einen Tag später dran als vorgesehen. Er hatte gehofft, dem Ingenieur Crowley so viel über die höchst dringliche Erlösung des Ingenieurs Stabler erzählen zu können, daß der sich für den Tag, an dem er keinen Fahrer gehabt hatte, entschädigt fühlen würde und verspräche, baldmöglichst einen Besuch im *Inspiration Inn* einzuplanen. Phantasien kaufe er nicht, hatte Crowley gesagt. Aber er würde Crowley trotzdem die ganze Geschichte erzählen. Vielleicht ließ sich der zu einem Besuch der *Swiss Lady* und des *Inspiration Inn* bewegen. Eine Gegend, in der noch ein paar Brücken und Straßen zu bauen sind, Ed. Dann sollte Crowley sich das einmal anhören, was Gret, während sie ihren Goldfranken zwischen Daumen und Zeigefinger reibt, von ihrem Vater Fred und Stabler City erzählt. Crowley würde auf dem Weg zum Auto sagen: John, auf nach Stabler City! Sofort! Sie würden also nach Stabler City fahren, aber nicht ankommen. John Frey freute sich jetzt schon auf das Gesicht, das sein Chefingenieur dann machen würde.

Sabine sagte: Und Tante Luise ist in Männerkleidern herübergekommen. Halm sagte: Überhaupt, wie die alle herübergekommen sind, Wahnsinn.

Am nächsten Morgen konnte sich Halm fast nicht mehr anziehen. Die linke Hand ließ die Unterhose so weit als möglich hinunterhängen, um den rechten Fuß zu fangen. Schuhe und Socken mußte ihm Sabine anziehen. Er konnte sich nur bükken, wenn er sich so abstützen konnte, daß dem Rückgrat nichts aufgebürdet wurde. Als sie auf das hügelan liegende riesige weiße *Claremont Hotel* zufuhren, kam es Halm vor, als wälze sich die unruhige vor- und zurückspringende Vorderfront des horizontbreiten weißen Monsterhotels auf ihn zu wie die Brandung in Santa Cruz. Er schloß die Augen, bis er merkte, daß Sabine vor dem Hotel abgebogen war. Da fuhr man unterm Schutz gewaltiger Bäume fast bis zum Crocker-Tor. Zum ersten Mal ging er mit Lena durchs Tor. Ihr zuliebe war er auch schon um acht auf dem Campus. Neben dem Springbrunnen auf der Student Union Plaza spielte einer Geige. Um seinen blanken Eierkopf hing eine Haarkrause wie um Rainers Gesicht. Schubert? fragte Halm. Lena nickte. Er nahm aus der Traufe die *Campus Gazette* mit. Als sie an der Abzweigung zur Coit Hall waren, zeigte er Lena den Weg zur Fillmore Hall, zu Austers Vorlesung. Er selber wollte gleich in sein Klassenzimmer. Er konnte sich nicht normal aufrecht halten. Entweder mußte er ein bißchen vorgebeugt gehen oder übermäßig aufrecht, mit hohem Kreuz. Da er nicht vorgebeugt gehen wollte, ging er übertrieben aufrecht. Das sah sicher auch komisch aus. Es war ratsam, als erster im Klassenzimmer zu sein. Er mußte sich, als er sich setzen wollte, zuerst an der Tischkante festhalten, um den Schmerzpunkt zu vermeiden. Es war ein Schmerz, der einem, wenn er plötzlich ausgelöst wurde, das Gesicht verzerrte. Und er wollte sich der versammelten Klasse nicht mit einer Schmerzgrimasse präsentieren. Er war als erster im Raum. In der *Gazette* las er nur einen Artikel: über einen, der an einem Nachmittag drei Frauen vergewaltigt hatte. Man hatte den *rapist* verfolgt, aber nicht gefangen. Zu Hause würde er genau diesen Artikel nicht lesen. Hier las er nur diesen Artikel. Ein Konversationsthema war das nicht.

Mit großem Aufwand leitete Halm das Thema des Tages ein: Wie dankbar sei er Carol Elrod für ihren wunderbaren Vorschlag, einmal zu diskutieren, warum jeder und jede hier teilnehme an dem Konversationskurs. Das Mädchen saß wie immer schräg gegenüber, aber weit ab vom Tisch, das rechte Bein angezogen und den Fuß übers linke Knie gelegt, blaue Turnhose, und das weiße frotteehafte Hemd mit weitem rundem Ausschnitt. Neben ihr Jeff, im Gegensatz zu ihr fast auf der Tischplatte liegend vor Müdigkeit. So mühelos und leicht sie saß, so schwer lag und hing er. Heute waren nur fünf von den Eingeschriebenen da. Am Anfang der zweiten Woche fehlte also schon fast die Hälfte. Zum Glück war Howard da. Und die rothaarige Elaine mit dem Zweizeiler war da. Sie hielt den Kopf immer ein bißchen gesenkt und drehte die Augen herauf. Also, danken will er Carol für dieses schöne Thema! Da die gar alles, was er tut, und fast alles, was er tun will, erfährt, wird sie auch erfahren, wie heftig er sich hier vor ihr verbeugte. Also, Howard, warum steht man fünfmal pro Woche so früh auf nur für Konversation? Howard sagte, er sei kein Student mehr, Computer-Ingenieur sei er und hoffe, seine Firma schicke ihn bald nach Deutschland. Und Elaine? Elaine, die ihre Freundlichkeitsstrahlung durch das andauernd gesenkte Gesicht brechen muß, weiß noch nicht genau, wo's hinaus soll. Bis jetzt sieht sie für sich drei Möglichkeiten: entweder vergleicht sie später Sprachen miteinander, oder si geht ins Bankgeschäft oder zu einer Yacht-Zeitschrift. Halm gratuliert ihr zu dieser reichhaltigen Auswahl. Und Jeff? Jeff sah kaum auf von seinen Kritzeleien, die wahrscheinlich nu dazu dienten, ihn wach zu halten. Er sagte: Philosophie. Nietzsche. Er sprach den Namen amerikanisch aus: Nitschi. Oh, sagte Halm und fügte sich gleich: Oh, Nitschi, das freu mich. Natürlich freue ihn die Computer-Mission, die Com paratistik, das Bankgeschäft und die Yacht-Zeitschrift ge nauso, aber mit Nietzsche verbinde ihn eine lange, wenn auc nicht leidlose Geschichte. So, jetzt also Fran. Fran sah ihn an als tue er ihr weh. Sie wollte doch nicht gefragt werden. Si kam freiwillig hierher, dann wollte sie aber, bitte, auch selbe entscheiden, ob und wann sie etwas beitrage. Daß sie schüch tern sei, schreckhaft und so weiter, das habe sie ihm doch z verstehen gegeben, oder nicht?! Und er fragt sie jetzt! Grob direkt, brutal! Also wirklich!! Das alles sagte ihr sehr sorgen voller, schmerzvoller, graublauer Blick. Südschweden im Re gen, dachte Halm. Wie lange schweigen wir jetzt schon? Wie vielen war der Bauchnabel schon eingeschlafen? Das Mäd chen konnte offenbar nichts anderes tun, als ihn sorgenvoll schmerzvoll anzuschauen. Halm redete also drauflos Quatsch redete er. Er blamierte sich, um ihr so etwas wie eine Blamage zu ersparen. Wenn sie seinen Quasselversuch so ver stünde –, das wäre schön. Er endete damit, daß er sagte, ma könnte jetzt miteinander diskutieren, welche Art Sprach kenntnis für den jeweiligen Zweck gebraucht werde. Also Howard! Da sagte, bevor Howard etwas sagen konnte, da Mädchen: Ich will einmal zur Oper gehen. Oh, sagte Halm das ist ja noch schöner als alles, was wir bisher gehört haben Vielleicht ist sie die Tochter des Dekans? Holmquist hieß de Das klingt schwedisch. Opernbühnenbilder macht sein Frau. Depp, sagte er zu sich. Das Mädchen heißt doch nich Holmquist, sondern Webb. Fran Webb.

Nachher ging er, weil er weder zu aufrecht noch zu vorge

beugt gehen wollte, mit grell schmerzendem Kreuz zwischen dem Mädchen und Jeff, der sein Fahrrad schob, in Richtung Student Union Plaza. Er sagte, er brauche in seiner Zwischenstunde einen Kaffee. Auf keinen Fall durfte er heute mit dem Mädchen dem zu seiner Stunde eilenden Rainer auf der Katzenbuckelbrücke begegnen. Lieber sterben als das. Also möglichst schnell in einer der Student Union Cafeterias verschwinden. Jeff verabschiedete sich. Er trinke keinen Kaffee, sagt er. Und hättest ihn so nötig, wollte Halm sagen. Und er habe keine Zeit, sagte Jeff und schwang sich auf sein Rennrad und sauste den bogigen Weg hinab zur Bibliothek. Halm hielt sich ein wenig hinter Frans Augenfeld, im Fall der Schmerz ihm das Gesicht verzerre. Auf dem Platz vor der Studenten-Union blieb sie stehen, sie müsse jetzt laufen. Sie müsse vormittags und nachmittags je eine halbe Stunde laufen. Und nachmittags mindestens eine halbe Stunde schwimmen. Deshalb werde sie wahrscheinlich Kalifornien nie mehr verlassen können. Was sie in Wien in dieser Hinsicht entbehrt habe, sei schrecklich. Sie sei gestern vor seinem Büro in Fillmore Hall gewesen, nur zur Sicherheit, hätte ja sein können, er kenne sich nicht aus mit Labor Day. Er verzog das Gesicht. Nein, nein, bitte, sie habe schon gedacht, daß er nicht so weltfremd sei und am Labor Day ins Büro gehe. Andererseits habe sie ihm doch ihren Aufsatz geben wollen und fragen, welchen Text er für den nächsten Aufsatz vorschlage. Sie zog aus ihrer gar nicht schulmäßigen Tasche ein Manuskript, Halm nahm es lebhaft nickend – nick doch nicht so eifrig, dachte er und nickte weiter – und sagte wie ein Schüler, der, weil er nichts zu sagen hat, nur noch demonstrieren will, daß er gelernt habe: *Th' expense of spirit in a waste of shame / Is lust in action.* Oder: *du kannst ohne liebe lächeln. doch ich kann nur hassen.* Er war nicht vorbereitet. Er hatte keine Entscheidung getroffen. Weil er das Mädchen mit dem Abstand von dreißig Jahren hinter sich gebracht hatte, hatte er nichts mehr für sie getan. So bist du, sagte er zu sich. Zu dem Mädchen sagte er: Shakespeare. Sie sagte: Wenn Sie meinen. Sie werde ihm das

Ergebnis eines ersten brainstorming in die Sprechstunde bringen, wenn sie dürfe. O ja. O ja, natürlich. Sie ging und war
gleich unter Bäumen. Hier ist man ja, wohin man geht, gleich
unter Bäumen. Aber man bleibt sichtbar. Die Bäume werden
kein Wald. Sie ging abwärts, in Richtung Sportplatz. Also,
wie die ging. Er durfte ihr nicht nachschauen. Die Student
Union Plaza war das Öffentlichste, was es überhaupt gab auf
dem Campus. Nichts dürfte Carol so unter Kontrolle haben
wie diesen Platz. Wahrscheinlich sah man ihm jetzt sogar an,
daß er versuchte sich vorzustellen, wie das Gesicht des Mädchens ausgesehen hatte in dem Augenblick, in dem sie gegangen war. Er konnte ja tun, als höre er dem Geiger zu und
versuche zu entscheiden, was von Schubert der einen Vormittag lang wiederhole. Zuletzt war ihr Gesicht ganz sorgenfrei
gewesen. Sie hat es ihm also nicht verübelt, daß er sie in der
Stunde etwas gefragt hatte. Da sie abwärts ging, Richtung
Sportgelände, brauchte er keinen Kaffee mehr, sondern
konnte Richtung Fillmore gehen. Er machte noch einen Umweg zu dem Mann, der in der Sonne stand und Geige spielte.
Halm warf ihm einen Dollar in den Geigenkasten. Sie dürften
gleich alt sein, der und er. Halm kam bis unter Carols Tür,
ohne Rainer zu begegnen. Gott sei Dank. Carols Gegenwart
zwänge Rainer, wenn er jetzt aus seinem Büro träte, zu einer
gewissen Vorsicht oder Höflichkeit. Halm griff nach der
Tischkante, setzte sich behutsam auf den Stuhl, erzählte sein
samstägliches Brandungs-Erlebnis und zählte die blauen Stellen auf und gestand, daß er sich nicht einmal mehr die Schuhe
selber anziehen könne. Carol sagte, im Talmud stehe, ein
Jüngling sei, wer auf einem Bein stehend seinen Schuh auszie-
hen könne. Die Brandung habe ihn darauf aufmerksam machen wollen, daß das vorbei sei. Rainer sei überhaupt nicht
erschienen heute. Nicht einmal angerufen habe er. Meistens
rufe er, wenn er nicht erscheine, wenigstens an. Ein Student,
der bei Rainer promoviere, sei immer da, um für Rainer ein-
zuspringen. Sie erinnert Halm daran, daß er den Blick ins
Fach schon wieder vergessen habe. Da wartet ein Bücherpa-

ket von Felix Auster. Das ist das Stichwort für seine Elrod-Lektüre. Er läßt seine Begeisterung los. Carol schaut ihn mißtrauisch an. Sie sagt, T. H. Meßmer habe *Inspiration Inn* nach 20 Seiten für immer zugeklappt. Für ihn unlesbar, habe Ti-Eitsch gesagt. Sie verstehe das. Wenn sie nicht mit Kirk verheiratet wäre, hätte sie das Buch nicht zu Ende gelesen. Halm war verwirrt. Sie blamierte ihn regelrecht. Aber er hatte das Buch doch gern gelesen. Gut, die Begeisterung hatte er produziert. Aber das Buch hatte ihm gefallen. Carol aber war und blieb der Meinung dieses Herrn Ti-Eitsch Meßmer. Wer das eigentlich sei? Oh, sagt sie, den kenne er nicht? Autor, kommt her, wo Halm herkommt, war hier vor zwei Jahren, tritt, wo er hinkommt, nicht ganz so sachte auf wie Herr Halm. Wie findet Herr Halm eigentlich Elissa? Halm schwärmte wieder los. Carol zog alles, was sie in ihrem Gesicht in die Höhe ziehen konnte, so hoch wie möglich und sagte: Feigling. Sie schwärmen ja prinzipiell! Das ist ja peinlich. Sie könnten einem auf den Wecker gehen, mein Herr! Mit Ihrer ausgerechneten Güte! Und drehte sich um und stand mit dem Gesicht zur Wand wie ein störrisches Schaf. Er mußte gehen. Er sagte nichts mehr. Nach seiner Stunde ging er zur Student Union Plaza, sah Lena auf dem Springbrunnenrand sitzen, sie las; der clownhafte Geiger spielte immer noch dasselbe Stück. Lena, sagte er. Sie schaute auf. Lena, du, auf diesem niederen Brunnenrand! Keiner und keine sitzt so, liest so wie du, das mußt du mir glauben. Lena stand auf und sah ihn an, als habe er ihr weh getan. So vorsichtig wie du, also so glaubhaft kann sonst niemand ein Interesse ausdrücken, hatte er sagen wollen. Aber sie glaubte ihm offensichtlich kein Wort. Schwärmte er prinzipiell? Sie, mit Ihrer ausgerechneten Güte! Wie einfach war dagegen der Umgang mit der Spanischen Fliege! Der brachte man dreimal im Jahr ein paar Blümchen aus dem Garten mit und an Weihnachten eine Flasche Armagnac mit Pflaumen, dann war sie so freundlich zu einem, wie sie überhaupt sein konnte. Carol war komplizierter, genau tausendmal so kompliziert war sie. Als Lena und Halm zu Sa-

bine ins Auto stiegen, fragte Sabine: Wie war's? Lena wollte
ihren Vater antworten lassen. Der bestand darauf, daß sie die
Gefragte sei. Er war froh, daß Lena dabei war. Ihm war see-
lisch schlecht. Unter einer geistigen Übelkeit litt er. Spirituell
erbrechen –, danach war ihm. Er konnte Lena nicht zuhören.
Er hatte an diesem Vormittag erfahren, daß das furchtbare
Beispiel, das Carol und Kirk geboten hatten, ihm nicht half.
Er war ohne Gegenwehr gewesen heute vormittag. Das Mädchen hatte auf ihn gewirkt, als habe er keinerlei Abwehr vorbereitet. Das Erlebnis einer vollkommenen Wehrlosigkeit –,
das mußte der Grund sein für die Lähmung, die ihn jetzt be-
fallen hatte. Der Gang von Coit Hall bis zur Student Union
Plaza, die paar Sätze, ihr Gesicht in der Nähe, ihr allmählich
heller werdendes Gesicht. Am Schluß wälzte sich sogar eine
Art Lächeln durch die eher schwer aufeinanderliegenden Lippen. Das ist alles so peinlich, er sieht alles so falsch. Man
könnte sowohl das Mädchen wie auch sein Verhältnis zu ihr
ganz anders sehen. Viel ruhiger, angenehmer, freundlicher,
realistischer: 33 Jahre Unterschied, das genügt doch! Das
sollte doch genügen! 999 Dollar hatte Stabler Eileens Familie
für jeden Tag bezahlt, den die 33 Jahre Jüngere mit ihm verbrachte. Unter dem Vorwand, den Heine-Vortrag ausarbeiten zu müssen, zog er sich gleich nach dem Essen zurück. Da
wollte sich wieder ein Dialog bilden. Aber Halm gelang es,
die Aufteilung der Stimmen in einen ER-Halm und einen
ICH-Halm zu verhindern. Ich habe keine Lust, mich von mir
beschimpfen und auch noch provozieren zu lassen. Keine
Kraft! echote es höhnisch in ihm. Und keine Kraft, bitte. Man
mußte nur alles zugeben, dann wurde alles gleich milder. Sabine kam herüber. Sie hat ein Bienengift enthaltendes Einrei-
bemittel aufgetrieben und besteht darauf, ihm jetzt sofort den
Rücken einzureiben. Das brannte. Das tat gut, das mußte er
zugeben. Ach, Sabine, sagte er. Ja-jaa, sagte sie. Er hätte Sabine gern hineingezogen in seinen inneren Dialog. Er fühlte
sich überhaupt nicht von ihr getrennt. Aber beteiligen konnte
er sie nicht. Es wäre die Lösung. Sobald er Sabine hineinzie-

hen würde, wäre das Schlimmste vorbei. Von da an wüchsen sie wieder zusammen zur alten Einigkeit, Festigkeit. Wenn er also Sabine nicht sofort alles erzählte, gab er zu, daß er keine Lösung wollte. Das Dilemma wollte er. Die Katastrophe. Und wie schön wäre es, jetzt sofort alles vor Sabine auszubreiten. Wie vor sieben Jahren, als sie von der Oper heimgekommen waren. Aber es hatte dieses furchtbaren Auftritts im Foyer bedurft, daß er sprechen konnte. Nicole Klingele, die einmal seine Schülerin gewesen war, hatte ihn an der Schulter förmlich herumgerissen, um ihm ihren Mann vorzustellen. Nach diesem Auftritt war es leicht gewesen, Sabine zu erzählen, was es mit Nicole, jetzt Frau Schloz-Klingele, für eine Geschichte gegeben hatte. Und im Sommer darauf hatten Sabine und er einen Jugend- und Studienkameraden und dessen junge Frau hinter sich gebracht. Mit Gewinn, sozusagen. Einigkeitsgewinn. Aber er hatte jetzt keine Lust auf solchen Gewinn. Lust auf Verlust hatte er. Mein Gott, war das leicht, Nicole Schloz-Klingele preiszugeben, sie und sich der Verachtung Sabines auszuliefern! Wie bombastisch die kostümiert gewesen war. Spanisch, pierrothaft, zinnoberrot, mit riesigen weißen Punkten, an den Schultern gebauscht, dann eng bis zur Taille, dann wurde es wieder ballonhaft und endete bündig knapp unter den Knien. Und Nicole war in genauso greller Laune. Sie blies ihr Edel-Schwäbisch förmlich auf, sie war absolut laut und peinlich. Und das nach dem zweiten Tristan-Akt. Daß etwas so vorbei sein kann! Zutiefst kräftigend. Fran war nicht Nicole. Aber es war ihm jetzt doch nicht mehr so elend wie vorher. Er schaute auf die Uhr. Seit dem Augenblick, als das Mädchen sich umgedreht hatte und so weggegangen war, daß er glaubte, das sei nicht zu ertragen, waren jetzt fünf Stunden vergangen. Er war ziemlich genau fünf Minuten mit ihr allein gewesen. Pro Minute Mädchen, eine Stunde Regeneration. Solang sie nur fünf Minuten in der Nähe war. Wahrscheinlich würde er für eine sechste Mädchen-Minute eine Stunde und zehn, und für eine siebte Mädchen-Minute eine Stunde und zwanzig brauchen zur Regeneration. Ebenso aufgeregt wie erschöpft blieb er zurück, wenn sie weg war. Unbrauchbar für alles. Das Telephon läutete. Carol rief von daheim an. Sie weinte. Es tue ihr so leid. Sie redete und weinte wild drauflos. Das Weinen wurde nasser und lauter, dann inniger und wimmernder. Sie bat ihn, er solle doch etwas sagen, ihr verzeihen. Immer müsse sie die taffe Schickse mimen. Halm malte aus, wie leid es ihm tue, Anlaß gegeben zu haben zu solchen Ausbrüchen. Carol erholte sich rasch. Sie sagte, es sei möglich, daß er einfach nichts kapiere. Aber sie wolle jetzt nicht schon wieder von Ti-Eitsch anfangen. Und hängte auf. Er griff, sozusagen instinktiv, nach dem Aufsatz des Mädchens. Sie schrieb, daß sie momentan im Haus ihrer Eltern in Mill Valley sitze, Milch trinke und an den dunklen Winter in Wien denke. In ihrem Elternhaus sei es nur ein Schritt, dann habe man, was man wolle. Ein Schritt, und man sei im Schatten. Ein Schritt, man sei in der Sonne. Ein Schritt, der Freund sei da. Ein Schritt, und man sei bei der alles verstehenden Freundin. Vor Wohleingebettetheit spüre man sich selber nicht mehr. Im dunklen Wien, eingesperrt in sich selbst, hat man alles gespürt wie einen Schmerz. Sogar ein Gedicht. Und gerade dieses. Dann passierte eine Katastrophe. Hier. In der Familie. Sie mußte zurück. Zu ihrem Vater. Die Mutter war überfahren worden. In San Francisco. Auf einer der steilen Straßen. Sie verglich den schönen dunklen Schmerz in Wien mit dem grellen wirklichen Schmerz in Kalifornien. Ein Jahr später habe der Vater die Frau geheiratet, die schuld am Tod der Mutter gewesen war. Und diese Frau sei eine großartige Frau. Diese Frau leide unter dem von ihr verschuldeten Unglück genauso wie sie, ihr Vater und ihr Bruder. Das Rilkegedicht sei für sie das Inbild ihrer eigenen Passivität geworden. Alles habe damals mehr Einfluß auf sie gehabt als sie selbst...

Als Halm am nächsten Tag unter Carols Tür erschien, lenkte sie seine Aufmerksamkeit sofort auf Rainers Tür. Der kam auch schon heraus, überm Arm den Talar, grüßte nickend, ging vorbei, hinaus auf den Gang. Halt! brüllte Halm. Rainer hielt, drehte sich. Was soll'n das, sagte Halm. Rainer sah Halm an, als müsse er in einem schlecht erleuchteten Zimmer etwas erkennen. Stimmt, sagte Rainer, du hast Anspruch auf glaubhaftes Bedauern, zu dem ich aber mehr Zeit brauche, als ich auf dem Weg zu einer Promotion habe. Halm sah, weil Rainers Unterlippe so weit weghing, dessen Zungenspitze unruhig zwischen den Zähnen züngeln. Solltest du mir aber im Bedauern zuvorkommen wollen, bitte! sagte er, wartete noch eine Sekunde mit unruhiger Zungenspitze, dann ging er. Der war ja der Chef hier. Der Chef kann jeden stehenlassen, den er stehenlassen will. Halm hätte sich gern zusammengezogen bis zur Unkenntlichkeit. Carol lachte, er erschrak. Er stand auf dem Gang im 3. Stock von Fillmore Hall auf dem Campus der Washington University, Oakland, California. Er durfte sich nichts leisten, das spürte er deutlich. Er mußte jeden bedienen, wie der bedient sein wollte. Mehr Kraft hatte er nicht. Er hatte nichts zu melden, sozusagen. Nachgeben, das war sein Part. Das konnte er, nachgeben. Hoffentlich nützte es. Hoffentlich wurde etwas, wozu er fähig war, bemerkt. Er sehnte sich ins *Inspiration Inn*. Ihm fehlte die Höhle, der Zuhörer, die Erzählung, in der er sich verbergen konnte. Ihm fehlte Kirk Elrod. Kirk Elrod war der einzige, vor dem er sich nicht fürchtete.

8

Sie schloß sich ihm nach jeder Konversationsstunde an. Er mußte jeden Tag einen Grund haben, von Coit Hall überallhin, nur nicht zur Fillmore Hall zu gehen. Er konnte zwar Schuhe und Socken noch immer nicht selber anziehen, aber gehen, wenn auch nur komisch aufrecht, konnte er. Bloß nicht mehr an der Seite des Mädchens dem komisch grüßenden Rainer auf der Katzenbuckelbrücke über dem trockenen Okra Creek begegnen! Bloß nicht mehr mit dem Mädchen vor der Aufzugstür stehen, durch die gerade Carol herauskommt. Halm war froh, daß Carol am Donnerstag fehlen würde. Am Donnerstag sei Rosh Hashana. Sie sei a twice a year Jew, hatte sie gesagt, an Rosh Hashana und an Yom Kippur. Am Freitagabend läutete es: Rainer. Er umarmte Halm noch unter der Tür. Kannst du mir verzeihen, sagte er naß flüsternd. Halm sagte: Nichts lieber als das. Aber Rainer sagte, er könne das Rinehart-Haus erst wieder betreten, wenn Halm ihm verziehen habe. Aber er habe doch gerade, sagte Halm. Nein, Halm müsse ihm in hochdeutscher Sprache und ohne Jargon und Flippancy und in der Wirklichkeitsform, erste Person Einzahl verzeihen. Halm merkte, daß ihm das schwerfiel. Da hätte er einmal geschwollen daherreden können, wurde sogar aufgefordert dazu, und konnte nicht. Aber er mußte. Oder Rainer ging wieder. Der stand vor ihm, vorgebeugt und trotzdem größer, die Unterlippe hing weg, die Zungenspitze spielte elend langsam zwischen den auseinanderklaffenden Zahnreihen. Halm hatte das Gefühl, es sei eine Demütigung, diesen befohlenen Satz nachzusprechen. Er machte Ausflüchte. Ich habe dir doch schon verziehen, sagte er. Gegenwartsform, sagte der andere. Der stand natürlich unter Alkohol. Der tat sich leicht. Andererseits schien bei Rainer die Empfindungsschärfe und Erlebnisgenauigkeit mit dem Alkohol eher zuzunehmen. Lüge und Wahrheit bei Kleist, dachte Halm. Er sollte dem also sagen, er verzeihe ihm, daß der ihn habe bei Sabine denunzieren wollen. Verzeihen sollte er dem, daß der gesagt hatte: Du taugst nichts. Verzeihen den Satz: Du redest Müll, Junge. Konnte er das verzeihen? Konnte er nicht genausogut von dem den Satz verlangen: Ich nehme zurück, was ich gesagt habe!? Aber er traute sich nicht, das von Rainer zu fordern; er hielt es für möglich, daß der auf diesen Sätzen bestünde. Der wollte Verzeihung dafür, daß er die Wahrheit gesagt habe. Was Rainer sagte, konnte nur die Wahrheit sein. Es gab keinen Gerechteren als den. Rainer schaute Halm jetzt geradezu flehend an. Die Zungenspitze züngelte unruhig. Halm wußte schon, daß er nachgeben würde. Er mußte einen Satz sagen, der ihm fremd war. Er konnte gar nicht in solchen Dimensionen denken. Verzeihen, nicht verzeihen... was für ein Faltenwurfwortschatz! Er würde nachgeben. Er würde, von sich aus gesehen, lügen. Anders war mit diesem Wahrheitssportler wohl nicht zusammenzuleben. Er war nur noch nicht fähig zu dem verlangten Satz, aber daß der Satz ihm nicht erspart bleiben werde, wußte er schon. Daraus, daß ich ihm verzeihen soll, macht der eine Unterwerfungszeremonie. Ich muß in den Staub, der setzt mir den Fuß in den Nacken und sagt, er nehme den Fuß erst wieder herunter, wenn ich sage, daß ich ihm verzeihe. Mein Gott, hatten die denn sogar das miteinander abgesprochen, Carol und der! Carol hatte die Verzeihungsforderung am Telephon nicht ganz so pompös inszeniert, aber sie war ja auch nicht der Chef. Und weil er nicht gehorcht hatte, war er beschimpft worden. Also sagte er jetzt wirklich stöhnend: Ich verzeihe dir. Rainer bedankte sich so ernsthaft, daß Halm nicht nur gerührt war, sondern auch vermutete, das mit der Verzeihung als Unterwerfung sei wirklich eine falsche Vorstellung gewesen. Rainer tat es doch offenbar leid, daß er zu Halm gesagt hatte, der tauge nichts. Halm war froh. Endlich, Rainer! Halm führte Rainer ins Zimmer wie eine Geliebte. Er liebte diesen Kerl, diesen unausstehlichen, vor dem man sich nicht genug in acht nehmen konnte. Aber vielleicht war der doch wohlmeinend. Also her mit ihm! Herein mit ihm! Lena, Sabine, wir haben den wohltuendsten Besuch, den wir haben können. Es war kein Whisky im Haus. Dafür hatte Halm gesorgt. Nur noch Wein, hier, hatte er gesagt. In Kalifornien, Whisky, lächerlich. Chardonnay aus Sonoma, Cabernet Sauvignon aus Napa. Er hatte Sabine nicht gesagt, daß er, nach dem, was mit Whisky in diesem Haus passiert sei, hier Whisky nicht mehr sehen, geschweige denn trinken könne. Ihm sei Wein immer willkommen, sagte Rainer, der rote noch willkommener als der weiße. Sabine hatte auch den. Rainer kannte die Sorten, die Firmen, kostete, lobte Sabine, sagte, das seien *die Tränen des Berges.* Nur Lena trank Tee. Rainer schuf eine Atmosphäre, als patsche man miteinander sorglos in warmem Wasser herum oder liege miteinander dösend im Grünen. Er fühlte sich so wohl. Er streckte die Arme aus. Er sei heute mit Schuberts Textverständnis wieder nicht vorangekommen, aber das sei so gewöhnlich, daß es sich nicht lohne, daraus etwas Drakonisches zu zapfen, und schon gar nicht an einem Tag, der doch genügend ausgezeichnet sei durch eine Karte von Jamey, die eingetroffen sei aus Brattleboro, wo Jamey im Augenblick teilnehme an einem Experiment in International Living. Rainer wollte sein Glück offenbar auf Halms anwenden. Sorgfältig, geradezu zärtlich erkundigte er sich nach Lenas Erfahrungen auf dem Campus. Als wäre Lena eine international verwöhnte Philosophin, fragte Rainer sehr besorgt, ob Felix Theodor Auster Lena noch zumutbar sei! Teddy WAR einmal einer, der dem aktuellen Schmerz genaue Satzverläufe anwies, jetzt rekapituliert er. Lena sagte, sie habe noch nicht viel verstanden. Ach so, sagte Rainer. Und wo war Lena noch? Bei Linda Gallagher, *Women's Study.* Oh, sagte Rainer, *Écriture Féminine.* Er wolle deshalb nicht auch noch witzig werden. Roy, der Hobbykastrierer, nenne Linda die Literaturnonne. Wie glücklich er sei, Halms hier zu haben! Welchen Eindruck Lena auf seine Motorradfahrerin gemacht habe! Wenn er Elissa seine Motorradfahrerin nenne, fürchte er jedesmal, es gelinge ihm nicht, das Wort so inbrünstig begeistert zu vertonen, wie er es empfinde. Elissa sei das äußerste Gegenteil der Literaturnonne. Er habe sie auf einem Fest des *Claremont Clubs* kennengelernt, zu dem er nur geladen war, weil Elissa das bei ihrem Vater, der den Clubpräsidenten kannte, durchgesetzt hatte. Er sei damals auf Probe hier gewesen, eine Freundin Elissas, Bluma hieß sie, sei in seinem Kurs gewesen, Elissa habe ihn nur durch Bluma gekannt, als sie ihn einladen ließ. Sie habe einfach einen gebraucht für dieses Clubfest. Sie müsse unter einem Schock gelebt haben damals. Wahrscheinlich hatte sie gerade erfahren, daß sie schwanger war. Er habe damals nicht geahnt, was es für ein Mädchen bedeute, mit den McCleaves verwandt zu sein. Elissa habe ein Märchen inszeniert für ihn. Dauer, sieben Wochen oder sieben Monate. Anstatt zufrieden zu sein, will man mehr. Er sei neugierig auf Elissas Gesicht, wenn sie höre, Lena gehe zu *Women's Study*. Elissa verachte so was. Ihr sei nichts so fremd wie daß man sich auszeichnen müsse. Das sehe man ja, wie sie ruhe. Kühl und in sich. Man möchte immer hin zu ihr. Aber das gelinge nicht. Ihm nicht. Man kann ihr nicht imponieren, das ist es. Es sei denn, man sei ein Karibikneger und heiße Othello Jesus de Garcia. Ruhm, Geist, er wüßte nichts, womit man bei ihr Glück haben könnte. Man muß nach etwas riechen. Er weiß nur nicht, nach was. Zum Beispiel, sie liest nicht. Was alles zusammenkommen müsse, bis Elissa sich für ein Buch interessiere, dafür folgendes Beispiel: Es gab hier in den Vierzigerjahren einen Autor Mark Cerf. Thomas Mann schrieb ein Vorwort zu Cerfs Psychoanalyse-Roman *Tunnel Vision*. Der Sohn dieses Autors, Stanley Cerf, war Professor, machte, erfolglos, Gedichte, heiratete Bluma, Elissas Freundin, die auch dichtete, die sogar für eine Kurzgeschichte einen Preis von *Harper's Magazine* bekam. Daraufhin wurde sie von ihrem Mann Stanley erschossen. Sich selber verwundete er nur leicht. Jetzt sitzt er lebenslänglich drüben in St. Quentin, das man von Euclid aus fast sehen kann. Als Elissa DAS erfuhr, las sie sofort das Buch von Blumas Schwiegervater: *Tunnel Vision*. Er sehe Elissa nur noch, wenn Gäste da seien. Aber sie telephonierten miteinander, innerhalb des Hauses, von oben nach unten. Das habe den Vorteil, daß er rauchen und trinken könne. Morgen abend, wenn Helmut und er bei Kinsman Skat spielten, spiele Lena also bei Elissa Klavier. Halm und Sabine waren überrascht. Sie hätten's noch erfahren, sagte Lena. Und wo bleiben Sie, Sabine? sagte Rainer. Sabine sagte: Ich werde mich schon nicht umbringen. Das läßt sich hören, sagte Rainer. Ob sie das nicht auch bewegend fänden, daß Elissa sage, er, Rainer, sei dabei, sich umzubringen. Und daß sie das nicht nur wegen des Nikotingestanks in den Textilien sage, sehe man daran, daß sie auch den Alkohol erwähne, der ja der Makellosigkeit ihrer Tarantelkirche nichts anhaben könne. Dieser Satz, daß er dabei sei, sich umzubringen, halte ihn immer wieder davon ab, die Scheidung zu beantragen. Manchmal, wenn er Trinken und Rauchen wirklich ein wenig über habe, komme es ihm vor, er trinke und rauche nur weiter, um von Elissa diesen Satz zu hören. Stanley Cerf habe seine zwanzig Jahre jüngere Frau Bluma ins Ohr geschossen. Kaltblütig, habe der Staatsanwalt gesagt. Manche Wörter sollte man ihrer offensichtlichen Unsinnigkeit wegen aus dem Verkehr ziehen. Würde Lena morgen abend auch spielen, wenn Othello Jesus de Garcia dabei wäre? Damit müsse sie nämlich rechnen. Elissa gehe immer zu weit. Ein unschuldiges Kind aus Alteuropa und ein verhurter Drama-Neger aus Jamaica –, daraus zaubert Elissa einen Abend. Ich werde gewinnen beim Skat morgen abend, das siehst du. Er würde aber gern einmal mit Lena vierhändig spielen. Dann lüden sie Elissa ein. Vielleicht käme sie. Das ist schon schwer, alles, sagte er und schaute Halms nacheinander in die Gesichter. Sein Großvater sei Bäcker gewesen, sagte er. 23 Brotsorten je den Tag frisch. Das hätte man doch nicht gedacht, sagte er dann richtig vorwurfsvoll. Und nichts als bestätigend wiederholte er: Das hätte man doch nicht gedacht. Dann zu Halm: Nütz es nicht so aus, daß du mich in der Hand hast. Du ziehst Fäden zusammen. Du erlaubst dir Schlüsse. Du kommst dir schlau vor. Sabine, sagen Sie ihm, mich zu lieben genügt

130

Rundum diese intriganten Ansätze. Dann wehre ich mich, dann will keiner angefangen haben. Morgen hol ich dich zum Skat. Take care! Gute Nacht. Und drehte sich noch einmal um und sagte, spöttisch spöttisch: Pity she's a whore. Aber bitte: For interdepartmental use only. Dann drehte er sich um, als wolle er zu einer Pirouette ansetzen, und ging grotesk ab. Halms blieben noch länger beieinander, wie Leute, die besser dran sind. Sabine sagte, Rainer fühle sich offenbar verfolgt. Von mir? sagte Halm. Ja, von dir, sagte sie, zumindest bedroht. Na ja, das ist so, sagte Halm, Verfolger neigen dazu, sich verfolgt zu fühlen.

Den ganzen nächsten Vormittag ließ sich Halm von Sabine Fahrkenntnisse auffrischen. Nach dem dritten Auffahrunfall hatte er schon vor Jahren Schluß gemacht. Ohne Fahrer zu bewundern oder zu verachten, hatte er gesagt: Ich bin keiner. Jetzt, plötzlich, wollte er einer sein. Dieses Land machte ihn an. Mit Weite und Helligkeit. Er wäre am liebsten ununterbrochen unterwegs gewesen. Er hätte hier offenbar am liebsten alles getan, wozu er zu Hause am wenigsten Lust hatte. Zum Beispiel: Autofahren. Sabine staunte. Er konnte es gut begründen. Abends wollte ihn Rainer zum Skat holen. Dort würde der weitertrinken. Daß jener junge Lehrer aus Texas nach einem ersten Skatabend abgehauen war für immer, ließ vermuten, wie es zuging bei diesen Skatabenden. Und dann aus dem Upper Happy Valley zurück mit dem volltrunkenen Lyriker und Leidtragenden, nein, das nicht. Sie fuhren quer durch die zehn oder zwölf zusammengewachsenen Einzelstädte an der Bay entlang. Sie übten die Auf- und Einfahrt zur Autobahn, die dann durch das Tunell ins Landesinnere, also wohl auch ins Happy Valley führt. Er preßte Sabine eng an sich, als sie von der Garage ins Haus hinabgingen. Und dieses Licht, diese Blätter, dieser Himmel, dieses Haus, dieser Augenblick, Sabine! Ach, Sabine, wieder so ein deprimierend schöner Tag! Was soll bloß aus uns werden, Sabine? Weißt du, wie dunkel es ist in Sillenbuch, im Januar? Sabine fand es falsch, jetzt an später zu denken. Sie machte ihn aufmerksam auf das, was jetzt hier blühte: Hibiskus, Bougainvillea, Fuchsien. Was zu Hause Topf und Haus braucht, blüht hier frei, schau. Sabine pflückte, bevor man ins Haus ging, noch ein paar Zitronen. Die Frau von Bob next door habe zu Sabine gesagt, Gärtnern mache Spaß hier, weil es keinen Winter gebe. Halm wollte hiesige Sätze im Original. Gardening here is fun. Gut, sagte Halm wie in der Schule. Unter dem Vordach, als er schon nach der Schnakentür gegriffen hatte, sagte er: Ich habe überhaupt nichts gegen dich, Sabine, nicht das mindeste. Sabine zog die Grimasse, die nach diesem Feierlichkeitsausbruch nötig war.

Rainer war, als er kam, Halm abzuholen, damit einverstanden, daß Halm fuhr, aber nicht mit dem Volvo. Er habe ein Gelübde abgelegt: Nie mehr werde er in ein nichtamerikanisches Auto steigen. Er verdanke den hiesigen Autos zuviel. Seit seinen Zeiten bei der Ambulanz. Dann war er doch Blumenausfahrer. Dann in Virginia ein Gärtner, den man stundenweise mietete. Als solcher wohnte er und schrieb er einmal von Mai bis Oktober in einem solchen Auto. Und was er da träumte, will er diesen geräumigen Blechen noch länger danken. Also mußte Halm so tun, als könne er auch ein solches Großding fahren. Er bremste mal zur Probe. Nachdem der Bremsschock verzittert war, schaute Rainer fragend herüber, Halm sagte: Entschuldigung. Daß für den linken Fuß keine Kupplung da war, wollte ihm nicht so schnell in den Kopf. Warum brachte er es nicht über sich, Rainer zu gestehen, daß er noch nie mit einer Schaltautomatik gefahren war? Aber Rainer wurde bei all dem Gezucke und Gezocke immer fröhlicher. Angst schien ihm fremd zu sein. Nicht auf die Autobahn ging's und nicht unterm Berg durch, sondern oben drüber. Er sei gegen tunnel vision, sagte Rainer. Also schraubte Halm sich vorsichtig hinauf. Droben sagte Rainer: Da beginnt der Grizzly Peak Boulevard, an dem wohnen Elrods, die sehen die Brücken von San Matteo bis Richmond. Dann ging's hinter dem Berg im Schatten der Eukalyptuswälder kurvig hinab. Rainer sagte voraus, wo man rechts in ein

Tal abbiegen, parken und einen kurzen Spaziergang machen werde, zum Inspiration Point. Daher hat Elrod, der aus Albany stammt, seinen Titel. Jetzt siehst du das meiste, sagte Rainer droben. Man sah von hier aus in den Rücken des Hügels, an dessen Vorderseite sie wohnten, man sah auch über ihn hinweg auf Teile der Bay, auf San Francisco, die Golden Gate-Brücke, den Ozean. Halm stand und schaute und machte ein frommes Gesicht. Rainer faßte ihn an beiden Schultern und drehte ihn um und sagte: Bitte. Da streckten sich menschenleere Hügel bis an den Horizont. Rainer sagte: Kalifornien. Ein Meer von Graskuppen, von der Sonne bis an die Grenze des Goldschimmers gedörrt. Nach unten hin, die aller Dürre überlegenen Eukalyptuswälder. Und schau da, über den Hügeln ist der Mond genauso weit gestiegen wie draußen überm Meer die Sonne gesunken ist. Und wir zwei mitten zwischen Steigen und Sinken. Zufrieden? Halm nickte. Er hätte Rainer gern gestreichelt. Aber das tut man ja nicht. Sie gingen in den Schatten hinab, zum Auto, an kronentragenden Vögeln vorbei, die schnell, als seien sie nervös, hin und her gingen. Rainer sagte, das seien keine Vögel, sondern Ornithologen, ein Kongreß, wahrscheinlich über Musik und Literatur, o Jammer. Aber gestern sei wenigstens eine Karte von Jamey gekommen, das wolle er Helmut doch sagen. Halm griff nach Rainers Arm und drückte ihn schnell und fest. Eigentlich hätte Rainer au! sagen müssen, aber der schien gar nichts zu bemerken. Ist doch schön, sagte Rainer. Wunderbar ist das, sagte Halm. Aus Brattleboro, sagte Rainer, der Junge macht dort ein Seminar mit für International Living. Was sagst du dazu? Wunderbar, sage ich dazu, sagte Halm. Dann lenkte Rainer die Fahrt über immer jähere, steilere, engere, waldigere, unglaublichere Kurven und romantisch schlechte Wege ins Obere Glückstal. Dort: Sally beziehungsweise ihr Mund in der letzten Sonne. Halm hatte irgendeine Art Bauernhof erwartet. Aber was da auf dem einzigen ebenen Vorsprung am steilen Talhang lag, von Büschen und Bäumen oasenhaft gefaßt, war ein Hausjuwel aus hellen Steinen und weißen Balken. Die Farm liege weiter hinten, nicht zu sehen, nicht zu riechen. Und ein bißchen höher am Hang, ein Häuschen, eine Miniaturversion des Hauses: Sallys Atelier. Das haben die alles selbst gebaut, sagte Rainer. Im fetten, überernährt wirkenden Gras zwischen den Büschen, den Bäumen, ums Haus, immer wieder: Sallys Werke. Keramiken, die da lagen, als habe der bombastische Rasen sie abgesondert. Schöne Alptraumfrüchte. Wüste Wülste, die grell und glänzend durcheinanderquollen. Früchte und Tiere, die zusammen einen Körper bildeten. Menschenpartien, die in Blüten endeten. Brüste, in die Vogelkrallen geschlagen waren. Und einen echten Dackel gab es, der heiße wegen der schrägen weißen Striche über seinen Augen Umlaut. Habe schon so geheißen, als Roy ihn von einem Kollegen in Tübingen geschenkt bekommen habe. Im Haus war alles weiß. Obwohl alles anders war als bei Elissa, war der Haupteindruck auch hier: Feierlichkeit. Aber da Sally gar nicht mit ins Innere gekommen war – sie wollte noch in ihrem Atelier arbeiten –, hatte Halm keine große Lust, diese Feierlichkeit stürmisch zu bewundern. Den Eichenboden, den Roy selber gelegt hatte, und die Stühle und den Tisch von seiner Hand mußte er doch bewundern. Leslie Ackerman kam herein, Roy nahm die drei Flaschen, die die drei Gäste mitgebracht hatten, und sagte, er wolle die mal kalt stellen, obwohl das bei den Jugweinen, die Rainer und Leslie mitzubringen pflegten, auch nichts nütze. Leslie Ackerman hielt, sobald er die Flasche hingestellt hatte, seine linke Hand über sein linkes Auge. Und das so natürlich, so selbstverständlich, daß Halm sich sagen mußte, er habe diese doch nicht ganz alltägliche Art, eine Hand zu halten, beinahe schon nicht mehr bemerkt. Roy mischte die Karten virtuos amerikanisch. Rainer sagte, Roy habe ein Jahr lang droben in Reno am Black Jack-Tisch sein Geld verdient. Jetzt traute sich Halm schon gar nicht mehr zuzugeben, daß ihm die Skatregeln nicht so ganz gegenwärtig seien. Rainer merkte es und sagte: Geben, hören, sagen. Wir spielen gern zu viert, daß immer einer etwas zu sich nehmen kann. Leslie sagte: So redet er, weil Sie da sind, sonst sagt er: daß man auch zum Fressen und Saufen kommt. Roy sagte, Rainer solle heute mal nicht ganz so schnell drauflossaufen, gegen einen Bewußtlosen zu spielen mache keinen Spaß. Rainer sagte: Jetzt redet das Arschloch schon wie meine Frau. Also darum geh ich abends nicht aus'm Haus, daß ich mir das dann von dir anhör'! Leslie sagte, Roy sage das doch bloß aus Geiz, weil er Angst habe, man trinke mehr, als man mitgebracht habe. Roys Zweidollarzwanzigtropfen, sagte Rainer, sei für ihn Entziehungshilfe. Also besser als die Studentenpisse, die du ausschenkst, ist er, sagte Roy. Und zu Halm: Rainer macht doch immer Studentenpartys bei sich, jeder Student bringt eine Flasche vom Billigsten, die Hälfte bleibt übrig, für uns. Aber vorher klaut er im Supermarkt Preisschilder, die Sechsdollarlabels klebt er an seine Studentenpisseflaschen.

Weil 'n Preisschild das einzige ist, wovon ihr was versteht, sagte Rainer. Also, Hochspringer, sagte Roy, kannst du oder kannst du nicht. Ich kann, sagte Leslie, und zwar ohne mit dem Zucker zu wimpern. Also bitte, zeig dich, Arschloch, sagte Roy und fing an zu reizen. Selber Arschloch, sagte Leslie. Halm hatte den Eindruck, daß es für Leslie, wenn er *Arschloch* sagen mußte, immer ein bißchen anstrengend war. Und sie spielten doch schon fünfzehn Jahre miteinander, die Rauhen Brüder. Als Roy eine Pik-Zehn ausspielte in der Hoffnung, Leslie habe das As, das As aber bei Halm war, sagte Roy: Man kann nicht wissen, ob die Hühner pissen. Daß sie scheißen, kann man beweisen. Leslie sagte: Get your act together you mellowed-out flamboyant halfwit. Roy machte einen Stich und murmelte dazu grimmig: High jumper poppycock nonsense. Halm verstand nur, daß das die Sprache der Rauhen Brüder war. Halm hatte verloren. Roy holte das Papier hervor, auf dem schon die Namen standen, und trug Plus- und Minuspunkte ein und sagte: I feel plumb good. Halm riß das nächste Spiel wieder an sich, verlor wieder. Dann gab Leslie, Halm riß das Spiel an sich, verlor. Dann gab er, holte sich Feines von den Platten, trank den etwas süßlichen Weißwein und schaute zu, um möglichst schnell wieder ein zurechnungsfähiger Skatspieler zu werden. Sobald er wieder dabei war, spielte er wieder und verlor. Jedesmal rechnete er sich Chancen aus, die dann keine waren. Immer kam die Farbe, die er nicht brauchen konnte. Jedesmal spielten die genau die Karte aus, die seinen schwachen Punkt entblößte. Die spielten, als lägen seine Karten offen vor ihnen. Er fühlte sich durchschaut. Es ärgerte ihn, so berechenbar zu sein. Je öfter er verlor, desto wichtiger war es ihm, die Spiele zu machen, also spielte er immer noch riskanter und verlor noch häufiger. Als Halm einmal auf 59 kam, sagte Roy: Kurz vor dem A-B noch in d'Hos geschisse, hat mei Vaddr gsächt. Leslie sagte: Zu Roys schönsten Ausstattungen gehört seine Scheißhausmetaphorik aus Tübingen. Dann verlor Halm sogar ein Spiel, obwohl er alle vier Buben hatte. Alle brüllten vor Lachen. Roy sagte: Scheiße im Kanonenrohr, das kommt ziemlich häufig vor. Scheiße auf Paradekissen, oh, war er da hingerissen. Aber das nächste Spiel verlor Roy und wurde sogar Schneider. Halm wußte leider keinen Spruch. Zum Glück sagte Rainer so sanft, wie nur er etwas sagen konnte: In die hohle Hand geschissen, wa. Dann kam der Dackel Umlaut herein, trug einen Zettel in der Schnauze, ging bei Roy auf die Hinterbeine. Roy las vor: Umlaut needs feeding. Da hast du ja Glück gehabt, sagte Leslie. Und, erklärend, zu Halm: Als wir das letzte Mal hier waren, stand drauf: Sally needs fucking. Aber als ich zurückkam, hab ich sofort einen Grand Hand heimgebracht, sagte Roy. Weil du in der Übung warst, mit der Hand, sagte Leslie. Roy: Unterschätz nicht meine oral proficiency. Halm sagte: Ein Grand Hand meinerseits. Wer kommt heraus? Rainer: Immer der, der fragt. Als Halm eine niedere Karte ausspielte, sagte Rainer: Beim Grand gilt die Regel, man komm mit Assen oder soll es lassen. Bei der Regel soll man es überhaupt lassen, sagte Roy und stach. Hand hat alles, sagte Roy, spielte Karo-As, kriegte die blanke Zehn, alle brüllten, Roy lehrte: Jeder Pastor muß es wissen, gegen den Wind soll man nicht pissen. Und als Halm verloren hatte, sagte Roy: Mit diesem Oberarschloch wäre das schöne Spiel um ein Haar im Eimer gewesen! Und er erklärte Halm, was Rainer gerade alles falsch gemacht hatte. Kurzer Weg, lange Farbe, davon hat Freund Gurgel noch nichts gehört. Rainer näherte sein Gesicht Roys Gesicht bis auf wenige Zentimeter und sagte tief sachlich: Nitpicker. Und, sagte er, bitte ich höflichst, Wortbilder, die mit Trinkerei zu tun haben, nicht auf meine Person anzuwenden. Semper aliquid haeret. Roy sagte: Beziehungsweise steter Tropfen höhlt den Stein. Da, siehste, rief Rainer. Laß das nach, sag ich dir, Arschloch. Halm kam sich richtig ausgeschlossen vor. Zu ihm sagte keiner ein Schimpfwort. Er gehörte nicht dazu. Er beneidete die Rauhen Brüder, die auf einer grünen Insel im Oberen Glückstal saßen und einander beschimpften, zehn, fünfzehn, zwanzig Jahre lang. O Herr Kiderlen und Konsorten, wie scheut er euren schimpfwortlosen Umgangston! Wie schön wäre es, so lange hierbleiben zu können, bis Roy ihn zum ersten Mal Arschloch nennen würde. Arschloch –, das wäre tenure, die Unkündbarkeit wäre das. Wie auch immer sie es meinen, sie halten es aus miteinander. Ihnen liegt daran, einander auch abends zu sehen. Keinen seiner Kollegen zu Hause wollte er auch noch abends sehen. So verwirkt war alles. Daheim. Er trank und spielte, als habe er keine Zeit. Wild drauflos spielte er. Die spielten, obwohl sie auch viel tranken, seriös. Als Roy einmal eine Zwischenbilanz zog und feststellte, daß Halm inzwischen den drei anderen 6 Dollar 30 schulde, sagte Rainer: Vielleicht sollte man den Preis pro Minuspunkt von jetzt an auf 1 Cent erhöhen. Er meinte, das könnte Halm zur Vernunft bringen. Leslie: Oder er verliert mit Fleiß, weil er sein ganzes Glück in der Liebe braucht. Darauf Roy: Aber doch nicht mit einer undergraduate, Helmut! Das war direkt. Sie lachten alle. Leslie – und dazu paßte seine Linke genau aufs linke Auge – wiederholte lachend und stöhnend zugleich: Aber doch nicht mit einer undergraduate, Helmut! Es gibt solche Sätze unter solchen Umständen, die bewirken, sooft man sie auch wiederholt, immer neue Lachausbrüche. Roy sagte zu Rainer: Du hättest ihm sagen müssen, daß das verboten ist, mit einer undergraduate. Rainer sagte, im vorletzten Semester habe es die schöne Dumme bei ihm probiert, nach zwei Sitzungen sei sie nicht mehr erschienen. Halm mußte sich wohl wehren, vor allem gegen Rainer. Vielleicht hatte sie Angst, sagte Halm. Wie meinst du das, sagte Rainer. Halm wußte es nicht. Also sagte er: Vor dir kann man auch Angst haben. Weil Rainer ihn seltsam anschaute, fügte er schnell hinzu: Einfach weil man keine Ahnung hat, wie freundlich einer ist, der von den *Tränen des Berges* lebt. Als Rainers Blick jetzt steinern wurde, sagte Halm: Also, bitte, wahrscheinlich wachse schon seit mehreren Sätzen ein Mißverständnis, oder er, Halm, habe zuviel getrunken, komme einfach nicht mehr mit im Moment. Gerne hätte er den Satz mit *Arschlöcher* beendet, und zwar in herzlicher Betonung, und stolz darauf, daß er hier der erste sei, der das Wort in der Mehrzahl anzuwenden gewußt habe. Who's leading, fragte Roy, er wollte weiterspielen. Leslie sagte: Sally bleibt aber lange im Atelier heute. Sie habe offenbar einen gefunden, der sie füttere. Halm war Leslie dankbar.

Jetzt brandete die Rede wieder an ihm vorbei. Er war in Sicherheit. Das Kartenspielen ist zwar das Wichtigste, aber es dient auch wie die Federung beim Fahrzeug dazu, daß man unebenste Strecken mit Genuß hinter sich bringen kann. Roys dritte Ehe war jetzt dran. Die erste hatte vorne in den Oakland-Hügeln stattgefunden. Die zweite eine Hügelkette weiter landeinwärts, in Orinda. Die dritte jetzt im Oberen Glückstal, noch weiter drin im Land. Jedesmal war Roy wieder aufgebrochen, hatte der vorigen Frau das Haus gelassen und mit der neuen ein neues gebaut. Entweder hätte er Standardwerke über das Mittelalter geschrieben oder Häuser gebaut. Mit Standardwerken wäre er reich geworden, sagte Leslie. Mit Sally glücklich, sagte Roy. Ob es noch weitere Täler gebe, fragte Rainer. Hidden Valley sei das nächste, sagte Roy. Leslie wollte wissen, wie das gehe, mit einer Künstlerin. Roy: Ich weiß schon lange, daß du zuschauen willst. Ich werde mit Sally sprechen. Rainer sagte, er bewundere Roy für die Ordentlichkeit, mit der er seine Ehen führe von der Gründung bis zur Auflösung. Es gebe dabei nie eine unordentliche Stelle, nie einen Augenblick der Zweideutigkeit. Er sei sicher, sollte Roy einmal in die Lage kommen, eine seiner Frauen töten zu müssen, so werde er das nicht ohne peinlichste Anstrengung des Sinns für Gerechtigkeit tun. Aber zum Exekutieren hol ich dich, sagte Roy und trank Rainer zu. Das darfst du, sagte der und trank mit. Wenn Sally dabei die tights trüge, die sie heute anhabe, beteilige er sich auch an der Hinrichtung, sagte Leslie und nahm ohne weiteren Anlaß seine Hand vom Auge. Genau diese Sorte Hilfe werde er vom Hinrichtungsplatz fernhalten, sagte Rainer. No masturbating backstage sycophants, sagte Roy. Leslie sagte, mit einem so konservativen Arschloch sei eben kein Bund zu flechten. Roy schrie auf: Oh, seit heute nachmittag such ich nach dem Satz, in dem *Mut zeiget, auch der Mameluck* vorkommt! Wie heißt der Satz? Wo steht er? Bei wem? Jetzt war man also beim *Mameluck*. Jeder glaubte, die Zeile gelesen zu haben, keiner wußte, wo. Bei Schiller? Oder bei Uhland? Obwohl Halm keine Ahnung hatte, wo man fündig werden könnte, redete er heftig mit, einfach um zu verhindern, daß das Gespräch noch einmal auf die *undergraduate* komme. Offenbar werden undergraduates hier wie Kinder behandelt. Kiderlen würde ihm irgendwann einmal hinreiben, Halm habe in Kalifornien nun doch nicht an einer Universität gelehrt, sondern auf der College-Stufe einer Universität. Wie Kiderlen das entdecken könnte, wußte Halm überhaupt nicht, aber ganz sicher wußte er, daß der das entdecken würde. Kiderlen hatte, ohne daß er etwas dazu tat, die Wirkung, alles Verheimlichte, Ungenaue, Ungerade, nicht ganz Ordnungsgemäße in seiner Mangelhaftigkeit zur Erscheinung zu bringen. In Rainer grassiert auch so ein Talent. Aber Rainer ist ein Freund.

Als abgerechnet wurde, hatte Halm an Roy 6 Dollar 21, an Leslie 1 Dollar 19 und an Rainer 14 Cents zu zahlen. Es war nach Mitternacht. Rainer summte. Halm ließ Leslie voranfahren. Irgendwann bog der ab nach Orinda. Sie würden wieder am wild zerklüfteten Tilden Park entlang und über den Berg fahren. Rainer monologisierte, sagte aber bei jeder Kreuzung prompt, welchen Weg man nehmen müsse. Ob Leslie die Hand vom Auge nahm, wenn er am Steuer saß? Rainer sprach mühsam, langsam, wie unter schwerem Druck. Er preßte richtig beim Sprechen. Er konnte kaum mehr. Halm hatte ihm ja nicht verbieten können, das Glas immer wieder so schnell auszutrinken. Roy hatte gesagt: Heute bricht er seinen eigenen Rekord. Keiner sagte mehr, das sei Jugwein – womit sie den billigen Sechsliterflaschenwein meinten –, jeder trank ihn, Rainer schüttete ihn in sich hinein. Halm merkte, daß Rainer jetzt gegen jemanden ansprach. Er schraubte sich auf einen Gegner zu. Er meinte, er sei mit dem in einem Gespräch, in einem Streit sogar. Halm hatte das Gefühl, er müsse Rainer unterbrechen, aber der hatte sich schon zu tief hineingeredet in seinen Clinch. Ein paarmal sagte Halm: Rainer!! Ob der das hörte, war nicht zu erkennen. Halm schüttelte heftig den Kopf, schlug mit einer Hand aufs Lenkrad, bediente die Lichthupe wie eine Morsetaste, rief: Rainer!!! Der könnte doch wenigstens daran denken, daß er neben einem ungeübten Fahrer saß, der mit einem ungewohnten Auto durch völlig unbekanntes Gelände fuhr. Aber Rainer redete weiter, schwer, pressend, wie in einem Ringkampf. Aber er schien genau zu wissen, wie er den Gegner erledigen werde. Sein Tasten und Pressen enthielt schon den Triumph. Auf jeden Fall war das kein Dialog, den er mit sich selber führte, etwa um sich über etwas oder jemanden klarzuwerden, das war eine Verfolgung, eine Verhaftung, eine Erledigung. So redete der jetzt: Ja, du bist nicht dumm. Du hältst dich für schlauer, als du bist. Undurchschaubar bist du nicht. Du meinst, wenn du von dir ablenkst, sieht man dich nicht. Kindlich. Auch Kinder können verdorben sein. Mir gehen verdorbene Kinder auf die Nerven. Auch wenn sie unschuldig sind an ihrer Verkommenheit. Der moralische Anspruch hat seine Schärfe aus einer Empfindlichkeit, die ästhetischer Natur ist.

Du mit deinem Mitgefühl. Dein Mitgefühl ist Schlamperei. Jeder verteidigt SICH. Aber wer Verkommenheit verteidigt, um sich zu verteidigen, gibt zu, daß er verkommen ist. Ich ertrage wie jeder ganz schön was in punkto Verkommenheit. Aber wenn einer nur noch davon lebt, daß man ihn duldet, dann überfordert er uns. Ich fühle mich im Augenblick überfordert. In dieser Nacht. Du hast mich angegriffen vor meinen alten Freunden. Die meine alten Feinde sind. Das weiß man einfach. Du hast dich lustig machen wollen über mich, um zu verhindern, daß wir weiter über deine unsaubere Lebensweise sprechen. Ich lade dich hierher ein, und du dankst es mir damit, daß du mich verfolgst. Du willst mich erledigen. Du willst meine Stelle. Du schmeichelst dich überall ein. Du willst alle gegen mich einnehmen. Du verbreitest, ich sei ein Trinker. Ich glaube nicht, daß es dir gelungen ist, meine ältesten Freunde, die auch meine ältesten Feinde sind, von mir abspenstig zu machen. Ich glaube es nicht. Das mindert nicht die Niederträchtigkeit deines Versuchs. Aber vielleicht ist es dir sogar gelungen. Vielleicht sehen Roy und Leslie mich jetzt mit deinen Augen. Mit diesem westdeutschen Gesundheitsblick. Mit dieser Aufforderung, es auch mit Vertuschungsvirtuosität zu versuchen. Unterm Teppich ist noch Platz. Das ist deine gemeine Hoffnung. Die tut mir weh. Laß mich, bitte, aussteigen. Daß ich aussteigen will, mußt du gehört haben. Nun gut. Du bist durch den Umgang mit dir selbst gewöhnt, alles für nichts als Redensart zu halten. Mir macht eine solche Nähe Schmerzen. Ich will an dir nicht krepieren, Junge.

Er riß Halm am Arm, das wirkte sich auf das Lenkrad aus, sie kurvten jäh zur Seite, Halm bremste noch, sie standen steil, schräg, schief. Fast wären sie gekippt. Rainer war, bevor Halm sich rühren konnte, zur Tür hinaus. Halm sah ihn im Scheinwerferlicht abwärts rennen und hinter Bäumen, deren dunkelgrünes pyramidenförmiges Astwerk bis auf den Boden reicht, verschwinden. Mit vom Gleichgewichthaltenmüssen hochgeworfenen Armen tauchte Rainer abwärts in der Gruppe ebenmäßiger Pyramidenformen unter. Halm bemerkte, daß er bis zu diesem Augenblick nicht geglaubt hatte, Rainer meine, was er, wenn er ganz betrunken war, redete, wirklich ernst. Halm hatte tatsächlich gedacht, alles sei nur eine Art zu reden. Notwendig, zweifellos. Peinlich, schmerzhaft, gefährlich, bedrohlich, aber es wird doch nichts passieren. Jetzt war etwas passiert. Das lag ihm nicht. Er hatte sich seit Jahr und Tag von dem Feld, auf dem etwas passieren konnte, zurückgezogen. Planmäßig. Ruhig. In völliger Ordnung. Unauffällig. Und jetzt das. Ach, Rainer. Er würde hierbleiben, bis der zurückkam. Aus diesem Gewirr von Wegen und Hügeln und Tälern würde er sowieso nicht hinausfinden. Und die Nacht war warm. Und das war ein Auto, in dem man übernachten konnte. Er richtete sich ein, hörte Radio, fand das Ansagergeplapper wohltuend. Warum konnten nicht alle so freundlich sein wie der Ansager. Wenn er mit dem zusammen wäre, käme es nicht zu einer so peinlichen Szene. Rainer war eben doch kein Amerikaner geworden. Immer dieses Geschwätz von der Oberflächlichkeit der amerikanischen Freundschaft. Er pfeift auf die Westfalentiefe, aus der dann so was kommt. Er sehnte sich nach diesem Ansager. Mit drei solchen Ansagern eine Skatnacht, das müßte das Schönste sein. Lauter solche harmlosen Witze, solche winzigen Wortstolpereien und das Allerwichtigste: keine Sekunde lang nimmt der sich ernst. Absolut flapsig. Da wäre er aufgehoben. It's fourteen minutes to two, sagte der Ansager so, daß es klang, als habe er einem etwas gesagt, wofür man ihm wirklich dankbar sein könne. Halm verstand es. Er war dankbar. Es war bald zwei. Es würde bald drei sein. Zum Glück würde bald alles vorbei sein. Gar alles. Und das auf eine so launige Art sagen zu können! So lebendig und leichtsinnig vom Tod reden können! Das konnte nur ein amerikanischer Ansager. Und was da gesungen wurde, war ihm lieber als das, was Rainer gesagt hatte. *I close the door,* erzählt der Sänger, der genau die gleiche freundliche Art hat wie der Ansager, *she steps in, I dim the light, she turns to me, I hold her knee, she loosens my tie… She's honey hungry… I'm honey hungry and she's mine.* Ja, was will man denn mehr. Auf deutsch möchte er das vielleicht auch nicht hören. Aber hier! Und jetzt! Dann kam ein Schlager, den er nicht zu Ende hören konnte. *Young girl, get out of my mind. My love for you is way out of line. Better run girl, you're much too young girl…* Er schaltete aus. Er wollte nicht von Rainer bei solchen Texten überrascht werden. Als es hell wurde und Rainer nicht gekommen war, brachte er das Auto, wenn auch mit lange durchdrehenden Reifen, zurück auf die Straße, dann fuhr er weiter abwärts, kam auf eine größere Straße, fand ein Schild, das nach Berkeley wies, da bog er ein. Er fuhr fast im Schritt. Es ging aufwärts. Endlich sah er ihn, den schrecklichen Flüchtling. Er lag am Straßenrand und schlief. Die Wiese hatte genau die Farbe der Krause um Rainers blaßblaues Gesicht. Der niedere gelbe Hut mit dem schwarzen Band lag weit weg in der Wiese. Halm fuhr so dicht wie möglich hin, machte den Motor aus und wartete. Er hoffte, Rainer würde ihm das anrechnen, daß er so zur Stelle war. Rainer wußte hoffentlich nicht mehr, was er gesagt hatte. Als Halm aufwachte, war Rainer fort. Halm fuhr langsam aufwärts, fuhr an der Abbiegung zum *Inspiration Point* vorbei und über den Berg nach Nord-Berkeley. In der Euclidstraße stellte er das Auto vors Haus, ging zu Fuß hinab in die Contra Costa und setzte sich zu Sabine und Lena an den Frühstückstisch und wußte nicht, was er sagen sollte. Er mußte alles verschweigen. Das einzige, was er zugeben konnte, war Alkohol. Alkohol und Kartenspiel, beides im Übermaß, so wurde es Sonntag, so kam es, daß man sich nicht lösen konnte von den handgemachten Stühlen im Oberen Glückstal. Rainer war zwar wieder ein bißchen komisch, zum Schluß, nur zum Schluß, wie immer eben, wenn der Alkohol allein das Sagen hat bei ihm. Es ist schon schade, daß das so ist. Und so regelmäßig. Kaum auszudenken, wie schön es hier wäre, wenn man hergekommen wäre, solange der noch… noch anders war. Aber das wäre das Paradies. Und dann wieder zurück in die Stauffenberg-Schule?! Also nehmen wir es, wie es ist. Das heißt: wie war's bei dir, Lena? Und bei dir, Sabine? Lena hat, zum Glück, sagt sie, nicht Klavier spielen müssen, auch kein Othello Jesus war da, nur Elissa. Sie haben sich bis Mitternacht unterhalten. Darf man fragen, über was? Lena schüttelt den Kopf. Aha, sagt Halm. Und Sabine? Hat mit Briefen und Karten dafür gesorgt, daß man, wenn man zurückkommt, noch gekannt wird. Obwohl Juliane offenbar diesen schauderhaften Kontakt mit einem sage und schreibe zweiundzwanzig Jahre Älteren, auch noch Verheirateten, der darüber hinaus auch noch zwei Kinder hat, nicht aufzugeben bereit ist, hat Sabine ihr schon ein zweites Mal geschrieben. Antwort konnte noch keine da sein. Dann sollte Halm ins Bett. Sabine sagte es so, daß er aufbleiben mußte. Zwei oder drei Stunden hatte er ja geschlafen. Das hatte er nicht erzählen können. Sabine hatte einen Ausflug in die Weintäler und ans Meer geplant. Vielleicht nur ans Meer, sagte er. Von den *Tränen des Berges* habe er momentan genug. Sabine sagte, sie sei froh, wenn sie überhaupt hinaus dürfe. Wunderbarerweise widersetzte sich Lena dem Ausflug nicht. Heute gehe es wieder ein Stück südwärts, gab Sabine bekannt, nicht so weit wie das letzte Mal und auf einer anderen Autobahn, dann wieder über eine Art Paß über den Hügelzug und drüben, in einem Quertal, zum Pazifik hinaus, in die Half Moon Bay. Und wieder ihr rhetorisches *Einverstanden?* Sabine wußte über alles, was während der Fahrt auftauchte, etwas zu sagen. Sie war vorbereitet. Unser John Frey, sagte Halm zu Lena zurück. Sabine fuhr diesmal auch bis zur Steilküste vor. Eine Zeitlang saßen Halms und schauten einfach auf den Meeresglanz hinaus und hinunter auf den weißen Schaumsaum, mit dem die Brandung die weite Biegung dieser Bucht kränzt. Heute ging er nicht einmal so weit ins Wasser wie Sabine und Lena. Immer wieder rief er Lena zurück. Sie kam der Brandungswelle viel zu nah. Er hatte wirklich Angst um sie. Er brüllte. Aber Lena deutete an, daß sie nichts verstehe. Sie zeigte auf die Brandung. Und ging noch weiter hinaus. Er rief Sabine. Sabine lachte. Da drehte er sich um, so demonstrativ es gehen wollte, legte sich auf die Handtücher und schlief ein. Er hörte, daß Lena und Sabine kamen, wieder gingen, wieder kamen, wieder gingen. Das Brandungstosen, die Sonne, der Wind, der durchs Handtuch durch warme Sand, seine Müdigkeit –, obwohl er schlief, alles war andauernd auf die wohltuendste Weise gegenwärtig. Er fühlte sich gewiegt, beschützt, geborgen. Plötzlich mußte er aufschauen: dicht vor ihm, schon fast über ihm, zwei riesige, graue Möwen mit langen, ein wenig gebogenen Schnäbeln. Er macht gschsch! Sie gingen langsam weg. Wie enttäuscht. Auch beleidigt. Auf dem Heimweg versuchte er, ein bißchen mehr von der Skatnacht im Oberen Glückstal zu erzählen. Es gab ja einiges, wovon er schwärmen konnte. Sally, das Haus, die Rauhen Brüder. Den Rest verschwieg er. Also Lena, wie war es bei dir? Lena sagte: Schön. Halm sagte, für ihn wäre es wichtig, so viel wie möglich über Rainer zu erfahren, weil Rainer Anfällen von Kompliziertheit ausgesetzt sei, unter denen man, je weniger man ihre Ursachen kenne, desto mehr zu leiden habe. Lena sagte, Rainers Name sei nicht ein einziges Mal erwähnt worden. Nur von Jamey sei gesprochen worden und von der Fahrschule und davon, daß Elissa in den Altautohandel einsteigen wolle. Halm sagte nichts mehr. Er tat, als schlafe er wieder ein. Aber er schlief nicht. Lena wußte nicht, daß er hier in einen Kampf geraten war. Jede Kleinigkeit konnte für ihn wichtig sein. Je mehr man von einem anderen wußte, ohne daß der das wußte, desto gewappneter war man gegen den. Aber war es nicht immer so gewesen, daß die Familie an seinem Kampf nicht teilnahm! Ja, weil er sie gar nicht teilnehmen lassen konnte. Das gehörte ja zu seinem Kampf, daß er ihn im verborgenen führen mußte. Von Nietzsche bis Mersjohann. Als sie daheim ankamen, sagte er, er müsse jetzt endlich einmal, um sich ins Amerikanische einzuhören, ein paar Stunden fernsehen. Lena floh sofort in ihr Zimmer. Sabine setzte sich neben ihn. Sie gerieten in eine Werbesache hinein. Leute lobten mit unheimlichen Lauten und noch unheimlicheren Grimassen eine Süßware. Es war, als wollten sie den Zuschauer abschrecken von diesen zuerst krachenden, dann pappig in die Münder schmelzenden Riegeln. Dann erschien auf dem Bildschirm ein Mädchen, eine Läuferin, im Grünen, Halm sprang auf, machte den Apparat aus, machte ihn wieder an, im Fall Sabine noch weiter sehen wolle, er... er sei doch zu müde, nach allem. Sabine wollte noch ein bißchen sehen. Er ging hinunter ins Bett. Das mußte sie gewesen sein. Aber das war doch unmöglich. Aber sie war es. Aber sie kann es doch nicht gewesen sein. Aber wenn sie es doch war. Ein Mädchen, beim Laufen durch ein schattiges Idealgrüngelände, in Zeitlupe, ihre Beine, ihre Turnhose, ihr Trikot, ihre Haare, sie. Der Text: *Milk. It does a body good.* Nach großen, ausgreifenden Schwüngen und Sprüngen trank sie Milch. Konnte er sich Gesichter so schlecht merken? Oder lag es an einer Art Allgemeinheit ihres Gesichts? Oder war sie es? Sie trank ja auch nur Milch! Sie lief täglich zweimal! Laufen war ihr offenbar überhaupt das Wichtigste! Idiot!! Als ob ein Werbespot sich auf irgend etwas Wirkliches beziehen müsse! Aber warum sollte das nicht auch einmal vorkommen! Als Sabine kam, schlief er noch nicht. Als sie schlief, war er noch wach. Am meisten quälte ihn, daß er nicht widersprochen hatte, als die Rauhen Brüder das Mädchen *die schöne Dumme* genannt hatten. Rainer hatte diese Bezeichnung als erster und am häufigsten gebraucht. Warum hatte Halm denen nicht gesagt, daß er gerade einen ausgezeichneten Aufsatz dieser schönen Dummen gelesen hatte?! *A-Plus* nach hiesiger Notengebung. Aber wenn er das Mädchen verteidigt hätte, hätten die das nur für ein Geständnis gehalten. Nicht nur, daß er einer undergraduate nachlaufe, er gebe ihr auch noch bessere Noten, als sie verdiene, das sei ja nun wirklich genau das, was einem Lehrer nicht passieren dürfe... Er operierte so lange an diesem Sachverhalt herum, bis er entdeckte, daß er froh sein konnte, Rainer bei einer so groben Fahrlässigkeit ertappt zu haben. Nur weil eine Studentin ein angenehm allgemeines Aussehen hatte, verfolgte der sie mit einer Verachtung, die keine Wahrnehmung mehr zuließ. Wenn das nicht das hellste Unrecht ist! Das tat ihm gut. Auch daß er das Mädchen niemals *schön* genannt hätte, tat ihm gut. War sie schön? Er hatte sie nicht eine Sekunde *schön* genannt oder so empfunden. Er wußte noch nicht genau, was sie für ihn aus allen anderen herausgehoben hatte. Aber *Schönheit* war es nicht. Das durfte er sich doch glauben. Oder nicht? Durfte er sich noch irgend etwas glauben?

9

Als er am Montag aus dem Haus ging und darauf bestand, d
er von jetzt an wieder selber fahren werde, tat Sabine
kränkt. Er wolle sich also unabhängig machen von ihr, sie v
stehe. Er tat ertappt. Da sie noch im Wohnzimmer waren, s
er sich im Spiegel grinsen. Grinsend sah er unangenehm a
Mein Gott, das wußte er doch. Lachen und Grinsen, das sta
ihm nicht. Aber daß er, wenn er grinste, so widerlich auss
hatte er nicht gewußt. Also ernst bleiben. Düster, das ste
dir. Hoffentlich hatte er in Gegenwart des Mädchens no
nicht gelacht. Heute also allein auf den Campus. Lena w
nicht mehr mit. Sie zitiert Jamey: Nur crackpots studiere
Sie wird von Elissa abgeholt, mitgenommen nach Orinda,
die Fahrschule. Lena hat das Gefühl, sie werde gebrauc
Halm fuhr ängstlich auf der Shattuck Avenue quer dur
Berkeley nach Oakland, bog links hinauf und fuhr eine Ze
lang auf den schwingenden weißen Wall des *Claremont-H*
tels zu. Da drin hat Elissa Rainer für den Richtigen gehalte
und er hat gemeint, das Märchen fange an. Halm fragte si
bei allem, was ihm unterwegs begegnete, ob es ein Konvers
tionsthema sei. Etwas Politisches, Ideologisches hatte er i
mer parat. Aber etwas Erfahrungshaftes zog er vor. Waru
sollte nicht jeder seinen Montagmorgenschulweg schilder
Das fordert jene Sorte Wörter, die man wirklich braucht, u
er würde erfahren, woher das Mädchen an diesem Monta
morgen kam. Für die Studentin mit den zwei Krücken konn
es peinlich sein, ihren Schulweg schildern zu müssen. Er er
schied sich für ein abstraktes Thema. Aber dann fehlte die B
hinderte. Er war froh. Also los, heiter ausschweifen jetzt. D
Mädchen sagte nichts. Schon wenn er den Blick nur bis zu J
brachte, sah er, daß sie ihren Blick rechtzeitig auf ihr von i
ren Händen umfaßtes Fußgelenk senkte. Sie wollte sich nic
durch Blicke zum Mitmachen nötigen lassen. Die überr
schendste Mitteilung über den Schulweg machte Jeff. Er ve

dient sein Geld als Putzer und Spüler im Faculty Club. Nachts putzt er. Morgens räumt er die Frühstückstische ab und deckt für das Mittagessen, dann schwingt er sich auf sein Rennrad und fährt zur Coit Hall. Jeffs Gähnen und Müdesein war also nicht auf Halms Konversationsthemen zurückzuführen. Halm sah Jeff an, solange der erzählte. Solche borstigen braunen Haare hatte Halm auch einmal gehabt. Den Blick kannte er auch. Hatte der Halms Augen? Der hatte Halms Augen. Farbe und Form. Aber der war ihm doch immer wie ein Bruder des Mädchens vorgekommen. Halm schaute das Mädchen an, sie schaute Jeff an. Halm war gierig darauf, ihr aus möglichst minimalem Abstand in die Augen schauen zu können. Nachher, in der Sprechstunde. Er mußte auch prüfen, ob sie wirklich nicht die gewesen war, die mit Zeitlupensprüngen durchs schattige Grün schwebte und dann Reklame-Milch trank. Er ging nach der Stunde, weil sie ihn begleitete, wieder nicht zur Fillmore Hall, sondern zur Student Union Plaza. Er spürte sein Kreuz. Das Mädchen wollte ihm nur sagen, daß sie erst morgen in die Sprechstunde kommen wolle, wenn es ihm recht sei. Er nickte, bemühte sich aber, dabei jede Art Lächeln zu vermeiden. Als sie gegangen war, ging er der Brücke zu. Einen Augenblick lang hatte er das Mädchen von vorn gesehen. Sie hatte Jeffs Augen. Jeffs Blick. Und Jeff hatte Halms Augen und Blick. Also sie auch. Halms Augen waren das einzige, was er bei sich nicht nur ertrug, sondern mochte.

Carol schüttelte, als er sich auf den Stuhl vor ihrem Schreibtisch setzte, den Kopf wie ein Richter, der den Angeklagten nicht mehr versteht. Wie er mit seinem alten Freund umgehe, könne ihr, da dieser Freund ihr Chef sei, an dem sie hänge, nicht gleichgültig sein. So! Andererseits freu' es sie, daß die sexistische Skatorgie zur Katastrophe geworden sei. Aber warum muß immer der arme Rainer alles büßen! Was halten Sie eigentlich von Roy und Stanley? O nein, entschuldigen Sie, ich nehme die Frage zurück, auf Ihr prinzipielles Schwärmen kann ich verzichten. Dabei würde es mich wirklich interessieren, was Sie von diesen beiden Herren halten. Halm sagte, daß er, von ihr eingeschüchtert, seine Begeisterung für diese beiden Herren leider für sich behalten müsse. Und sie: Er wisse so gut wie sie, daß man über einen, solange man über ihn noch nichts Schlimmes gesagt habe, überhaupt noch nichts gesagt habe. Seine fade Begeisterung sei etwas für die erste Woche. Wer in der dritten Woche so wenig ausspreche von dem, was er denke, wirke geradezu bedrohlich. Halm sagte: Was ist mit Rainer? Rainer sei, nachdem ihn Halm irgendwo hinter den Bergen aus dem Auto, aus Rainers eigenem Auto geekelt habe, nach einem strapaziösen und nahezu gefährlichen Fußmarsch am Sonntagabend vollkommen erschöpft in sein Haus zurückgekommen. Halm sagte: So seine Version. Carol: Na ja, er war ja auch dabei. Halm sagte: Er verzichte auf die Gegendarstellung. Auch habe er zu tun. Das wird ja allmählich grauenhaft hier. Carol jubelte: Endlich, Endlich ein echter Ton. Sie wies ihn, als er gehen wollte, auf sein Fach hin. Weitere Schriften von Felix Theodor Auster rief sie, Schriften von Leslie Ackerman und vom Mini-Sol schenizyn Dempewolf! Von Helmut Halm gelesen zu werden, das ist die Sehnsucht der Saison, rief sie. Ihre prinzipielle Schwärmbereitschaft, noch nicht als solche erkannt, ist auf einem auf scharfes Geflüster eingestellten Campus Labsal. Lesen Sie, schwärmen Sie, beuten Sie Ihr Talent zur Unwahrheit aus, mein Herr. Übrigens, nur weil das kommende Wochenende auf Yom Kippur falle, seien Halm und Frau und Tochter nicht an den Grizzly Peak Boulevard eingeladen, aber am Samstag danach hätten sie zu erscheinen, den Hausherrn zu loben und die Hausherrin nicht nur zu schmähen. Ja, so sei es doch, sie mißhandle er, allen anderen flattiere er. Er habe eben doch einen ausgezeichneten Instinkt dafür, wo er es sich leisten könne, sich gehenzulassen, und wo er sich anstrengen müsse. Sie wolle jetzt nicht das Hohe Lied der Meßmersche Verkehrsart singen, aber einiges könnte Halm lernen von dem intriguing young man Meßmer. Sie habe ihm übrigens von Meßmer ein Büchlein ins Fach gelegt, es würde sie interessiren, was er darüber denke. Er packte ein, was in die Tasche ging, den Rest nehme er morgen mit. Das Auto hatte er an der Mauer der Fußball-Arena, der sogenannten Bowl, geparkt. Er genoß die Hitze. Mit Genuß dachte er auch daran, daß jetzt alle Leute, mit denen er zu Hause nicht auskam, schliefen. Noch mehr als die Entfernung schützte ihn das. In diesem Augenblick war von den Herren Kiderlen und Rimmele einfach nichts zu befürchten. Aber schon dieses Wohlgefühl, entkommen zu sein, löste eine Warnung aus: Empfinde nichts, lebe dahin, so flach wie nur möglich. Aber doch nicht hier. Dieses Land war eine Einladung zum Großleben, Großtun, Maulaufmachen. Die Hitze, die Tankstellen, die Farbigen, die Frauen, die Baumkronen, die fetten Gärten, die dürren Kuppen, die wie träumend über die Straße gehenden Hunde, und wie das geachtet wird, und das Licht, dieses, wie Sabine sagt, auszeichnende Licht... In der *Campus Gazette* stand, der rapist habe am Sonntagnachmittag wieder drei Frauen überfallen. Also Rainer ist nicht der Vergewaltiger. Rainer ist das Gegenteil. Rainer tut nur, was Gerechtigkeit vermehrt. Aber dafür täte er alles. Wenn es ein Gesetz gäbe, das Vergewaltigung als Strafe verhängte –, Rainer würde die Exekution übernehmen. Wie kann man so über den besten Freund denken, den man hat! Bestrafe dich für diese widerwärtige Vorstellung. Sofort rufst du, sobald du zu Hause bist, Rainer an und entschuldigst dich für diese Gedanken. Aber wenn du den anrufst, glaubt der, du wolltest dich entschuldigen dafür, daß du auf der Heimfahrt oder vorher... dabei war's doch wirklich er... Hinausgeekelt! Das ist eine Version –, da kann man nur stumm verharren, sich kleinmachen, sich nach Kirk Elrod sehnen, der der einzige ist, der keine Macht ausübt über dich. Auf dem Tisch wieder so ein farbiges Essen aus dem Monterey-Gemüsemarkt. Dann machte er den Kaffee. Sie saßen weich und schauten auf das im Glast schwebende San Francisco hinüber. Sabine konnte es nicht lassen, nach einem der Magazine zu greifen, die die Frau des Professors auf einem Extratischchen neben dem Sofa gehäuft hatte.

Sie blätterte. Sozusagen instinktiv stöhnte er ein bißchen. S
sah auf. Er verzog das Gesicht so, daß es zum Stöhnen paßt
Jetzt mußte Sabine natürlich fragen, ob ihm etwas fehle. I
deutete ein bißchen übertrieben auf sein Rückgrat. Sabi
holte sofort das Bienengift. Er mußte sich auf das sonnenb
schienene Sofa legen. Er gab zu, wie gern er sich von Sabi
einreiben lasse. Als sie damit fertig war, zog er sie zu sich a
das Sofa, auf dem nicht genug Platz war für zwei, die nebe
einander liegen wollen. Er preßte Sabine gegen die Lehn
sagte Provozierendes, das wahrscheinlich ihn selber me
provozierte als Sabine. Er sagte nicht, daß sie seit der Oper
tion ihrer Mutter ziemlich berührungslos nebeneinander he
lebten. Er sagte nicht, daß sie jeden Abend die Operette
Pantöffelchen ihrer Mutter gegen ihn einsetze. Er sagte nich
Wir sind allein, Sabine, die Sonne scheint auf uns und do
liegt oder schwebt San Francisco. In diesem Augenbli
strebte über der gleißenden Bay ein weißer Hubschrauber w
ein exemplarisches Sperma durchs Himmelsblau. Das sagte
auch nicht. Er bearbeitete Sabine so, daß er sich selber an d
rapist erinnerte. Ihn animierte die Häßlichkeit der Situatio
Die halb entblößten Unterkörper in der grellen Sonne. Z
wenig Platz. Zu wenig Stimmung. Gar keine Stimmung. S
bine ertrug die unschöne Verrichtung mit einem vernichte
den Gleichmut. Halm dachte, dagegen müßte die schreiend
Gegenwehr der draußen Vergewaltigten die reinste Anregu
sein. Er wollte wohl demonstrieren, daß Sabine und er sog
so etwas Furchtbares wie diesen Geschlechtsverkehr in d
prallen heißen Mittagssonne auf dem ungeeignetsten Sofa d
Welt hinter sich bringen konnten, ohne einander danach z
ermorden. Er brachte nur ein einziges Wort heraus: En
schuldigung. Um sich zu bestrafen, rief er Rainer an un
sprach so laut, daß Sabine durch die offene Tür hören mußt
wie schwer ihm der Anruf fiel und wie willkürlich die B
schuldigungen waren, gegen die er sich wieder einmal z
wehren hatte. Carol sagt, du seist von mir aus deinem Au
hinausgeekelt worden, rief er ins Telephon, ich möchte m

das gern von dir erklären lassen. Längere Zeit hörte er nichts. Er rief: Hallo! Rainer! Dann hörte er eine unendlich tiefe und irgendwie schwimmende Stimme sagen: Ja. Ob Rainer verstanden habe? Wieder dieses tiefe, summende oder eben schwimmende Ja. Ob Rainer ihm erklären könne, was Halm sich habe von Carol sagen lassen müssen. Pause. Dann ein genauso tiefes, schwimmendes, nirgends mehr anstoßendes Nein. Ja und Nein, gleich ruhig und ohne jeden Nachdruck. Halm wußte nicht mehr weiter. Er sagte: Hm. Er hörte Rainer schnaufen. Der schwimmt im Alkohol, dachte Halm und sagte so leidend und klagend wie möglich: Aber wer, wenn nicht du, soll mir dann erklären, wieso Carol behauptet, ich habe dich aus deinem Auto geekelt? Rainer schnaufte hörbar weiter und sagte dann noch einmal so ruhig und so tief: Ja. Halm sagte: Also. Mach's gut. Rainer sagte: Ja. Und hängte auf. Halm ging zu Sabine zurück und sagte: Hauptsache, wir sind in Kalifornien. Emigration als Emanzipation. Er mußte endlich anfangen, Heine zu lesen. Ihn zogen jetzt nur die Liebesgedichte an. So mußte man umgehen mit Schmerz. Als Halm am nächsten Tag in den düsteren, fensterlosen Vorraum trat, stand das Mädchen schon vor 407F. Der ganze Düsterraum konzentrierte sich auf ihre blaßrote Bluse. Grotesk, diese Mädchenerscheinung in diesem alle Gebäude-Alpträume des 19. Jahrhunderts versammelnden Vorraum. Um zu verhindern, daß sie ihm auf die Finger schaue, wenn er den Schlüssel ins Schloß stecke, wies er auf den farblos dunklen Haufen Bücher neben dem Fire Escape-Loch. Interessante Bücher, sagte er. Sie schaute hin, er schloß auf, sie nahm Platz. Sie sah ihn also aus seinen eigenen Augen an. Warum hatte er das nicht in der ersten Sekunde festgestellt und ausgesprochen? Warum merkte sie das nicht? Sie ließ den breiten Träger ihrer Tasche von der Schulter gleiten, die weiche auberginefarbene runde Tasche lag auf ihren... nein, die zerfloß auf ihren glatten Jeansschenkeln. In die Sprechstunde kam sie also immer angezogen. Mögen Sie brownies, sagte sie und bot ihm etwas Schokoladenhaftes an. Er sagte sofort: Nein, danke.

Und grinste auch noch. Bloß gut, daß er kein Schauspieler geworden war. Er würde jeden Auftritt verpatzen. Aber auch jeden. Grinsen verboten! Dann grinst er! Eineinhalb Meter vor ihr im grellen Neonlicht sitzt er und grinst! Und lehnt brownies ab! Wenn er die Dinger aus ihrer Hand genommen hätte, hätte er vielleicht ihre Hand berühren können. Da man einander hier die Hand nicht gibt, wird er das Mädchen nur noch ein einziges Mal berühren. Im Dezember, wenn er sich verabschiedet. Für immer. Sie aß brownies. Sie holte ein Manuskript aus ihrer Tasche. Eine weiße Rolle, von einem roten Gummi zusammengehalten. Sie streifte den Gummiring ab, entrollte die Blätter. Sie hat ein *A* für diesen Aufsatz bekommen. Sie hat noch nie eine solche Note bekommen für einen Aufsatz. Sie sei sehr verlegen jetzt. Sie könne doch gar keine Aufsätze schreiben. Dazu müsse man geboren sein. Daß sie nicht dazu geboren sei, habe ihr schon auf der high school eine gewisse Mrs. Cerf beigebracht. Halm sagte, jeder sei dazu geboren. Da die Bluse ziemlich offen war, sah er, wie braun das Mädchen war. Die Haare, jetzt Neon-Platin. Wo sollte er denn hinschauen? Auf einem Regalbrett sah er ein Schild: Don't Disturb. Exams Being Taken. Das sollte man außen an die Tür hängen. Im Schutz dieses Schildes… Jetzt also zu einem neuen Thema. Shakespeare. Bitte. Ob sie ihm vorlesen dürfe, was ihr so durch den Kopf gegangen sei, als sie das Sonett gelesen habe. Er, rasch, ob sie das Sonett zuerst vorlesen könne. Sie las es vor.

> *Th' expense of spirit in a waste of shame*
> *Is lust in action; an till action, lust*
> *Is perjur'd, murderous, bloody, full of blame,*
> *Savage, extreme, rude, cruel, not to trust;*
> *Enjoy'd no sooner but despised straight;*
> *Past reason hunted, and no sooner had,*
> *Past reason hated, as a swallow'd bait,*
> *On purpose laid to make the taker mad:*
> *Mad in pursuit, and in possession so;*

Had, having, and in quest to have, extreme;
A bliss in proof, and prov'd, a very woe;
Before, a joy propos'd; behind, a dream:
All this the world well knows; yet none knows well
To shun the heaven that leads men to this hell.

Er sah auf die unflätig weiche dunkelrote Tasche, die sich ausbreitete auf den Jeansschenkeln. Halm dachte: Friedrich, mir ist danach. Wie ein Gedicht schmilzt auf den Lippen einer Englisch Sprechenden. Die Lippen selber schmelzen. Zweige streicheln mit Blüten ihren Baum. Die Straße küßt das Knie. Ich bin ein bißchen geblendet. Wahrscheinlich von der Nähe. Er bat sie, das Sonett noch einmal zu lesen, er werde dann nach jeder Zeile das Deutsche dazwischenschieben. Er wollte ihr deutsch dreinreden in dieses wilde Englisch. So geschwollen wie möglich.

Geistverlust in Schamverschleiß
ist Lust, die loslegt, vorher ist Lust
verlogen, mörderisch, blutrünstig, kriminell,
roh, rücksichtslos, primitiv, grausam, unberechenbar;
wahnsinnig begehrt und, kaum gehabt,
wahnsinnig verabscheut, wie ein geschluckter Köder,
gelegt nur, den Geköderten verrückt zu machen,
verrückt im Wollen und im Haben auch;
danach, dabei und davor, rücksichtslos;
das Probieren, Wonne; probiert, das pure Weh';
vorher, ein Freudenbild; nachher, Geträum.
Jeder weiß das, doch keiner weiß,
wie den Himmel meiden, der ihn in diese Hölle reißt.

Sie las jede Zeile, weil er mit seiner Zeile jedesmal so fest dazwischenging, noch lauter. Zum Schluß schrien beide. Er sagte: Sofort noch einmal!! Er kam beim zweiten Mal noch genauer zwischen ihre Zeilen als beim ersten Mal. Sie aß auch keine brownies mehr. Eine Zeitlang war dann Stille. Man

hörte nur den dumpfen Ton der Klimaanlage und ein fa...
wimmerndes Sirren der Neonbeleuchtung. Halm sagte: Bitt...
Sie las, was ihr dazu eingefallen war. Auch diesmal teilte si...
mit, wo sie, dies schreibend, saß. Auf der Terrasse des Elter...
hauses in Mill Valley. Da hat Stablers Eileen ihr Eis geho...
denkt Halm. Unter einem Sonnendach aus wildem Wein sitz...
sie, sieht ins Hausinnere, säße lieber so, daß sie das Tal entlan...
sähe, das so vollgewachsen ist, daß man nicht sehr weit sieh...
Aber was man da alles sieht. Da könnte sie keinen Satz meh...
schreiben. Überall quillt es grün. Alles ist so nah. Das wei...
sie, auch wenn sie nicht hinschaut. Im Haus sieht sie ihr...
Freundin Susan sitzen. Die lacht und redet mit Glenn, Fran...
Freund. Glenn sitzt aber so, daß Fran ihn von ihrem Terras...
senplatz aus nicht sieht. Sie könnte nicht schreiben, wenn si...
ihren Freund sähe. Susan teilt immer wieder pantomimisc...
mit, wie der Freund gerade sitzt, wie er schaut. Glenn be...
merkt zwar, daß Susan irgend etwas zu Fran hinaussignal...
siert, aber er weiß nicht, daß er der Inhalt dieser Botschafte...
ist. Er ist der all-American Boy. Star der Wasserballmann...
schaft der Universität. Medizinstudent. Ein Mensch, der au...
Höflichkeit mitlacht. Er meint alles, was er sagt. Und er sa...
alles, was er meint. Man kann sich verlassen auf ihn. Soll si...
sich danach sehnen, möglichst bald mit diesem Aufsatz ferti...
zu sein, um ihren WPP, so nennt sie ihren Water Polo Playe...
schnellstens wiederzuhaben, oder soll sie möglichst lange hie...
sitzen und weiterschreiben und nur durch die pantomimisc...
unheimlich begabte Susan erfahren, daß ihr WPP allmählic...
unruhig wird da drinnen? Sie haben ausgemacht: Erst wen...
der Aufsatz fertig ist, darf er herauskommen. Sie findet es ko...
misch, daß er sich an diese Abmachung hält. Aber so ist e...
eben, verläßlich. Wenn sie bis zehn Uhr abends schriebe...
müßte Glenn gehen, ohne sie berührt zu haben. Er hat über...
morgen ein NCAA-Spiel, im Belmont Plaza Pool in Lon...
Beach, also muß er um zehn Uhr ins Bett. Er möchte in diese...
Saison zum NCAA Most Valuable Player gewählt werde...
Vielleicht gibt er auch nur an. Andererseits liegt ihm Angebo...

überhaupt nicht. Er ist furchtbar seriös. Er wohnt nur ein paar hundert Meter weiter. Sie schreibt jetzt nur noch, um ihn zu ärgern. Mal sehen, ob der drin sitzen bleibt und, wenn er gehen muß, geht, ohne daß man einander auch nur angerührt hat. Es macht ihr Spaß, ihn zu quälen. Aber sie ist nicht sicher, ob ihn das wirklich quält, daß sie hier schreibt und er dort sitzt. Susan unterhält ihn zu gut. Sie ist wahrscheinlich die einzige, die etwas hat von dieser unnatürlichen Situation. Nein, sie selber hat auch etwas davon. ... *till action, lust / Is perjur'd*. Susan hat gerade signalisiert, daß Glenn allmählich heißlaufe. Vielleicht lügt Susan. Glenn würde doch nie zeigen, daß er es jetzt ohne Fran nicht mehr aushalte. Sie hat eine Idee: Sie wird Glenn dieses Shakespeare-Sonett lesen lassen. Sie ist ziemlich sicher, daß es ihm Wort für Wort total unverständlich ist. *Had, having, and in quest to have, extreme,* wieso denn das, wird er sagen, was sind denn das für Unterschiede. Er ist immer gleich gut aufgelegt, davor, dabei, danach. Allerdings, eine Grundstimmung hat sie auch. Die würde sie Melancholie nennen. Höchstens wenn sie läuft oder schwimmt, ist sie nicht melancholisch. Aber sonst immer. Immer, immer, immer. Susan signalisiert, daß der WPP jetzt nicht mehr länger bleiben kann. Sie wird nicht aufhören zu schreiben. Sie kann sich nicht erinnern, je eine solche Schreiblust gehabt zu haben. Hoffentlich gehen ihr die Sätze nicht aus. Mal sehen, ob der tatsächlich das Haus durch Eßzimmer und Küche verläßt. Wenn er ginge, wie er gekommen ist, käme er an der Terrassentür vorbei, sähe sie, sie sähe ihn –, das wäre gegen die Abmachung. Er wird Halle und Haustür durch die Küche erreichen. Er ist seriös. Todseriös. Und sie kann froh sein, daß er so ist. Er ist fort, ruft Susan. Sie könnte aufhören. Er fliegt morgen nach Long Beach. Sie ist froh, daß er zwei Tage nicht da ist. Andererseits ist sie auch traurig. Sie ist immer genauso traurig wie froh. Sie begreift Shakespeare auch nicht. Sie sollte vielleicht gar keinen Aufsatz schreiben über dieses Sonett. Wegen Unbefangenheit...

Sie sah auf, sah Halm an, aus seinen Augen. Halm wußte nicht weiter. Sie sagte ängstlich: Aber nicht, daß Sie jetzt glauben, es sei so gewesen. Nie. Alles Erfindung. Oder Antwort, sagte Halm. Weil er nicht weiterredete, redete sie. Gestern habe sie sich an der Konversation über den Schulweg nicht beteiligt, weil sie am Sonntagabend, als sie von Mill Valley herübergefahren sei, einen Unfall gehabt habe. Sie kommt an die Stelle, wo sich die Straße teilt, kurz vor der Richmond Bridge, beim Zuchthaus St. Quentin; einen Moment lang weiß sie nicht mehr, links oder rechts; bis sie's weiß, ist sie, trotz Bremsen, auf die Betonrippen draufgefahren, mit denen die Teilung erzwungen wird. Beide Vorderreifen platt, die Räder kaputt, sie hängt im Gurt und heult. Und das wollte sie in der Klasse doch nicht erzählen. Ob das verständlich sei? Er nickte, weil er immer nickt. Er hätte doch sagen sollen: Wie schade, daß Sie das nicht erzählt haben. Mit dem Porsche auf Betonrippen drauf, das ist doch was. Ob er von ihrem Hingeschriebenen einen Weg zu einem Aufsatz sehe? Es sei schlimm, wie sie sich auf ihn verlasse. Hätte er ihr keinen *A*-Aufsatz souffliert, wäre sie gar nicht mehr gekommen. Aber da er ihr ein *A* verschafft habe, habe er sie jetzt auf dem Hals. Diese Mrs. Cerf in der high school habe jedesmal, wenn Aufsätze zurückgegeben wurden, vor der ganzen Klasse zu ihr gesagt: Du hast soviel Phantasie wie BART's Fahrkartenautomat. Fran hat Mrs. Cerf dafür nur noch *Hitler* genannt. Aber sie wird sie zu ihrer Ph.D.-Party einladen. Das hat sie sich geschworen. Aber daß sie keine Aufsätze schreiben kann, weiß sie seitdem. Komisch, durch Halm hat sie fast wieder Mut bekommen. Professor Mersjohann wollte sie immer in sein fürchterliches Auto einladen, um mit ihr ihre Aufsätze zu besprechen. Fahren wir auf und ab, sagte er, das beflügelt. Er habe es sicher gut gemeint. Aber sie sei dann lieber gar nicht mehr hingegangen. Ob Halm Mersjohanns Auto kenne? Ob das nicht ein echtes Gruselding sei? Vielleicht redete sie einfach weiter, weil sie Angst hatte vor seinem Urteil über ihren Entwurf. Er mußte sie endlich unterbrechen. Ihm gefalle ihr Entwurf, sagte er. Sie habe gegen Ende den Punkt erreicht, von dem der

Weg direkt zu Shakespeares Thema führe, und sie habe diesen Punkt wieder auf die natürlichste Weise erreicht. Sie möge, bitte, nichts ändern, nur weiter versuchen, auf ihre Erfahrungen mit Sätzen zu reagieren, in denen sie sich deutlicher werde als in den Erfahrungen selbst. Sie stand auf. Sie wuchs noch, als sie stand, so strahlte sie. Sie sei jetzt glücklich. Nach den brownies hat sie Kaugummi in den Mund gesteckt. Hoffentlich ließ sie nicht noch Blasen platzen vor ihrem Mund. Sie kaute wie in Zeitlupe. Als träume sie. Es war keine Anmaßung, sie hatte seine Augen. Es waren auch die Augen seiner Großmutter. Eng an der Nasenwurzel, zwei Zwetschgensteinformen, gefüllt mit Graublau. Er stand auch. Über ihre blaßrote Blusenschulter hing wieder die violettrote runde Tasche. Ein großer Purpurtropfen. Schade, daß er nicht dagewesen war, als die Pickel, die an ihren Mundwinkeln diese Kleinstkrater zurückgelassen haben, noch blühten. Sie war draußen, er saß wieder. Von oben sprühte die Kälte herab. Er war offenbar nicht mehr fähig, im Rinehart-Haus an Pullover und Schal zu denken. Sie war also tatsächlich gegangen. Gott sei Dank. Er hatte mit den Wörtern zu tun, die sie zurückgelassen hatte. All-American Boy. WPP. Most Valuable Player. Was er über dieses Mädchen gedacht oder sich eingebildet hatte, war jetzt wirklich zerstäubt, vernichtet. Es gab kein Problem mehr. Die 33 Jahre hätten doch gereicht. Jetzt, wirklich zu allem Überfluß, ein allamerikanischer Wasserballspieler. In ihm trennte sich noch einmal ein ER-Halm von seinem ICH. ER wollte für keine Beweisführung zugänglich sein. ER hing noch an dem sozusagen zeitlosen Augenblick der Doppeldeklamation. Ein Sonett zweimündig aufgeführt. ER wollte nur noch davon reden. ER war schlechthin unbelehrbar. ER war tief dumm. Warum lehnst du brownies ab, Idiot!? Das war ER. ICH-Halm kalt und verächtlich: Ich mag keine brownies. ER-Halm: Weißt du überhaupt, wie brownies schmecken? ICH-Halm: Nein. ER-Halm: Na bitte. ICH-Halm: Trotzdem. ER-Halm: Oh. Halm rannte aus dem Büro. Draußen in der Mittagssonne, die auf- und abschwingenden Campus-Wege, endlich einmal fast leer. Wer sich noch bewegte, tat es langsam. Im Gras einzelne Studentendenkmäler. Halm wurde auch langsam. Er wollte nicht auffallen. Noch bevor er die Katzenbuckelbrücke erreicht hatte, sah er vor sich ein Paar, das immer wieder stehenbleiben mußte. Dann konnten die zwei gar nicht mehr weitergehen. Sie blieben stehen, drehten sich, wie von außen gelenkt, einander zu, standen jetzt dicht voreinander. Als Halm an ihnen vorbei muß, sinken sie gerade mit den Mündern vollends ineinander hinein. Halm versuchte, wieder ein bißchen schneller zu gehen. Am nächsten Morgen schloß sich das Mädchen ihm wieder an, als er Coit Hall verließ. Also konnte er nicht Richtung Fillmore gehen. Er mußte Kaffeedurst heucheln, um in Richtung Union Plaza gehen zu können. Durch Stehenbleiben auf dem Springbrunnen-Platz deutete sie an, daß sie abbiegen werde, abwärts, unter die Bäume. Richtung Fußball-Bowl. Er schaute ihr nach. Jeden Tag nahm er sich vor, das Mädchen auf der Plaza zu verlassen, bevor sie ihn verlassen konnte. Er mußte doch nur, wenn sie den Punkt zwischen Springbrunnen und Zeitungs-Traufe erreicht hatten, nach einem Halt von nicht ganz einer Sekunde, weitergehen, Richtung Café. In nicht ganz einer Sekunde kann man sagen: Also, bis morgen, auf Wiedersehen. Und während man noch spricht, ist man schon der, der weitergeht. Dann hat sie das Nachsehen. Aber jeden Tag stand er da, pappig, schwer, wie betäubt, zu keiner Souveränität imstande. Sie redete, lächelte, grüßte, drehte sich, ging. Er hatte das Nachsehen. Starrte ihr nach wie der Hund dem Herrn, wenn er den Befehl erhalten hat: Sitz. Er trank einen Kaffee oder trank keinen, holte sich auf jeden Fall eine *Gazette* und las – und das bewies ihm am strengsten, daß er hier nicht der war, der er daheim war –, er las den Sportteil, er las, daß die Wasserballer in Long Beach gewonnen hatten. Von sieben Toren gingen drei auf das Konto von Glenn Birdsell. Er war sogar abgebildet, wie er, bis zu den Brustwarzen aus dem Wasser ragend, den Ball hoch in der Rechten, gewaltig zum Wurf ausholte. Vor ihm, ein kleiner Kopf im Wasser, der nicht mehr rechtzeitig hoch-kommende, von ihm schon besiegte Gegner. Die Bademütze machte auch Glenn Birdsells Kopf klein. Beherrschend waren mitten in dem Schaum, den er aufgewirbelt hatte, seine von Muskeln geschwollenen Schultern und Oberarme. Er sah fast wunderbar aus. Nach dem Essen mußte Halm zuerst wieder die *Gazette* vornehmen und die Schilderung des siegreichen Spiels in Long Beach so genau lesen, als sei sie von Shake-speare. Sabine sagte: Jetzt interessierst du dich schon für Was-serball. Halm sagte: Ja, es ist erstaunlich. Sie tranken Kaffee und schauten ins Bay-Geflimmer. Halm sagte: Kiderlen schläft. Rimmele schläft. Die Spanische Fliege schläft. Sabine hat einen Brief von Juliane bekommen. Juliane hat mit dem, der zweiundzwanzig Jahre älter ist, aufgehört. Der habe all-mählich nur noch über seine Familie gejammert, von der er sich nicht trennen könne. Den ganzen Tag Altenpflege, und dann abends auch noch, das sei ihr denn doch zuviel! Die Zeit, die sie jetzt plötzlich habe, verwende sie dazu, Portugiesisch zu lernen. Phantastisch, wieviel man in kurzer Zeit lernen könne. Sie wolle nach Brasilien. Halm nickte. Und der war nur zweiundzwanzig Jahre älter! Altenpflege! Danke, liebe-liebe Juliane! Jetzt wollte Halm von Sabine hören, daß er und Sabine glücklich seien. Jetzt. Mehr könne nicht sein. Ob es genug sei? Für sie? Sabine sagte: Mußt du dir etwas einreden? Er sagte, er freue sich auf den kalifornischen Rotwein, abends. Er ging zu Sabine hin, zog sie aus ihrem Sessel und bat sie um einen harmlosen, tendenzlosen, kleinen Kuß. Sie blieb mißtrauisch. Also keinen Kuß, sagte er. Du riechst ein bißchen aus dem Mund, sagte sie. Ihr sachlicher, besorgter Ton demonstrierte, daß dieser Satz nicht gesagt wurde, um ei-nen Kuß abzuwehren. Sabine war schließlich seine Ärztin. Ob ihm etwas fehle? Du, sagt er. Etwas was weh tue, meine sie. Du, sagte er. Dann gehe er also zu Heine hinüber, sagte er. Drüben saß er im unbequemen Sessel und las die leichten Schmerz-Gedichte. Gegen fünf öffnete er die Flasche. Ab sechs trank er den schweren, düsteren, fast rauhen Wein,

dann wurde ihm noch wohler. Er wurde mutig, beweglich.
rief Rainer an, lud ihn und Elissa für Samstag ein. Da er d
Mädchen nun, wie unfreiwillig auch immer, hinter sich g
bracht hatte, und zwar endgültig, konnte er Rainer im he
sten Ton beschimpfen und sich beklagen darüber, daß m
nichts habe voneinander, nichts als Mißverständnisse. Er :
hier nur Rainer zuliebe, also bitte. Und am Samstag sei Sab
nes und sein Hochzeitstag, der sechsundzwanzigste, er wo
da niemanden sehen außer Rainer und Elissa. Je direk
Halm die Ehe feierte, um so freundlicher wurde Rainer. I
er mit seinen Gedanken über Schuberts Textverständnis n
doch erst in der nächsten Woche aufs Papier wolle, komr
er gern. Ob Elissa dabeisein werde, wer könne das sagen!
werde sie darum bitten, falls es ihm gelinge, sie von jetzt b
Samstag wenigstens telephonisch zu erreichen. Aber vie
leicht könnte Lena Elissa die Einladung überbringen. Le
habe offenbar einen fabelhaften Kontakt zu Elissa. Am Sam
tagabend war dann weder Elissa noch Lena da. Sie legten m
Hilfe eines Elektrikers eine Beleuchtungsgirlande um d
Platz, auf dem Elissa ihre Gebrauchtwagen verkaufen woll
Rainer, Sabine und Halm blieben also unter sich. Rainer w
geradezu bestürzend mild. Am meisten redete er von Len
Lena werde ihm und Elissa den Frieden bringen. Nicht, da
er an Lena Ansprüche stelle. Lena sei einfach seine einzig
seine letzte Hoffnung. Lena sei allerdings ein mächtiges, ho
nungsträchtiges Mädchen. Ihre Kraft komme vielleicht dahe
daß sie nichts für sich wolle. Sie komme offenbar ohne Spe
den aus. Sie könne es aber nicht ertragen, wenn sie bei ander
Zeuge eines Mangels, eines Fehls, eines Unglücks werde. S
mische sich nicht ein, aber man sehe ihr direkt an, wie da
was anderen passiere, ihr eigenes Leid werde. Wenn er no
mit Elissa spreche, telephonisch nur, natürlich, dann sei Le
momentan ihr einziges Thema, das heißt das einzige Them
das beiden, Elissa und ihm, einträchtige Äußerung ermög
che. Sobald sie über etwas anderes sprächen, es daure kei
fünf, keine drei Minuten, dann drücke einer grimmig auf d

Gabel. Nur über Lena sprächen sie lange friedlich dahin. Dann fragte er so bestimmt, wie man nach der Uhrzeit fragt: Wer kann uns helfen, wenn nicht die Schwachen? Halm war fast beleidigt, weil Rainer soviel über Lena wußte. Oder lag es daran, daß Rainer Sabine und ihn so belehrte über ihr Kind? Sabine nickte, strahlte, konnte offenbar nicht genug kriegen von dieser Art Belehrung. Also wollte er auch zufrieden sein. Es sollte endlich einträchtig zugehen zwischen ihnen. Und sofort fühlte sich Halm so reich, wie das Sprichwort sagt, daß der sei, der einen Freund habe. Die Angst, daß Rainer gleich wieder etwas Furchtbares sagen könne, war fast ganz verschwunden. Endlich konnte er Rainer fragen, ob er noch dichte. Rainer drehte sich Halm zu wie ein Schlachtschiff, blieb dann aber ganz ruhig und sagte nur, er danke für die Amfortas-Frage. Man werde ja bald gemeinsam beim Dichter vom Dienst dinieren, da werde zur Genüge von der eitlen Beschäftigung geredet. Dann fing er von Jamey an, redete über Jamey, bis er nicht mehr konnte. Halm und Sabine chauffierten ihn, als er nur noch wie ein Ertrinkender prustete, zu dem Tudor- und Hänsel-und-Gretel-Haus, in dem er verschwand wie im Grab. Hand in Hand gingen sie die nächtlichen Straßen und Sträßchen hinab und schauten in die fabelhaften Häuser hinein, wo Männer und Frauen unter Lampen und um die Tische saßen wie in den Illustrationen zu Romanen des 19. Jahrhunderts. Lena kam nicht mehr heim in dieser Nacht. Halm sagte vor sich hin: Wer kein Führer ist, ist auch kein Verführer. Hörst du mich, Sabine. Sehr entfernt, sagte Sabine. Das ist es ja, sagte er. Andererseits, sagte er, wirke sich auf ihn die Vorstellung aus, daß Sabine und er allein im Haus seien in dieser Nacht. Und in Kalifornien sind wir auch. Gibt es zwei Menschen, die einen weiteren Weg zueinander haben als du, Sabine, und ich, wenn es darum geht, ein Treffen zu inszenieren, das ich so unbeschwert wie möglich GV nenne? Es kann mißlingen, Sabine. Es ist jedesmal riskant wie beim ersten Mal. Eine genau dosierte Komik wäre nötig. Aber ein Hauch zuviel, und alles ist verdorben. Gute

Nacht, Sabine, sagte er. Und weil sie nichts sagte, machte er weiter. Er leitete die offenbar ihm auferlegte Inszenierung damit ein, daß er die Operetten-Pantöffelchen von Sabines Bettseite holte und sie durchaus formvoll vor die Tür trug und dort auf den Boden stellte. Dann sagte er, jetzt traue er sich in ihre Nähe. Als er in ihrer Nähe war, fragte er sie, ob sie sich wohl in das wüste Geflüster ziehen lassen könne, das dazugehöre. Dank des gegen die Wand donnernden und scheppernden Siegestors aus Messingblech gehe glücklicherweise alles Sprachliche sowieso unter in einem witzigen Lärm. So etwas sollte man einmal in einem Hotelzimmer haben, dann lägen die in den Zimmern links und rechts auch so eingeschüchtert wie er damals in dem Hotel in Grado. Seit jener Nacht war er nicht mehr naiv, sozusagen. Seitdem beherrschte ihn die Vorstellung, daß man bei einem GV, der nicht der Fortpflanzung diene, nichts anderes sei als der Hamster auf der Rolle. Man wurde bewegt, weil man etwas tun sollte, woran der Natur lag. Aber damit man's auch wirklich tut, ist alles so eingerichtet, daß es abläuft, als tue man's nicht in irgendeinem Auftrag, sondern weil man's selber wolle. Nichts wolle man so sehr wie das. Nichts tue man lieber als das. Und man ist doch nur der Funktionär des Programms. Halm kam sich hereingelegt vor. Und dann noch diese Verquickung mit Liebe! ...geschluckter Köder, gelegt nur, den Geköderten verrückt zu machen. Wodurch unterscheidet sich, bitte, die Wichtigtuerei beim GV von der beim Schützenfest? Man schießt auf Scheiben und tut, als seien's Bären. Aber wo denn nicht?! Ach, Sabine, erleichtern wir uns, was uns nicht erlassen wird. Von diesem Pseudodienst bis zum sogenannten letzten Atemzug. Wenn es schon sein muß, dann mit dir. Das weißt du. Nur, diese drapierenden Maßnahmen! Könnte man nicht jaulen, angesichts der sprachlichen Angebote, die der Kulturkreis zur GV-Verklärung anbietet? Vielleicht sollte man doch *schöpferisch* sein, was meinst du, Sabine? Sabine wußte, daß das ein Wort war, das Halm immer auf die Nerven ging. In dieser Nacht sagte

Halm zu Sabine, am meisten bedauere er bei diesem befohlenen Zueinanderaneinanderineinander, daß er sich dann doch nur zu einem so geringen Teil unterbringen könne in ihr. Sein Sinn stünde nach mehr Unterbringung. Nach viel mehr. Am liebsten verschwände er nämlich ganz in ihr. Und für immer. Also das sei nun wirklich sein eigenes Bedürfnis. Sein eigenstes. Sein ureigenstes. Und dem Leben müsse man lassen, daß es keinen Moment höher und inniger ausstatte als den, in dem das Saatgut dann vom Stapel laufe. Ist's auch Schein, so konkurrenzloser. Komm.

Beide taten, als seien sie miteinander zufrieden. Nicht auszuschließen ist, daß sie's auch waren. Er war sicher zufriedener als Sabine, weil er sich jetzt ganz gerettet fühlte. Das Mädchen verflog und zerging förmlich vor der Schicksalsfestigkeit des Paars Helmut und Sabine. Halm glaubte, zur Inszenierung gehöre es, daß er die Operetten-Pantöffelchen der toten Mutter, die er vor die Tür gebracht hatte, zurückhole und sie bei Sabine unters Bett stelle.

Als aber dann das Mädchen aus ihrer Tiefrottasche die Papierrolle mit dem *Th' expense of spirit*-Aufsatz zog und ihm gab, staute sich doch wieder der Atem, und er mußte in einer Art Bewußtlosigkeit, für die er sich nicht verantwortlich fühlte, sagen: Wenn Sie wollen, les' ich ihn gleich, an unserem Tischchen, wenn Sie ein Glas Milch trinken wollen, solang... Also saßen sie wie im August. Wie mit dem Panther-Gedicht. Wie vor einem Monat. Nichts kann länger her sein. Er las, dann sah er auf und sagte: In der Sonne haben Ihre Haare eine andere Farbe als im Büro. Die Lippen des Mädchens verschoben sich ein bißchen gegeneinander. Das erinnerte ihn daran, daß sie von ihm etwas anderes hören wollte. Er sagte also: Herrlich, Wort für Wort. Ich gratuliere. Er würde diesen Aufsatz so gern behalten. Das dürfe er, sie habe diese Kopie für ihn mitgebracht. Erst als sie zwischen den Tischen davongegangen war – die blaue, rund aufhörende Turnhose hörte noch oberhalb der Tischplatten auf –, kam er wieder zur Besinnung. Er wollte ihr nachrufen, nachrennen, um ihr zu sagen, daß sein Urteil verzerrt sei von der geradezu heldenhaft verkrampften Anstrengung, objektiv zu sein. Er habe ja gar nicht lesen können. Er war über die Zeilen hingerutscht, wußte, wer ihm gegenübersaß, und wußte nicht, was er nachher sagen würde. Dann war ihm also diese Begeisterung abgegangen. Er hätte dem Mädchen wenigstens sagen müssen, daß er offenbar hier in Kalifornien nur einen Ton hervorzubringen vermöge, und das sei der der Begeisterung. Sie solle, bitte, zu Carol gehen, die wie niemand sonst imstande sei nachzuweisen, wie lächerlich gering der Spurengehalt Wirklichkeit in jeder Halmschen Begeisterung sei. Er war zwar begeistert von ihrem Aufsatz, aber gerade in seiner Begeisterung empfand er auch seine Unzurechnungsfähigkeit. War das nur eine Folge der Kritik Carols? Er mußte sofort zu Carol. So schnell es sein Rückgrat zuließ. Nur auf dem Stuhl vor Carols Schreibtisch erfuhr er, wie im Augenblick über ihn geurteilt wurde. Gestern war er nicht auf diesem Stuhl gesessen, vorgestern nicht! Vielleicht konnten Leute, die an dieser Universität tenure erreicht hatten, also unkündbar waren, es sich leisten, pro Semester ein einziges Mal auf Carols Stuhl Platz zu nehmen, er nicht. Carol beklagte wieder sein seltenes und immer nur flüchtiges Erscheinen; fragte ihn, wie er den und den finde; verhöhnte ihn, weil er jeden gut fand; heulte fast, weil man sie immer ruppig und böse wolle, wo sie doch viel lieber gestreichelt werden wolle; danach noch der feinste Hohn: daß es allerdings welche gebe, von denen auch sie, so arm sie dran sei, Streicheln nicht ertrüge. Diese Abneigung gegen Trost um jeden Preis halte sie für utopisches Phosphor auf ihrem grauen Zifferblatt. Vielleicht sei eben doch alles ein Märchen. Vielleicht sei sie doch nicht nur an diese leuchtende Küste verschlagen, um bei sabbernden Intellektuellen den Latz zu spielen. Vielleicht komme der Prinz noch! Was meint der schlaue Halm? Daß Halm der Schlausten, Gerissensten einer ist, das weiß sie, ohne daß sie seinen Urin gesehen hat. Und am Samstag also am Grizzly Peak Boulevard. Kommt die Tochter mit? Von der hört man ja das Tollste. Die göttli che Elissa, die es unter Montezuma nicht mehr tut, hat das verrupfte Engelchen aus Germany total ins hochkarätige Herz geschlossen. Aber das ist ja, was die Hoffnungsglut im weltfüllenden Aschenregen am Leuchten hält, daß sich dergleichen begibt. Ist der Vater jetzt glücklich? Wie sie, die so gern redete, trotzdem zu all ihren Informationen kam, war ihm ein Rätsel. Sobald er konnte, riß er sich los von der anziehenden Rednerin, wurde noch einmal zurückgerufen und nahm gehorsam das angeschwemmte Papier aus dem Fach. Und weil er Carols Ausbruch zu wenig beantwortet hatte und weil er das Gefühl hatte, das gehöre jetzt hierher, sagte er, daß er, jedesmal wenn er an sein Fach komme, am Fach nebenan das Namensschild *Karola von der Hütte* lese, und jedesmal versäume er zu fragen, wer das sei. Carol hob den Zeigefinger wie in der Schule. Dann sagte sie heftig: Das ist eben Meßmer. Der hat es nicht gelten lassen wollen, daß ich jetzt Elrod heiße. Als er meinen Mädchennamen erfuhr, pinnte er ihn gleich da hin. Kirk dürfte das nicht sehen. Das sei von Meßmers Taten bis jetzt die imponierendste, sagte Halm. In seinem Büro las er den Aufsatz über *Th' expense of spirit in a waste of shame*. Er graste die Zeilen förmlich ab nach Charakterisierungen des Freundes. Dieser Freund hat, schreibt sie, *very unique characteristics*. Er ist *bright, clean, handsome and organized. The only problem with the perfect dream boy is his seriousness and his very reserved sense of humor*. Interessant! Und, noch interessanter: *He ist virtually non excitable and has hunched shoulders, drawn up around his ears*. Moment, was heißt das: Er ist virtually nicht excitable. Er ist eigentlich nicht erregbar. Aber dann hätte sie auch *actually* schreiben können. Also heißt es sogar: Er ist tatsächlich nicht erregbar. Aber *excitable* heißt auch reizbar, nervös. Dann kann es auch heißen: Also nervös ist er nicht. Oder: Er ist im Grunde genommen nicht reizbar. Also wirklich übersetzt: Er ist schon ein ziemlich ruhiger Typ. Das heißt es mindestens. Das paßt auch zu *bright, clean, handsome and organized*. Er ist also schon ein ziemlich ruhiger Typ, hat gewölbte Schultern, die ihm bis an die Ohren gehen. Halm schaute im Lexikon nach *draw oneself up: sich (würdevoll, stolz etc.) emporrichten, sich erheben*. So erhoben sich also seine Muskelschultern würdevoll bis zu den Ohren. Das war genau der, den er in der *Gazette*, als Superbüste im Wasserschaum thronend, ein weiteres *unanswered goal* werfen sah. Und doch und doch und doch... war in diesen Sätzen nicht doch ein Mißmut des Mädchens spürbar? War dieser all-American dream boy nicht doch ein bißchen sehr ruhig? Egal. Er hatte das Mädchen hinter sich. Wenn er etwas zu bedauern hatte, dann nicht, daß die in jeder Hinsicht unmögliche Beziehung zu diesem Mädchen auch nicht die Spur einer Realität annehmen konnte, sondern daß ihm die Unerreichbarkeit dieses Mädchens nicht gar soviel ausmachte. Wer sagt das? ICH-Halm. Du mußt es ja wissen, sagt ER-Halm. ICH-Halm: Angeber! ER-Halm: Leiche! Keine Reaktion mehr von ICH-Halm. Stille. Der Ton der Klimaanlage und der Neonröhrenton beherrschten den Raum mit dem leersten aller denkbaren Akkorde. Draußen dröhnte das lateinamerikanische Lachen von Professor Torres, dem heute ein Mädchensopran schmiegsam standhielt. Carol hatte gesagt, einmal, bei einer Dekans-Party, seien Torres und Othello Jesus de Garcia, die in dem überfüllten Raum weit auseinander standen, im selben Augenblick in Lachen ausgebrochen, sie, Carol, etwa in der Mitte zwischen beiden, habe das Gefühl gehabt, sie sei noch nie so beleidigt worden wie durch dieses dröhnende Duett männlicher Selbstgefälligkeit.

Carol hatte, als Halm und Sabine am Grizzly Peak Boulevard erschienen, einen geschlitzten Rock an. Nicht hinzusehen, wenn sie ging, wäre gewesen, als hätte man bei einem Gewitter in die Richtung geschaut, in der es nicht blitzt. Sabine fragte gleich, und nicht nur zum Schein, woher die Levkojen-Pracht stamme, die den steilen Weg vom Grizzly Peak Boulevard bis zum Haus herauf säume. Aus Weimar, sagte Carol. Ihre Mutter stamme aus Weimar und habe, als sie als Sechzehnjährige mit ihren Eltern verjagt wurde, Levkojensamen mitgenommen. Sabine sagte, dann seien das die authentischsten Levkojen, die sie je gesehen habe, schließlich seien Levkojen ja Goethes Lieblingsblumen gewesen. Stimmt, rief Carol, stimmt, das habe die Mutter auch immer gesagt. Halm spürte, daß er Carol noch keine Sekunde lang ernstgenommen hatte. Immer diese Flapserei. Da Halms die ersten Gäste waren, wurden sie ein bißchen herumgeführt. Ein Zimmer ist Carols Eltern gewidmet. Tisch, Stühle, Schreibtisch, Kanapee, Musikinstrumente, wie in einem Museum. Herr von der Hütte ist Instrumentensammler. Musiker. Bei der Uraufführung der Dreigroschenoper hat er mitgespielt. Seit siebzehn Jahren lebt er mit seiner Frau im Sanatorium in Mendocino. Sie pflegt ihn. Er ist nach einem Schlaganfall gelähmt geblieben. Mein Vater hatte immer ein Faible für Volumen, sagte Carol und zeigte Mandolinen und Lauten und zugleich auf das hinter den Instrumenten hängende raumbeherrschende Bild ihrer Mutter. Und wie schön Carol war in diesem Augenblick, als sie mit ihrem schwingenden Kinn und einer durchgebogenen Fingerspitze über die Instrumente hinweg auf ihre Mutter deutete. Ihre Augen schienen von innen feucht und dadurch noch dunkler zu werden. So, und jetzt kucken Sie sich mal dieses item an, meine Mutter kriegte immer einen Zitterer, wenn sie's in die Hand nahm. Eine Schatulle in der Form eines alten Buches, darin, unter Glas, ein Efeublatt plus Schrift, die bezeugt, daß Carols Urgroßmutter Gretel Dinkelspiel dieses Blatt selber im Jahr 1862 in Frankfurt am Grab von Goethes Mutter geholt hat. Halm konnte nichts sagen. Schon wenn Carol mit Berlinischem spielte, fühlte er sich beklommen. Wenn sie Neese sagte, klang das nicht nur lustig-berlinisch, sondern auch furchtbar grotesk. Das Frankfurter Friedhofsefeublatt am Grizzly Peak Boulevard war auch so grotesk. *Item* sagte Carol zu dem Erinnerungsding. Halm hatte das Gefühl, er müsse dazu etwas sagen. Aber er konnte nicht. Wörter des Bedauerns... sie paßten alle nicht. Was ihm einfiel, schien ihm in jeder erdenklichen Weise unangebracht zu sein. Zu diesem Efeublatt aus

Frankfurt konnte er nichts sagen. Was würde Herr Kiderlen, der nichts falsch machen konnte, jetzt sagen? Halm nickte und nickte. Daß er nichts sagen konnte, erzeugte in ihm ein Würgegefühl. Glücklicherweise trafen die anderen Gäste ein: Leslie Ackerman und seine Hermaphroditenspezialistin mit Skelettgesicht und Flachszöpfen. Rainer und Elissa und Felix Theodor Auster unter der eisgrau gefrorenen Haarflut. Carol sagte ihr Abendessen an, als handle es sich um belegte Brote, es handelte sich aber um armenische Vorspeisen, Bœuf Bourgignon und ein Dessert, das Cream Puffs hieß. Halm versuchte immer wieder, die Aufmerksamkeit der Essenden auf das Essen zu lenken. Vergeblich. Kirk wollte endlich wissen, wie Halm seine Bücher finde. O ja, sagte Carol, das wird interessant. Halm redete sich in seine Begeisterung für *Inspiration Inn* hinein. Er pries das Buch und meinte den Autor. Elrod sagte, jeder lobe dieses Buch auf eine für seine anderen Bücher beleidigende Art. Felix Theodor Auster sagte, Belletristik als Gesprächsgegenstand, das sollte gegen die guten Sitten verstoßen. Carol sagte, sie wolle weder über Professorensoufflés noch über Romanfladen reden, sondern über Sachen, also, was meint unser Gesandter von drüben zu dem Meßmer-Buch. Halm gestand, daß er nicht hineingekommen sei in das Buch. Carol, schneidend: Weichling! Halm gab das sofort zu. Ihr war's nicht genug. In was kommt er nicht alles hinein, dieser höchst Schlüpfige! Was findet er nicht alles zum Schwärmen, was sie zum Piepen findet! Und in Meßmers Buch kommt er überhaupt nicht hinein! Carol loderte. Die nach vorne züngelnden Haare schienen mitzusprechen. Jetzt schwärmte sie! Anders als Halm habe Meßmer seinen Aufenthalt von Anfang an zur Erkundung genutzt. Er habe sich tagelang durch alle Institute der Universität führen lassen und sei dann jeden Tag einmal im Zentrum für Erdbebenforschung gewesen. Die San Andreas-Spalte, an der, über der man hier lebt, hat ihn fasziniert. Alle kalifornischen Beben sind durch die Empfindlichkeit dieser Spalte verursacht worden. Und Meßmer glaubte, daß die Erde seine Anwesenheit auf diesem ihrem reizbarsten Punkt gar nicht ertragen könne, ohne zu reagieren. Tag und Nacht wartete er auf die Antwort der Spalte. Dann die Sensation: die Antwort der Spalte, als er zum erstenmal am Grizzly Peak Boulevard erscheint, also in Carols Haus. Meßmer erscheint bei Carol und the sewage starts vomiting. Wenn's ihr ernst wird, hat sie keine deutschen Wörter und schnipst dann mit dem Finger, daß ihr jemand helfe und das täte auch ohne Schnipsen, in kontrastreicher Ruhe, Rainer: Die Kloake kotzt. Carol nimmt's auf: Die Kloake kotzt, hier heroben, am 27. September, also praktisch heute vor zwei Jahren, aus allen Röhren und Löchern kotzt die Kanalisation, und wie sich durch Meßmers und unser aller Nachforschung herausstellt: nirgends sonst, nur hier bei uns, in dem Augenblick, als Meßmer eintrat. Kirk war ja nicht da. Der war in Long Beach. Beim Wasserball, dachte Halm. Bei John Freys Beerdigung, sagt Carol. Ach, ruft Halm, John Frey hat es wirklich gegeben! In dich ist er hineingekommen, sagte Carol zu Kirk. Kirk sagte: O ja, John Frey war mein Freund. Die letzten Monate verbrachte er im Veterans Hospital in Long Beach. Und die *Swiss Lady*, wollte Halm fragen, aber Carol war nicht drauszubringen. Sie war bei den lingering effects dieses Kanalisationserbrechens – Nachwehen, sagte Rainer –, während Meßmer und sie noch entsetzt und entzückt von den Polstermöbeln aus die Riesensauerei ankucken, erfolgt von draußen die zweite Antwort: the most wonderful thunder storm I've ever seen. Hundred degree temperature, with rain, end of September. It never rains, let alone storms in September. Sie hat nie solche Blitze gesehen, nie so Angst gehabt vor einem Gewitter. Meßmer selber hat das untere und obere Wüten der Natur sofort als eine Totale aus Ejakulation und Orgasmus bezeichnet. Alle achteten Carols Meßmer Memorial, nur Felix Theodor Auster nicht. Carol, sagte er, du kannst dir gratulieren zu einer Kanalisation, die zum speiben anfangt, wann so ein Meßmer sein narzißtisches Mütlein kühlen will. Nach dem Essen ging man ins Glyzinien-Patio. Halm setzte sich ganz schnell neben Elissa. Sie war grell blaß heute. Zum ersten Mal sah Halm in ihrem Gesicht eine Leidensspur. Er kam sich gleich furchtbar harmlos vor. Er hätte Elissa gern berührt. Tröstend. Sie hatte wieder etwas Ärmelloses an. Bubenhaft kurzgeschnittene Haare und so schwere Brüste. Es gibt immer eine Frau, die die größte Kraft ausübt. An diesem Abend war es Elissa. Also wollte er möglichst lang möglichst nah bei ihr sitzen. Aber kaum saß man, kaum hatte Halm mit Elissa ein kleines akustisches Abseits gegründet, da stand Rainer auf und rannte stöhnend hinaus. Leslie Ackerman stand auf, ging ihm nach, kam allein zurück. Carol sagte: Das hält er eben nicht aus. Was, fragte Kirk. Daß er zuschauen muß, wie einer seine Frau bezirzt. Na, na, na, sagte Kirk Elrod, was soll denn dann ich sagen, wenn du in deine Meßmer-Ekstase verfällst? Carol sah ihn so an, daß er sagte: Veilchen, I'm sorry. Dann schaltete er kräftig um. Habe ich Ihnen schon erzählt... Carol, hab ich Halms schon erzählt, was mir die Mutter meiner zweiten Frau sagte, als sie *Inspiration Inn* gelesen hatte? Carol sagte: Du hast es ihnen noch nicht erzählt, und wie du siehst, brennen sie darauf, es zu erfahren. Auch ich wüßte im Augenblick nichts, was mir lieber wäre, als wieder einmal zu hören, was die Mutter deiner zweiten Frau sagte, als sie *Inspiration Inn* gelesen hatte. Ich wüßte etwas, rief Auster, Nietzsche! Unser Freund steht auf Nietzsche. Das interessiert mich. Wenn einer in Europa heute eine Nietzsche-Vorlesung ansetzt, hat er volles Haus, egal wer er sei, das schreiben mir meine Freunde. Mir muß man das erklären, sonst versteh ich das nicht. Für mich ist Nietzsche nämlich der letzte Großversuch der philosophischen Magd, die Priester zu stürzen, um selber Oberpriesterin zu werden. Endlich war Auster zu Wort gekommen. Carol führte Elrod, der vom Krampf überfallen wurde, hinaus.

Am Ende eines Abends weiß man nicht mehr, was man gegessen, was man gehört, was man geredet hat. Sabine, weißt du es noch, fragte er die vorsichtig abwärts steuernde Sabine. Sie mag Elrod am liebsten. Er auch. Carol mag sie auch. Wenn auch nicht so gern wie ihn. Halm dachte: Der geschlitzte Rock! Der war unfair. Wie jede Leistung. Er ahnte allmählich, was er für Carol war. Eine Erinnerung an Meßmer. Sie kratzte an ihm immer wütender herum, weil, je heftiger sie kratzte, um so weniger Meßmer zum Vorschein kam. Sabine fand, Carol rede zuviel und zu witzig über Kirks Alter. Aber es ist doch immer Kirk, der davon anfängt, sagte Halm. Will Auster Bier zum Bœuf, fällt Kirk ein, daß drei Flugzeuge heute eine Miller-Reklame durch den Himmel gezogen haben, weil heute eine Flotte mit zwei Flugzeugträgern, aus Hawaii kommend, unter Golden Gate hereingefahren sei und 10000 Matrosen in die Stadt gebracht habe. 10000 Matrosen! Wie soll sich einer in seinem Alter zu einer solchen Sexualinvasion verhalten, fragt er. Er habe sich den ganzen Tag nicht entscheiden können, was tun. Als Imaginations-Voyeur in die Stadt hinüberschauen oder die Rolläden herunterlassen und die Bibel lesen? Was soll denn Carol machen, wenn er andauernd die Furchtbarkeit des Alters herausschreit! Aber muß sie darauf unbedingt sagen: es müßten ja nicht gleich 10000 sein?! fragte Sabine. Ist das die richtige Reaktion auf seinen Flottenschmerz?! Das ist der Nachteil einer solchen Aussichtslage, sagte Halm, man sieht zuviel; in unserer grünen Gruft in Sillenbuch stört uns kein Matrose aus Hawaii. Am meisten tut mir eben doch Rainer leid, sagte Sabine. Da habe Carol schon recht, Helmut hätte bedenken müssen, daß Rainer nicht ein so verwaschenes Gefühlsleben habe wie alle anderen. Was das sei, ein verwaschenes Gefühlsleben, fragte Halm. Er liebt, sagte Sabine. Sie habe überhaupt noch nie einen Menschen von solcher Empfindungsschärfe und Gefühlsreinheit getroffen wie diesen Rainer. Er komme ihr vor wie ein von der normalen Gemeinheit und Verkommenheit tödlich verwundetes Wesen. Und vor diesem fast heiligmäßigen Menschen, diesem wahrhaft Leidenden muß er, Helmut, seine Nase der eigenartig kalten Frau in den Ausschnitt stecken! Sabine war verletzt. Halm versuchte auszuweichen. Der Auster ist natürlich auch sehr nett, sagte Halm. Sabine findet,

Auster sei wie ein Kind, das gemerkt habe, daß man die Erwachsenen ärgern muß, wenn man sie auf sich aufmerksam machen will. Dann schwärmte sie wieder von Rainer. Jetzt begriff Halm Carol. Ein Schwärmender kann einem auf die Nerven gehen. Dabei war Sabines Begeisterung unanzweifelbar. Carol glaubte Halm ja seine Begeisterungen gar nicht. Das muß sehr ärgerlich sein, sich eine Begeisterung anhören zu müssen, die nicht einmal dem ernst zu sein scheint, der sie vorträgt. Sabine redete über Rainer wie über eine bessere Welt, die nur noch in Rainer erhalten ist, die mit ihm zugrunde gerichtet wird von einer wertlosen, rücksichtslosen Gegenwelt. Sabine selber zählte sich offenbar zu Rainers Welt, Halm aber zur Gegenwelt. Das war eine Einteilung, die zwischen ihnen neu war. Er sagte: Hoffen wir, daß du nicht recht hast. Als sie im großen Bett unter dem Messingtor lagen, dachte er an Elissa. Diesen Leidensspuren in ihrem Gesicht ging er nach. Wie nach einem nicht ganz durchgedrungenen Erdbeben, dachte er. Alles ist um ein weniges verschoben. Nichts ist zerstört, aber heil ist auch nichts mehr. Hier liegt man also an der Andreas-Falte. In ihm war auch nichts mehr am alten Platz. Diese vier Wochen hatten ihn verändert. Aber er konnte sich Veränderung nicht mehr leisten. Das hatten die vier Wochen auch erbracht. Wenn's noch Veränderung wäre. Ins Rutschen war er geraten. Und bevor das unabsehbar wurde, mußte er Halt rufen. Schluß. Es ist alles gut, wie es ist. Es könnte nicht besser sein. Das ist wahrscheinlich das Schwerste, sich so glücklich zu fühlen, wie man ist. Wie man sein müßte.

10

Was ihm, wenn er aufwachte, zuerst einfiel, war immer auch das Unangenehmste. Das Wichtigste war offenbar immer das Unangenehmste. Wie sollte er Rainer versöhnen? Er hatte sich neben Elissa gesetzt, weil er gern in ihrer Nähe war. Er hatte sich mit ihr über Lena unterhalten. Sie hatte auf eine andere Art von Lena geschwärmt als Rainer. Alle in der Fahrschule mögen Lena. Sie will Lena überhaupt hierbehalten. Ob er einverstanden wäre?

Das besprachen sie am Sonntag. Sabine sagte: Fahrschule?! Lena sagte: Ja, Fahrschule! Halm sagte: Daheim wüßte ich nicht, was ich sagen sollte, wenn du in einer Fahrschule arbeiten wolltest, hier, in Kalifornien, kommt es mir vor wie ein Glücksfall. Lena sagte: Es ist einer. Sie glaube allerdings, sie habe Elissas Interesse Rainer zu verdanken. Elissa habe Angst vor Rainer. Sie fürchte, daß er sie umbringen wolle. Vielleicht wirkt da noch die Ermordung ihrer Freundin Bluma nach. Wenn Elissa über Rainer spricht, kann sie plötzlich sagen: Ins Ohr, stell dir vor, schießt sie ins Ohr. Elissa will, daß Lena zu ihr zieht. Wenn Lena bei ihr sei, werde Rainer ihr nichts tun. Aber Sabine schüttelte den Kopf ganz jäh und kurz. Das hieß: Ihr seid im Irrtum, ihr habt keine Chance, gebt lieber sofort nach, mit mir ist darüber kein bißchen zu reden. Halm dagegen: Daß Lena jetzt für ein paar Wochen zu Elissa ziehe, sei doch wohl möglich, oder? Daß Lena in diesem Land von einem oder vielleicht sogar von zwei Menschen entdeckt worden sei, sei wichtiger als alle europäischen Vorurteile. Als es läutete, war es Elissa. Lena hatte schon gepackt. Als Lena die Autotür öffnete, rief sie noch, die Haare lasse sie sich auch schneiden, das sei besser für den Sturzhelm. Halm und Sabine blieben verblüfft zurück. Sabine sagte: Und Juliane will nach Brasilien! Halm sagte: Weißt du etwas Besseres? Das war doch ein Überfall, sagte Sabine. Praktisch hat Elissa sie entführt. Weil ihre Kinder ihnen weggelaufen sind, stehlen sie unseres. Halm mußte sie vom Telephon wegdrängen. Lena sei, seit sie bei Elissa arbeite, freundlicher geworden; die Narben tendierten, weil das Gesicht nicht mehr so gespannt sei, zum Verschwinden. Und weil das oft hilft, sagte er unseriös: Wenn daheim jemand nach ihr fragt, ist sie in einer kalifornischen Schule, *Fahr-* läßt du einfach weg. Sabine klagte schließlich nur noch darüber, daß Lena ihre Haare schneiden lassen wolle. Das Telephon läutete. Halm rannte so schnell hin, wie es das Kreuz zuließ. Es war aber Sabines Bruder, Franz. Sabine zerfiel förmlich während dieses Gesprächs. Sie lebten hier nicht in der Wirklichkeit. Jetzt kam die Wirklichkeit nach. Gefräßig oder unnachsichtig oder pedantisch. Sabine kam vom Telephon zurück und grimassierte. Sie wollte verhindern, daß ihr Gesicht in einem Ausdruck erstarre. Franz kam also von einer Reise zurück, fand den Vater im Krankenhaus, Elmar und Gitte kommen erst in der nächsten Woche aus Portugal, der Vater war von Dr. Weichbrod ins Krankenhaus gebracht worden, das Kopfweh hatte zugenommen, jetzt ist es also Blasenkrebs, nächste Woche wird operiert. Und Franz entschuldigte sich auch noch für den Anruf. Er habe geglaubt, er müsse ihr das sagen, obwohl sie ja auch nichts tun könne, aber wissen müsse sie's doch. Halm: Man könnte die Menschen einteilen in solche, die sich zuviel, und solche, die sich zuwenig entschuldigen. Sabine sagte, sie müsse hinüber. Halm hätte am liebsten gesagt: Und wer reibt mir meinen Rücken ein und hilft mir in Socken und Schuhe? Hallo, sagte Sabine. Ja, sagte Halm, ich überlege gerade, wer mir, wenn du nicht da bist, sagt, ob ich aus dem Mund rieche oder nicht! Du rufst mich einfach an, sagte sie. Richtig, sagte er.

Die Zeit bis zum Abflug verbrachten sie mit Kochkurs und Ausflügen nach San Francisco. Er tat, als glaube er noch nicht daran, daß er allein hierbleiben müsse. Auch konnte Sabine es übelnehmen, wenn er einsah, daß sie hinüber müsse. Wo ist dein Platz, fragte er also immer wieder einmal. Es durfte ihr nicht so leichtgemacht werden. Möchtest du von Gitte gepflegt werden? fragte sie. Wie recht sie hatte. In ihrem Arm konnte man sterben. Sabines Gesicht zeigte nur, was sie empfand. Daran konnte einem Sterbenden liegen. Hoffentlich durchsuchte sie zu Hause nicht seinen Schreibtisch. Die Vorstellung, daß Sabine den Brief entdeckte, mit dem sein Nietzschebuch abgelehnt worden war, konnte er nur mit dem Wunsch nach einer möglichst universalen Katastrophe beantworten. Ach, Sabine, wer kommt, wenn du fehlst, aus der Küche herüber und sagt: Also praktisch sind sie schon, diese Amerikaner. Und dann noch das Wichtigste, Sabine, vor diesem Auseinander: Alles, was du von mir, bevor du im Flugzeug verschwindest, siehst, ist nichts, verglichen mit dem, was deinen Mann befällt, wenn du verschwunden sein wirst. Dein Mann ist so einfach. Solang du da bist, kriegt er die Trennungstrauer nicht ins Gesicht. Er müßte sie spielen. Erst wenn du ihn nicht mehr siehst, könntest du in seinem Gesicht sehen, daß du fehlst. Und wie.

Carol mußte er bitten, Rainer zu einem Abschiedsabend einzuladen. Rainer war nur noch durch Carol mit der Außenwelt verbunden. *Schuberts Textverständnis* sei in ein Stadium gekommen, in dem jede Störung gar nicht kalkulierbare Folgen haben könne. Carol wollte aber bei dem nächsten Kontakt, der immer von Rainer ausgehen müsse, die neuesten Nachrichten aus dem Hause Halm weitergeben. Carol gab ihm auch die Fahrschul-Nummer. Am Mittwochabend kam Lena und blieb. Sie hatte tatsächlich die Haare so kurz schneiden lassen wie Elissa. Sie wirkte wie aufgetaucht. Am Donnerstagabend kamen Elissa und Rainer. Was der ausstrahlte, hätte Carol vorsätzliche Güte genannt. Halm, bescheidener als Carol, war das genug. Er mußte zwar ein bißchen übersehen, daß Rainer Sabine und Lena ihm vorzog. Der durfte das ja. Seine Motive waren immer besser als die jedes anderen. Sabine brannte sich förmlich ab vor Rainer. Offensichtlich wollte sie Elissa demonstrieren, wie leicht es sei, ihren Mann hemmungslos zu verehren. Rainer und Sabine verstanden einander wie bessere Menschen, die einen Abend mit Schurken verbringen. Die unendliche Sabine kassierte Rainer nicht nur kraft ihrer Bewunderung, sondern handelte gleich auch noch aus, daß Rainer von jetzt an ihren Mann nur noch gut behandle, auch wenn der, was vorkommen könne, sich benehme, als verdiene er's nicht. Um Nachsicht für ihren Mann bat sie. Schon fast zu sehr. Halm schaute Elissa und Lena an. Das sollte heißen: Ist ja egal, Hauptsache, wir streiten nicht. Und es mußte getrunken werden. Um Rainer das Gefühl zu geben, er, Rainer, trinke nicht ungeheuer viel, trank Halm fast halb soviel wie Rainer. Die Männer waren also bald nicht mehr imstande, Nicken von Kopfschütteln zu trennen, sie schwankten einfach dahin. Und weil nicht geschrien und nicht hinausgerannt wurde, war es der schönste Abend mit Mersjohanns. Halm sank vollkommen gerührt ins donnernde Bett. Elissa hatte noch durchgesetzt, daß Lena mit ihr und Rainer zurückfuhr. Lena verabschiedete sich also von ihrer Mutter. Sabine fiel es schwer. Lena blieb leicht, wirkte weise oder indianisch.

Am letzten Tag schleppte Halm Sabine durch San Francisco. Er wollte, daß sie etwas kaufe, was an diesen Tag erinnern würde. Es waren 104 Grad angezeigt. So warm war es auch hier Anfang Oktober nicht immer. Sie fanden etwas um den Hals zu hängen, an goldener Kette, etwas golden Geschlängeltes, ein gewundenes Füllhorn oder das Äskulaptier oder ein goldenes Sperma. Dann wollte er ein Nachthemd. Für sie. Er schraubte die Ansprüche von Geschäft zu Geschäft höher und kaufte erst, als sie etwas Seidenes gefunden hatten, das dank rötlicher Farben und grünlicher Muster in ihm die Hoffnung weckte, Sabine sehe darin aus, als stünde sie nackt in einem vom Abendrot überglühten Tropenstrauch. Dann mußte noch chinesisch gegessen werden. Weil er keine Ahnung hatte von chinesischer Küche und weil er überhaupt gegen Kellnerbefragung war, auch wenn Sabine es für ihn getan hätte, kriegte er eine große Schüssel voller Entenschwimmfüße, die aussahen wie aus Plastik und auch so schmeckten. Sabine hatte ihr Gericht mit dem Kellner besprochen und kriegte, was sie wollte: Hot and Sour Soup, Shredded Beef with Bell Pepper, dazu Tsingtau-Bier. Er trank Coors. Sabine hatte nämlich vom Kellner erfahren, das Tsingtauer Bier schmecke wie das deutsche, Coors sei amerikanisch. Auf dem Tellerrand lag für jeden ein muschelhaftes Backwerkchen, darin, auf Papierstreifen, ein Orakelspruch. Sabines Spruch: *Your worst fear will be eased.* Also bitte, Sabine, sagte Halm, du darfst hoffen. Und du, fragte sie. Er knackte die Hülle, seiner hieß: *Tread softly.* Ihrem Frageblick übersetzte er: Schlängle dich so durch. Carol würde sagen, daß er dazu kein Orakel brauche.

Dank dieser erschöpfenden Einkauferei konnte kein Druck entstehen. Sogar 40 Minuten Abflugverspätung überstanden sie ohne schweres Atmen. Halm sagte, er werde eben Tag und Nacht Heine studieren. Erst kurz vor dem Gate 50, in dem Sabine jetzt gleich verschwinden würde, preßte es beiden etwas Nässe aus den Augen. Da riß er einfach aus. Es hatte keinen Sinn, diesen Augenblick in die Länge zu ziehen. Im Auto ließ er die Musik so laut wie möglich laufen und fuhr langsam an San Francisco vorbei, drüber weg, über die Brücke zurück. Er konnte seinen Arm nicht im offenen Fenster lassen, so heiß schien die Sonne. Er dachte an die Levkojen, die aus Weimar stammten und jetzt den Weg vom Grizzly Peak Boulevard zu Carols Haus hinauf säumten, hell- und tiefviolett. Diese Töne kamen in Sabines Nachthemd auch vor. Aber Vater Gottschalk hatte Kopfweh beziehungsweise Blasenkrebs. Jetzt hatte das Mädchen also alle Macht verloren. Die abwesende Sabine –, einen besseren Schutz kann es nicht geben. Eine sehr edle Lösung. Sobald Halm im Haus war und zum abendlichen San Francisco hinüberschaute, merkte er, daß er das Pathos dieser Lösung genießen konnte wie eine ihren Anspruch nicht ganz erfüllende Musik. Sogar ER-Halm war kleinlaut geworden, murmelte nur noch etwas vom Kitsch dieser Lösung, wagte aber nicht, sie zu bekämpfen. ICH-Halm war jetzt unangreifbar.

Als Halm sich am Montagmorgen durch das Crocker-Tor

vom Studentenstrom in den Campus hineintreiben ließ, kam er sich gefaßt vor. Er hatte seine Ruhe nicht nur der durch Sabines Abreise produzierten edlen Lösung zu danken. Er hatte einfach eine seiner Lage entsprechende Fassung gefunden. Ihm konnte hier nichts mehr passieren. Endlich eine Unerschütterlichkeit. Der Durchbruch nach innen war gelungen. Am Sonntag. Der täuschende Dialog hatte aufgehört. Er war wieder eine Stimme. Man kann nur in sich oder außer sich sein. Das ist jetzt entschieden. Das bleibt so. Nicht mehr kennenzulernen von jedem. Nicht länger eine herumtorkelnde Sammlung von Blößen. Der Idealzustand, opak. Ein verschlossenes Wesen. Ein Stein. Man sieht hinaus, aber keiner sieht herein. Dieser Zustand des Gefühls möchte am liebsten Unabhängigkeit genannt werden. Falls der Zustand dauert, ist das große Wort brauchbar. Die Undurchdringlichkeit (von außen nach innen) sammelt innen Wärme an. Von dieser inneren Wärme dringt nichts hinaus. Das ist das Neue. Das soll das Neue sein. Oder werden. Nach außen schön kalt. Aber nichts provozierend. Nichts auf sich ziehen wollend. Einfach außen kalt, innen warm. Man hat sich zum ersten Mal sich selber zugewendet. Jetzt muß es sich zeigen, ob man es aushält bei sich. Davon hängt alles ab. Halm ist guter Dinge. Er fühlt sich nicht mehr so mangelhaft. Die Schärfe der Unzufriedenheit mit sich ließ nach. Seine Unumrissenheit war ihm recht. Seine Unansehnlichkeit akzeptierte er. Er war nahezu einverstanden mit sich. Manchmal hatte es Sabine in seinen Augen wirklich herabgesetzt, daß sie jemanden wie ihn nicht nur ertrug, sondern angeblich sogar mochte. Jetzt rechnete er es Sabine innig an, daß sie ihn gern ertrug. Er war so alt, wie er war, basta. Älter werden, das heißt immer weniger essen und dabei immer dicker werden. Basta. Der da auf Coit Hall zumarschierte, fand alles, was er sah, schön. Ich bin der chastity-freak, dachte Halm. Und als solcher fein heraus. Ein hübsches Konversationsthema hatte er auch, fand er. Wie stehen die Studenten zum Vornamen, von wem haben sie ihn, mit welchem Ritual haben sie ihn bekommen, was für eine Familiengeschichte wird da faßbar, würde einer seinem Kind auch wieder seinen Namen geben. Es waren zwar fast alle da, aber der eigene Vorname wollte am Montagmorgen um neun offenbar keinem und keiner über die Lippen gehen. Zum Mädchen sah er erst gar nicht hin. Warum die eine Konversationsklasse besuchte, begriff er nicht. Hatte sie so fest damit rechnen können, daß sie im instructor einen Aufsatzhelfer finden würde? Sie schon. Also Elaine, wer hat Ihnen Ihren schönen Namen geschenkt und wie heißt die Patronin und was wissen Sie von ihr? Elaine wußte nur, daß ihr *Papi* sie als Elaine haben wollte. Getauft sei sie nicht. Schluß. Halm schaute ruhig herum. Warum sagt der immer so besorgte Howard nichts? Jeff, Ihr Name kann doch nicht so im Ausweis stehen? Jeff unterdrückt ein Gähnen, sagt, sein Name sei Geoffry, auch ungetauft. Jetzt blieb wirklich nichts anderes übrig, als Howard anzurufen, wie man einen Heiligen anruft. Howard, gibt's einen heiligen Howard? Howard zuckt mit den Schultern. Sind Sie getauft? Nein. Oh, ruft Halm so launig wie möglich, schon wieder ein Heide. Howard widerspricht undeutlich. Wie bitte, ruft Halm, kein Heide, also was dann? Jude, sagt Howard etwas lauter, und Halm spürt, daß die von ihm verlangte, lautere, deutlichere Wiederholung eine Art Bitterkeit in Howards Antwortton hineingebracht hat. Oder bildet sich Halm das nur ein? Weiter, Weiter! Aber Halm mußte Howard jetzt anschauen. Die Besorgnis in Howards Gesicht kam ihm jetzt vor wie Gram. Her jetzt, Religionsgeschichte! Die Juden betrachten die Nichtjuden als Heiden. Daher kommt diese Einteilung. Entschuldigen Sie, Howard, daß ich Sie für einen Heiden hielt! Howard lächelte. Gramvoll. Halm fragte, ob allen diese Zusammenhänge klar seien. Wie ist der englische Begriff für *Heide*. *Pagan*, sagte Elaine. Richtig, sagte Halm. *Gentile*, sagte Howard. Richtig, sagt Halm, vom Judentum aus gesehen, ist der Heide *gentile*, vom Christentum aus gesehen *pagan*... Halm behalf sich. Die Stunde wurde zur Qual. Er schwitzte. In sich und an sich. Wie zerschlagen ging er nachher in Richtung Café. Das Mädchen kam nach. Ob sie um zwölf in die Sprechstunde kommen dürfe, sie habe etwas Wichtiges mitzuteilen. Aber gern, Fran. Aber treffen wir uns doch lieber gleich an unserem kleinen runden Tisch in dieser Oktobersonne, die einem Mitteleuropäer wunderbar vorkommt, anstatt im Eiswind der Neongruft, einverstanden? Nach German II ging er, ganz und gar Lehrer, zur Cafeteria, sah, daß das Mädchen nicht an dem Tischchen saß, an dem sie sonst immer saßen, und sagte es ihr, als er Platz nahm, ärgerte sich aber, weil diese Erinnerung an ihre früheren Begegnungen nichts zur Sache beitrug, im Gegenteil. Sein zweiter Satz war auch nicht sachdienlicher. Er sagte, auf ihren Becher zeigend: Und Sie trinken also immer Milch. Sie sagte, sie habe in ihrem Leben noch nie etwas anderes getrunken als Milch. Jetzt beherrschte er sich aber und fragte nicht, ob sie das Mädchen sei, das in rehhaften Sprüngen zeitlupenlangsam durchs Abendgrün setze, wobei die Haare extra fliegen, und dann Milch trinke. Er sagte nur: Donnerwetter. Er sei immer so ironisch, sagte sie. An seiner Ironie könne man sich schneiden. Also gut, sie liefere gleich noch einen Anlaß für Ironie: Der Aufsatz über das Shakespeare-Sonett habe ihr ein *C-Minus* eingebracht. Die böse Cerf alias *Hitler* in der high school, die habe ihr einmal ein *C-Minus* gegeben, seither aber niemand mehr. Halm murmelte: Lassen Sie sehen. Ihre Seiten waren voll roten Gekritzels. Lehrer wissen eben, daß Schüler jeden noch so miserabel hingekritzelten Satz zu entziffern versuchen. Es könnte ja etwas Gutes für sie drinstehen. Auf Frans Seiten stand nichts Gutes. *You should tighten up your thesis. This seems a little vague. I get the feeling you are a little bored. Some of your analyses seem a little sloppy. Could say a little more. Your argumentation needs a little more work. Your conclusion lacks depth . . .* Halm sah Fran an. Sie schob gerade mit ihrer rechten Hand ihre Haarmassen von einer Kopfhälfte zur anderen, dadurch wurde zum ersten Mal ein Ohr ganz sichtbar, das rechte. An ihm ein dünner Ring. Sobald sie die Hand vom Kopf nahm, fluteten die Haare wieder zurück. Das Ohr verschwand. Man konnte sprechen. Halm sagte: Das müssen wir auswetzen. Der soll uns kennenlernen. Der Professor spinnt, sagte sie. Halm sagte: Ich bin schuld. Es muß meine Schuld sein. *C-Minus!* Sie: Der Professor will nur blöde Clowns, die schreiben wie er selbst. Sie wird sich wehren. Sie verlangt eine Revision. Halm entdeckte auf ihrem rechten Nasenflügel eine kleine, rot geschwollene Stelle. Das wird ein Pickel. Sein Radioansager hatte an diesem Morgen ganz aufgeregt gesagt, heute regne es vielleicht. Um ihren Mund, zwischen den alten, flachen, Schattierungen liefernden Kratern gab es Anzeichen neuer, kommender Ausbrüche. Rote Spitzen gab es. Ohne diese vulkanische Hauttätigkeit war ihr Gesicht fast zu allgemein gewesen. Er hatte manchmal Mühe gehabt, sich ihr Gesicht zu merken. Jetzt verschob sie schon wieder ihre Haare. Plötzlich wurde das linke Ohr frei. Auch an diesem Ohr ein dünner goldener Ring. Ihre Haarfarbe war nicht nur vom jeweiligen Licht abhängig, ihre Haare selbst haben keinen Zentimeter lang dieselbe Farbe. Von Blond zu Messing bis nahezu Braungrün, ein Schwall aus Übergängen. Im Augenblick bog sich die Haarfülle links und rechts so vom Kopf weg, daß man beide Ohren mit ihren dünnen Goldringen tief in den Haargrotten sah. Eigentlich sei ihr das *C-Minus* egal, sagte sie. Sie sei viel zu melancholisch, als daß ein *C-Minus* ihr etwas anhaben könne. I'm somber, sagte sie. Klingt schön, sagte er, schöner als melancholic. Gloomy, sagte sie. Gloomy klingt auch schön, sagte er. Bleiben wir bei somber, sagte er. Sie beneide ihn, sagte sie, er sei immer gleich hell und hart. Er sei eben abgehärtet, sagte er. Leiden komme ihm abgeschmackt vor, sagte er. Das Wort könne er ihr empfehlen: abgeschmackt. Das Mädchen trug eine edel verlotterte Turnhose und darüber das Shirt mit der Federated Fire Fighter-Schrift, in der Mitte das große gelbe F. Halm sah steil in die Höhe. A chance of rain, hat der Ansager gesagt. Sie sagt: Der nächste Aufsatz geht über *Much Ado About Nothing* oder über *What You Will*. Sie wählt *Much Ado*. Ob sie ihm am Donnerstag ihr Brainstorming-Resultat zeigen dürfe? Ja.

Hier oder im Büro? fragte sie. Im Büro, sagte sein Mund.
ICH-Halm lehnte es, sobald das Mädchen gegangen war, ab,
das gesagt zu haben. Peinlich, sich mit diesem Mädchen unterm Dach von Fillmore Hall zu verabreden! Hier, allen
sichtbar, sich mit ihr über Papiere zu beugen, das stand ihm
zu, das konnte er durchsetzen, daran hatten sich, falls es welche gab, Zuschauer zu gewöhnen. Aber sich im Fillmore-La-
byrinth mit ihr in dieses versteckteste aller Büros zu verkrie-
chen –, das ist falsch, schädlich, überflüssig. Das machst du
morgen rückgängig. ER: Nein! ICH: Doch! Halm fuhr so
langsam wie möglich in die Contra Costa Avenue. Er wollte
mit dem, was in der letzten Stunde passiert war, nichts zu tun
haben. Aber er fürchtete, wenn er sich dem, was passiert war,
nicht sofort stelle, werde alles noch schlimmer. Aber was war
denn passiert? Seine Rüstung, seine Ruhe, seine Unerschütterlichkeit, seine Fassung – hin. Warum mußte denn die andauernd ihre Haare hin- und herschaufeln, Ohren entblößen,
Vulkanfelder blühen lassen, somber sein... Vielleicht ist ihm
jetzt so schwindlig, weil er, solang sie da war, nicht richtig ge-
atmet hat. Andauernd hat er den Bauch eingezogen. Nicht absichtlich. Von selbst. Das heißt, viel länger als eine Stunde
könnte er ihre Gegenwart gar nicht ertragen. Immer so aufrecht sitzen, hochverkrampft, den Bauch eingezogen, nur
flach atmend. So lächerlich wie möglich. Und dann vom Stuhl
kippen. Aber tot, bitte, nicht nur ohnmächtig. Sterben, bitte.
Sehr elegant, sterben. Ein bißchen zu. Bleib bei deinen Lösungen. Die sind immer mittelmäßig, mies und magenfreund-
lich. Sie braucht Aufsatzhilfe. Das ist schon alles. Und sogar
wenn sie mehr wollte als Aufsatzhilfe, aber daß sie nicht mehr
will, ist unanzweifelbar sicher, aber sogar wenn sie mehr
wollte, was sie sicher nicht will, auch dann wäre nichts möglich, nichts zu erhoffen, weil eine Paarwochenaffäre unendlich viel schlimmer wäre als gar nichts, aber zum Glück ist ja
gar nichts möglich, denn er, in seiner kalifornischen Benom-
menheit, würde ja doch das Schlimmste vorziehen... Er
schnaufte. Wenn sie nicht einen Nationalen Wasserballspieler

hätte, den sie aber hat, wenn sie jetzt läutete, à la Umlaut meldete: I need feeding, o Kinokino, dann müßtest du ihr die Tür vor der Nase zuschlagen… Alles was ihm, dieses Mädchen betreffend, einfiel, war Unsinn. Er hatte dafür zu sorgen, daß sie aus seinem Denken verschwand. Also, bitte, hinaus, du blödes, verwöhntes Porsche-Ding! Carol hat ja alles geliefert, was man zu dieser Austreibung braucht. Zum Glück hat Professor Rinehart Shakespeare im Regal. Er wird sich jetzt bequem lagern, Zeug knabbern und *Viel Lärm um Nichts* lesen. Draußen die gleißende Bay, dahinter, heute von keinem Dunst gemildert, hart und hell die Stadt. Kann man es schöner haben? Man kann es nicht schöner haben. Du hast es schön. O ja. Er quälte sich durch das müßige Gequatsche der Herrschaften des *Viel-Lärm*-Stücks durch. Nun nimmt man ja Shakespeare nichts übel. Vielleicht hat er das gar nicht geschrieben. Halm saß immer wieder und schaute in den grellen Tag hinaus. No chance of rain. Das Nebenpaar, Benedick und Beatrice, ist natürlich das Hauptpaar des Stücks. Schlägt das Mädchen das Stück vor, weil Benedick und Beatrice ununterbrochen polemisch aufeinander losschlagen, nur weil sie einander die sogenannte Liebe nicht gestehen können? Was mit dem Hauptpaar Hero/Claudio geschieht, ist doch keines Aufsatzes wert. Egal, was sie meint, er kann ihr nur raten, über Benedick und Beatrice zu schreiben: die Feindseligkeitstonart als Liebeserklärung. Die Sprache als genaues Gegenteil des Gefühls. Die Eindeutigkeit des Verschwiegenen im Gesagten. Die Entblößung durch nichts als Verbergung. Vielleicht würde sie dann wenigstens ahnen, was er alles verschwieg. Wenn er schon nichts sagen durfte, so konnte er mit Hilfe dieses nichts als zeternden Paares doch darauf hinweisen, daß er nichts sage und was alles er nicht sage. Warum hat sie dieses Stück gewählt? Er mußte an die frische Luft. Sein Kopf fühlt sich riesig an. Ein Druck, wie wenn er zuviel Tee getrunken hat. Übererregt und erschöpft –, das ist sein Zustand. Wenn er ihr wenigstens jeden Tag einmal die Hand geben könnte. Aber das ist hier nicht Sitte. Wie viele Stunden braucht er jetzt, um sich von einer Stunde mit ihr zu erholen? Das Verhältnis wird immer ungünstiger. Wenn es ihm nicht gelingt, eine Festigkeit zu erzeugen, kann diese Erregungserschöpfung zum Dauerzustand werden. Daß überhaupt nichts von dem, was er empfand, zu rechtfertigen war, breitete sich in ihm aus wie Gift, Schwere, Depression. Auf der Terrassenstufe sitzen, in das kleine Rasenstück starren, jede Regung meiden, nichts Deutliches zulassen, um totalen Nebel bitten, aus. Wie wenig die Gefaßtheit getaugt hatte. Das Bedürfnis nach Rechtfertigung müßte man abschaffen. Es ist sowieso nur geheuchelt. Wenn die Skrupel stärker sind als das Bedürfnis nach... nach Hemmungslosigkeit, heißt das doch nicht, daß dein Gewissen wach ist. Es heißt, deine Lebensgeister sind schwach. Gewissen ist eine Bestrafung der Schwächlinge für ihre Schwäche. Der Vitale fühlt sich gerechtfertigt. Im Verhältnis zu seinem Lebensbedürfnis ist die Hinderung durch Gewissen so schwach, daß man von ihr nicht reden muß. Unter dem riesigen Redwoodbaum, der wie ein Haus für sich war, sah er die schwarzweiße Katze. Er sprang auf, holte den Teller und die Schüssel, wie Sabine gesagt hatte, stellte alles dahin, wo es gestanden hatte, und setzte sich nicht mehr auf die Stufen, die von der Terrasse ins Gras führten, sondern auf die, die vom Haus auf die Terrasse führten. Er saß, rührte sich nicht, rief come on und seufzte und zirpte nach Mutterart. Die Katze rührte sich nicht. Er stand auf, näherte sich ihr so langsam wie ein Uhrzeiger, aber sie verschwand in dem Bambusdickicht, das den Rasen nach unten hin begrenzte. Dann eben nicht. Aber am nächsten Morgen, bevor er abfuhr, ging er hinunter, fand Teller und Schüssel leer, also füllte er sie wieder. Zum Glück war er an diesem Morgen der erste im Raum 101, denn als er sich auf seinen Platz setzte, sah er auf der Tischplatte eine ziemlich große Zeichnung, die er nur eine Sekunde lang für einen Schmetterling hielt, dann merkte er, daß das, was er für den Schmetterlingsleib gehalten hatte, ein Geschlechtsteil war; und die Flügel waren keine Flügel, sondern Hoden. Dieser lächerliche Geschlechtsteilschmetterling flog auf ein nicht ganz so lächerlich aussehendes Labyrinth zu, das eine weibliche Geschlechtsgegend darstellen wollte. Bis er das alles erkannt hatte, kam schon Elaine mit ihrem Zweizeiler herein. Aber er konnte noch Papiere aus seiner Tasche holen und die Graphik zudecken, bevor Elaine den Tisch erreicht hatte. Als alle saßen, sagte Jeff etwas vor sich hin, was Halm nicht verstand, aber alle anderen verstanden es und lachten. Halm tat ganz entspannt und sagte, daß er natürlich auch gern mitlachen würde, ob Jeff seinen Witz für ihn wiederholen könne. Jeff sah Halm aus Halms Augen an und sagte: Forget it. Als die Stunde vorbei war, legte Halm, bevor er die Papiere von der Zeichnung nahm, seine Tasche auf den Tisch, schob sie auf die Papiere, holte die Papiere unter der Tasche hervor, versorgte sie in der Tasche, stand auf und nahm die Tasche erst vom Tisch, als er sich schon zur Tür hingewendet hatte. Draußen sah er sich plötzlich von Jeff und von dem Mädchen begleitet. Aber bei der ersten Abzweigung bog das Mädchen ab. Jeff sagte: Sie mag Sie wirklich. Sie behauptet, wenn Sie lächeln, sehen Sie aus wie Marlon Brando. Und das ist Frans Lieblingsschauspieler. Als Halm endlich die Tür in seinem Büro zumachen konnte, war er froh. Er saß seine Freistunde unter der Kältedusche ab, ohne sich rühren zu können. Er dachte: Wenn man nicht mehr imstande ist, einen Pullover und einen Schal von zu Hause bis ins Büro zu transportieren, ist man sowieso nicht mehr zurechnungsfähig. Als er sich nach der German II-Stunde auf Carols Stuhl fallen ließ und dazu so allgemein wie möglich seufzte, sagte sie: Ach, hat unser Schmetterling endlich genug. Am liebsten wäre er davongerannt. Aber er mußte Carol jetzt anschauen, und zwar prüfend, drohend, wütend… Was ist denn, did I put my foot in my mouth once more?! Endlich schien sie sich wirklich ein bißchen zu fürchten vor ihm. Er entspannte sich, holte seinen Zettel heraus. Das ist der neue Titel seines Heine-Vortrags: *Vom Stamme Asra Einer*. Oh, sagte sie, die sterben, wenn sie lieben. Oh, sagte er, eine Kennerin! Und wer ist *Einer*? sagte

sie. Und das Schubert-Lager? sagte er. Schweigt, sagte sie.
Am Samstag, sagte er, sie und Kirk seine Gäste, ob so etwas
denkbar sei? Sogar machbar, sagte sie. Ob er Teddy Auster
auch dazu laden wolle? Teddy habe sich über Halm beschwert. Ja, sie gratuliere! Endlich sei es Halm gelungen, seinen Freundlichkeitsopportunismus an einer Stelle zu durch-
brechen! Endlich habe er einmal Farbe bekannt. So leid es ihr
tue, daß es gerade den lieben Teddy getroffen habe, für Halm
freue sie sich. Halm verstand nichts, bat um Aufklärung. Na
ja, alles lese und lobe er, nur Teddy strafe er mit Schweigen.
Aber das stimmt doch nicht. Er hat weder von Zipser noch
von Dempewolf, noch von Ackerman, noch von Roy alles gelesen und also auch nicht alles gelobt. Nur Carols karikaturi-
stische Begabung hat aus ihm diesen Trottel der Beflissenheit
gemacht. Na ja, ein bißchen beflissen sei er schon, das gebe
er zu. Andererseits hat er nicht einmal von seinem Lieblings-
schriftsteller Kirk Elrod gar alles gelesen. Er komme hier zu
nichts. Das Land beschäftige ihn Tag und Nacht. Das Land,
sagte sie und ließ ihre vorgewölbten oberen Zähne hinter der
schönen Unterlippe versinken. Er warte sehnsüchtig darauf,
endlich Austers Sachen zur Hand nehmen zu können. *Kon-
servativer Unmut bei Heine*, wie er sich darauf freue! Und
Carol wies ihn ans Fach: So enttäuscht Teddy sei, entmutigen
lasse er sich nicht, da liege schon wieder Neues. Halm packte
alles ein, sagte: Adieu, Karola von der Hütte! tat eilig, hielt
die Eile durch, bis er im Auto saß. Da brauste an ihm vorbei,
die Straße hinab, ein weißer BMW, darin: das Mädchen. Er
ließ den Motor an und fuhr so langsam wie möglich heim. Das
würde er Carol hinreiben. Einen BMW für einen Porsche aus-
geben! Das einzige, was stimmte, war die Farbe. Wahrscheinlich lassen Sie sich vom Anlaut leiten, liebe Carol! Papa-Pra-
xis plus Pacific Heights ist gleich Porsche. Er mußte ihr den
Schmetterling heimzahlen. Oder war das Zufall? Oder ihr
Werk? Hatte sie gezeichnet? Morgens zwischen sieben und
acht? Oder hieß er hier schon Schmetterling? Nickname:
Butterfly. Zu Hause: Bodenspecht. Marlon Brando… Und

wie ein Ergebnis tauchte in ihm jetzt auf: Malvolio. Die spielen mit dir Malvolio. Die raten dir zu gelben Strümpfen, kreuzweis geschnürt. Darum hat die nicht *Was ihr wollt*, sondern *Viel Lärm* gewählt. Das wäre ihr zu direkt vorgekommen. Sie wollen ihr Spielchen haben. Lächelnd sehe er aus wie Marlon Brando! So wie die im *Was ihr wollt*-Stück dem armen Haushofmeister Malvolio zuspielen, seine Herrin sei verliebt in ihn, sie rate zu gelben Strümpfen, kreuzweis geschnürt! Und lächeln soll er! Und Halm wußte, wie blöde er aussah, wenn er lächelte.

Zu Hause angekommen, suchte er sofort die Malvolio-Stellen im Stück. *If thou entertainest my love, let it appear in thy smiling. Thy smiles become thee well!* Wenn Sie lächeln, sehen Sie aus wie Marlon Brando! Und das ist Frans Lieblingsschauspieler! Wahrscheinlich denken sie sich für morgen etwas aus, was den *yellow stockings ever cross-gartered* entspricht. *Was ihr wollt* wäre zu direkt, zu verräterisch, das könnte ihr Brando-Malvolio-Spiel entlarven. *Viel Lärm* dagegen ist ideal. Mit dem Beatrice-Text signalisiert sie, daß sie ganz anders denkt als spricht; aber natürlich nicht wirklich, nur um ihn herauszufordern, daß er sich entblöße, um dann, wie Malvolio, endgültig blamiert werden zu können. Sie haben sich aber getäuscht in ihm, die californian kids. Jetzt wird er garantiert nicht mehr lächeln. Ködern wollten sie ihn mit der Hoffnung, wie Marlon Brando auszusehen! Er kapiert. O ja. Ein bißchen weniger wäre mehr gewesen. Er wird jetzt nicht anfangen, sich mit Benedick-Tiraden lächerlich zu machen. Er sei immer so ironisch, an seiner Ironie könne man sich schneiden… So wollte sie ihn in die Benedick-Rolle hineindrängen. Reden Sie so böse, daß es komisch wird, dann höre ich den schmelzenden Liebestext! So wollte sie ihn abrichten und ihn dann wahrscheinlich ihren Freundinnen und Freunden vorführen. Er durfte sich jetzt nur nicht anmerken lassen, daß er alles durchschaut hatte. Er mußte einfach so tun, als wisse er von all dem nichts, begreife nichts, habe keine Absicht, sei also vollkommen unverletzlich. Carol kann nicht eingeweiht sein.

Die Zeichnung ist von Jeff. Howard weiß auch nichts davon. Elaine schon. Ihr Zweizeiler ist ganz aus dem Geist, aus dem solche Veranstaltungen stammen. Er fand, es sei jetzt nicht mehr nötig, die Verabredung aus dem Büro wieder in die Cafeteria zu dirigieren. Er war ruhig. War er doch! Die Bay draußen, gleißendes Silber. Von San Francisco keine Spur. Zum ersten Mal. Ein weißer, lodernder Wolkenwall, angegleißt von der Bay, nach oben grauer werdend. Sobald man wieder auf die Bay hinabschaut, wird man geblendet, sieht nichts mehr. Halm setzte sich vor den Fernsehapparat. Er mußte die Sprache wirklich ganz und gar verstehen lernen. Vielleicht hätte er, wenn er Jeffs Witz verstanden hätte, sofort alles durchschaut. Also, etwas nicht zu verstehen, konnte er sich nicht leisten. Natürlich setzte auch das Mädchen wieder mit den rehhaften Zeitlupensprüngen im Abendrot durchs Grüne, trank Milch und sagte: *It does a body good.* Er hatte das Gefühl, vor dem Bildschirm sei er tiefer in Amerika als auf dem Campus. Ein über das Fernsehen befragter Zuschauer sagte: Life is better at TV than at your front door. Das fand er jetzt auch. Daß sie an der Golden Gate-Brücke ein Telephon einrichten wollten, um Selbstmörder noch zu einem vielleicht alles wendenden Telephonanruf veranlassen zu können, brachte ihn auf die Idee, Selbstmord als Konversationsthema vorzuschlagen. Die sollten ihn kennenlernen. Marlon Brando-Malvolio! Aber er würde ruhig sein. Das Fernsehen beruhigte ihn. Diese überall glimmenden, zu gänzlichem Aufflammen bereiten Katastrophen. Dieser hübsche Präsident mit seinem frömmelnden Imponiergehabe. Halm mußte sich nicht mehr ernst nehmen. Unwichtiger konnte nichts sein als er hier jetzt. Was er tat oder nicht tat, war völlig gleichgültig. Er trank seine Flasche leer und ging mit Saus und Braus im Kopf ins Schlafzimmer hinunter und rief Sabine an. Aber schon daran, wie Sabine diese zwei Wörter aussprach – *Hier Halm* –, merkte er, daß sie ihm in dieser Nacht nicht helfen konnte. Vater Gottschalk ist operiert worden. Heute vormittag. Bei ihr ist es zwei Uhr nach-

mittag. Sie darf erst morgen nachmittag wieder ins Krankenhaus kommen. Sie kann ihm also noch nichts sagen. Sie
nahm an, er rufe an, weil er sich Sorgen um ihren Vater mache. Aber Sabine, er ist voll der *Tränen des Berges*. Kein
Wort konnte er sagen. Nackt und betrunken lag er am Hörer
und hörte Sabines atemknappe Unglücksstimme. Er sagte:
Ich rufe dann wieder an, Sabine. Also. Wie er jetzt einschlafen sollte, so durcheinandergebracht, wußte er nicht. Er be-
schloß, wach zu bleiben. Das half. Er muß dann ziemlich
schnell eingeschlafen sein.

Am Morgen holte er Teller und Schüssel von der Terrasse,
stellte Teller und Schüssel gefüllt hin, ging zurück bis zu den
Stufen am Haus und wartete. Die Katze löste sich aus ihrem
Baumhaus, kam zögernd die Terrassenstufen herauf. Bei jedem Punkt, den sie erreichte, schien sie anzuwachsen, mußte
sich also jedesmal wieder mit Dehnen und Strecken losreißen.
Und sie schleppte sich nicht zuerst zu Futter und Milch hin,
sondern, so schwer es ihr fiel, zu ihm, bis zu seinen bloßen
Zehen. Er wollte ihr einen Klebestreifen aus ihrem schwarz-
weißen Wuschelfell lösen, aber seine Hand erschreckte sie, sie
rannte weg, wieder hinab ins Gras. Er mußte gehen. Er wollte
Zeit haben, ohne Zeugen die Zeichnung vom Tisch zu wi-
schen. Einen feuchten Lappen hatte er dabei. Eigentlich
schade um den Geschlechtsteilschmetterling, der auf die
weibliche Grotte zuflog. Gestern abend hatte er bei den schier
endlosen Debatten über ein von Russen abgeschossenes ko-
reanisches Passagierflugzeug einen Ausdruck gelernt: heat-
seeking missile. Er wischte das Geschlechtsflugzeug weg, die
Grotte ließ er, bedeckte sie aber mit Papieren. Die kids sollten
nicht gleich merken, daß er sich zu helfen wußte. Nach der
Stunde packte er so umständlich ein, daß er den Raum als letzter verließ. Draußen erwartete ihn das Mädchen, er ging Richtung Fillmore, sie ging mit ihm. Rainer war sicher nicht auf
dem Campus, also konnte er sich der Katzenbuckelbrücke
ohne Beklemmung nähern. Hoffentlich begegneten sie nicht
wieder diesem unabschüttelbaren alten Hund, der andauernd

versuchen muß, sich an die junge Boxerhündin zu löten. Ach Otto, wo bist du bloß! Das Mädchen sagte, sie habe *Much Ado* noch nicht lesen können, ob es trotzdem Sinn habe, in die Sprechstunde zu kommen? Er überläßt es ihr. Dann kommt sie. Er muß zu Carol. Auf den Stuhl. Liebe Carol, endlich kann er Ihnen eine Freude machen! Keine Begeisterung heute! Endlich eine Art Widerwillen! Gegen Ihren Herrn Präsidenten, beziehungsweise dieses schön geschminkte Präsidentengespenst in Washington. Entschuldigen Sie, wenn er sagt: Ihr Präsident. Sie haben ihn ja weiß Gott nicht gewählt. Carol seufzt, verdreht die Augen, birgt die Zähne hinterm Lippenwall. Halm sei ein Unglücksrabe. Dieser Präsident sei einer der besten, die Amerika je gehabt habe. Sie, Carol, ihr Mann Kirk, alle ihre Verwandten und Freunde hätten diesen Präsidenten gewählt und hätten es keine Sekunde bereut. Gegen diesen wunderbaren Mann seien inzwischen nur noch ein paar card-carrying highbrows und irgendwelche kinks. Kein Rainer da, dazwischenzusummen, was das heißt. Halm ist sofort unsicher. Er hat eben keine Ahnung. Sofort gesteht er, daß er getrunken habe gestern abend. Er erbittet sich Bedenkzeit. Er werde den Präsidenten weiterhin beobachten und ihr dann berichten. Das Schubert-Lager...? Schweigt. Als er die Papiere aus dem Fach in seine Tasche packte und sich noch einmal zu Carol hin verneigte, wünschte sie ihm eine gut besuchte Sprechstunde (a busy office hour). Da er überhaupt nicht schlagfertig ist, wußte er nicht, was er antworten sollte. Sie täuschen sich, hätte er rufen sollen. Ich bin drüber weg!

Nach German II erwartete ihn das Mädchen vor Coit Hall und ging mit ihm über die Brücke zurück. Es gab aber zum Fillmore-Bau Eingänge nicht nur durch die Haupthalle. Um diese Zeit mußten sie wieder der zum Mittagessen gehenden Carol in die Hände laufen. Also lenkte er gleich nach der Brücke rechts hinauf, machte einen Umweg, um von der Seite ins Gebäude zu kommen. Das Mädchen sagte nichts. Es gab dort allerdings keinen Aufzug, sondern Treppen und oben lange Gänge. Die Treppen nahm er demonstrativ mühelos. Die Atemnot verbarg er. Aber bevor er und sie hinter der Tür 407 verschwinden konnten, kam im Gang Carol auf sie zu. Sie mußte irgendwo gewartet, alles beobachtet und diese peinlichste aller bisherigen Begegnungen absichtlich herbeigeführt haben. Dann schienen sie im letzten Augenblick ihre Kräfte zu verlassen. Es reichte zu keinem Witz mehr. Sie konnte nur noch nicken, dann hörte man ihre Schritte sich beschleunigen. Sie muß davongerannt sein. Sobald er dem Mädchen im Neonlicht gegenübersaß, hätte er sich am liebsten für alles, was er in den letzten 24 Stunden gedacht hatte, entschuldigt. Sie sah so völlig anders aus als in seinen Vorstellungen. Er hatte immer noch keine Photographie von ihr. Sabine photographierte, er nicht. Heute fiel das im Neonlicht platinweiße und unten messinggrüne Haar auf eine dunkelblaue Bluse. Und eine Hose trug sie heute, so hell und intensiv grau, daß man hätte sagen können, sie trage eine silberne Hose. Da sie das Stück nicht gelesen hat, sagt sie, nützen ihr Gesichtspunkte, die sich ihm beim Lesen aufdrängten, nicht viel. Sie wird, was er ihr sagen könnte, bis sie zum Lesen kommt, wieder vergessen. Musik könne sie sich viel leichter merken als Sprache. Eine Melodie, die sie einmal höre, vergesse sie nie mehr. Jetzt bedauerte er, daß er nicht singen könne. Sie sei überzeugt, daß er eine gute Stimme gehabt hätte. Gehabt hätte, sagte sie. Er sagte, da er immer mit dem Bleistift lese, könne er ihr seine Gesichtspunkte auf Papier überlassen. Und gab ihr die Blätter. Sie strahlte. Sie sind so…, sagte sie und wußte dann nicht, wie sie den Satz beenden sollte. Zweimal sagte sie *so*. Er war drauf und dran zu sagen: so dumm. Aber er sagte: So fleißig, ja fleißig bin ich, immer gewesen. Das habe sie nicht sagen wollen. Sondern? So lieb, sagte sie und schaute ihn an, als habe sie bei einem sportlichen Wettkampf gerade einen Punkt gegen ihn errungen. Er hatte das Gefühl, sie sei stolz darauf, daß sie gewagt hatte, das auszusprechen. Aber dann stand sie auch schon, er stand auch, sie gab ihm

die Hand. Das war ein Erlebnis. Sie war schon draußen, da
hatte er ihre Hand immer noch in der seinen. Halt, hätte er
rufen können, Fran, Sie haben Ihre Hand vergessen. Als er zu
Hause war und auf den Wolkenwall starrte, der San Francisco
noch immer gefangenhielt, kam ihm seine Angst, als Butterfly
oder Brando-Malvolio verspottet zu werden, kindisch vor.
Was auch immer dieses Mädchen mit ihm plante, er würde es
sich gefallen lassen. Wenn sie ihn lächerlich machen wollte,
sollte sie ihn lächerlich machen. Ihm genügte es, daß sie sich
mit ihm beschäftigte. Das Telephon läutete. Er rannte. Das
war sie. Er war ganz sicher, daß sie es war. Endlich. Carol war
es. Und sagte, wenn auch nicht sofort: Sorry, I dialed the
wrong number. Und legte nicht sofort auf. Er hätte durchaus
noch sagen können: Ach, Carol, Sie haben die richtigste
Nummer gewählt! Aber eben das konnte er nicht. Er hängte
auf, bevor es peinlich wurde. Er sagte nichts. Ihm fiel nichts
ein. Er wollte den Anschein erwecken, als habe er nicht gemerkt, daß es Carol war. Nachträglich wurde ihm klar, daß
sie das kränken mußte. Nicht einmal ihre Stimme erkannte er.
Er sollte sie anrufen. Wahrscheinlich war es doch kein Versehen, daß sie ihn angerufen hatte. Sie wollte sprechen mit ihm.
Er sah sie vor sich, wie sie ihm die Instrumentensammlung ihres Vaters und das Bild ihrer Mutter gezeigt hatte. Wie ihre
Augen noch dunkler geworden waren. Wie sie dastand mit
diesen nach vorne züngelnden Haaren. Warum rief er jetzt
nicht zurück? Sie war seine einzige Vertraute hier. Die einzige, mit der er sprechen konnte. Sie war auch die liebste. Sie
war sicher die einzige, die ihn ein bißchen mochte, und sei es
nur, weil sie ihn, wenn auch zu seinem Nachteil, an Meßmer
erinnerte. Er konnte sie aber nicht anrufen. Er konnte in die
Stadt fahren und sich kaufen, was er brauchte, um im Tilden
Park einen Versuch in Dauerlauf beziehungsweise Jogging zu
machen. Er hatte die Karte studiert, fand den Einlaß, den er
suchte, dann lief er langsam bergab, bergauf, bergab, am Bach
entlang, durch Baumhöhlen und -gänge, ging endlich langsam
den großen Bogen aus, der ihn zurückführte zu seinem Aus-

gangspunkt. Sein Jugendfreund Klaus, der ihn vor einigen Jahren vergeblich zu solchen Übungen überreden wollte, würde jetzt triumphieren. Zum Glück gab es hier keine Zuschauer. In diesem Park lief, ging oder stand jeder, wie er wollte. Jeder schien jedem alles zu gönnen. Das war Halms Eindruck. Man grüßte einander oder grüßte einander nicht, aber wie auch immer man aneinander vorbeikam –, es vollzog sich alles in einer Sphäre vollkommener Billigung. Davon hatte er etwas schon auf den Straßen und Wegen in der Stadt bemerkt; deshalb hatte er überhaupt den Mut gehabt, sich unter diese Läufer zu mischen. Undenkbar, in Sillenbuch so aufzutreten. Frau Niedlich, Herr Reichert, Frau Patzschke... Hier war immer mehr Gelände als Publikum. Am Ende machte er sogar noch die Art Rumpfbeugen, die die Studenten in Sportkleidung auf dem Campus vor gewissen Tafeln machten, als gehöre das zu einer Religion. Wenn ihn die Herren Kiderlen und Rimmele sähen... Er merkte, wie die Übungen seinem von der Brandung verbogenen Kreuz guttaten. Als er, frisch geduscht, seine Flasche Wein öffnete, verschloß er die Flasche wieder, ohne das Glas gefüllt zu haben. Er wollte sehen, ob er es ohne Wein aushalte. Einen Abend lang. Dieser kalifornische Rotwein hatte in kurzer Zeit seine Nase rot eingefärbt. Rainers Nase war schon eher blau als rot. Halm genierte sich für seine Nase vor den Studenten. Er war doch kein Maniak. Sollte er, um sich für weitere Dauerläufe zu rüsten, das Rauchen reduzieren? Heute abend gar nicht rauchen? Jawohl. Nur Heine und Fernsehen. Das hielt er durch. Am Morgen kam die Katze rascher auf die Terrasse herauf und herüber zu den Stufen, auf denen er barfuß wartete. Sie schaute auch gar nicht lang zum seitwärts auf der Terrasse stehenden Futter. Sie wollte zuerst gestreichelt werden. Sie warf sich rücklings und wild in seine Hand. Eine weiße Katze mit einer schwarzen Decke. An einer Stelle reichte das Schwarz fast ganz um sie herum. Aber die Pfoten sind rein weiß. Das Gesicht ist hauptsächlich weiß, aber es schaut wie aus einem zurückgerafften schwarzen Vorhang. Aus ihren schwarzen Ohren schwingen weiße Haare heraus wie Federn eines jungen Vogels. Endlich hat sie genug vom Streicheln und kann jetzt essen und trinken. Halm bemerkte, daß einer der Möpse aus dem Haus nebenan ihm aus dem offenen Fenster zuschaute wie ein Mensch. Halm grüßte hinüber und ging.

11

Ein paar Tage lang traute er sich nicht auf Carols Stuhl. Er wußte, daß er dadurch eine Schuld zugab, die er nicht hatte. Carol hatte sich so aufgestellt, daß sie ihn mit dem Mädchen in das 407-Labyrinth verschwinden sah. Sie hatte den zweideutigen Anschein produziert! Lachend sollte er sich auf den Stuhl fallen lassen! Meisterhaft, wie die es verstand, einen ins Unrecht zu setzen. Eigentlich sagt sie nicht ein einziges Wort, das nicht dem Beweis dient, wie unrecht man ihr tut. Meistens führt sie den Beweis so, daß sie hinter einer Boshaftigkeit, die sie einem gerade an den Kopf geworfen hat, herlacht, im Lachen plötzlich in eine alles zerreißende Traurigkeit versackt und aus der heraus tonlos mitteilt, wieviel schöner es wäre, wenn man ihr einmal Gelegenheit gäbe, lieb zu sein, anstatt sie andauernd zu zwingen, die ruppige Hexe zu spielen. Ihr Mann, der ihre Sehnsucht am besten kannte, nannte sie wahrscheinlich deshalb *Veilchen*. Halm hätte sie gern Schaf bzw. Schäfle genannt. Oder: Byron. Aber das würde sie mit ihrer berlinisch-baltischen Empfindlichkeit gegenüber Bombast wahrscheinlich mit Hohn quittieren, auch wenn sie eine Minute später wieder anfing, sich nach so was zu sehnen.
Als er unter die Tür trat, sagte sie: Morgen hätte ich Sie polizeilich vorführen lassen. Sie wies auf das von Papieren starrende Fach. Er sagte, daß er, wenn er sich schon nicht eine solche Konzentration per Einschließung leisten könne wie Rainer, doch wenigstens jede freie Sekunde seinem Heine-Vortrag widmen müsse. Sie haben also noch freie Sekunden, schön, sagte sie. Bitterböse Carol, sagte er. Honigsüßer Halm, sagte sie. Jetzt liebte er sie wirklich. Wie sie das spüren lassen? Bei Ihnen hat man, ohne daß man es weiß, immer etwas falsch gemacht, sagte er. Bilden Sie sich bloß keine Schwachheiten ein, mein Herr, sagte sie. Schon wieder was falsch gemacht, sagte er innig. Aber sie: Hat Herr Kiderlen Sie erreicht? Das klang, als wisse sie genau, was sie damit bei

Halm anrichte. Bloß keine Panik jetzt. Sie habe Kiderlen seine Nummer gegeben. Ein reizender Mann offenbar, dieser Kollege, und wie weltläufig, makelloses Oxfordenglisch; daß man ihm Deutsch anbietet, muß er ablehnen, er sei doch der, der hier per Telephon eindringe, da sei es billig, daß er sich der Sprache bediene, die, wo er eindringe, gesprochen werde. Das habe er gesagt, als würde er es, wenn er in Tokio anrufe, genauso halten. Und warum, bitte, ruft der hier an?! Er hat Sie also nicht angerufen? Nein, rief Halm, und ich war immer im Haus. Mit Ausnahme abendlicher Joggingausflüge in den Tilden-Park, sagte Carol mit fast geschlossenem Mund. By the way, er wähle immer den Eingang beim Karussell, da sei das Gelände zwar zerklüftet, romantisch, aber sie empfehle den Eingang Nimitz Gate; ein paar Meilen weiter, erhabener könne fast nichts sein als diese Höhenpfade und Eukalyptuswälder bei Sonnenuntergang. Halm war so verwirrt, daß er nicht mehr fragen konnte, woher sie das schon wieder wisse. Noch schlimmer, er überging ihre Bemerkung, als seien Joggingausflüge auch etwas, was er verbergen müsse. Er hatte ein schlechtes Gewissen wegen ein bißchen Dauerlauf! Auch Sabine hatte er am Telephon nichts gesagt von seinem neuen Lebensstil. Bitte, was will Kiderlen von ihm?! Carol tut erstaunt. Halm fragt so böse, Kiderlen dagegen erkundigte sich so liebevoll nach Halm. Aber warum, bitte, brüllt Halm. Er kann nicht mehr. Na ja, zuerst habe Kiderlen sich nach Halm erkundigt, wie der sich fühle hier, da habe sie den Anrufer, den sie für einen besorgten Freund halten mußte, beruhigen können; Halm wisse sich bei den Leuten, auf die es ankomme, beliebt zu machen; sie hoffe, das sei eine Auskunft in Halms Sinn. Der Anrufer habe jedenfalls ein bißchen gelacht und gesagt, daheim strebe Halm eher danach, sich bei den Leuten, auf die es ankomme, unbeliebt zu machen. So hätten sie eben eine Zeitlang über Halm geplaudert, bis dann Kiderlen gesagt habe, der Grund seines Anrufs sei ein trauriger: Rimmele sei tot. Von einem Sonntagsmarsch nicht zurückgekehrt, gefunden unter einem Wacholderstrauch auf der Schwäbischen

Alb. Halm erschrak. Kiderlen habe bedauert, daß Halm in diesem Augenblick fehle. Keiner im Lehrerkollegium wäre jetzt so nötig wie Halm. Er, Kiderlen, müsse als Rimmeles Stellvertreter zwar kommissarisch die Schule leiten, aber wie er das ohne Halm schaffen solle, sei ihm noch unklar. Also, Grüße und hoffentlich komme Halm bald zurück. Das Negative, sobald es nicht da sei, vermisse man doch sehr. Carol sagte, sie habe sich gewünscht, daß so jemand auch über sie spräche. Kiderlen habe von einem ihr unbekannten Halm gesprochen. Hier trete er ja auf als der hemmungslose Schwärmer. Aber der Kiderlensche Halm sei ihr lieber als der Campus-Halm. Soweit mußte es kommen, sagte Halm. Da grüßte, von der Tür her, eine Stimme. Das Mädchen. Ja, was denn noch, bitte! Das Mädchen grüßte nur und sagte zu Carol, ob sie nicht schon eine Stunde früher kommen könne, man habe dann mehr Zeit UND mehr Licht. Carol sagte: Sie werde es versuchen. Und fort war der Spuk. Carol sagte, und Halm hatte den Eindruck, sie sage es genüßlich: Sie wohnt ja wirklich märchenhaft, nicht wahr. Halm sagte gequält: Woher soll ich das wissen? Carol: Ach richtig, Sie treffen sich ja lieber in der totalen Diskretion Ihres reizenden Büros. Aber Frans Maybeck-Haus in den Oakland Hills wäre stimmungsvoller. Gehört natürlich ihrem Vater. Ihr Geschmack ist unanzweifelbar, Herr Halm. Fran Webb ist ein kostbares Persönchen. Selbst ich, keine prinzipielle Schwärmerin, stehe nicht an, sie ein Juwel zu nennen. Sie ist, auch wenn sie den schönen Mund aufmacht, noch erträglich. Oh, wenn er bloß so ein Tagebuchführer wäre! Er müßte Carol jetzt mit Datum und Uhrzeit belegen, daß sie, als in diesem Büro von Fran Webb gesprochen worden war, gesagt hatte: Ja, nett ist sie schon, sie darf nur den Mund nicht aufmachen. Und jetzt das! Seinetwegen?! Oder bildete er sich das nur ein? Nein, nein, nein! Die hat Fran erobert, seinetwegen. Das Mädchen hat ja sowieso schon geschwärmt von Carol; also schwer war es sicher nicht, Fran vollends zur Freundin zu machen. Er mußte sofort das Thema wechseln. Ob es ihr etwas ausmache, wenn er versuche, für Samstag auch Mersjohanns einzuladen? Er wolle nämlich seine Tochter wieder einmal sehen, und ohne Elissa gelinge das kaum. Und das noch, bitte: wenn er in den nächsten vierzehn Tagen nicht jeden Tag die schönste Stelle auf dem Campus, den Stuhl vor Carols Tisch, aufsuche, dann wirklich nur, weil er dem Tag seines Heine-Vortrags nicht länger tatenlos entgegensehen könne. Bitte, man vergleiche einmal, wie im Schubert-Lager gearbeitet werde. Bei ihm dagegen, nichts. Ihm war wirklich nicht mehr wohl, wenn er an den 29. Oktober dachte. Das würde der wichtigste Tag dieses Aufenthaltes werden, der entscheidende.

Wenn er es nicht schon gewußt hätte, dann hätte es ihm die Unterhaltung mit Carol demonstriert, daß zwischen dem Mädchen und ihm nichts war. Inzwischen wird auch Carol durch Recherchen vor Ort festgestellt haben, daß keinerlei Befund vorliegt. Vielleicht findet sie deshalb das Mädchen auf einmal *kostbar*. Die rasche Eroberung des Mädchens durch Carol hat auch noch den letzten Rest von Aussicht vernichtet. Nicht Aussicht, den letzten Rest von Illusion. Ein kluger Zug, Carol. Genial. Sie hat das Zeug zur Schachweltmeisterin. Nein, Außenministerin müßte sie werden. Plaudert mit Kiderlen. Also wer hat jetzt alle Fäden, an denen er hängt, in der Hand? Carol. Vielleicht hat sie Kiderlen angerufen. Das würde er erst nach der Rückkehr erfahren. Wenn sie das alles tat, um ihm zu imponieren, dann... dann imponierte sie ihm wirklich. Diese Carol! Sie ist der einzige Mensch, mit dem er, seit Sabine fehlt, reden kann. Das mit dem Mädchen sind eher Aderlässe als Gespräche.

Er stellte Knabberzeug um sich herum und las die Heinesätze, die er sich im Lauf der Wochen notiert hatte. *Der Schmetterling ist in die Rose verliebt, / Umflattert sie tausendmal... Die Rose duftet – doch ob sie empfindet / Das was sie duftet... Wenn du mir vorüberwandelst, / Und dein Kleid berührt mich nur, / Jubelt dir mein Herz, und stürmisch / Folgt es deiner schönen Spur... Hat sie sich denn nie geäußert / Über dein verliebtes Wesen...? / Weil ich dich liebe –, muß ich fliehend /*

Dein Antlitz meiden... Leise zieht durch mein Gemüt / Lieb-
liches Geläute... Meiner goldgelockten Schönen / Weiß ich
täglich zu begegnen, / In dem Tuileriengarten, / Unter den
Kastanienbäumen... Laura heißt sie! Wie Petrarcha / Kann
ich jetzt platonisch schwelgen / In dem Wohllaut dieses Na-
mens – / Weiter hat er's nie gebracht...
Mit solchen Sätzen hatte er Seiten und Seiten gefüllt. Ein einziges Gedicht hatte er ganz abgeschrieben:

> *Der Asra*
> *Täglich ging die wunderschöne*
> *Sultanstochter auf und nieder*
> *Um die Abendzeit am Springbrunn,*
> *Wo die weißen Wasser plätschern.*
>
> *Täglich stand der junge Sklave*
> *Um die Abendzeit am Springbrunn,*
> *Wo die weißen Wasser plätschern.*
> *Täglich ward er bleich und bleicher.*
>
> *Eines Abends trat die Fürstin*
> *Auf ihn zu mit raschen Worten:*
> *»Deinen Namen will ich wissen,*
> *Deine Heimat, deine Sippschaft!«*
>
> *Und der Sklave sprach: »Ich heiße*
> *Mohamet, ich bin aus Jemen,*
> *Und mein Stamm sind jene Asra,*
> *Welche sterben, wenn sie lieben.«*

Die Sätze, die sich ihm durch Anklang empfohlen hatten, waren ihm durch das Abschreiben vertraut und jetzt durch das
Wiederlesen zu eigen geworden. Er konnte mit ihnen umgehen. Es ergab sich, daß er den Titel noch einmal ändern
mußte: *Laura und Asra.* Das war sein Titel. Er wollte im Hei-
neton seine Sache betreiben. Nichts war ihm lieber als diese

Art, mit sogenanntem Schmerz umzugehen. Voller Neid, voller eingestandenem Neid wollte er Heines Ausdrucksart beschreiben. Von allen Bedingungen dieser Ausdrucksart würde er *Jugend* die wichtigste nennen. Er muß zwar einmal jünger gewesen sein als er jetzt ist, aber so jung wie Heine war, als er diese Gedichte schrieb, ist er nie gewesen. Er würde die Heinegedichte als etwas beschreiben, was sich in der Sonne bewegt, gesehen von einem, der im Schatten sitzt. Da weiß man etwas Blitzendes zu schätzen. Damit wäre er bei seinem Thema: ein Asra kann nur sprechen, wenn er gefragt wird. Er macht sich eine *Unbekannte*, eine *Laura*. Er schwelgt. Das ist es dann schon. Er stirbt schwelgend. Halm wollte ein Asra-Laura-Verhältnis schildern, das ganz genau so pathetisch wie komisch wirken sollte. Und die Komik sollte aus nichts als aus dem Pathos folgen. Und die Komik sollte die denkbar unfreiwilligste sein. Ihn interessierte nur unfreiwillige Komik. Das Komischste an Halms Asra: er stirbt nicht einmal. Würde er sie dadurch zum Lachen und Weinen bringen? Das war sein Ziel. Nur das. Sonst nichts. Er würde nur für sie sprechen. Dieser *Springbrunn*, der der Sultanstochter und der auf der Student Union Plaza, Heines Versmaß, die Trochäen, springend wie die Springbrunnwassersäule... Welch eine Gelegenheit, ihr zu sagen, was er weder in seiner Eiswind-Neongruft noch am Tischchen der Cafeteria, noch am wirklichen Springbrunnen je sagen konnte. Nützen wird auch das nichts. Konnte es gar nicht. Was sollte denn sein?! Sein konnte nichts. Aber eben deshalb mußte er es sagen. Eben das mußte er sagen. Daß nichts sein kann –, das ist sein Thema. Er konnte sich nicht erinnern, bei einer Vortragsaufgabe je so motiviert gewesen zu sein. Und fast in einen idealistischen Jubel geriet er, wenn er daran dachte, daß, genau parallel zu ihm, das Mädchen die gleiche Situation mit Hilfe von Benedick und Beatrice beschrieb. Er schrieb ihr gleich auf eine Extraseite, die er ihr morgen geben wollte, vier Heinezeilen, die mehr in die Benedick-Beatrice-Welt als in die von Asra und Laura gehörten:

Sie liebten sich beide, doch keiner
Wollt' es dem anderen gestehn;
Sie sahen sich an so feindlich,
Und wollten vor Liebe vergehn.

Dazu sollte sie sich einmal äußern! Er wollte von ihr nichts erwarten. Zu hoffen hatte er nichts. Also war Enttäuschung nicht möglich. Von kinohaften Temperaturen versuchte er sich, obwohl er abends jetzt öfter vor dem Apparat saß, frei-zuhalten. Allerdings, seit er Carol als Eroberin des Mädchens erlebt hatte, sah er sich ausgedrückt in der Einsamkeit der Westernhelden, wenn sie den tiefsten Punkt passierten. Wenn sie dann aber ihren Lösungen entgegenritten, blieb er zurück, sozusagen als Einsamkeitszeuge gegen die dramaturgischen Fälscher, die aus dem Bedürfnis so das Faktum machten.

Halm war froh, als Carol anrief, um vorzuschlagen, daß man sich am Samstag am Grizzly Peak Boulevard treffen sollte und nicht im Rinehart-Haus. Er war kein Koch. Er hätte einen Samstag verloren, um Zeug zusammenzukaufen und es auf Tellern anregend auszulegen.

Er fuhr zum Chinesen und stellte mit dem einen Strauß aus Tigerlilien und grünen Farnen zusammen, den Sabine zu aus-gedacht gefunden hätte. Carol, heute ganz in durchbroche-nem Schwarz, gefiel er. Auster hatte abgesagt, aus sensatio-nellem Grund: er, der seit Jahrzehnten verkündet, nichts sei so lächerlich wie ein verheirateter Philosoph, ist übers Wo-chenende nach Reno geflogen, zum Heiraten. Lat de Kinner man spelen, summte Rainer. Halm hielt sich den ganzen Abend so weit wie möglich von Elissa entfernt. Ihm lag nur an Lena. Mit ihren kurzen Haaren sah sie aus, als gehöre sie zu Elissas Truppe. Jamey habe wieder geschrieben, sagte Lena. Eine Karte. Aus Staunton, Virginia. Die Karte zeige den Keller des Woodrow Wilson-Hauses, in dem schon Ge-neral Lee sein Büro gehabt habe. Auch Lees Pferd *Traveler* sehe man, lebensecht ausgestopft. Lena hatte das nur ihrem Vater erzählt, aber Rainer hatte, nachdem er Jameys Namen

aufgeschnappt hatte, zugehört. Mit einer erbärmlich aufhe
lenden, jeden Jammer demonstrierenden Stimme rief er
Elissa hin: Und warum krieg ich eine solche Karte nicht
sehen? Elissa sagte erstaunt: Lena? Lena, sofort und im he
sten Gewißheitssopran: Gestern, als sie hinunterkam zu Ra
ner, um mit ihm vierhändig zu spielen, hat sie ihm die Ka
mitgebracht. Wie er sich freute, beschreibt sie ihm. Und d
war wann? fragt er. Gestern, sagt Lena. Gestern, sagt Rain
geradezu verächtlich. Das sollte heißen: welch ein Unsin
Ganz unmöglich! Gestern, sagt Lena ohne Nachdruck, w
haben die F-Moll-Fantasie gespielt. Ach die F-Moll-Fantasi
sagt Rainer, ach das war gestern, ach so, diese Karte meint ih
die aus Staunton, mit *Traveler* drauf, ja, wenn ihr die mein
die hat mir Lena heruntergebracht, als sie herunterkam z
mir, und so weiter, nicht wahr! Jetzt habe ich schon zw
Frauen im Haus, die über jeden Verdacht erhaben sind. D
Hänsel-und-Gretel-Haus an der Euclid wird bald Tugendg
wißheitshaus heißen. Wenn das so weitergeht. Wenn! Ur
schaute in die Runde wie ein gütiger Hausvater, der gera
ein gemütvoll sinnreiches Märchen erzählt hat. Man atme
auf.

Carol wollte immer noch über Teddy sprechen, der eine Ch
cano geheiratet hat. Das hat keiner geahnt, daß Teddy imm
noch heimlich sozialistische Neigungen pflegte, in der *B
Area Socialist School* in San Francisco abends Vorträge hie
an der Missionsstreet, und dann bleibt er dort an einer Ch
cano hängen. Sie sagte das, wie man in Stuttgart gesagt hätt
an einer Zigeunerin. Hier handelte es sich offenbar um ei
Mexikanerin. Achtundzwanzig, sagte Carol. Im Augenbli
werde diskutiert, ob sie noch rentenfähig werde durch die
Heirat. Die Aussichten seien mies. Sie hätte eben einen Bell
tristen heiraten müssen, sagte Elrod. Halm sah eine Gelege
heit. Nach dem letzten Besuch am Grizzly Peak sei er wüten
auf sich gewesen, weil er es nicht fertiggebracht habe, me
über *Inspiration Inn* zu erfahren. John Frey habe es also wir
lich gegeben? Kirk habe einen Besuch erwähnt im Vetera

Hospital in Long Beach? Ja, Frey habe seinen alten Freund Kirk nicht mehr erkannt. Aber als Kirk eines der alten Lieder gesummt hatte, die Frey früher gesungen hatte, habe John nicht nur gelächelt, sondern mitgesummt. Wissen Sie noch die Melodie, fragte Halm. Elrod summte sie. *Von Luzern auf Weggis zu*, sagte Halm. Und wo ist Stabler City? Da müssen Sie John Frey fragen, sagte Elrod. John habe ihm die Geschichte erzählt. Und Sie haben ihn nicht gefragt? fragte Halm. Kirk sagte, offenbar habe John die Geschichte ihm besser erzählt, als er sie weitererzählt habe, er habe jedenfalls nie mehr wissen wollen, als ihm erzählt worden sei. Rainer sagte, er habe gestern seinen Führerschein zurückgegeben, für immer, da er finde, Autofahren sei seine Sache nicht mehr, dabei habe sich herausgestellt, daß er in den letzten drei Jahren ohne Versicherung gefahren sei. Oh, jetzt geht's gegen mich, sagte Carol, ich hätte das bemerken müssen. Überhaupt nicht, Carol, ich wollte nur sagen, daß man nicht immer alles wissen muß, sagte Rainer. Halm hätte sogar gerne gewußt, ob das, was man unter Carols schwarzem Durchbrochenen sah, schon Carol war oder ob da noch täuschendes Textil dazwischen war. Statt dessen fragte er Rainer, ob es eine Vertonung des *Asra* gebe. Rainer, zu den anderen: Es gibt auch Leute, die fragen mehr, als sie wissen wollen. Ach, mein lieber Freund, heute in vierzehn Tagen wirst du uns über Heine belehren. Wenn das die aus einer Stuttgart-Reutlinger Familie stammende Annemarie gewußt hätte, daß ihre Stiftung einen Helmut Halm aus Stuttgart um 500 Dollar bereichert! Carol murmelte: Die reine Schreckschraube. Rainer sagte: Das darfst du gern wieder zurücknehmen. Carol sagte: Neese. Rainer sagte, das Todesurteil für Annemarie sei der Selbstmord ihrer Mutter gewesen. Muß eine Sechsundachtzigjährige, die sich zum Lebenssinn ihrer einundsechzigjährigen Tochter stilisiert hat, Selbstmord begehen? Ich habe in meinem Leben nichts unverständlicher gefunden, als was Mütter taten. Mir geht's mit Vätern ähnlich, sagte Carol. Annemarie, sagte Rainer, nicht unsere klügste, aber unsere freundlichste und gerechteste Kollegin, war, als die Mutter tot war, nicht mehr lebensfähig. Einmal im Monat ließ sie alle ihre Türschlösser erneuern. Als ich die Polizei anrief, nachdem ich Annemarie tot aufgefunden hatte, wollte die Polizei diese Adresse nicht mehr ernst nehmen, weil sie zu oft für nichts dorthin gerufen worden sei. Carol, trocken: Vergiß bitte nicht zu sagen, daß sie andauernd besoffen war. Ach, sie war betrunken? und andauernd? also dafür habe ich nun offenbar keinen Blick, rief Rainer. Sie war eine von uns, sagte Kirk Elrod, das stimmt schon. Und das Geizigste, was je Menschengestalt angenommen hat, sagte Carol. Rainer summend: Carol, sie hat nur nicht gelernt, Geld auszugeben. Geld, hat sie mir erzählt, durfte in ihrer Familie nur vom Vater ausgegeben werden. Für jeden anderen war Geldausgeben Todsünde. Carol: Als sie Behandlung brauchte wegen ihres grünen Stars, ging sie nicht in die Klinik, weil Bus-Streik war. Sie warte, bis wieder Busse fahren. Oder ich solle sie fahren. Ich sagte: Nimm gefälligst ein Taxi. Ich wußte ja, daß sie Millionen hatte auf dem Konto. Ging dann alles bloß an Organisationen. Rainer sagte: Hunderttausend haben wir. Für Heine, sagte Carol. Und Halm, sagte Rainer. Mich hat sie immer für eine Antisemitin gehalten, sagte Carol. Na ja, sagte Rainer, wer so einen baltischen Halbadeligen als Vater hat, steht, bis zum Beweis des Gegenteils, unter Verdacht. Wie es in Mendocino gehe. Ach, sagte Carol, sie pflegt und trägt ihn wie eh und je, er jammert wie immer, sie sagt, was jammerst du bloß, wo's uns so gutgeht. Er wiegt keinen Zentner mehr, habe ihre Mutter letzte Woche am Telephon gesagt; also ihr Leben werde von Monat zu Monat leichter. Und habe gelacht. Und so seit fünfzehn Jahren, sagte Rainer. Seit siebzehn, sagte Carol. Ach, sagte Rainer, dann habe ich dich seit zwei Jahren nicht mehr nach deinen Eltern gefragt, verzeih.

Als sie zwischen den Levkojen hinuntergingen zum Grizzly Peak Boulevard, dachte Halm an Sabine und Goethe, an Annemarie und Heine, an Frau Dinkelspiel und an Herrn und Frau von der Hütte. Daß Lena mit Elissa fuhr statt mit ihm, war ihm nicht recht. Wann er sie wiedersehen dürfe, fragte er. Später, sagte sie leichthin. Elissa wartete an der offenen Autotür, bis Lena eingestiegen war. Rainer saß schon drin, und zwar auf dem Rücksitz. Halm und Carol standen schließlich allein auf der Straße. Elrod, der heute keinen Anfall erlitten hatte, war im Haus geblieben. Gute Nacht, Helmut, sagte Carol. Gute Nacht, Carol, sagte Halm und stieg ein und fuhr ab. Sie sah ihm noch nach. Jetzt mußte er doch Sabine anrufen, obwohl sie ausgemacht hatten: nicht vor Sonntag. Er mußte es drei Stunden lang probieren, bis sie abnahm. Sabine, wie geht's, sagte er leichthin, weil er dann gleich Ausgesuchtes von sich, Lena, Heine und Kalifornien berichten wollte. Aber Sabine sagte in der atemknappen Sprechweise: Es geht ihm schlecht. Seit er nach der Operation aufgewacht ist, hat er Schmerzen. Sie probieren immer neue Mittel aus. Sie fragte nach Lena. Sie wollte mehr wissen, als Halm ihr sagen konnte. Sie rief, er kümmere sich offenbar überhaupt nicht um Lena. Jetzt fragte Halm, wie es Otto gehe. Auch nicht gut. Sie habe den Eindruck, der erhole sich nicht mehr von dem, was er mit Frau Niedlich erlebt habe. Vielleicht haben wir zu lange gefehlt, sagte Halm. Bitte, hol Lena zurück, rief sie. Er müsse es ihr versprechen. Das Gespräch wurde mühselig. Keiner verstand mehr den anderen. In Kalifornien wurde es gerade hell, in Sillenbuch dunkel.

Das Gespräch über den *Viel-Lärm*-Aufsatz verlegte Halm auf den Nachmittag. Man traf sich am Tischchen. Er habe Zeit bis sechs, dann müsse er in den Faculty Club, sich von einem Deutschen verabschieden, der übermorgen zurückfliege. Sie habe Zeit bis fünf, dann sei sie mit Carol verabredet. Aber nur kurz, danach habe sie wieder Zeit. Er las ihren Aufsatz, sie trank Milch. Gleich am Anfang tauchte ein Wort auf, das er nicht kannte: *repartee*. Sie erklärte es so, daß er es für *Schlagfertigkeit* halten konnte. Benedick und Beatrice benehmen sich in Shakespeares Stück, schrieb sie, nicht anders als Leute heute, wenn es ihnen darum geht, ihre Zuneigung (affection) zueinander auszudrücken. Mit Witz und Schlagfertigkeit suche sich, wer liebt, also verwundbar ist, zu schützen. Wenn Beatrice allein sei, sei sie ein ganz anderer Mensch als in Benedicks Gegenwart, nämlich *forthright, serious and romantic*. Halm nahm sich vor, zu Hause mit Schülern ein Experiment zu machen: nicht mehr übersetzen, sondern verstehen. Wenn man übersetzt, hat man ja nachher nicht mehr, was man übersetzte, sondern die Übersetzung. So kam es ihm jetzt an diesem Tischchen vor, weil er das Mädchen für eine unübersetzbare Beatrice halten wollte. Sie war fortright, serious and romantic. Was das ist, wollte er in keiner anderen Sprache wissen. Sobald Benedick auftaucht, geht's wieder los mit repartee und Bissigkeit. Es sei, schrieb das Mädchen, so viel leichter, sich indirekt zu verständigen als direkt. Nur wenn Benedick allein sei, Beatrice allein sei, könne jeder sein Gefühl dichterisch ausdrücken. Aber, schrieb das Mädchen, ihr komme die Verbergungssprache, die sie im Streitdialog gegeneinander brauchten, interessanter vor als die alles enthüllende Ausdruckssprache ihrer dichterischen Monologe. Fast bedaure sie, daß Shakespeare zur bösen Intrige, die das Hauptpaar trenne, eine Intrige der Güte gefügt habe, die jeden der beiden über die Liebe des anderen informiere. Schöner hätte sie es gefunden, wenn ohne Einwirkung übergeordneter, alles aufdeckender Güte jeder der beiden selber in der Feindseligkeitstonart des anderen hätte die Liebe entdecken müssen. Wenn so etwas überhaupt gehe. Das wisse sie nicht. Vielleicht sei man doch so ängstlich, daß man der Hilfe von außen bedürfe. In Stücken und in Wirklichkeit. Ja, ist das so? fragte Halm. Er meine, ob es auch in Wirklichkeit Intrige der Güte gebe? Hat sie das schon einmal erlebt? Oh, ruft sie, gerade jetzt erlebt sie es. Seit sie mit Carol über Halm spricht, begreift sie ihn viel besser. Oh, sagte Halm und schaute wieder auf das Aufsatzpapier. Er wagte nicht anzudeuten, wie gern er wüßte, was Carol ihr über ihn gesagt hat. Sollte er ihr sagen, daß Carol von ihr neuerdings mit Begeisterung sprach? Dann hätte er auch sagen müssen, daß Carol noch vor ein paar Wochen die gemeine Formel von der *schönen Dummen* nachgeplappert habe. Besser, er las weiter: In der feindseligen Sprache drücke sich die Einsamkeit aus. Die beiden schrien förmlich. Hätte man sie nicht weiterschreien lassen können, bis sie tot voreinander hingefallen wären? Wozu denn Verständigung? Nur um ein lebenslängliches Mißverständnis auf niedrigerer Ebene zu eröffnen? Zwar kann die gütig intrigierende Umwelt im entscheidenden Augenblick auf Gedichtetes verweisen, in dem sich die zwei Einsamen als Liebende verraten haben, aber vielleicht würde doch noch alles im Gegenton weitergehen, wenn nicht Benedick riefe: *Frieden! Ich bring dich zum Schweigen. (Sie küssend.)* Diese wortlose, alle weiteren Wörter erübrigende Aktion erst bringt das Paar ganz und gar zusammen. Danach hat Beatrice keinen Text mehr. Sie ist zum Schweigen gebracht. Wenn das Glück beginnt, hört jedes Stück auf. *Strike up, pipers.* Sie tanzen hinaus. Sie sei gespalten, wenn sie an diesen Verlauf denke. Natürlich werde durch den Gang einer solchen Handlung das Bedürfnis befriedigt, das durch sie geweckt wurde. Aber weil hier alles so unbeirrbar schön verlaufe, sitze sie dann noch ein bißchen verlassener in der unansehnlichen Kompliziertheit ihres bloßen Lebens. Das ist ja so schön wie unmöglich, daß zwei einander ganz genau entsprechende Feindseligkeiten einander begegnen, gegeneinander auftreten, bis sie zu EINER Seligkeit werden. Sie jedenfalls müsse öfter fürchten verlorenzugehen. Ihrer Tonart antworte meistens nichts. Zu erleben, daß ein anderer sich auf den Ton einstelle, den man vorsichtshalber anbiete – und sei es ein Feindseligkeitston –, das müsse sein wie das Auftauchen der Oase am Wüstenhorizont. Das Irreale und Begeisternde an der Benedick-Beatrice-Begegnung sei das totale Unisono im Feindseligen. Das muß toll sein. Das wünscht man sich. Du machst den Mund auf und sagst a, der andere sagt z; du sagst b, der sagt y; du c, der x; du d, der w; du e, der v; du f, der u; du g, der t; du h, der s; du i, der r; du k, der p; du l, der o; du m, der n. In m und n treffen sie sich, erkennen sie einander, verschmelzen sie. MNMN. Kein Lärm mehr nötig. Kein Lärm mehr. Kein

Lärm. Nur noch nichts. Damit schloß sie. Halm schaute zurück auf die Stelle, wo m und n aufeinandertreffen, sich verschmelzen. Also wenn sie damit nicht HalM und FraN gemeint hat! Halt, Malvolio!! *Thy smiles become thee well!* Du weißt zwar nicht genau, wie Marlon Brando aussieht, wenn er lächelt, aber wie du lächelnd aussiehst, weißt du! Dich legt keiner und keine herein mit: Dein Lächeln steht dir, lieber Helmut. Er sagte also, der Aufsatz sei der beste bisher. Zwei, drei Stellen merkte er an und wie die zu verbessern seien, dann schwärmte er weiter von dem, was ihr eingefallen sei. Sie ließ es nicht zu. Von ihm habe sie doch die Anregung, die Richtung, den Mut, vor allem den. Eine Zeitlang redeten sie wieder heftig aufeinander ein. Jeder wollte den anderen mit Lob überhäufen. Keiner wollte sich das vom anderen gefallen lassen. Das ergab auch wieder eine Art Nähe. Es waren zwar nur Sätze, Atemgebilde, mit denen sie aufeinander losgingen, aber falls Geistiges auch etwas ist, kam es zu etwas zwischen ihnen. Es war eben eine Feier, ein Jubel. Ihr war etwas geglückt. Und er feierte sie darum lebhaft, dachte aber immer auch an *seinen* Termin, an *seinen* Auftritt, an *seine* Antwort auf Benedick und Beatrice. Nächste Woche, sagte er, Asra und Laura, auch so ein Paar. Leider sei er noch nicht weit gekommen, er sei so… gelähmt. Und als müsse er das Gegenteil beweisen, stand er auf, verabschiedete sich und ging. Wie schon einmal vor Wochen, ließ er sie praktisch bei ihren ausgebreiteten Papieren sitzen. Hätte er nicht dieses blöde, lächerlich ungenaue, völlig nichtssagende Wort *gelähmt* gebraucht, um sich zu beschreiben, dann säße er noch dort, sein Leben verliefe anders… Wer dirigiert in solchen Augenblicken? Das ist doch keine Reaktion, wie wenn man wegen eines heranrasenden Autos schnell noch zur Seite springt! Aber es muß so etwas sein, sonst sähe er sich jetzt nicht über die Campuswege hetzen. Wohin denn? Tu doch langsam. Sie sieht dich schon lange nicht mehr. Wenigstens eine Kopie von diesem schönen Aufsatz hättest du dir erbitten können. Wahrscheinlich hatte sie eine dabei. Jetzt ist sie enttäuscht, daß du nicht danach gefragt hast. Er rannte bergauf. Er nahm an jeder Gabelung den steileren Ast. Er schwitzte. Er war noch nie am oberen Rand des Campus gewesen. Da lagen die Studentenwohnheime. Er hätte jetzt einfach keinen ebenen Weg oder gar eine Abwärtsstrecke ertragen. Es mußte aufwärts gehen. Endlich konnte er stehenbleiben. Er mußte. Sein Atem war zu Ende. Vor ihm, in einer leichten Mulde, saßen, von allen Bäumen gleich weit entfernt, ein paar Mädchen im Kreis. Er zählte sie. Er fing bei der an, die ein Turnhemd anhatte, die konnte er sich merken. Zehn Mädchen zählte er. Alle im Lotussitz. Drum herum Räder, Abgelegtes, Hunde. Wie man sich eine Versammlung von Göttern vorstellt. Wenn die Kinder dann so im Gras sitzen, war die Mühsal, bis man hier war, nicht umsonst. Aus den Wohnheimen dröhnen die Lautsprecher. Keines der Mädchen lachte im Augenblick. Aber der Ernst auf allen Gesichtern hatte nichts Schweres. Vielleicht war es einfach die Konzentration auf das, was sie besprachen, miteinander, in der Oktobersonne, der warmen, im Gras sitzend, in Kalifornien, in einer sanften Mulde. Wie lange durfte er hier stehenbleiben und diesen Mädchenolymp anschauen? Am vergangenen Sonntag hatte der Vergewaltiger zum ersten Mal den Campus heimgesucht. Wieder waren drei Mädchen vergewaltigt worden. Jetzt war einem der Hunde das Herumlungern zu blöde geworden, er hatte begonnen, eine rote Setterhündin zu belästigen. Die wollte ihn nicht haben. Aber der ist stark, hoch motiviert; ein paarmal gelingt es ihm, sich zu inserieren; aber nie für lange. Sie schüttelt ihn ab. Die Jagd geht weiter. Also jetzt mußte Halm wirklich weg von hier. Was will er denn noch alles sehen?! Er ging bis zu den Wohnheimen hinauf. Auf den kleinen Plattformen, die entstehen, wo die Feuerleitern wenden, halten welche ihre Schöße der Sonne hin. Überall quillt aus den Dorms dichtes Jugenddurcheinander. Wieso gerade Fran? Das mußte er sich angesichts dieser Mädchenexponate doch fragen. Wieso nicht Fran? Fran war wahrscheinlich die Allgemeinste von allen. Sie war der Inbegriff.

Deshalb konnte man sich sie so schlecht merken. Sie war die Verallgemeinerung alles auf dem Campus vorkommenden Weiblichen. Persönlich war sie nicht wichtig… So dachte er herum. So versuchte er fertigzuwerden. So vertrieb er sich die Zeit, bis er in das enorme Blockhaus eintreten konnte, um mit Herrn Zipser ein Glas Wein zum Abschied zu trinken. Schade, daß Zipser schon zurück mußte. Vielleicht sieht man sich einmal in Leipzig oder in Stuttgart. Halm bedauert am meisten, sagt er, daß er nicht dazu gekommen ist, Fritz Dempewolf mit Zipser beziehungsweise der DDR zu versöhnen. Also auf Wiedersehen, lieber Herr Zipser. Halm ging, vom Wein schwer, quer durch den Campus hinab zum alten Auto an der Bowl-Wand. Schade, daß er diesen Zipser nicht so schnell wiedersehen würde, wahrscheinlich nie mehr. Wie diskret der wurde, wenn man über die Schwierigkeiten in seiner Heimat sprach. Morgen muß er über New York nach Rom fliegen, dort eine Ostmaschine nach Prag nehmen und dann heim. Man hatte von ihm verlangt, mit TAROM zu fliegen. Lieber hätte er auf Kalifornien verzichtet. Er hat TA-ROM-Erfahrung… Halm kam sich verwöhnt vor, unfähig, noch irgend etwas zu ertragen. Dieser Zipser beurteilte alles nach dem, was es seiner Arbeit nützte. Wegen Schlamperei in Ostberlin ist er ohne Visum hierhergekommen. In Prag mußte er auftreten als ein Berserker, der er nicht ist. In New York mußte IREX für ihn geradestehen. Und morgen, wieder ohne Visum, das gleiche rückwärts. Halm fuhr so langsam wie möglich heim. Er fuhr dem Fernsehapparat entgegen. Für die Weiterarbeit am Vortrag war er verdorben. Der Wein, überhaupt dieser Tag. In die Contra Costa Avenue bog er ein wie in etwas Schützendes. Als er vor der Garage war und schon das Öffnungssignal geben wollte, sah er im Dämmer rechts am Straßenrand das weiße Auto, einen BMW, *den* BMW. Der blinkte, bog jetzt direkt vor Halm in die Fahrbahn, bremste, stand in der Fahrbahn. Halm bog auch wieder in die Fahrbahn, näherte sich den Bremslichtern, die erloschen, der BMW fuhr an, Halm folgte. Ihm blieb gar nichts anderes übrig. Die erste Kurve war eine Haarnadelkurve. Durch eine schon völlig finstere Baumhöhle krochen sie vor bis zum Kreisverkehr, der BMW bog in die Senkrechte nach oben, Halm folgte. Ihm fiel der Werbespruch ein, der hier die Fernsehreklame für BMW begleitet: *The ultimate driving machine*. Im Fernsehen hielt der weiße BMW dann vor einem Schloß. Das wollte sich auf ihn übertragen. Wenn der weiße 528, oben angekommen, irgendwann deutlich nach rechts abbiegen würde, konnte das nur in die Oakland Hills führen zum Hill Court. Und Hill Court – das war sein Schloß. Aber woher weiß sie, daß er weiß, daß sie einen BMW fährt? Er kann sie ja nicht sehen, jetzt. Er müßte aufblenden. Selbst dann würde die Nackenstütze ihren Kopf verbergen. Zum Glück fuhr sie einen BMW und keinen Porsche. Carol, das verzeiht er dir nicht, daß du dieses Mädchen mit Klischees zertrümmern wolltest. Oben bog sie leider nach links. Ach so, die will in den Park. Gut, er hat seine Laufschuhe im Kofferraum. Es folgte eine schier endlose Fahrt. Kurvig, immer weiter hinab, dann wieder kurvig hinauf. Von ihm aus kann es Jahrzehnte, ewig kann es von ihm aus so weitergehen. O Fran. Sie hat eben doch mehr, viel mehr wahrgenommen, als er ahnte. Das ist eben seine Beschränktheit. Er erlebt und erlebt und nimmt nicht wahr, daß andere auch etwas erleben. Er hat sie zweimal mit ihrem BMW vorbeifahren sehen. Woher, um alles in der Welt, weiß er denn, daß immer nur er sie, nie aber sie ihn gesehen hat. Vielleicht hat sie ihn neunmal gesehen, ohne daß er sie bemerkte. Welch ein Glück, daß er wieder angefangen hat, Auto zu fahren. Ihn riß die Feierlichkeit hin, mit der sie durch das Dunkel glitten. Heute nachmittag, dieser Jubel. Jetzt diese Feierlichkeit. Endlich hörte die würgende Fremde auf. Dieses Ansichhalten, Nichtatmenkönnen. Endlich Verständigung. Schon dieses Langsamfahren. Sie will, daß der alte Volvo mitkommt. Oder der alte Fahrer. Bitte, der auch. Dann blinkte sie also, links wurde unter Bäumen ein Parkplatz sichtbar, sie bog ein, er folgte, sie hielt, er hielt hinter ihr. Jetzt steig aus. Aber er konnte nicht. Er hatte

das alles nicht angezettelt, nicht gewollt, ihm fehlte… Da
ging vorne die Tür auf und heraus kam und auf Halm zu kam:
Carol. Sie wiegte sich bei ihren Schritten, als lasse sie sich von
einer Musik tragen. Sie lächelte. Das also sei Admiral Nimitz
Gate. Er erinnere sich? Von hier aus führe, immer auf der
Höhe bleibend, ein Weg, sie wisse nicht, wie viele Meilen und
durch Eukalyptuswälder und über baumlose Kuppen, mit
Aussichten über Golden Gate in den Pazifik hinaus und
drehe man sich um, über alle goldenen Hügel hinweg weit ins
Land hinein. Falls er also sein Lauftraining fortsetze, rate sie
dringend, die ein wenig weitere Anfahrt nicht zu scheuen und
hier vom Nimitz Gate aus zu starten… Es sah ganz so aus,
als müsse er eingreifen, weil Carol sonst nicht mehr aufhören
konnte. Er war auch ausgestiegen. Zu allem Überfluß stand
der Mond voll über den Hügeln. Und soweit man Autos beziehungsweise Leute sah –, es waren lauter sogenannte Lie-
bespaare. Carol sagte, sie habe Meßmer diesen Platz auch
gezeigt. Ach, Meßmer, sagte Halm, mein unerreichbarer Vor-
gänger. Try harder, sagte sie. Seit wann fahren Sie eigentlich
einen BMW, fragte er im Verhörton. Tun Sie doch nicht so,
sagte sie. Ob der etwa nicht ihr gehöre? fragte er. Pusteku-
chen. Er wisse doch wohl, daß das Frans Wagen sei, oder?
Frans?! Also, Moment, Fran fährt einen Porsche. Auch weiß.
Aber Porsche. Papa, Praxis, Pacific Heights, Porsche: so mir
geteilt von Carol! Sie: Ein BMW tut's auch. Ach, und ich
dachte, als er sie unten in der Contra Costa stehen sah, schau,
Carol probiert eine neue Marke aus und will meinen Rat. An
das Nimitz Gate und Jogging habe er in diesem Augenblick
wirklich nicht gedacht, sonst hätte er darum gebeten, sich
noch schnell umziehen zu dürfen, aber für heute wäre es
doch ein bißchen spät geworden. Sie haben also keine Sekunde lang geglaubt, Fran locke Sie fort? fragte sie. Also lieb
Carol, ich muß Sie enttäuschen. Als Sie unten in die Fahrbahn
einbogen, sah ich Sie ja fast voll von der Seite, und daß Fran
einen BMW fährt, haben Sie mir ja nicht mitgeteilt – also bitte.
Schade, sagte sie. Anschlag mißglückt! Das feiern wir, sagt

214

er. Er drängte, als stünde Großes bevor. Sie mußte wieder vorausfahren. In ein chinesisches, bitte! Sie wußte eins. Hoffentlich zogen sie keine zu verfänglichen Sprüche. Er mußte dem Abend eine vollkommen freundliche Stimmung übermalen. Die wunderbare Carol! Das mußte in allem, was er sagte und tat, spürbar sein. Sie war wunderbar. Carol hatte ihm durch ihren wunderbaren Anschlag an diesem wunderbaren Oktoberabend in diesem wunderbaren Land auf das wunderbarste bewiesen, daß er jenes Mädchen Fran wahrscheinlich, ja, wie sollte er das sagen, daß er die wohl doch liebte. Anders wäre es überhaupt nicht möglich gewesen, daß er dieser herrlichen Carol gegenüber, die trotz ihrer Pustekuchenhaftigkeit auch noch diese englisch-deutsche Romantikerausstrahlung hatte, so gemessen, so nichts als freundlich bleiben konnte. Mit dem Sprüchelotto hatte er Glück. Er hatte sein Orakel aus reinem Versehen mitgegessen, und in Carols Orakel stand wunderbarerweise: *There is a true and sincere friendship between you.* Jetzt konnte er ganz frech fragen: Hören Sie eigentlich noch etwas von Ihrem Freund Meßmer? Sie fiel darauf herein. Das heißt: sie redete über niemanden lieber als über Meßmer. Es klang zwar so, als schimpfe sie ununterbrochen über ihn, aber das war eben Carol als Beatrice. Halm verstand das jetzt besser als vor ein paar Wochen. Er wünschte, er wäre auch schon soweit und könnte in einem fort fluchen über diese Fran. Als sie dann draußen unter dem Mond und vor ihren Autos standen, war Carols letzter Satz, bevor sie die BMW-Tür öffnete: So, jetzt muß ich Fran das Auto zurückbringen, hoffentlich schläft sie noch nicht. Er ließ sie fahren, er winkte, der weiße BMW verschwand, jetzt saß wieder die andere drin. Sollte er, wenn Carol zu Hause eingetroffen sein konnte, dort anrufen. Untersteh dich! ER-Halm formulierte den Verdacht, ICH-Halm sei an allen gleich wenig interessiert und benutze nur die eine, um die andere auszublenden, und die andere, um die eine um ihre Wirkung zu bringen. ICH-Halm widersprach nicht. Er wollte Ruhe vor diesem Lärm. Er brauchte Ruhe. So, jetzt muß ich

Fran das Auto zurückbringen, hoffentlich schläft sie noch nicht. Droben, drüben, in den Oakland Hills, Hill Court, ein Maybeck-Haus, hatte Carol gesagt, er mußte einmal nachschlagen, ein Maybeck-Haus, das klang gut. Hoffentlich schläft sie noch nicht. Den Wein leerte er vorsichtig in die Flasche zurück. Er hatte sich getäuscht. Er brauchte Milch. Und Fernsehen.

12

Daß jemand verfuhr, wie es ihm gefiel, beeindruckte Halm. Außen, als Architektur, war Rineharts Haus, in Dachform und Ziegel, entfernt spanisch. Der zwischen Straße und Haus liegende Garten war japanisch. Innen dann dieses total verspiegelte englisch-japanische Kaufhausversailles. Vulgär feierlich. Halm fühlte sich wohl, wenn er barfuß durch die goldene Teppichbodenprärie ging. Seinen Spiegelbildern hielt er immer besser stand. Täglich Dauerlauf. Wein und Nikotin, gegen Null tendierend. Seit Sabine ihn nicht mehr nährte, waren seine Mahlzeiten keine mehr. Er knabberte Zeug. Aß Obst. Er hatte das Gefühl, er esse denen eine Ernte auf. Und Milch trank er jetzt. Er kostete sich zwischen 4 und 5 Dollars pro Tag. Daß er den Heine-Vortrag in 10 Tagen schreiben, vom Ertrag aber 100 Tage leben konnte, trug zu seiner Stimmung bei. Gewisse Leute hätten ihn nicht wiedererkannt. Er hatte das Gefühl, er sei auf einer Hochebene angekommen. So leicht war er noch nie gewesen. Wenn er bloß Rainer hätte mitnehmen können. Aber wenn er dem vom neuen Leben vorschwärmte, sah der ihn an wie aus einer absoluten Entfernung. Einmal sagte er: Jetzt wirb doch nicht so, Mensch. Halm ärgerte sich. Rainer hatte recht. Er benahm sich so penetrant wie damals Exfreund Buch, der offenbar nichts mögen konnte, ohne dem Zwang zu verfallen, es anderen auch aufreden zu müssen.

Jeden Morgen ging er barfuß hinunter, über die Terrasse, ins Gras, machte Bewegungen, die ihm fremd waren. Allmählich verschwanden die Überlegungen, es blieben die Bewegungen. Das sogenannte Erleben überließ er den nackten Füßen im taunassen Gras. Abends, wenn er durch die Klüfte und Hänge der Tildeneinsamkeiten lief, überließ er alles den Muskeln, der Lunge und so weiter. Die Katze rennt, wenn er morgens aus der Terrassentür tritt, sofort herauf aus ihrer kleinen Wildnis, begleitet ihn zu Teller und Schüssel, beobachtet deren Füllung, frißt aber dann nicht, sondern geht mit ihm über die Terrassenstufen ins Gras hinab. Mit seinen zwei nackten Füßen turnt sie abwärts. Sie ist immer eine Zehntelsekunde vor dem Fuß auf der nächsten Stufe, liegt schon dort, wo der auftreten wird; er muß sich also nach ihr richten; aber sobald er aufgetreten ist, überfällt sie den Fuß, wirft sich auf ihn, schmiegt sich, wenn der zweite Fuß eingetroffen ist, als könne sie sich vor Hin- und Hergerissensein nicht entscheiden, zwischen beiden Füßen hin, beide durch sich verbindend; merkt, wenn ein Fuß weiter will; schwingt sich vor dem hinab und ist die Zehntelsekunde vor ihm drunten, um ihn gleich wieder wild empfangen zu können. Wie soll man auf einer solchen Katzenskala je unten ankommen! Aber wenn er dann tatsächlich unten ist und ins nasse Gras tritt, um, was die Katze mit den Füßen anfing, mit dem taunassen Gras zu vollenden, dann haut sie ab. In zwei, drei Sätzen ist sie droben bei Teller und Schüssel, jetzt kann sie essen und trinken. Hunger und Durst hat sie erst, wenn sie seine Füße gehabt hat. Aber er hat auch etwas davon. Täglich mehr. Wenn er in Schuhen auf den Campus kommt, stecken darin Füße, die stürmische Zärtlichkeiten mit einer jungen Halbangorakatze hinter sich haben. Ein Konversationsthema ist das nicht. Aber er fühlt sich so lebendig, daß er Vorbereitung jetzt ablehnt. Jetzt hätte er sich geniert, mit einem Plan ins Klassenzimmer zu kommen, den Überlegenen zu spielen. Wenn wir jetzt leben, dann muß sich das doch jetzt kundtun, also sagen lassen. Und zwar weil wir zusammen in einem Raum sind. Das ist die Sensation. Keiner ist im Augenblick allein. Wie empfindet jetzt jeder den anderen? Jeff, stör ich dich bei deinen Kritzeleien oder tust du das nur, um dein Aufdemtischliegen zu motivieren oder um dich überhaupt wach zu halten? Glaub mir, das interessiert deinen Konversations-instructor. Elaine, rede du, sag du, wie du uns empfindest. Gail, es ist schön, daß Sie auch wieder einmal da sind. Wir haben in der *Campus Gazette* das Interview mit Ihnen gelesen, Gail. Sie sind zur Sprecherin der behinderten Studenten gewählt worden. Weihen Sie uns ein. Wie ging das zu? Wir haben durch das Interview erfahren, daß Sie erst seit zwei Jahren diese Lähmung haben, durch einen Kopfsprung von einem Balkon in einen viele Meter hohen Schneehaufen, der dann innen aus gefrorenen Quadern bestand, am Lake Tahoe, wo Ihre Eltern dieses Häuschen haben. Beziehen wir einander ein in unser augenblickliches Empfinden, heute, jetzt –, oder haben wir nichts gemeinsam? Ihr alle und er, euer instructor?

Er mußte jeden Tag so bald wie möglich ins Rinehart-Haus zurück und seinen Asra-Auftritt ausarbeiten, diese Widersinnsrolle. Ein Asra, der das Wort ergreift, also nicht stirbt. Unser Referent im Fieber, sagte Rainer, wenn sie einander trafen. Für Samstag seien Zuhörer gemeldet bis von Sonoma und Palo Alto. Halms Thema *Vom Stamme Asra Einer* sei offenbar attraktiv. Oh, es heiße doch schon wieder anders, sagte Halm. Wie heißt es denn nun? fragte Rainer. Halm wurde verlegen. Die neue Formulierung verriete Rainer sofort alles. Zum ersten Mal spürte Halm, daß er Mut brauchte, um am Samstag die Asrarolle vorzutragen. Rainer gegenüber hatte er diesen Mut nicht. Da jetzt alles schon ausgedruckt sei, wolle er doch auch Rainer erst am Samstag mit dem neuen Titel konfrontieren. Oho, konfrontiert werden wir, sagte Rainer. Halm war fast froh, daß Carol in dieser Woche schon von Montag an fehlte. Sie war in Mendocino. Ihrem Vater ging es gar nicht mehr gut. Aber Kirk Elrod traf er zweimal. Der wollte ihn jedesmal in den Faculty Club schleppen, zu einem Gläschen. Halm sagte: Unmöglich, der Vortrag! Kirk sagte: Publish or perish, Sie haben sich total angepaßt. Ob Dempewolf, Roy oder Leslie Ackerman oder der aus Reno zurückgekehrte Felix Theodor Auster, er schob alles – Einladung zum Skat, Lektüre, Gespräch – auf bis nach dem Vortrag. Tatsächlich kam er so in eine Art Stimmung, die ihm, wenn er an Professor Rineharts pappigem und deswegen abgedecktem Schreibtisch saß, zustatten kam. Er glaubte es wenigstens. Er hatte das Gefühl, es laufe. Während des Schreibens tauchte viel auf, an das er während der Vorbereitung nicht gedacht hatte. Und wenn er acht Stunden gearbeitet hatte und eine Stunde gelaufen war, aß er seine fruits and vegetables – Obstundgemüse wollte er das einfach nicht nennen – vor dem Fernsehschirm; besonders wenn er vorher, um Sabines Befehle erfüllt zu haben, noch ein Telephongespräch mit Lena geführt und von ihr gehört hatte, daß sie inzwischen den Führerschein habe, und zwar sowohl für Motorrad wie für Auto. Sie plaudern ganz leicht miteinander, bedauern die armen Familienangehörigen in Europa, wo der Nebel sich am Sillenbucher Nordhang festgebissen hat, um ihn bis Ende Februar nicht mehr aus seinen fludrigen Zähnen zu lassen. Krankenhaus, Friedhof, Kiderlen, ein nicht mehr froh werden könnender Otto... gibt es da noch etwas? Allerdings, wie es im Hänsel-und-Gretel-Haus zugeht, ist auch furchterregend. Sogar die Tarantel hat Probleme. Die letzten beiden Zikaden hat sie verweigert. Die sind in den Kristallgebirgen eingegangen. Elissa fragt sich, ob es einen Anschlag gibt gegen ihre Tarantel. Sie fürchtet schon für Jameys Gedenkvogel P. Man muß alles für möglich halten, sagt sie. Lena dagegen ist ganz sicher, daß man nur das Erträgliche für möglich halten muß. Sie kann das so darstellen, daß Elissas geradezu lauernde Unruhe minutenlang abebbt. Das ist Lenas Hauptaufgabe dort: Elissa zu beweisen, daß von dem unteren Stockwerk des Hauses kein Anschlag zu befürchten ist. Lena hofft, daß sie sich nicht täusche. Ach, Lena, sagt Halm, was du in Amerika noch tun wirst! Ihr gefällt es aber. Das wird er Sabine sagen. Bis bald, Kind! Vergiß mich nicht. I'm trying to. Frechling. Offenbar milderte sich der Traugott-Effekt. Das Beste wäre immer, in eine andere Sprache zu reisen. Mit den Wörtern dafür bleibt das Schlimmste zurück. Es gibt ja so viele Sprachen. Halm gab sich dem Fernsehen hin. Ihn interessierte am meisten, wie hier geküßt wurde. Er hatte das schon auf dem Campus beobachtet, aber am Fernsehschirm konnte er, da er allein war, genauer zusehen. Erstaunlich, wie die Frauen hier den Mund aufgehen ließen, wie die Männer dann mit ihrem Mund über den offenen Mund der Frauen hinsanken. Klar, daß er,

wenn er das Programmangebot studierte, den Titel *Eine un-*
gewöhnliche Liebe ankreuzte und dann auch anschaute. Sein
Fall im Fernseh-Format. Auf der wohlbekannten Küstenstraße 1, ein roter VW-Käfer, Cabrio, die blonde Fahrerin
hält in der Nähe des Pacific College, ein Radfahrer paßt nicht
auf, fährt in die sich öffnende Tür, er ist Lehrer für Meeres-
Biologie an dem College, die Blonde geht auch ins College,
er lädt sie ein, sie hat nie Zeit, arbeitet nebenher, er hilft ihr
beim Aufsatz, sie kriegt ein *B*, er könnte mit einer Porsche-
fahrerin ausgehen, geht aber mit ihr, und zwar Eis essen, statt
das Eis zu essen, küßt er sie, sie geht mit zu ihm, läßt die Spa-
ghetti auf den Boden rauschen, sie arbeitet also an einer
Health Bar, eine Prostituierte ist sie, viermal pro Tag, nach
dieser Mitteilung geht sie, er wird kommissarischer Chairman, ein Öltanker strandet, die Studenten sammeln verölte
Tiere aus der Brandung, auch sonst muß noch Verhinderndes
geschehen, aber dann lernt er die Kinogründe kennen, der Vater haßte die Mutter, bedrängte die Tochter, da war sie zwölf,
mit siebzehn schickt ihr Freund sie auf den Strich, aber jetzt
ist sie gerettet, beide sind gerettet, sind eins im heftigen kalifornischen Regen, Ende. Die VW-Fahrerin war Fran ähnlicher als er dem Lehrer. Er eignete sich für das Fernsehen nur
als Zuschauer. Nach einem solchen Film fühlte er sich nicht
gerade beschmutzt, aber angeschmiert, überschmiert, zuge-
schmiert. Einerseits ist man froh, daß das Fernsehen nicht so
ist wie das Leben, andererseits wirft man ihm das dann doch
vor. Kann man vom Fernsehen erwarten, daß es sei wie das
Leben? Dann würde ja keiner mehr zuschauen. *Life on TV*
is better than at your front door. Dann zurück zu dem mit
dem Mund gemalten Schmerz des Heine-Gedichts. Wenn er
das gedruckte Samstagsprogramm las, kriegte er Herzklop-
fen. Sein Vortrag war der Abschluß. Vor seinem Vortrag
würde Roy Schumanns Zyklus *Dichterliebe* singen, begleitet
von Frau Ackerman, der Hermaphroditenforscherin mit dem
schönen Totenkopfgesicht zwischen den dicken blonden
Zöpfen. Daß Roy sang! Sally hatte doch diese vor schwingen-

der Tiefe gar nicht auftreffen könnende Stimme. Sollte Halm eine Krawatte anziehen? Ja. Weil gesungen wurde. Und dein Asratext braucht ein Kostüm, das nicht zum Text paßt. Und am Freitag vor diesem Samstag, um die Mittagszeit, zog am Tischchen, wo sie beide Milch bestellten, aus ihrer dunkelroten Tasche das Mädchen den Aufsatz über *Viel Lärm*: sie hat *C-Minus* gekriegt. Er dachte an das *B* der Studentin im Fernsehen. Seine Schüler in Stuttgart hätten gesagt: ein Hammer. Halm verbarg sein Gesicht so undramatisch wie möglich. Dieses Schwein! Dieser Trottel! Dieser Armleuchter! Wie heißt der? W. Martin Littlewood. Wo wohnt der? Wo hat der sein Büro? Jetzt reicht es! Das ist vorsätzlich! Und wenn es nicht vorsätzlich ist, dann ist es eine Schicksalsverschiedenheit, die man nicht durch Benotung ausdrücken darf! Den kauf ich mir, sagte Halm. All these question marks! Sie zeigte ihm die rot verschmierten Seiten. Auf fünf Seiten 77 Fragezeichen, sie habe sie gezählt, das sind 15,4 Fragezeichen pro Seite. Bitte, kann es einen Aufsatz geben, den man mit 15,4 Fragezeichen pro Seite bombardiert? Halm schüttelte den Kopf wie noch nie. Fran, seien Sie ganz ruhig. Sie sind das Opfer einer vorsätzlichen Lehrergemeinheit. Der liebt Sie. Der rächt sich. Ganz sicher. Das können Sie mir glauben. Es gibt Lehrer von solcher Schwäche. Es gibt Lehrer, die sind so schwach, wie kein Schüler sich's vorstellen kann. Wie alt ist der? Alt, sagt sie, ziemlich alt, fünfzig oder so. Halm, rasend schnell: Dann ist es Rache. Auf jeden Fall persönlich. Nach fünfzig wird man so! Glauben Sie mir! Ob Fran ihm den Aufsatz mitgeben wolle, er würde sich dieses Fragezeichenflächenbombardement, diesen Fragezeichenfriedhof würde er gern genauer anschauen. Er packt die Seiten ein und weiß nicht mehr weiter. Er hat das Gefühl, er sei vor Verfolgern bis an den äußersten Rand dieses Kontinents geflohen, stehe jetzt an der Steilküste. Es ist also alles umsonst gewesen. Aber wie hätte denn nicht alles umsonst sein sollen. Idiot. Den Härtegrad, der, dich zu belehren, nötig wäre, gibt es in der Sprache nicht, dir muß man mit anderen Mitteln kommen.

Wenn er bloß die Nerven hätte, so ein Schweigen zu ertragen. Ihren besorgten südschwedischen Regenblick hielt er auch nicht aus. Die sah ihn ja an, als fehle ihm was. Die Note ist seine Katastrophe, stimmt. Er hat sie auf die Nebenhandlung Benedick und Beatrice gelenkt. Die Haupt- und Staatsaktion um Hero und Claudio hat sie praktisch nicht zur Kenntnis genommen. Auf seinen Rat. Er ist schuld, schuld, schuld. Der Kollege war offenbar ganz fassungslos, ihm blieben nur noch Fragezeichen. Nicht einmal die *four stages* im Wortgebrauch des Paares habe sie entdeckt! Und was Halm hingerissen hatte, die spannende Bewegung von a und z aufeinander zu, um in m und n zu vergehen, hatte dieser WML mit Fragezeichen förmlich versehrt. Gegen seinen Willen stand Halm auf und sagte, er werde Fran Genugtuung verschaffen. Nein, das wolle sie nicht, das sei unmöglich, sobald Halm eingreife, sei sie verloren, sie müsse sich selber helfen, sie werde sich selber helfen, Professor Littlewood sei ein Clownproduzent. Wo man einem Clown begegne, er stamme aus Littlewoods Hand. Sie hasse Clowns. Clowns seien Erpresser. Sie hasse Erpresser. Littlewood sei ein Erpresser. Aber sie werde fertig mit dem. So leicht. Und schnipste mit Daumen und Zeigefinger. Es gebe überhaupt keine Probleme. Sie werde heute doppelt so lange laufen und dreimal so lange schwimmen wie sonst, so –, wo, bitte, sei dann der Clownproduzent W. Martin Littlewood?! Have a nice weekend, sagte sie und ließ aus ihrem Gesicht so viel Freundlichkeit strahlen, daß er am liebsten die Augen mit den Händen zugehalten hätte. Wie sollten diese Augen nachher noch etwas von geringerer Strahlkraft wahrnehmen können? Ja, ein schönes Wochenende, das wünscht er auch. Aber wir sehen uns ja noch. Sie drehte sich, ging links, an der Cafeteria vorbei, Stufen hinab, unter Bäume, fort. Ganz schön leer, so ein Freitag, jetzt. Er würde es machen wie sie: doppelt so lange laufen. Er fuhr bis zum Nimitz-Tor des Geländes und lief auf Carols Höhenweg. Eine Riesenbreite Himmel glühte über dem Pazifik. Die Träger von Golden Gate standen bis zu den Hüften im violetten

Dunst. Je länger er lief, je dunkler es wurde, desto heller wurde San Francisco vor seiner Hügelkulisse. Als er zurücklief, füllte der Mond den Osthimmel und das leere Hügelland. Den Westen beherrschten San Franciscos Lichtpatzen, grüngolden gleißend, ein unruhiges Geschmeide. Er, allem gegenüber. Das war momentan eine Fassung. Am längsten konnte er in den Himmel starren, unter dem das Meer liegen mußte. Der Heinetag wird erst um elf beginnen. Er wird – und zu Heine paßt's – schon um sechs losfahren, ans Meer. Nördlich von San Francisco direkt an der Brandung entlang laufen. Vielleicht entdeckt er Muir Cove. Wie immer, wenn er etwas plante, tat er mehr, als er sich vorgenommen hatte. Schon um halb sechs war er fertig. Ein bißchen weniger zeitlos als sonst überließ er seine Füße der mit ihnen abwärtsturnenden Katze. Das Auto lenkte er leise aus der schlafenden Straße, draußen drückte er drauf, Richtung Albany, El Cerrito, Richmond Bridge. Er wartete auf die Stelle, wo die Straßen zusammenführten, sich also, für die Entgegenkommenden, teilten, wo das Mädchen auf die teilenden Betonrippen gefahren war. Er sah die Rippen. Ganz schön brutal, mit so was eine Straße zu teilen. Zu Hause würde man da hundert Lampen eine leitende Bewegung blinken lassen und Planken und farbige Zäune bauen. Hier überließ man alles den Leuten. Er fand die Abfahrt, fand sogar *Pelican Inn*, wo John Frey sein Auto hatte stehenlassen. Die Straße führte aber noch weiter in die Bucht hinein. Er fuhr, bis Mulden und Gräben Halt erzwangen. Vor ihm die gerade noch weit zu nennende, durch hohe Hügelhänge streng gefaßte Bucht, nach Norden sogar felsgefaßt. Und eine vorspringende Felsnase teilte den Buchtbogen in zwei Buchten. Über diese Nase konnte John Frey klettern, er nicht. Drüben über dem Felsvorsprung leuchteten hellgelbe Erdabstürze, helle Felswände und über Felsen hinkriechende Pflanzenteppiche, dickblätterige. Buchtbreit vor ihm die Brandung. Einen Augenblick lang sieht Halm die weiße Brandung als Zahnreihe eines gewaltigen Mundes, der in der Morgensonne lacht. Weit draußen über dem Meer, ein Wolkenwall. Auf dem Pfad, der in der Karte Coastal Edge Trail hieß, ging er bergauf, droben durch hohes, dichtes Gestrüpp, südwärts. Um steil eingeschnittene Buchten herum. Drunten immer der Pazifik, die von der Brandung bestürmten Felsen und Buchten. Und weil er gern, wenn auch mit fremden Füßen, in dieser anderen Sprache spazierenging, dachte er, als er auf die hereinstürmende Brandung hinabsah, die ihren weißen Schaum in den Buchten verspritzte: Coast-fucking Pacific. Manche der kleinen Buchten sahen aus wie Felskammern und -säle. Hundert Stellen sah er, wo die *Swiss Lady* untergekommen sein konnte. Vielleicht war John Frey hier gewandert und hatte sich von der unendlichen Verbergungskapazität der Gegend anstecken lassen. Wenigstens für ein Wochenende in ein solches Pazifik-Badezimmer! Nachdem Herr Kiderlen schon mit Carol telephonierte und sich ihr gegenüber, was Halm betraf, freundlich verstellte, war es geraten, sich nach solchen Unterschlüpfen umzusehen. Er hatte noch nichts gesehen, was soviel Zuflucht versprach wie diese winzigen Buchten, die dieser Ozean mit dieser Brandung bewachte. Halm lief und stand und schaute, lief wieder. Ringsum duftete es. Er griff in die dürren Gestrüppe, hatte die Hand voll brüchigen Zeugs, roch daran. Er kannte diesen Geruch von Sabines Parfum oder aus ihrer Küche. Aber ihm fehlte ein Name. Das hatte er jetzt von all seiner nichtswürdigen Ausgebildetheit, daß ihm trotz eines landschaftsfüllenden Duftes das Wichtigste zu fehlen schien, nur weil ihm das Wort fehlte, der Name. Auch weil er Sabine sagen wollte, zwischen welchen bis zum Horizont reichenden Kräutern er gelaufen war. Wenn Sabine nicht dabei war, konnte er nichts erleben, ohne es, während er es erlebte, schon für Sabine, der er es erzählen würde, zu formulieren. Als er den Hibiskusbaum nicht kannte, der neben der Terrassentür des Rinehart-Hauses an der Hauswand hochwächst, sagte Sabine: Außer Schneeglöckle kennsch du nix, gell. Die Handvoll Kräuterbruch füllte er in die verschließbare Tasche seiner Sporthose. Hier würde Sabine auch laufen. Hier mußte man laufen. Die einzige Gefahr –, daß man nicht mehr aufhören konnte. Umdrehen, unvorstellbar. Vorstellbar dagegen, unbedingt notwendig dagegen: weiterlaufen, bis es nicht mehr geht. Irgendwann mußte man auf dem letzten Hügel vor Golden Gate stehen, drüben San Francisco. Er hatte das Gefühl, daß er sich hier Gesichtsfarbe für seinen Asra-Auftritt hole. Meerwind und Sonne würden ihm ein bißchen Jemen ins Gesicht malen. Dann war er plötzlich vor einem Einschnitt, der landeinwärts breiter wurde. Ein richtiges kleines Tal. Sogar mit grünem Grund, höherem Gebüsch und kleinen Bäumen. Unter diesen Bäumen, ein Auto. So verwittert, daß es schon mehr Landschaft war als Auto. Er stieg hinab. Ein Hund rannte ihm bellend entgegen. Ein bärtiger Mann kam aus der Büsche-Bäume-Insel und rief, Micki solle zu ihm zurückkommen. O Gott, nein... Klaus Buch! Halm hatte das Gefühl, das kleine Tal schaukle, wolle sich drehen, um ihn, komme aber nicht richtig in Schwung, aber es ruckte und schwankte. Soweit hatte es kommen müssen! Er rennt ans Ende der Welt, um dann an diesen Erzaufbrecher, den Superabenteurer, den elenden, ihn ewig austrumpfen wollenden Exfreund Buch hinzulaufen, daß der im Rainer Mersjohannschen Urtonfall sagte: Ick bün all dor. Ob ihm etwas fehle, fragte der. O nein, vielen Dank. Es war zum Glück, trotz aller Braungebranntheit, Bärtigkeit und Männlichkeit nicht dieser Buch, aber einer, der Halm sofort als Deutschen erkannte, weil er selber einer war. Harald Maier-Friese hieß er. Mit einer sein kleines Tal einbeziehenden Handbewegung sagte er: Hier sehen Sie das Ende der deutschen Studentenbewegung. Falls Sie absichtlich hierherkommen, sozusagen auf meiner Fährte, sind Sie vom BND. Halm sagte, das sei nicht der Fall. Er sei schlecht gelaunt heute, sagte der andere, weil er gestern ausgeraubt worden sei. Solange er am Meer draußen gewesen sei beim Fischen. Alles weg. Das durch Gürtelmachen und -verkaufen fast ehrlich Verdiente. Nirgends wirke sich der Mangel an politischer Bildung so verheerend aus wie beim Dieb. Er bestiehlt immer den Falschen. Sogar das Autoerotic Care

Book of Miss Snow from Pacific Heights sei weg. Sie waren's nicht, zufällig? Halm verneinte feierlich. Na ja, man fragt eben, nicht wahr. Also, los, Kamerad, weiter, Jogging iss gesünner als Chrissendumm und weenjer scheedlich als Marxism. Und verschwand in seinem Buschbaumwerk. Diesem Zwischenfall verdankte Halm die Kraft zur Umkehr. Ohne diesen Veteranen wäre er wahrscheinlich irgendwo hier verschwunden. Wie der. Der hat es geschafft. Ausgeraubt zwar, schlechter Laune, aber was für eine Laune immer noch! Otto, das wär's, wir zwei hier... Zurück also durchs dürre, duftende Hügelreich. Er würde das alles kein zweites Mal sehen. Also bitte. Im *Pelican Inn*, in dem es aussah, als habe vor John Frey Shakespeare hier gesessen, trank er einen Kaffee. Er wollte sagen: Milk... it does... Aber er sagte nichts, trank seinen Kaffee schwarz. Er hatte das Gefühl, sein Kopf sei riesig. Alles an ihm glühte. Auf dem Weg zurück überholten ihn Wolken. Auf der Richmond Bridge war er froh, daß der Volvo nicht das leichteste der Autos ist. Die Windstöße zerrten an seiner Richtung. Noch bevor er in der Contra Costa war, regnete es. Keine Tropfen, sondern Regentücher. Feinstverteiltes Wasser trieb als komplettes Naßgewebe durch die Luft. Er zog sich um und war wie immer in seinem Leben überpünktlich; er war der erste im Faculty Club. Eine Behinderung durch einen Regensturm war bei ihm immer eingerechnet. Er haßte das Aufsehen, das man durch Zuspätkommen erregt. Den Vorträgen, die seinem vorangingen, hörte er mit einer Art beispielhafter Aufmerksamkeit zu. Das heißt, er konnte so gut wie gar nicht zuhören, aber er konnte so sitzen und schauen wie einer, der zuhört. Er war aufgeregt. Höchstens dreißig Zuhörer. Rainer leitete jeden Vortrag ein. Er war ein Meister des leichten Tonfalls, der bei solchen Einleitungen erwartet wurde. I'm sorry we couldn't arrange the weather. Gerade eine deutsche Abteilung könne sich das heute nicht mehr leisten, Leute zu einem Symposion einzuladen, ohne ihnen gutes Wetter zu organisieren. We have learned from Avis that as second you have to try harder... Halm hatte das Mädchen noch nicht gesehen. Wahrscheinlich würde sie erst zu seinem Vortrag kommen. Strahlend hatte sie ihm ein gutes Wochenende gewünscht. Das war Routine. Da hatte sie gerade nicht daran gedacht, daß er am Samstag *Asra und Laura* vorstellen würde. Bis jetzt hatte er noch keinen *seiner* Studenten gesehen. Die würden offenbar alle erst zu seinem Vortrag kommen. Das war schmeichelhaft. In der letzten Pause trank er noch zwei Becher Kaffee. Er hatte in jeder Pause Kaffee getrunken. Sein Kopf glühte. Als Roy mit Sally auf Halm zugekommen war, hatte Roy ausgerufen: Sally, schau, Helmut als geröstete Tomate, ist das ein Motiv! Sally wiegte ihr gleißendes Lächeln. Jetzt wußte Halm, wie er aussah. Wie ein Asra aus dem Jemen offenbar nicht. Und jeder, der ihn kannte, bemerkte seinen Sonnenbrand. Carol sagte: Oh, im Solarium eingeschlafen! Rainer sagte: Ohne Mütze nicht ans Meer, Junge. Als er mit Rainer in den kleinen Saal zurückging, glaubte er, es seien ein paar Zuhörer mehr geworden. Im Vorbeigehen sah er das Blond des Mädchens leuchten. Er und Rainer nahmen Platz. Joyce Ackerman und Roy Kinsman gingen nach vorne. Joyce begleitete, Roy sang. Der rauheste der Rauhen Brüder sang die Lieder der *Dichterliebe*. Ein anderer Roy. Sich hineinbiegend in die Gefühlskurven Heines und Schumanns. Halm hörte zum ersten Mal zu an diesem Tag. Donnerwetter, dachte er. Der Schweinekastrierer und Sally-Mann! Der Meister der Arschsprache! Und jetzt findet und windet und bindet er Töne, daß Heine und Schumann nur so dahinfliehen und -fließen. Donnerwetter. Halm mußte zu Sally hinüberschauen, die neben ihm saß. Sie war heute ganz in Weiß; nur Lippen, Fingernägel und Schuhe: knallrot. Die Lippen, nicht nur naßrot, sondern geradezu geschwollen vor Stolz und Wohlgefühl. Eigentlich müßte gleich etwas herausfließen aus diesen Feuchtigkeitswällen. Er erinnerte sich an den Schirm, mit dem sie in die Halle gekommen war: der Griff war ein Hund, dem der Schirmstab als Geschlechtsteil zwischen den Beinen entsprang. Sicher ihr eigenes Werk. Also, wo sind wir jetzt in dieser Dichterliebe? Halm konnte sich nicht erinnern, diese Lieder schon einmal gehört zu haben. Dazu mußtest du nach Kalifornien kommen. Hoffentlich verstand Fran den Text. *Ich grolle nicht...* O Roy, daß man etwas so zugänglich machen kann! Eine so weitreichende Stimmung, von fünfzig Menschen in gleichem Maß empfunden. Nur noch ein Atem im Raum, der von Heine-Schumann-Roy. Jeder ein Dichter.

> *Die sollen den Sarg forttragen*
> *Und senken ins Meer hinab;*
> *Denn solchem großen Sarge*
> *Gebühret ein großes Grab.*

Vielleicht ging Halm das so ein, weil er morgens auf dem Coastal Edge Trail gelaufen war.

> *Wißt ihr, warum der Sarg wohl*
> *So groß und schwer mag sein?*
> *Ich senkt' auch meine Liebe*
> *Und meinen Schmerz hinein.*

So macht man das. So hat man das gemacht. Einfach eine hübsche Story, Vierzeiler, Rhythmus und Reim, und ab geht's, wieder ist ein Gefühl im Container versenkt. Es kann nicht mehr strahlen. Schumann nimmt das offenbar wahnsinnig ernst. Hat es Heine so ernst genommen? Und Roy nimmt das noch ernster als Schumann. Überlebt der denn das? Während des Beifalls tauchte der alte Roy allmählich wieder auf. Das Grinsen, mit dem er die Arschsprache begleitete, kehrte zögernd zurück. Ganz zuletzt, Handbewegungen wie ein Sieger im Boxkampf. Der alte Roy. He, du, Helmut, du bist dran! Rainer sagte es Halm ins Ohr. Die Leute hatten aufgehört zu klatschen, Halm ging die zwei Stufen hinauf, ging ans Pult, das etwas seitlich stand. Er legte sein Manuskript auf das Pult, zog die Büroklammer von den Seiten und fühlte jetzt, daß er nicht sofort anfangen konnte. Er hatte vielleicht vor lauter

Zuhören nicht regelmäßig weitergeatmet. Er war zu sehr an Roys Atemrhythmus angeschlossen gewesen. Aber wahrscheinlich hatte Roy ein paarmal Atem geholt, ohne daß Halm das bemerkt hatte. Halm wußte nicht, wie er je wieder zu Atem kommen sollte. Die Möglichkeit einzuatmen, endlich wieder Luft zu holen, schien völlig abgeschnitten, blockiert zu sein. Wie lang stand er jetzt schon da ohne Luft? Sollte er mit den Armen rudern? Den Mund aufreißen? Das ging in die Beine. Er spürte, daß er zusammensank. Er hörte einen Lärm, der wollte sich nähern, aber er entfernte sich sofort wieder. Zirka fünfzig Krankenschwestern beugten sich mit offenen Mündern über ihn. Er lag auf einer Bahre. Dann ging es auch schon ins Auto und schaukelnd fort und so weiter. Den Arzt im Krankenhaus konnte er fragen, was los sei? Der sagte: Eine Art Zusammenbruch. Ob Halm eine Erklärung einfalle? I stopped drinking, sagte Halm im Stil der hiesigen tongue-in-cheek-Einleitungen. Aber als er allein im Zimmer war, spürte er eine Versteinerung. Er war zu keiner Regung mehr fähig. Sein gänzlich zum Stillstand gekommenes Vorstellungsvermögen ließ nur noch zwei oder drei Bilder zu. Am Boden, schwer, gelähmt. Er hatte Atemschwierigkeiten. Das mußte er dem Arzt noch sagen. Er hatte zu dem gesagt, daß ihn außer einem eigensinnigen Ohrensausen nichts mehr plage. Obwohl er es Sabine auf eine Schrecken gänzlich verhindernde Weise mitteilte, erschrak sie so, daß sie stotterte wie ihr Bruder Elmar. Sie schrie und stotterte. Da überschrie er sie und startete noch einmal seinen alles Schlimme abwiegelnden Satz. Allmählich glaubte sie ihm. Daß sie so reagiert habe, liege vielleicht auch an ihren Nerven. Die Schmerzen ihres Vaters, die Ärzte wüßten sich nicht mehr zu helfen, die Schwestern glaubten schon gar nicht mehr an diese Schmerzen, von solchen Schmerzen habe man doch noch nie gehört, aber jetzt, sag, wie hat das bloß passieren können, weil ich nicht da war, ich hätte nicht wegfahren dürfen von dir, ich weiß es schon die ganze Zeit, es war der schlimmste Fehler, den ich je gemacht habe, auch wenn das jetzt nicht passiert wäre, ich hätte dir das heute gesagt, ich hätte bei dir bleiben müssen, ich wollte auch gleich wieder hinüber, egal was es kostet, nach ein paar Tagen wollte ich wieder hinüber, aber wenn du den Vater sehen würdest, wie der da liegt, verstehst du?! Ja, ja, um Gottes willen, Sabine, bleib, bleib, bleib! Dieses bißchen Kreislaufkrise, das ist doch nichts, absolut nichts, verglichen mit dem, was dein armer Vater durchmacht... Es wurde ein Zwanzigdollar-Gespräch. Halms Zusammenklappen am Stehpult wurde allmählich zur Demonstration seiner Unfähigkeit, ohne Sabine zu leben. Also Turin war's nicht, Sabine. Dann tauschten sie sogar noch Details über Krankenzimmer hier und dort aus. Umfallen könne in dem Zimmer hier keiner, sagte Halm, es sei denn, die Tür sei gerade offen, dann liege er auf dem Gang. Der Gang seinerseits sei aber so voll, daß der Hinfallende keine Chance habe, bis zum Boden durchzudringen. Wahrscheinlich falle er sowieso auf die schwarze Putzfrau, die Tag und Nacht mit dem Staubsauger dröhnt... Sie höre, es gehe ihm besser. Es werde wirklich zu teuer. Das Gespräch mit Sabine war heilsam. Am liebsten wäre er danach heimlich abgehauen. Die ließen ihn aber erst am Montagnachmittag hinaus. Rainer kam mit Lena. Rainer schüttelte den Kopf, ließ die Johannes-hände steigen und sagte: O boy! Aber er habe den Vortrag sofort kopieren lassen und verteilt, das heißt, Helmut könne, da der Stiftungssinn durch die Verbreitung einer Ansicht über ein Gedicht von Heinrich Heine erfüllt sei, mit 500 Annemarie-Dollar entlohnt werden. Das ist ja immer nicht das Unwichtigste, oder?! Halm versuchte Rainer zu streicheln. Der düster besorgten Lena sagte Halm, er sei gesund, wahrscheinlich zu gesund, das sei es, was sein Körper nicht aushalte, der wolle sich seine gewohnte, alles ertragende, zähe Kränklichkeit nicht nehmen lassen. Dauerlauf am Meer! Nicht mit diesem Körper! Das hat der nicht in Kauf zu nehmen! So hat man nicht gewettet miteinander! Diese Rumrennerei hier wurde ja immer schlimmer! Ja, was denn noch! Also zurück zum alten Schlendrian, und der Leib ist sofort versöhnt, macht wieder mit. Rainer stimmte dieser Diagnose zu. Aber der wird mich kennenlernen, sagte Halm. Jetzt wird erst recht trainiert! Er wolle es jetzt wissen, wer Herr sei in ihm. Jetzt habe er Blut geleckt. Sein Alterswerk heißt Sport. Wenn schon kein Buch über Nietzsche, dann doch eine Körperrenaissance sondergleichen. Dein Vater hat wirklich gelitten durch die kalifornisch-pazifische Sonneneinstrahlung, sagte Rainer. Es war der Wettersturz, sagte Halm. Ohne Wettersturz plus Kaffee plus Kaffee plus Kaffee wäre das nicht passiert. Vergiß nicht die *Dichterliebe,* sagte Rainer. Schuld sei eigentlich, sagte Halm, ganz allein Lena, die an diesem Wochenende mit Elissa in Sacramento sein mußte. Wäre Lena dagewesen, hätte er zusammensinken müssen vor Lenas Augen, und das hätte er einfach nicht geschafft. Jetzt streichelte Lena ihn, wie er vorher Rainer gestreichelt hatte. Du hast wenigstens ein Manuskript zustande gebracht, sagte Rainer, a whimsical whimsy, whatever, du darfst zufrieden sein, das Schicksälchen ist durch die Kläranlage des wörtlichen Ausdrucks durch, du bist ein feiner Mann again. Lena, fahr hinauf ins verwünschte Haus, sag der scharf schimmernden Perlmutt-Lady, dein Vater und ich nähmen den Aperitif hier, kämen dann hoch zum modestesten Supper der Saison und tränken, falls es nicht plötzlich aufhöre zu regnen, mit der durstigen Erde weiter, so weit die Diskretion der Nacht und *die Tränen des Berges* reichten.

13

Als er am nächsten Morgen in der Terrassentür erschien, setzte die Katze in wilden Sprüngen aus dem Garten herauf. Sie wollte nicht nur die Stufen von der Terrasse ins Gras, sondern schon die vom Haus auf die Terrasse durch ihr Schmiegeritual weihen. Seine nackten Füße durften hier keinen Schritt tun, den sie nicht durch Hinschmiegungen anführte. Offenbar hatte sie ihn zwei Tage lang vermißt. Wieder war sie an Essen und Trinken nicht interessiert, bevor sie nicht alles mit seinen Füßen getan hatte, was sie mit denen tun konnte. Zum ersten Mal hat sie heute in seine Zehen gebissen. Nur um ihr Interesse auszudrücken. Sollte er etwas lernen von der Dreimonatskatze? Etwas Geistiges vielleicht. Oder sollte man sagen: etwas Früheres, Verlorengegangenes? So belebt tritt er durchs Crocker-Tor, nimmt die *Gazette* aus der Traufe und erschrickt, als er die Schlagzeile sieht: *Heart Attack Strikes Speaker During Lecture.* Und neben dem Artikel ein Bild, darauf er, liegend. Er geht sofort unter das nächste Vordach und liest den Bericht eines B. Bushstone. *A visiting German lecturer from Stuttgart collapsed from an apparent heartattack on Saturday in the Faculty Club. A University spokesman would not divulge the condition of the speaker, Helmut Halm. Halm was about to begin his lecture when, around 5.45 p.m. he started »feeling ill« according to Carol Elrod, Secretary of the German Department who was there. The Oakland-Hospital Rescue Squad was called while he was laid on a stretcher, with his feet and head propped up. The 55-year-old Halm, his shirt opened, remained conscious and lucid throughout the incident while German Prof. Rainer Mersjohan stood nearby, occasionally dousing Halm's head with water. Halm complained he had trouble breathing, and felt a »tingling in my fingers«. The Rescue Squad arrived at the scene around eleven minutes later. The attendant took Halm's blood pressure, which he said was »a little high«. The attendant tried*

to calm Halm, who was by now beginning to breathe rapidly
almost to the point of hyperventilation. A brown paper bag was
placed over his mouth forcing him to breathe his own carbon
dioxide and slowing down his breathing rate.
Halm became more conscious, and the attendant said: »More
than likely the cause of the blackout was the excitement.«
Halm was wheeled from the Faculty Club to the awaiting am-
bulance around 6.25 p.m. Halm überlief eine Art Schauer. Er
würde diesen Bericht nie wieder lesen. Da konnte einem das
Atmen gleich noch einmal vergehen. Und wie lächerlich er
dalag. Irgendein fettes Opfer. Noch schlimmer wäre es, wenn
sie ihn photographiert hätten, solange er die Tüte am Mund
gehabt hatte. Ihn ärgerte der Satz, daß *excitement* an seinem
blackout schuld sei. Das klang, als sei ein Vortrag an dieser
Uni für ihn etwas so Aufregendes, daß er zusammenbrechen
mußte. Die Studenten klatschten und klopften und gratulierten zur raschen Gesundung. Das Konversationsthema des
Tages: Zusammenbruch, Ohnmacht, Tod und Berichterstat-
tung. Außer dem Mädchen beteiligten sich alle. Heute führte
Gail. Sie schilderte, wie sie auf dem Balkon des Ferienhauses
stand, drunten, im meterhohen Schnee, ihr Freund, der gerade gerufen hatte: Wenn dir nicht dein Vater vorausspringt,
traust du dich nie! Dann sprang sie und traf auf die gefrorenen
Schneeblöcke und dann gab es diese Lichtexplosion, die sie
nicht vergessen wird. Den Freund hat sie nicht mehr gesehen.
Der meldete sich sofort zur Entwicklungshilfe nach Afrika.
Halm wartete darauf, daß jemand etwas zu *Asra und Laura*
sage. Rainer hatte den Vortrag doch allen, die gekommen waren, mitgegeben. Mußte er sich eingestehen, daß vom Konversationskurs keiner und keine hinaufgefunden hatte in den
Faculty Club? Ein schönes Wochenende, aus. Die Blonde, die
er im Vorbeigehen von hinten gesehen hatte, war also nicht
das Mädchen gewesen. *Ich grolle nicht,* sang er innerlich und
preßte das *nicht* so schmerzlich, wie Roy es vorgemacht hatte.
Und war doch, mußte doch sehr froh sein, daß sie ihn nicht
gesehen hatte, wie er dalag als fette Leiche. Nur Howard, der

234

gute, sagte, er wäre so gern gekommen, habe aber, da er an kein Schwarzes Brett mehr komme, nichts gewußt. Heine, das hätte ihn doch interessiert.

Nach der Stunde fragte sie, ob sie um zwölf in seine Sprechstunde kommen dürfe. Da es wieder regnete, empfahl er, daß man sich im Büro 407F treffe. Ich mag Regen, sagte sie. Sie ging einfach mit ihm. Sie ging sogar mit ihm unter seinem Schirm. Er würde also mit ihr unter einem Schirm Rainer auf der Katzenbuckelbrücke begegnen, unter ihnen womöglich der wiederbelebte, romantisch tosende Okra Creek! Das durfte nicht sein. Er blieb stehen, sagte, ihm seien die Minen ausgegangen, er müsse ins Papiergeschäft, vorne, am Student Union-Platz. Und ließ sie im Regen stehen. Ja, hatte sie denn keinen Schirm? Aber sie liebte ja den Regen. Und es regnete nur noch ganz leicht. Und dieser Novemberregen war immer noch kein kalter Regen. So rechtfertigte er sich, als er weg war. Es tat auch gut, sie ein bißchen zu mißhandeln. Endlich, ein bißchen. Nachher in seinem Büro würde er das fortsetzen. Vielleicht würde er sie umbringen. Auf einmal fühlte er sich niemandem so nah wie Rainer und dem Vergewaltiger. Und er wünschte sich geradezu, Rainer wäre der rapist. Und Rainer nähme ihn mit. Und sie lauerten dem Mädchen auf. Und dann... Weiter kam er nicht. Er war ein gehemmter Mensch. Aber gerade das sind doch die rapists. Die bedürfen solcher schockartigen Situationen, daß sie ein bißchen aus sich heraus können. Fünf nach zwölf saß er in seinem Büro und wartete auf das Mädchen. Sie tritt ein in schwarzen Stiefeln. Und sie hat einen Schnupfen. Ausgefüllt jetzt jeder Laut. Satt, prall, jedes Wort. Was jetzt aus ihrem Mund kommt, hat eine Trägheitsgewalt. Heute muß er sie also als Dame aushalten. Von den schwarzen Stiefeln über Edeljeans bis hinauf zu einer schwarzen, dünnen, offenen Wolljacke und einer rosa schimmernden Bluse. Über der Schulter das runde, unflätig weiche, tiefstrote Gehänge. 407F ist also eine Folterkammer. Deshalb haben sie ihn hier untergebracht, schicken ihm so oft wie möglich ihre Erste Folterdame herein, daß sie ihn einfach kreuz und quer zerbreche, bis er wieder zurückbleibe als ein elendes, atemloses, fast bewußtloses Bruchstück. Sie ist die Fortsetzung der Brandung. Aber sie tötet nicht, sie quält. Töten muß man sich selber. Oder sie. Er nahm Maß. Erwürgen. Das war das einzige, was er sich vorstellen, sich zutrauen konnte. Blut vergießen konnte er wohl nicht. Aber erwürgen. Sie hatte Hals genug, da konnte man beide Hände anbringen. Und dieses Weiche so zusammenzupressen, bis es immer fester und dann ganz hart wurde –, das konnte sogar mitempfunden werden. Er hat es nicht gewollt, aber er muß. Vor allem: die Bewegungen, die beim Erwürgen vorkommen, müssen nicht als so lächerlich empfunden werden wie alles, was der sexuellen Folgsamkeit direkter dient. Er stand endlich auf, gab ihr die Hand. Das wußte sie ja aus Wien, daß man einander in Europa fünfmal am Tag die Hand gibt. Sie lächelte auch so kommentierend, als sie ihm die Hand reichte. Darauf ließ er ihre Hand ziemlich jäh los und drückte seinerseits mimisch und gestisch aus, daß er ganz vergessen habe, wo man sei, und sagte auch noch: Wir sind ja in Kalifornien. Damit war er wieder in seine Rolle als Aufsatzhelfer zurückversetzt, an ein Erwürgen war nicht mehr zu denken. Er schob es auf. Ich bring dich schon noch um, dachte er. Kind, lächle nicht so, gib dich nicht so grandios damenhaft, du hast einen Hals, der sehr leicht zugedrückt werden kann. Das winzige goldene Kettchen, das um diesen Hals lag, bezeichnete die untere Grenze für die rechte Hand, die linke dann über der rechten... Später. Er wollte wegschauen von ihr und bemerkte, daß sein Blick, was er sah, mitnahm. Und sofort wußte er, daß es ihm im Faculty Club in der Sekunde vor dem Zusammenklappen genauso gegangen war: alle Köpfe waren in seinem Blick hängengeblieben, sie schwenkten mit von links nach rechts, von rechts nach links, dann nach oben –, da fiel er schon. Das nächste Bild waren dann die fünfzig Krankenschwestern. Er setzte sich. Hier wäre es EINE Krankenschwester. Eine Folterschwester. Er saß. Als er ihr in die Augen schaute, sah ihm jetzt nicht nur sein eigenes Augenpaar entgegen beziehungsweise das seiner Großmutter mütterlicherseits, denn von der, hieß es, hatte er seine Augen, sondern auch noch die Katze, die Fuß- und Zehenbestürmerin, die sah ihn aus dem Mädchenblick an, und damit erst recht seine Großmutter, denn sie hatte, je älter sie wurde, durch den alles an sich ziehenden Mund ein immer deutlicheres Katzengesicht gekriegt. Er konnte sich dieses Mädchen plötzlich sehr gut als alte Frau vorstellen. Auch als jungen Mann. Aus heroischen Zeiten. Leif, müßte sie als Wikinger heißen. Sie wolle ihm, falls er nichts dagegen habe, nur dieses Taschenbuch bringen, enthaltend *The Hamlet* von William Faulkner. Sie muß eine Figur wählen, welche würde er vorschlagen... O Mädchen. So erfolglos, wie er ist, will man in Ruhe gelassen sein. Diese Aufforderung zu einer weiteren Runde ist auch schon die Besiegelung des Verlaufs. Aber wehren kann er sich nicht. Das sähe aus, als habe er bloß geholfen, um etwas dafür zu bekommen, jetzt aber, nachdem er gesehen hat, daß es nichts zu grapschen gibt, kneift er. Sein Eifer sollte ihr vorkommen wie ein frisch aufgeblühter Kirschbaum, und jede Blüte rein und weiß bis auf den Grund! Sie sollte sich wundern! Sie sollte sich fragen, ob sie je einen solchen Kirschblüten-Mann getroffen habe! Einen solchen Trottel. Sinnlos, weitere Verteidigungsfinten zu ertüfteln. Schluß mit der Einbildung, er könne, solange er hier war, gegen dieses Mädchen eine Abwehr aufbauen. Es wird nichts passieren, aber nur weil sie keine Ahnung hat von dem, was in ihm vorgeht. Nicht einmal als Brando-Malvolio will sie ihn blamieren. Das setzte voraus, daß sie von dem, was er empfand, eine Ahnung hätte. Sie hatte keine. Sonst hätte sie doch gesagt, warum sie nicht zu seinem Laura-Asra-Vortrag gekommen ist. Das wäre doch fast zu erwarten gewesen, daß sie sich für seine Laura-Asra-Darstellung interessierte. Nach allem. Sie interessierte sich kein bißchen dafür. Also wenn das nicht ausreicht. Gleichzeitig – vergiß das nicht – mußt du froh sein, daß sie nicht gekommen ist. Es ist zwar das Schlimmste, aber auch das Beste. Bläu dir das ein: das Schlimmste ist immer noch das Beste. Wenn er ihr ein *A* nach dem anderen verschafft hätte – vielleicht wäre sie ihm dann, überwältigt vom Erfolg, einmal schnell um den Hals gefallen. Vorher, die paar Minuten unter seinem Schirm waren schön gewesen. Sie hatten ihre Bewegungen aufeinander abstimmen müssen. Das war gelungen. Zwei bis drei Minuten hatten sie sich bewegt wie etwas Zusammengehöriges.

Bis wann also soll er gelesen haben, Rat geben können, bitte? Diese Woche ist sie völlig belegt durch Arbeit für ihre Opernklasse, da beginnen nächsten Montag Prüfungen. Freitag vielleicht? Schon sehr komisch, sagte er. Es war ER-Halm, der das sagte. Halm sprang auf und sagte: Überhaupt nichts ist komisch. Sie stand auch auf. Schließlich ging sie. Er konnte ihr nicht gleich nachlaufen. Man muß sich hindern an dem, was man will. Man muß betreiben, was man nicht will. Hohe, herbe Friktion, eine geradezu geistige Wärmeerzeugung. Im Obergrund summt es auf der Unhörbarkeitsfrequenz: *Ich grolle nicht.* Der besorgte Selbstunterdrückungstheoretiker wienerisch-viktorianischer Abkunft hat das zu negativ beurteilt. Wenn du bloß Musik aufschreiben könntest. Die Friktionsakkorde, die sich jetzt grotesk feierlich und sich ihrer Groteskfeierlichkeit gespreizt bewußt durch dich hindurchschieben, beweisen, daß das Unwillkommene eine pompöse Lebensmächtigkeit erzeugen kann, einen Jubel eben. Hatte es bei Heine nicht ein Wort gegeben dafür? *Schmerzjubel?* Er glaubte, es habe. Und das Essen schmeckt. Das muß man doch einfach zugeben. Und ist man allein, grinst man. Und nirgends gibt es so gute Zahnstocher wie in Amerika. Ernste, einfache Holzzahnstocher aus Maine. Wie schön, nach dem Essen sich mit solchen Zahnstochern helfen zu können. Wie befriedigend. Der Inbegriff der Erlösung. Allen, die durch irgendwelchen Stau in Gefahr sind, der Verneinungs-Routine oder der Utopie-Idee zu verfallen, sollte man viele Paketchen Maine-Zahnstocher schenken. Er aber mußte sich jetzt auf Carols Stuhl setzen und sich anhören, wie sie sein Zusammenklappen erlebt habe. Zum Glück fehlte Carol. Sie war bei

Vater und Mutter in Mendocino. Halm fuhr heim. Als er das Fernsehgerät sah, kapitulierte er. Er machte den Apparat an. Am hellen Tag. Und er hatte sich nicht getäuscht. Alles, was der Schirm bot, tat ihm jetzt gut. Es tat ihm gut, daß ein David Bowie ein halbvolles Oakland Coliseum mit nur 35 000 *Fans* vorgefunden hatte. Es tat ihm gut, den goebbelshaften oder wahnsinnigen Fernsehpfarrer Dr. Scott sagen zu hören: Am liebsten geb ich Geld aus für Jesus, gebt mir 10 Millionen Dollar pro Tag, ich geb sie aus, täglich. Ihm tat es gut, streikende Lehrer auf den Straßen in Oakland demonstrieren zu sehen. Es tat ihm gut zu hören, daß eine 500-Millionen-Dollar-Diät-Firma bankrott gegangen ist. Es tat ihm gut, daß die ganze Gegend momentan Angst hatte vor einer Spinne, die brown recluse spider hieß und schon einen Fünfundfünfzigjährigen getötet hatte. Es tat ihm gut zu hören, daß einer an der Küste Pelikane mit dem Messer verstümmelt. Es tat ihm gut, daß es nirgendwo gutging. Am wohlsten wurde es ihm, wenn der Präsident auf dem Schirm erschien. Carol hatte recht, es konnte nichts Anheimelnderes geben als dieses hübsch geschminkte, ewig lachende Präsidentengespenst. Nur die Frau des Präsidenten ist noch anheimelnder als er. Sie ist der Inbegriff, sie ist das So-ist-es schlechthin. Wie wohltuend ist es, daß alles so ist, wie es ist. So gut aufgelegt trat er morgens durchs Crocker-Tor. Er brauchte keinen Grund für seine gute Laune. Mit dieser auf Ursachen nicht angewiesenen Hochstimmung setzte er sich an seinen Platz vor die allmählich zum reinen Ornament verschwimmende Geschlechtsgrottenzeichnung. Er hatte auch kaum noch Angst, daß seine Themen an ihrer Uninteressantheit untergehen würden. Howard war längst der wirkliche Leiter dieser Konversation. Howard ließ einfach kein Thema untergehen. Und wenn der gnomige Jeff wieder einmal aus seiner Brustlage etwas murmelte, was Halm nicht verstand, aber alle lachten, dann sagte Howard freundlich streng, Jeff solle seinen drug talk doch besser nicht mit in die Stunde bringen. Halm freute sich auf Elaines gesenkten Kopf und den heraufgedrehten Puppenblick mit den flirrenden und sich ineinander verhakenden Wimpern. Er freute sich darauf, daß Gail sich mit ihren Krücken hereinschwang. Auf den Riesen Art freute er sich, der seinen Riesenmund andauernd bewegte und dann doch lieber nichts sagte, und man verstand es so, daß er jetzt nichts sagen wollte; nichts konnte richtiger sein, genialer sein, als diesen Riesenmund bis zum Sprechenkönnen in Bewegung gebracht zu haben und dann doch der Weisung aus dem Rieseninneren zu folgen: schweig. Er freute sich auf die scheu aus dem 19. Jahrhundert herüberlächelnde Cynthia, die, wenn sie sprach, alles, was sie sagen wollte, wunderbar ruhig herausbrachte, aber immer mit einem Ausdruck, als geniere sie sich dafür. Und auf die Stumme von Mill Valley freute er sich auch. Auch waren, kurz bevor es zum Regnen kam, noch die Dahlienknospen aufgegangen, die auf der dem Haus mit den Möpsen zugewandten Gartenseite wuchsen und jetzt mit hellem Lila im Regen leuchteten. Am letzten Tag hatte Sabine gesagt: Du wirst die Dahlien noch aufgehen sehen. Wenn aber im Radio dann auch noch Schubert angesagt wurde, rannte er hin und schaltete aus, bevor das Quartett eine Chance hatte. Auch mußte er seine Hausaufgabe machen: Faulkner, *The Hamlet*. Schon dem zweiten Satz erlag er. Gut, das war ein Satz, den wahrscheinlich jeder zweimal lesen mußte. Der Autor war offensichtlich stolz darauf, Sätze zu schreiben, die man, wollte man sich ihrer wirklich vergewissern, zweimal lesen mußte. Und noch stolzer war er anscheinend darauf, daß er wußte, der Leser würde diesen zweiten Satz auch wirklich zweimal lesen. Spätestens wenn der Leser im dritten Satz, der viel schwieriger ist als der zweite, bis zur Hälfte gekommen sein würde, würde er zurückspringen auf den zweiten, auf den Anfang des zweiten Satzes, und würde den zweiten Satz jetzt so lange sorgfältig lesen, bis er sich seiner halbwegs sicher sein konnte. So, mein lieber dritter Satz, jetzt wollen wir einmal sehen, ob du einem, der den zweiten Satz intus hat, auch nur die geringste Schwierigkeit machen kannst. Wahrscheinlich hast du deine ganze Widerborstigkeitskraft nur davon, daß

man in dich als ein aus dem zweiten Satz Fliehender hinein-
taumelt. So einen bringst du natürlich leichtestens zu Fall.
Aber einen, der den zweiten Satz ordentlich besiegt hat – was,
bitte, kannst du dem anhaben? Schon etwas weniger. Aber
noch ziemlich viel. Andererseits verriet schon der vierte Satz,
daß es dem Autor nicht gelang, aus jedem Satz ein Dickicht
zu machen, das dem nichts als vorwärtswollenden Leser seine
Ohnmacht und Schwäche hinreibt. Den vierten Satz las er wie
nichts. Allerdings, ohne Atem und Sein ganz dieser Welt aus
Zeilen zuzuwenden, würde er – das sah er schon – in dieser
Mississippi-Gegend nicht Fuß fassen. Es spielte eben doch alles im Bezirk Yoknapatawpha. Wenn er dann spürte, daß er,
gab er überhaupt nicht nach, immer kräftiger wurde, dachte
er mit Genuß daran, daß seine Gegner daheim jetzt schliefen.
Viel half auch der Regen. Dieser nur bis drei zählen könnende
Regen. Nur bis drei und zurück und bis drei und zurück. Als
der Wind heftig wurde, saß Halm hinter seiner Aquariums-
scheibe und starrte auf Bäume und Büsche, dieses grüne Meer
zwischen den Dächern des Viertels, das schwankte und sogar
wild wogte wie ein richtiges Meer. Wie Felsen lagen in dem
grünen Gewoge die Dächer. Der Wind steigerte sich, bis er
nur noch heulte und pfiff. Man muß einen Sturm in einem
fremden Land schon beobachten. Man weiß nicht, wie weit
der hier gehen kann. Die Bäume taten ganz aufgeregt. Am
Haus rüttelte der Wind, als verlange er Einlaß. Der faßte das
Haus richtig an. Und das Haus ächzte richtig unter seinem
Zugriff. In Sillenbuch hat der Wind nicht diesen Griff. Und
die Regentücher, die er hertrieb, wurden immer dichter. Gelegentlich klatschte Wasser auf die Terrasse, als werde es aus
großer Höhe einfach hinuntergeschüttet. Um nicht ganz von
allem abgeschnitten zu sein, machte er wieder den Fernsehapparat an. Es sei der erste große Sturm in diesem Herbst. In
den Bergen Nevadas 9 inches Schnee. Die Pazifik-Wellen sind
inzwischen fast 8 Meter hoch. Die Regentücher ließen keinen
Blick mehr durch. Man hörte nur noch Wasser. Es dribbelte,
trommelte, klatschte. Der Regen bestürmte das Haus, als

könne er's kriegen. Die Katze, die hier noch keinen Herbst und Winter erlebt hat, dürfte das alles auch nicht uneingeschüchtert überstehen. Er hätte sie jetzt ins Haus genommen, aber sie zeigte sich nicht mehr. Wenn, was zu befürchten ist, der Höhepunkt der Flut mit dem Sturmhöhepunkt zusammenfällt, sagt das Fernsehen, kann es da und dort unangenehm werden. Die schöne Küstenstraße fahre man vorerst besser nicht. Die verliert bei solchen Gelegenheiten immer ein paar Partien an die Natur. Er schmierte seine Yams und Squash mit Öl ein, schob sie in der Kasserolle in den Ofen, schaltete auf 350 hiesige Grade. Den Geräuschen nach war das Wasser jetzt schon im Haus. So gluckst es nur, wenn es schon herinnen ist. Aber er würde sich lieber mit dem Haus den steilen Hang hinunterschwemmen lassen als sich wehren. Herr Rinehart war sicher gut versichert. Der Nachbar rechts war, laut Sabine, ein pensionierter Versicherungsmakler. Auch ein pensionierter Versicherungsmann gibt nicht nach, bevor sein Nachbar nicht gegen gar alles versichert ist. Wo Lena jetzt war? Es fiel ihm schwer, sie nur zweimal in der Woche anzurufen. An einem solchen Schlechtwettertag ist man davon abhängig, wie man mit sich selbst umgehen kann. Und das sollte man gelernt haben. Seit Sabine weg war, starrte alles im Haus vor Einsamkeit. Es fehlte den Gegenständen der Sinn. Die Stühle hatten keine Verbindung mehr mit dem Tisch. Eine Teilnahmslosigkeitsatmosphäre hatte sich ausgebreitet. Nachts lag er und hörte den Geräuschen nach. Was bedeuteten sie? Wenn Sabine da war, hielt er das offenbar nicht für nötig. Er war also gewohnt, daß ihre Ohren für ihn wachten. Keine Panik jetzt, bloß weil es dunkel wird. Wenn es dunkel wird, nimmt die Klugheit zu. Die Unklugheit auch. Also bleibt sich alles gleich. Außer daß es dunkel wird. In einer solchen Nacht hat John Frey der *Swiss Lady* zugehört. Halm hörte Faulkner zu. Plötzlich blieb der Strom weg. Am Morgen fehlte der Strom immer noch. Also unrasiert in die Klasse. Das war schon ein Konversationsthema. Wer keinen Kamin hat, kann abends zu Halm kommen. Professor Halm

heizt persönlich. Mit Professor Rineharts Holz. Bei Kerzen-
licht wartete er den ganzen Abend lang vor seinem Feuer auf
Besuch. Er glaubte, jemand werde kommen. Er glaubte, bald
werde es läuten, er werde hinausgehen, da stünde sie mit
schwarzen Stiefeln und so weiter. Er wußte ganz sicher, daß
sie nicht kommen würde. Aber er glaubte, sie werde kommen. Daher seine Aufregung, seine Hochstimmung. Jeden
Tag wieder. Jeden Abend. Wie dieses Mädchen angezogen
war, seit Regen und Wind hier herrschten! Vorher hatte sie
nichts als diese nur in Rundungen aufhören könnende Turnhose angehabt, dann und wann die abenteuerlich verlotterte
Trainingshose, und immer die farblosen Turnschuhe. Jetzt
trat sie sehr ausgestattet auf. Schals hatte sie jetzt umgewor-
fen –, nach denen hätte man Opern komponieren können.
Schuhe trug sie, deren Ehrgeiz es war, ganz einfach auszusehen, aber dabei wissen zu lassen, sie seien alles andere als das.
Halm wehrte sich nicht mehr. Time processing, dachte er, in
englischer Anmaßung. Das ist deine Aufgabe: diese Gegenwart hinter dich zu bringen, jede Sekunde, sobald sie da ist,
sofort in möglichst tiefe Vergangenheit verwandeln. Der Gegenwart die Sekunden sozusagen aus der Hand fressen. Weg-
fressen. Runterschlucken. Folgenlos. Aus. Sabine hatte es
schwerer. Vater Gottschalk, dieser Friedlichste, war durch
seine Schmerzen rabiat geworden. Er mußte allein in ein Zimmer gelegt werden, biß Schwestern, die ihn waschen oder füt-
tern wollten, in die Hände, warf Ärzten, sobald sie ins
Zimmer kamen, an den Kopf, was er an Werfbarem erreichen
konnte, nur Sabine ertrug er noch. Auch sie beschimpfte er,
aber er biß und bewarf sie nicht. Sabine nahm seine Be-
schimpfungen ernst, litt, was er litt, mit. Wie es dieses Jahr
Weihnachten werden solle, sagte Sabine, könne sie sich nicht
vorstellen. Und wie geht es Helmut? Er soll es ehrlich sagen!
Ist ihm noch schwindlig? Sie kommt sofort hinüber, wirklich,
sie weiß, wohin sie gehört, helfen kann sie ihrem Vater nicht
mehr, sie kann ihn nur nicht so liegenlassen, hier. Und Lena?
Ja, Lena geht es am besten von uns allen. Und Juliane? Juliane

macht sich. Aber leider bleibt sie dabei: sie will nach Brasilien. Aber warum denn nach Brasilien, fragt er. Das weiß niemand, sagte Sabine, als handle es sich um eine Krankheit, deren Ursache noch rätselhaft ist. Ausgerechnet nach Brasilien, sagte er. Und Otto? Der kann nicht mehr liegen. Wahrscheinlich doch das Herz. Jetzt sitzt er immer so aufrecht wie möglich. Dann rutschen ihm die Vorderfüße weg, dann muß er sich wieder aufrappeln, dann rutscht alles wieder weg. Da beginnt auch ein Kampf. Sagte Sabine. Also, Sabine, sagte er und trennte sich vom Agonienkontinent. Er mußte zu seiner Angorafreundin. Sie leuchtete wieder rosarot aus der Gartentiefe. Er mußte sie daran gewöhnen, daß er jetzt zwar barfuß, aber in Schlappen hinunterkam. Es war nach dem Regensturm nicht mehr so warm geworden. Aber sie gab nicht nach, bevor er nicht aus den Schlappen schlüpfte und mit seinem Fuß ihre Zudringlichkeit erwiderte. Sie konnte das erwarten. Er und sie waren ein Paar. Vom Mopshaus her kam ein wüster alter Katzenkerl. Gierig, räudig, erfahren aussehend. Also mußte Halm bleiben, bis seine Freundin gegessen und getrunken hatte. Der abenteuerlich schmutzige und eher kurzhaarige Riesenkatzenkerl kam immer näher. Halm scheuchte ihn weg. Der rennt davon, aber nicht in Richtung Mopshaus, sondern auf die Terrassentür zu, die Halm offengelassen hatte. Wenn jemand hinein durfte, dann nur seine. Also macht Halm eine schnelle Bewegung in Richtung Tür, erschreckt dadurch seine Kleine, die hüpft weg, auch in Richtung Tür, aber das sieht er nicht, er ist ja auf den Katzenkerl konzentriert, den er noch erreichen oder verscheuchen muß; erst als der Schlappenfuß auf etwas Weiches trat und der Schrei ertönte, wußte er, daß er mit der harten Schlappensohle seine Kleine getreten hatte. Und weg war sie, ins Gras hinab und verschwunden. Er konnte nicht warten. Seine andere Herrin wollte am Freitag wissen, über welche dieser auf Veranden, Pferden und Wagen herumsitzenden Figuren des Yoknapatawpha-Bezirks am leichtesten ein Aufsatz zu schreiben sei. Halm kam alles in diesem Buch wundervoll vor. Näher bei

Homer als bei ihm selbst. Er brachte die kauenden, spuckenden, spekulierenden Figuren nicht mehr aus dem Kopf. Und tat sich so schwer mit dem Lesen. Sein Traum vom Verstehen, ohne zu übersetzen, wurde hart geprüft. Es war wohl doch eine Illusion. Er las nicht mehr nur für seine Auftraggeberin. Er reiste mit Faulkners Buch immer tiefer hinein in dieses Amerika. Die arme, dünne, grelle Haut der Gegenwart war nichts gegen die Vergangenheitsmächtigkeit. Er mußte dem Mädchen dankbar sein. Ohne sie wäre er nicht vorgedrungen zu diesen eher träumenden als tätigen Heroen der Mississippi-Gegend. Saß nicht auch sie herum in seiner Konversationsstunde wie so eine Figur? Nie machte sie den Mund auf, immer zog sie den rechten Fuß an, legte ihn aufs linke Knie, umfaßte ihr Gelenk und schaute den an, der sprach, und man hätte nicht sagen können, ob sie höre, was der sagte. Sie schaute, als genüge es, jemanden anzuschauen. Aber welche Figur sollte man ihr empfehlen aus dem von einem Staub und einer Sonne gezeichneten Figurenteppich? Diese Figuren waren alle gleich groß. Man kann sich nicht erheben. Es gibt keine Kleinen und keine Großen. Daß das so war, ohne daß es gesagt werden mußte, kam ihm amerikanisch vor. Aber dann, nach Seite 102, tauchte eine Figur auf, die die Atmosphäre veränderte. Labove, Arbeiter in der Sägerei und auf Vaters kleiner Farm und, vom Verdienten, Student in Oxford, 40 Meilen weit weg. Er will hoch hinaus, in die Politik, Gouverneur will er werden, wird aber noch während des Studiums als Lehrer geheuert in das Romandorf. Fünf Jahre bleibt er, die Prüfungen in Oxford sind längst bestanden, er könnte schon Anwalt sein, aber er bleibt. Wegen Eula. Er ist ihr Lehrer. Schließlich versucht er, sie im Schulzimmer zu vergewaltigen, das gelingt nicht, jetzt verschwindet er, für immer. Es geht dem Roman nicht um diesen Labove, sondern um Eula, die kalte süße Kartoffeln mampfende, ewig träge Tochter des am meisten besitzenden Mr. Varner, der sich entweder von einem fetten Schimmel durch die Gegend tragen läßt oder – noch lieber – in der Hängematte liegt und von dort aus ein bißchen regiert. Aber Eula kriegt durch den doppelt so alten Lehrer Labove Namen, die sonst hier nicht vorkommen. Der sieht sie als Venus, sich als Vulkan und so weiter. Die fünf Jahre werden zu einer einzigen fortreißenden Tendenz, zu einer in jede Höhe reichenden Welle, die dann kalt, senkrecht, hart herabstürzt in einem einzigen Satz: »*Stop pawing me*«, *she said.* »*You old headless horseman Ichabod Crane.*« Um die mythisch träge Eula, diese durch Passivität kommandierende Kartoffelmampferin, groß, übergroß, wahnsinnig groß zu machen, wird die auf Entbehrung und Zähigkeit gegründete, Tag und Nacht rücksichtslos fürs Ziel nutzende Ehrgeizexistenz Laboves aufgebaut, die, sobald Eulas Brüste schwer ins Bild kommen, in einen uterischen Mahlstrom hineingerissen und einfach zermalmt wird. Er flüstert ihr noch, während er mit ihr ringt, ein Durcheinander von griechisch-lateinischer Poesie und amerikanischen Mississippi-Unflätigkeiten zu. Aber sie wirft ihn ab und um und sagt diesen einen Satz: »Grapschen Sie nicht an mir rum, Sie alter blöder Kavallerist Ichabod Crane.« Labove war mehr mager als hager, darauf spielt *Crane* an, das sowohl *Kranich* wie *Kran* heißt. *Ichabod* sei, sagen die Bücher, ein hebräischer Männername, habe aber im Volksmund eine eigenschaftsworthafte Kraft, da heiße es soviel wie *inglorious,* also *schimpflich, schändlich.* Also hört Labove: Grapschen Sie nicht an mir rum, Sie blöder alter Kavallerist Schweinskranich.

Aber er hört eben doch *headless.* Das ist zwar soviel wie *foolish, stupid,* aber wie kommt das hierher? So etwas muß man Frauen fragen. Halm rief Joyce Ackerman an und wußte nach Minuten, daß Faulkners Eula es von Washington Irving habe. In *The Legend of Sleepy Hollow* aus dem Jahr 1819 reite der Reiter Ichabod Crane wirklich kopflos dahin. Halm konnte das nicht übersetzen.

Er würde Fran vorschlagen, über Eula zu schreiben. Eula ist größer als Labove. Labove ist nur dazu da, sie groß zu machen, damit es um so grausamer wirke, wenn sie, nach weiteren Männeranläufen, die Frau des molluskenhaften, sich wie

Schimmelpilz ausbreitenden Strebers Snopes werden muß. Am nächsten Morgen packte ihn Roy Kinsman am Arm, führte ihn den Gang entlang zu Leslie Ackermans Büro, rief von dort aus Rainer an und sagte, der solle sofort zu Leslie kommen. Den Versammelten sagte er: Von ihnen sei er armgesoffen und leergefressen worden, jetzt warte er Woche für Woche auf die Einladung, daß er sich wenigstens an einem von ihnen rächen könne. Leslie war dran. Also gut, am Samstag. Halm hatte eigentlich mit Lena herumfahren wollen. Skat ging vor. Carol seufzte schmerzlich. Wie sie, wenn sie sich ekelte, ihre vorgewölbten Zähne entblößen konnte! Bis sie dann die ganze Pracht hinter der mächtigen Unterlippe begrub. Rainers Unterlippe dagegen hing immer weiter weg. Wenn man näher bei ihm stand, hörte man, daß er keuchte. Wenn man fragte, wie es *Schuberts Textverständnis* gehe, wurde die unruhige Zungenspitze zwischen den Zähnen ganz ruhig, dazu nickte Rainer, als habe man etwas gefragt, was mit JA oder NEIN zu beantworten sei, und er bejahe diese Frage hiermit. Am Freitag vor dem Skatsamstag kam das Mädchen noch in die Neongruft. Die Eisdusche war inzwischen ein milder Föhnstrahl geworden, Pullover und Schal erübrigten sich also. Die Kinderbilder allerdings erinnerten ihn täglich an die Neuschwanstein-Plakate, mit denen er sich vor ihnen hatte schützen wollen.

An diesem Freitag hatte die Gazette zwei Schlagzeilen: der Vergewaltiger war endlich gefaßt worden – die Regenfluten, die den Boden aufweichen, sind ihm zum Verhängnis geworden –, und der Universitätssenat verurteilt allerstrengstens jede Art von Lehrer-Studenten-Liebschaft. *Romances* werden solche Beziehungen genannt. Zitiert werden Statistiken der Harvard-Universität, die zeigen, daß 34% der College-Studentinnen und 47% der Universitätsstudentinnen mit sexual harassment zu tun hatten. Also bitte, 34% der undergraduates! Immerhin, ihr Herren Skatbrüder, so ganz unüblich wäre es doch nicht. Abgesehen davon, daß er es nicht so weit gebracht hat. Ein Konversationsthema wagte er daraus nicht zu machen. Er ließ es sich lieber in der Freistunde von Carol erklären. Sie wies ihn an sein Fach. Darin lag schon eine Art Prospekt, in Hochglanz, mehrfarbig und dramatisch gedruckt, dienend der Aufklärung über und dem Kampf gegen sexual harassment. Da ham Sie wieder Glück gehabt, daß Se mir gegenüber nicht pampiger geworden sind, sagte Carol. Sie sei nämlich auch als schützenswertes Weibsgut erfaßt in dieser alles erfassenden Keuschheitskampagne. Was er aber mit Fran treibe –, na ja, sie werde ihn nicht anzeigen, obwohl er doch damit glatt einen Fall präpariere, der unter die 34% der undergraduates-Belästigung gehöre. Was heißt *präparieren,* fragte er humorlos. Sie lese es ihm gern vor. Wenn sie, was sie, ohne hinzuschauen, mitkriege, richtig deute, sei er im Augenblick noch nicht reif für eine *formal grievance procedure,* aber… Moment… da hat sie den sein Stadium fassenden Paragraphen: *an informal pregrievance complaint resolution process.* Also so was könne gegen ihn in jeder Sekunde losgehen. Meint sie. Die einzige, die er hier belästigt habe, sei sie, er erwarte ihre Denunziation, sagte er. Ja, von ihr erwarte man nur solchen Quatsch, sagte sie, andauernd soll sie Polizei sein, und wäre doch viel lieber Verbrecher oder wenigstens Opfer. Er fragte nach ihren Eltern. Morgen, wenn er zur Herrenorgie geht, ist sie schon wieder in Mendocino. Ihrer Mutter tun nach siebzehn Jahren Mannherumschleppen die Arme weh. Obwohl der Vater jetzt wirklich nur noch 91 Pfund wiegt. Amerikanische! Halm war froh, erzählen zu können, daß seine Sabine auch so kämpfe zur Zeit. Kommen Sie gut nach Mendocino und zurück. Adieu! Liebe Carol! Dann so schnell wie möglich ins Büro. Als er gerade auf dem Flugblatt las, in was alles sich sexuelle Belästigung von Studentinnen durch den Lehrkörper einteilen lasse, trat sie kauend ein. Natürlich wieder mit Stiefeln, die vor Weichheit in sich zusammenfielen. Die edelste silbergraue Seidenbluse unter einer viel zu feinen schwarzen zweireihigen Jacke. Lohengrin und Schwan in einer Person. Und dann fing sie wieder an, ihre Haare von hier nach da zu schaufeln, damit die dann von selbst allmählich zurückflössen. Labove war wahnsinnig geworden. Und als er's wurde, wußte er, daß er gerade dabei war, es zu werden. Und konnte schon nichts mehr machen. Und dann nannte Eula Laboves Untergang in ihrem Mahlstrom einfach GRAPSCHEN oder TÄTSCHELN. Labove hatte sich, als er Eula anschaute, vorstellen können, sie so zu verletzen, daß ihr Blut flösse. Labove war noch keine dreißig. Mit fünfundfünfzig ist Erwürgen das Äußerste. Also, bevor er ihr etwas vorschlage, würde er gern hören, zu welcher Figur aus diesem Figurenteppich sie sich hingezogen fühle. Das Mädchen verschob ein wenig ihre Lippen gegeneinander und sagte: Labove. Ach, sagte Halm, Labove, wieso denn ausgerechnet der? Sie findet Labove attraktiv. Sie hat noch nie gehört, daß es jemand so schwer hatte, sein Studium zu ermöglichen. Farm, Sägerei, Erdarbeiten im College, Fußball, Lehrerarbeit in einem elenden Nest, vierzig Meilen von der Uni, Sieben- bis Neunzehnjährige unterrichten, in EINER Klasse. Endlich ist er durch alles durch. Wäre Anwalt. Die Karriere könnte beginnen. Ganz steil. Er will Gouverneur werden. Dann greift er nach dem Mädchen. Er weiß schon länger, daß er verloren ist. Irgendwann wird er so wahnsinnig sein, wie man sein muß, um so nach einem Mädchen greifen zu können. Danach wird alles aus sein. Die Karriere. Das Leben. Schluß. Alles wird gewesen sein für nichts. Beziehungsweise für dieses Mädchen. Das imponiert ihr. Irgendwie. Halm sagte: Ja. Natürlich. Aber Labove ist nur eine Nebenfigur. Wie gefällt Ihnen Eula? Eula findet sie gut, vor allem, solange Labove da ist. Ohne Labove ist Eula nicht mehr so attraktiv wie mit Labove. Findet sie. Aber, sagt er, Eula ist doch der Inbegriff des ganzen geschichtlichen und vorgeschichtlichen weiblichen Schicksals. Zuerst die weibliche Machtfülle selbst, dann das exemplarisch elende Frauenlos, darüber könnte man doch schreiben! Sie, anstrengungslos: Warum nicht gleich über Labove. Mhm, sagt Halm. Studies of rapists have shown that the destruction of what was desired stops the desire. Sagt sie lächelnd. Halm sah ihr in die Augen, die ihm so vertraut

waren wie seine eigenen. Wie meinen Sie das, fragt er. S
zuckt mit den Schultern. Sagt nichts mehr. Weil er nicht wei
was er noch sagen soll, sagt er, ob sie gelesen habe, der hiesi
rapist sei gefaßt. Sie: Ob er diesen blöden Beschluß des Sena
über sexual harassment gelesen habe. Er nickt. Sie sagt: We
die Arbeit für die Opernklasse getan sei, werde sie anfange
über Labove zu schreiben, vielleicht werde sie Fragen habe
an Halm, den Vergewaltiger betreffend, ob sie die stell
dürfe. Immer, sagt er schwach. Wenn sie sich auch nur i
mindesten bewegte, liefen Silberlichter über die Edelblu
Und die feierlichen Flügeltore ihrer Jacke schwankten. Ob
am Dienstagabend Zeit habe, fragt sie. Sie würde gern mit ih
in die Oper gehen. Nicht in die richtige, leider, aber i
Opernprofessor führe der Klasse am Dienstagabend *Walki*
vor, eine Bayreuther Aufführung, auf Kassette. Steiner Au
torium, um sieben, Raum 96. Er tat, als sei das nichts, von i
eingeladen zu werden, abends, neben ihr, im Dunkel, *W*
küre zu hören. Er sagte: Am Dienstag? Nächste Woche? La
ges Mhmmm. Am Donnerstag fliegt Professor Mersjoha
nach Houston zu dem Symposion über Musik und Dichtur
Falls Rainer nicht noch dramatisch Ansprüche stelle, etv
seinen Vortrag über *Schuberts Textverständnis* an Halm au
probieren wolle, falls nichts dergleichen hinderlich werc
komme er, sogar gern, *Walküre*, warum nicht. Seit sie die
Einladung ausgesprochen hatte, dachte er nicht mehr dara
sie zu vergewaltigen. Als sie aber gegangen war, hatte er wi
der dieses Gefühl, alles falsch gemacht zu haben. Er hatte s
gehen lassen. Ein Streit erhob sich in ihm wie nie zuvor. W
hat sie gehen lassen? Du! Was hätte ich tun sollen? Sie verg
waltigen. Belästigen, wenigstens. Why didn't you harass he
Mein Gott, sie hat doch extra gegrinst über den blöden S
natsbeschluß. Sie bewundert Labove! Und selbst Eula h
nicht geschrien, als Labove es versuchte. Ja, weil sie es nic
nötig fand. Sie hat ihn ja nicht einmal angezeigt. Was für L
bove ein Aufs-Spiel-Setzen der ganzen Existenz war, war f
sie nichts Erwähnenswertes. Aber das Mädchen bewunde

doch Labove, nicht Eula. Sie bewundert den Einsatz, den Mut, das Risiko, den Wahnsinn. Aber Labove hatte eben diesen Wahnsinn, dir fehlt er. *He was mad. He knew it.* Du bist normal. Und du weißt es. Das war eine fürchterliche Einsicht. Eine niederschmetternde. Diese Unfähigkeit zum Wahnsinn! Diese Angst! Nicht Angst vor der Strafe! Sexual harassment… lächerlich. Er hatte nur Angst vor dem Satz: *Stop pawing me.* Diesen Satz, von ihr, fürchtet er, nicht ertragen zu können. Da müßte er anders reagieren als Labove. Seine Hände dachten an einen Hals. Aber der Hals war fort. Vielleicht hatte sie gespürt, was in ihm vorging, deshalb hatte sie schnell den Dienstagabend vorgeschlagen. Tatsächlich hatte dieser Vorschlag alles gelöst. Es war keine Kunst, alles auf Dienstagabend zu verschieben. Wunderbar, diesem Dienstagabend entgegenzuleben. Eine Aussicht wie noch nie. Warum hatte er nicht voll und offen zugesagt?! Eigentlich hatte er gesagt, er komme vielleicht, vielleicht auch nicht. Das war falsch. Aber es verhinderte nichts. Und niemand würde ihn jetzt noch hindern können. Nicht zehn Rainer Mersjohanns! Geistverlust in Schamverschleiß ist Lust, die loslegt, vorher ist Lust verlogen, mörderisch, blutrünstig, kriminell, roh, rücksichtslos, primitiv, grausam, unberechenbar. Hoffen wir's, dachte Halm. Hatte er eigentlich je ein Mädchen, eine Frau angesprochen? Hatte er je eine Absicht zu erkennen gegeben, bevor er durch Zeichen der Frau sicher sein konnte, er werde, wenn er sich nähere, nicht abgewiesen? Für andere war das in Kindheits- und Jugendzeiten kein Problem gewesen, die sprachen eine nach der anderen an, bis es bei einer klappte. Er dagegen war offenbar immer schon von der Vorstellung beherrscht gewesen, daß man abgewiesen zu werden nicht ertragen könne. Deshalb auch, sobald er Sabine hatte, seine geradezu radikale Spezialisierung auf diese Frau. Sabine war ihm alles und alles war ihm Sabine und außer Sabine war nichts. Ach ja, Nicole Klingele. Und als sie Schloz-Klingele hieß, hatte sie ihn am Arm herumgerissen im Foyer, so gierig war sie, ihm ihren schönen schnauzbärtigen Mann und ihrem

Mann ihn vorzustellen. Schaazi hatte sie geschrien. Es hatte geklungen, als foltere sie das Wort. Das sei also ihr Lieblingslehrer... Eine Szene, die alles enthielt, was peinlich sein kann. Die rotseidene Aufgeplustertheit selbst. Und ein paar Jahre vor dieser Szene hatte er zwei Wochen lang geglaubt, Tag und Nacht geglaubt, er könne, er dürfe ohne diese Nicole nicht leben. Jetzt an das denken, was er in diesen vierzehn Tagen und Nächten getan hatte, das müßte heilsam sein. Nicole war Eula nicht so unverwandt. Eine Nacht lang hatten sie gekämpft. In einem Hotel in Baden-Baden. Nicole hatte einem Geiger dort vorspielen müssen. Brahms. Etwas mit einem Frauennamen. Agathe? Außer dem t hat Brahms alle Buchstaben als Noten brauchen können. Er hat es auch noch dort in der Gegend komponiert. Halm hatte Nicole in der ersten Hälfte der Nacht Agathe genannt. Sie wollte Geigerin werden. Nach dem Vorspielen, das nicht den ersehnten Effekt gehabt hatte, war sie in das Hotel gekommen, war so erschrokken über die verkümmerten Betten, die abgewetzten Sessel, die schmutzigen rotblumigen Tapeten, daß er sofort hinunterging an den Empfang und den Portier inständig bat, ihm doch etwas anderes zu empfehlen. Ja, wenn Sie etwas Erstklassiges wollen, sagte der Portier, wir sind eben nur zweitklassig. Halm sagte nicht: Viertklassig seid ihr. Er wußte, daß jeder so tun muß, als stufe er sich anders ein, als die Umwelt es tut. Lachend ließen sie sich im *Erstklassigen,* das zum Glück nicht erstklassig war, aufs Bett fallen. Dann begann ein Zehnstunden- und Tausendrundenringkampf, den Nicole gewann. Die ersten fünfhundert Runden, die Agathe-Runden, waren spannend. Da er mit einer Neunzehnjährigen in einem für seine Begriffe nun doch luxuriösen Hotelzimmer Baden-Badens in einem Bett rang, das nicht nur dem Augenzumachen und Einschlafen dienen konnte, da dieses Mädchen ihn nahezu zum Mitreisen und gemeinsamen Übernachten aufgefordert hatte – er auf jeden Fall hatte ihre unerbetenen Mitteilungen bei vorsichtigster Prüfung nicht anders verstehen können –, da sie sich bis auf einen nicht mehr handbreiten

Textilstreifen ausgezogen hatte, da sie ihren Lehrer auf eine Art an sich gezogen und geküßt hatte, die er für eine Einladung zu allem hatte halten müssen, da sie ihn auch Schaazi nannte, glaubte er, obwohl ihm ihr Wortschatz nicht hätte gefallen sollen, daß jetzt die erstaunlichste Nacht seines Lebens begonnen habe. Das wußte er noch, das würde er – leider – für alle Zeit wissen, daß er, als er zwischen ihren weitreichenden Brüsten Platz gefunden hatte, gedacht hatte: das ist das Höchsteschönste, was du zu erleben kriegen wirst. Jetzt ist Spitze. So hatte er, Schülerjargon nutzend, gedacht. Aber in den zweiten fünfhundert Runden, den Nicole-Runden, wurde recht allmählich deutlich, daß er nicht ein wunderbar bereitetes Voressen für eine noch wunderbarere Hauptspeise bestritt, sondern daß es Fräulein Klingele mit dem Voressen ein Bewenden haben lassen wollte. Das wiederum drang bei ihm nicht mehr durch oder er dachte, das dürfe er nicht durchdringen lassen –, er kämpfte auf jeden Fall weiter, und je länger er kämpfte, desto eindeutiger wurde der Kampf einer. Und eben den verlor er. Fräulein Klingele war fast größer als er und deutlich stärker und sie war rücksichtslos und – nach seinem Empfinden – unfair: körperlich und geistig. Sie vermittelte ihm durch ihre Kommentare im Lauf der Nacht eine Vorstellung vom Wert der Jungfernschaft einer Stuttgarter Millionärstochter. Er sollte endlich verstehen: zu teuer, um nebenbei einem wie auch immer verehrten Deutschlehrer geopfert werden zu können. Der Papa hatte einen Autohandel, den er offenbar mit viel mehr als bloß kaufmännischem Einsatz betrieb. Seine Marke war seine Konfession. Von Geld werde bei ihnen nicht geredet. Jedes Jahr noch vollkommenere Autos –, das war, neben Glück und Karriere seiner einzigen Nicole, Herrn Klingeles Lebenssinn. Der von seiner Tochter verehrte Herr Klingele war fromm, markenfromm, familienfromm, weltfromm. Halm hätte nach dieser Nacht Klingeles Biographie schreiben können. Im Morgengrauen hätte Halm eigentlich dankbar sein sollen, daß er eine Nacht lang die Klingeleschen Verkörperungen und ihren Wert hatte berühren und ermessen dürfen. Nicole forderte ihn im Namen ihres Familienselbstgefühls ziemlich direkt zu solcher Dankbarkeit auf. Wer hat ihr je so nahe kommen dürfen wie er! Sie zählte sie auf. Es waren genau fünf. Er, der sechste. Wenn ihn von dieser im Vorfeld verlorenen Schlacht nicht verschiedenes innen und außen scharf geschmerzt hätte, hätte er ihr, die er in ihrer vollkommenen Unschuld erst jetzt zu würdigen wußte, diese Dankbarkeit gern und gerührt bezeugt. Aber er war in keinem guten Zustand. Er drängte zum Aufbruch. Ohne Frühstück, bitte. So rasch wie möglich heim, zu Sabine. Von jetzt an gefeit. Gefeiter als Siegfried nach seinem Bad im Fafnirblut. Kein Lindenblatt hatte ihn vor der totalen Nicole-Ätzung bewahrt. Er war rundum gefeit. Und als er, nach der Schaazi-Szene im Opern-Foyer, Sabine an allem hatte teilhaben lassen können, durfte er sich als gerettet betrachten. Und jetzt? Dienstag, wieder eine Opernszene… Nein, Schluß, aus, amen. Etwas bei Nicole Schloz-Klingele Gelerntes darf man nicht auf Fran Webb anwenden. Nicole hatte ihn auf dem Schulball zum Tanzen aufgefordert, hatte so getanzt mit ihm, daß er sich plötzlich für einen sein Leben lang unentdeckt gebliebenen Meistertänzer hatte halten müssen. Sabine war nicht mitgegangen auf diesen Schulball. Es war längst unmöglich gewesen, daß ein Lehrer so fort und fort mit einer Schülerin tanzte. Wenn er und Nicole, als sie sich nicht mehr halten konnten, nicht einen Tisch umgetanzt hätten, hätten sie wahrscheinlich nie mehr aufhören können. Nicole hatte etwas Hellgrünes, Mehrstöckiges, Volantreiches angehabt. Einem Kiderlen könnte dergleichen nicht passieren. Mehr gab es dazu nicht zu sagen. Sabine war informiert, und das ist der vollkommenste Ausdruck für Beendigung. Bitte, keinerlei Einflüsse irgendwelcher Vergangenheiten auf den Dienstagabend! Einmal, bitte, ein Abend wie er ist! Einmal ein Datum ohne die alles lähmenden, zu nichts als Vereitelung führenden Kreuzwegstationen der Vergangenheit! Am Dienstagabend sei Gegenwart als solche! Reine Gegenwart! Vergangenheit und Zukunft, diese Verhinderungsgewalten schlechthin, haben am Dienstagabend Pause! Vorhang auf zur *Walküre*!

Zuerst aber noch am Samstagabend zum Skat bei Leslie Ackerman. Halm fuhr zum Hänsel-Gretel-Tudor-Haus in der Euclidstraße, Rainer übergab ihm den Schlüssel für den Chevy. *The Chevy man can*, dachte Halm und ärgerte sich darüber, daß sein Bewußtsein sich täglich mehr mit Werbesprüchen füllte. Er war den TV-Spots und -Spells nicht gewachsen. Was sinnst du also, fragte Rainer. Ich habe ein Nietzsche-Buch geschrieben, das niemand haben will, sagte Halm, und ich begreife jetzt gerade, warum. Gratuliere, sagte Rainer.

Hinter Orinda ging es steil hinauf, gleich wieder ebenso steil hinunter, dann schließlich ein eher senkrechtes als nur steiles Asphaltband hinauf, 100 m vielleicht, und droben auf der oasenhaft übergrünten Kuppe wohnten Ackermans. Ein weiteres feierliches Mittelklasse-Home. Diesmal vor allem durch Porzellan. Überall Porzellan. Rahmen und Rähmchen, vorstehende und in Wandnischen gefügte Unterbringungs- und Exponierungsmöglichkeiten für Porzellan. Gell, da glotzsch, sagte, den Stuttgarter Ton nachäffend, der Münsteraner Mersjohann. Leslie, zeig ihm den Hochaltar, sagte er zum Hausherrn. Der lehnte schüchtern ab. Die Sporttrophäen seien das wirkliche Heiligtum des Hauses, sagte Rainer. Halm sagte, er kenne außer Neuschwanstein nichts, was so erhaben liege wie dieses Haus auf seinem kalifornischen Hügel. Joyce, der jugendliche Frauentotenkopf zwischen den dicken blonden Zöpfen, sagte, das Haus sei ja auch vom früheren Vorsitzenden der kommunistischen Partei Kaliforniens hier heraufgebaut worden. Der habe es sicher haben wollen. Vor dem KGB, sagte, in die Knie gehend, Leslie. Aber warum hat er's dann verkauft? fragte Halm. Seine Frau kriegte eine Allergie gegen Gras, sagte Leslie. Kommt von der Entfremdung der Grundrententheoretiker von den grass roots, murmelte Rainer.

Man spielte in einem Zimmer, das offen war zu dem, in dem

Joyce an ihrer Doktorarbeit über das literarische Herm-
aphroditentum saß. Sie hörte alles mit. Das schwächte den
Wortschatz der Rauhen Brüder kein bißchen. Schon beim
Abliefern des mitgebrachten Weins ging es wieder los. Gerade hatte sich Roy noch einen Schumann-Heine-Schmerz zu
eigen gemacht, der nur in einem Riesensarg Platz hatte, und
jetzt sagte er, als Rainer zwei Flaschen als *Tränen des Berges*
ablieferte: Heut säufst du deine Studentenpisse selber. Da
mußte Leslie sich gleich auch anstrengen: Heute hat er seiner
Katheter-Beute nicht mal gestohlene Preisschilder aufge-
pappt, da schau, schonungslos ehrlich: zweisiebzig, dreifünfzig. Roy: Dreifünfzig ist gefälscht!
Halm verlor wieder. Die drei Rauhen grölten und höhnten.
Roy konkretisierte: Wo doch Helmut jetzt sparen müßte, um
sich den besten Anwalt leisten zu können für seinen Prozeß.
In diesem Semester buchstabiere man auf dem Campus Halm
wie harassment. Joyce kam schnell von nebenan: Das sei gemein, da will sich jemand einmal auf einem kalifornischen
Campus austoben, dann gerate er in so eine Keuschheitskampagne hinein. Ich bin ja schon froh, daß er nicht der rapist ist,
sagte Rainer leise vor sich hin. Halm lachte mit, so gut es gehen wollte. Dann versuchte er sich zu entziehen. Heißt es eigentlich to haráss oder to hárass? Dem Manne kann geholfen
werden, sagte Leslie. In seiner Schule, in Seattle, Oregon,
habe ein Schüler dieses Wort falsch ausgesprochen, der Professor habe gesagt, dieses Schülers assignment – Hausaufgabe,
soufflierte Rainer – sei es, bis zur nächsten Stunde die Aus-
sprache des Wortes zu klären. Der Schüler, in der nächsten
Stunde: I looked under haráss and found it is pronounced hárass. Die erste Betonung verstärkte Leslie so, daß man her ass
hören sollte. Joyce, immer noch unter der Tür: Wenn diese
Kampagne stattgefunden hätte, als sie bei Leslie studierte,
wäre entweder seine Karriere oder die romance zu Ende gewesen. Als sie zum ersten Mal in Leslies Sprechstunde gekommen sei, um mit ihm ihre Lektüreliste zu diskutieren
habe der sie so komisch angeschaut und gesagt: You know

better than I do which of your gaps are to be filled. Also, sie habe sich in dem Augenblick nicht vorstellen können, daß man ihre Lücken mit Lektüre füllen könne, sagte Joyce. Die dicken blonden Zöpfe werden durch die blonde Brille richtig verbunden, dachte Halm. Man war schon bei Auster und seiner chicano. Wie das aussieht, wenn er seine von Altersflecken wie eine Tarnuniform gesprenkelte Hand auf ihren makellosen Unterarm legt. Er hat einundvierzig Jahre Vorsprung, sagte Roy. Halm war nicht sicher, ob sie mit ihrer Auster-Reportage nicht doch auf ihn zielten. Leslie sagte, die einundzwanzig Jahre zwischen ihm und Joyce seien durch Teddy Auster fast verdoppelt worden. Rainer sagte, Leslie rede davon, als handle es sich um Hochsprung. Gib mir four bubs, sagte Roy zu Leslie, der am Geben war. Zwei mußt du dir von Joyce geben lassen, sagte Leslie tapfer. Joyce lachte. Halm strengte sich an. Die achteten ihn höher, wenn sie verloren, als wenn er ein Spiel nach dem anderen mutwillig an sich riß und verlor. Am Ende hatte er nicht mehr als 1 Dollar und 23 Cents zu bezahlen. Rainer dagegen zahlte allein an Roy 4 Dollar 17.

Vor dem Hänsel-und-Gretel-Haus ließ Rainer Halm nicht in den Volvo umsteigen. Halm mußte mit ins Haus. Hinab in Rainers Stockwerk. Elissa und Lena waren bei der Abschluß-party für den letzten Kurs des Jahres. Irgendwann in den nächsten vierzehn Tagen werde Elissa verschwinden. Angeblich um Jamey zu suchen. Dabei adressiere Jamey alle Karten an ihn, nicht an Elissa. Gerade sei eine Karte gekommen zum 120. Jahrestag von Lincolns *Gettysburg-Adress*. Und zwar aus Gettysburg, Pennsylvania. Er sendet jetzt öfter Grüße zu nationalen Feiertagen. Meistens von den Orten, an denen das, was gerade gefeiert wird, passierte. Dort könnte sie ihren Sohn finden... Aber sie sucht nicht ihren Sohn. Sie sucht sich. In den Betten von Negern und Chicanos... Halm konnte Rainer so nicht sitzen lassen. Plötzlich nahm Rainer Halms Hand, drückte sie und sagte, er müsse einen Vorschlag machen: Halm könne hierbleiben. Er werde ihm eine Stelle verschaffen. Die Pensionsfrage lasse sich gerade noch so gestalten, daß Halm nichts verliere. Halm dachte sofort an den *Walküre*-Abend. Rainer überraschte ihn gleich noch einmal: Daß Sabine gegen Kalifornien sei, wisse er. Aber Halm müsse ohnehin weg von Sabine. Nichts schlimmer als so eine von Unausgesprochenheiten zermürbte Ehe. Egal, wer den Vertrag breche und wer den Bruch verursache, Schuldfragen seien zweitrangig, gleich unerträglich sei für beide der Verrat. Was ist ein Mord gegen einen Verrat? Eine Wohltat. Ein Mord verletzt uns nicht eigentlich. Ein Mord läßt uns sein, was wir sind. Er vernichtet unseren physischen Bestand, ohne unser Wesen anzutasten. Der Verrat zerstört unser Wesen. Halm sei dabei, Sabine zu zerstören. Nur jähester Bruch könne Sabine davor bewahren, von Halm durch Verrat ein für allemal zerstört zu werden. Er wisse, was es heiße, durch Verrat kaputtgemacht zu werden. Selbst wenn wir die, die uns kaputtmachen, töteten, es nützte nichts mehr. Was sie kaputtgemacht haben, ist kaputt. Das rettet ihnen das Leben, den Kaputtmachern. Er hätte doch nichts dagegen gehabt, wenn Elissa sich dann und wann einen Neger ins Bett genommen hätte, wenn sie ihm das jedesmal gesagt hätte, vorher, bitte, daß er sich hätte einverstanden zeigen können, daß es rechtens gewesen wäre, vereinbar mit den Personen. Mit dem Verrat gibt es keine Vereinbarung. Er achtet dich kein bißchen. Zerreibt dich nebenbei. Hör es dir an. Er drückte auf eine Taste, ein Tonband lief an, Elissas Stimme ertönte. Sie sagte, daß sie, was sie jetzt sage, auf den Wunsch ihres Mannes sage. Eigentlich lasse er ihr keine andere Wahl. Er zwinge sie, genau zu schildern, wie sie zu ihren außerehelichen Kontakten gekommen sei. Wann, wie oft, wo, wie. Alles wolle er wissen. In Zukunft wolle er es sogar vorher wissen. Immer auf diesem Tonband. Sie beginne also mit der Vergangenheit. Rainer stoppte das Band. Hörst du's, rief er, hast du das gehört! Die das Recht vorsätzlich verletzt, erzeugt, wird ihr nur die Möglichkeit zu gestehen geboten, den Eindruck, ihr werde Furchtbares angetan. So unempfindlich ist sie. Sie, die alles tut, ist die, die leidet. Sie spricht wie vor einer Pistolenmündung. Sie weiß von Grund auf nicht, welchen Anspruch man an eine Beziehung stellen muß, daß es eine sei. Diese Frau s-tinkt aus ihrer Seele wie dem Nachbar sin Aalkump im Sommer 47. Du kannst es anders halten, ganz anders nicht. Oder willst du leben täglich in Schmutz, Mief, Verlogenheit, Hinterlist, Tücke, Gemeinheit? Das ist das Stoffwechselprodukt der verratenen Beziehung: Schmutz, Mief, Verlogenheit, Hinterlist, Tücke, Gemeinheit. Tag und Nacht. Das verschaffst du nicht mehr. Laß Sabine gehen, daß du rauskommst aus dem Schmutzlicht. Rette Sabine, entlaß sie aus dieser unfrohen Ehe. Gerade noch scheint's möglich, du hier, Sabine in Sillenbuch. Betrug ist auch Selbstmord. Laß das also. Bleib hier. Fang so an, daß du dich nicht länger schämen mußt. Er habe Elissa zu den Aussagen auf dem Tonband ermutigt, daß sie sich nicht mehr schämen müsse. Der Ton schwamm im Alkohol, aber jeder Satz klang unanzweifelbar, stammte aus reiner Gewißheit. Im Morgengrauen ging Halm die steilen engen Wege der Yosemite-steps hinab und probierte, ob er Yoknapatawpha buchstabieren könne, ohne das Buch zur Hand zu haben. Es regnete nicht mehr. Wer hatte das dem eingegeben, jetzt so zu sprechen? Halm konnte nichts denken, was ihn von Sabine trennte. Er mußte alles, was er dachte, im Einvernehmen mit Sabine denken. Er mußte alles so drehen und wenden, daß es auch für Sabine annehmbar war. Was Sabine nicht hinnehmen konnte, mußte er, wenn es in seinen Gedanken auftauchte, zurückweisen. Solche Gedanken durften in ihm nur als zurückgewiesene, nicht gebilligte existieren. Wenn er etwas empfand, was Sabine, wüßte sie's, verletzte, dann mußte er dagegen sein, daß er's empfand. Er empfand es trotzdem. Aber er war wenigstens dagegen. Also eine Freude war es dann nicht. So erheuchelte er sich Gleichgewicht. Jetzt rief er Sabine an. Zwischen ihnen lag die Nacht, die er hinter sich, die sie vor sich hatte. Er hätte am liebsten hemmungslos drauflos telephoniert. Aber Sabine war gerade aus dem Krankenhaus gekommen. Vater Gottschalk mußte jetzt ans Bett gefesselt werden. Er ist schon zweimal aus dem Zimmer gekrochen, ist die Treppe hinuntergestürzt, zwei Wunden, eine an der Stirn und eine am Kinn, haben genäht werden müssen. Er schimpft jetzt auf Sabine wie auf Ärzte und Schwestern. Er möchte heim. Er kann nichts mehr essen. Er behauptet, die Ärzte hätten ihm die Speiseröhre zugenäht. Sabine sei zu den Ärzten übergelaufen. Er habe versucht, Sabine anzuspucken. Sabine konnte nur noch heulen. Als Halm aufgelegt hatte, genierte er sich, weil es ihm so gutging. Aber auch wenn du dich genierst, dachte er, es geht dir trotzdem gut.

Seine Katzenfreundin mied ihn jetzt. Er mußte lang herumspähen, von den ausladenden, schwerthaften Kaktusblättern, deren Ränder auch noch mit Dornen versehen sind, bis zum Bambusdickicht und ins Lorbeergestrüpp und unter den Zitronenbaum, bis er irgendwo den kleinen rosaroten Dreiecksmund aus dem weißen Gesichtsdreieck leuchten sah. Wenn der Wind die Äste zum Ächzen brachte, zuckte sie fluchtbereit zusammen. Erst wenn Halm wieder an der Terrassentür angekommen ist, kommt sie herauf und geht in einem großen Bogen an ihm vorbei, schaut immer wieder her, um sicher zu sein, daß der, der sie getreten hat, nicht näher komme. Sobald sie gegessen hat, huscht sie wieder fort. Man kann das Notwendige also auch ohne Gefühlsentfaltung erledigen. Aber kann man Gefühlsentfaltung betreiben, ohne das Notwendige folgen zu lassen? Liebe Katze, das ist deine Hausaufgabe. Die Antwort braucht er morgen. Morgen ist Dienstag. Sollte er einen neuen Anzug kaufen? Seine Kleider waren schreiend bieder. Sonst tat es ihm gut, in den im Augenblick am unangenehmsten wirkenden Sachen herumzulaufen. Das, was man wirklich nicht mehr trug und was im Augenblick überhaupt keine Aussicht hatte, je von der sogenannten Nostalgiewelle in eine zweite und diesmal geradezu verruchte Aktualität hineingeschwemmt zu werden, das trug er am liebsten. Aber jetzt war es ihm unangenehm, daß seine Anzüge ihn dicker, runder, kleiner aussehen ließen, als er war. Sein Bauch war eingegangen. Daß ihn dieses Gewackel zu Hause nie gestört hatte, begriff er nicht. Aber in einem neuen Anzug aufzutreten – das wäre zuviel des Theaters. Er hatte doch überhaupt keinen Text für einen Anzug von hier. Er war schon einige Stunden durch die Straßen gegangen und hatte Anzüge angesehen, die er gern gehabt hätte. Die, die er am liebsten gehabt hätte, waren die, die er am wenigsten tragen konnte. Die, die er tragen konnte, hatte er schon, basta.

Am Nachmittag durchstreifte Halm den Campus wie ein verwunschenes Gelände und suchte das Steiner Auditorium. Er wollte morgen wegsicher sein. Das Steiner Auditorium lag noch weiter droben als der Faculty Club. Ein Plakat teilte mit, daß heute abend die Studenten der Musik-Abteilung Monteverdi aufführen würden. Unter den angekündigten Stücken hieß eins: *Lettera amorosa*. Halm ging hin. Es war zwar ein anderer Raum. Aber er hatte dann doch eine gewisse Vertrautheit mit dem Gebäude-Inneren. Es konnte sein, daß das Auditorium so verbaut war wie Fillmore Hall, über deren wyoming-gotische Labyrinthhaftigkeit lange Artikel in der *Gazette* erschienen. Als Halm viel zu früh auf den Einlaß zum Konzert wartete, mußte er zwei Mädchen zuschauen, die auf einer Bank in der Halle nebeneinander saßen, einander zugewandt waren und einander schließlich küßten. Dieses Paar wirkte heiterer als männlich-weibliche Paare, die ja oft wirken, als hätten die Partner untereinander zu leiden. Dieses rein weibliche Paar vollbrachte sein Küssen und Streicheln spielend leicht. Fast sachlich. Er konnte sich nicht satt sehen an den zweien. So etwas kriegt man nur in einem Musikbau zu sehen. Im Konzert las er den Text des *Liebesbriefs* im Programm mit und beneidete die Vergangenheit um ihre Lizenzen. Schmachtende Blicke, stockende Seufzer, halb gemurmelte Worte… Und am Schluß die Hoffnung, dieser Brief werde in einen Schnee geworfen und darin auf ein Herz aus Feuer treffen. So geschwollen hätte er's gern gesagt. Wer hat uns eigentlich weggeprügelt von den Wörtern, die mehr sagen, als gemeint werden kann? Der Kunstrichter! Halm stellte sich darunter entweder Kiderlen vor oder einen metropolitanen Herrn, der im Hochsommer Pelzmäntel trägt und, um das zu legitimieren, ununterbrochen Speiseeis frißt. Einen Lebensverurteiler, dem es schmeckt.

Am nächsten Morgen trug Halm das Essen wieder barfuß hinaus. Zuerst rannte der wüste Katzenkerl her, den verjagte Halm und wartete auf seine. Sie kam herauf. Nicht in wilden oder auch nur zierlichen Sprüngen, sondern tappend wie gegen ihren Willen. Sie schafft jeden Schritt nur durch Dehnen und Strecken. Sie wächst wieder fest an jeder Stelle. Und muß doch weiter. Also heute ist sie geschminkt! Ein Rotmund wie ein Signal. Wenn sie sich immer diesen Sekundenbruchteil vor dem Fuß auf die nächste Stufe wirft und sich dabei auch noch auf den Rücken dreht, daß sie seine Zehen mit ihren Pfoten empfangen und an sich, an ihren Mund ziehen kann, dann leuchtet dieser Mund und leuchten die Pfotenballen im gleichen Rot. Sie biß und preßte und schmiegte und klammerte und rieb wie noch nie. So mußte dieser Tag beginnen! Die Bay, im grellen Glast. San Francisco, unter schweren Wolkenwällen. Heroisches Wetter. Das Mädchen war nicht in der Konversationsstunde. Er merkte, wie ungerecht es war, kein bißchen Lust zur Konversationsbewegung zu spüren. Waren da nicht die unermüdlich schwingende Gail! der unverdrießliche Howard! der immer im richtigen Augenblick schweigende Art! der seine Müdigkeit tapfer bekämpfende Jeff! die aus der Puppenstube herüberschauende Cynthia! die aus ihrem Brüstereichtum mit flirrenden, sich verhakenden Wimpern heraufstarrende Elaine! Der Senat hat recht mit seiner Anti-Harassment-Kampagne. Anstatt dich von allen beleben zu lassen, hast du dich abhängig gemacht von einer. Wo ist sie? Kommt sie abends? Sie ist doch an Labor Day vor dei Büro gekommen, nur für den Fall, daß du den amerikanischen Feiertag nicht wüßtest. An einem solchen Schicksalstag sieht alles aus, als geschehe es für dich oder gegen dich. Daß Carol nicht auf dem Campus ist, ist genau richtig. Er hätte ih heute nicht unter die Augen kommen wollen. Daß der Okra

Bach unter der Katzenbuckelbrücke durchschäumt, ist genau das, was heute sein muß. Und was für Menschen heute auf ihn zukommen! Und sie gehen nicht nur achtlos vorbei. Sie schauen ihn an. Eine Beziehungsdichte entsteht für Sekunden, die die Luft zum Knistern bringt. Und schwarze Paare sonder Tadel spuren durch das Campusgrün. Die Hunde benehmen sich, als wüßten sie, was heute auf dem Spiel steht. Sobald er wieder im Rinehart-Haus war, merkte er, daß er es nicht aushalten würde in diesen Räumen. Noch nie hat er solche Schwierigkeiten gehabt mit Frau Rineharts Spiegeln. Der Eßzimmerspiegel zeigt ihm, wenn er im Eßzimmer sitzt, den Wohnzimmerspiegel in seinem Rücken. Sich selber sieht er nicht in der ersten Spiegelung, die der Eßzimmerspiegel vom Wohnzimmerspiegel gibt. Erst in einer Spiegelung der Spiegelung sieht er sich. Er konnte es gar nicht ganz durchdenken. Lesen konnte er auch nicht. Im Radio kam eine Musik, die jetzt wirklich paßte: der Triumphmarsch aus Verdis *Aida*. San Francisco lag inzwischen gänzlich schwarz auf dem gleißenden Bay-Spiegel. Die Sonne heizte das Rinehart-Haus durch die großen Scheiben, daß er nicht wußte, wo er sitzen sollte. Professor Rinehart hatte in seinen Anweisungen hinterlassen, daß die Polstermöbel durch Herunterlassen der Blenden vor dieser grell hereinstechenden Novembersonne zu schützen seien. Halm brachte es nicht fertig, sich des Anblicks von San Francisco zu berauben. Das war doch schon das Bühnenbild zur *Walküre*. Gegen fünf hielt er es nicht mehr aus. Er fuhr nach Oakland hinein und ging durch wüste Straßen der Innenstadt. Alles hatte zuviel Licht. Die Sonne mußte, weil den größeren Teil des Himmels Wolken deckten, ihr ganzes Licht auf das abenteuerliche Bautengemisch Oaklands schütten. Plötzlich fand sich Halm in einem Geschäft. Er sah sich einen Anzug kaufen und sofort anziehen und ein Hemd dazu, ein himbeerrot reinseidenes, aber keine Krawatte. In dem Augenblick, in dem Halm auf die Straße trat, erlebte er, wie richtig dieser Anzug jetzt war. Der Farbengrund: ein matter Kognakton; gemustert von flachen schwarzen Rechtecken, die ihrerseits noch mit gelben Linien gefüttert waren. Das war eigentlich ein Anzug für Othello Jesus de Garcia aus Jamaica. Aber in diesem wilden Sonnenausbruch zwei Stunden vor *Walküre* fand er, er könne diesen Anzug tragen. Alles rundum ragte inzwischen schwarz in den gleißend gelben Abendhimmel, durch den zerreißende schwarze Wolkenbänke schoben. Die Welt trug seinen Anzug! Die Silhouetten von Gebäuden, Palmen, schweren Leitungen und überladenen Masten taten sich im grellen Licht zu einem apokalyptischen Scherenschnitt zusammen. Sofort nach Geschäftsschluß war die Innenstadt höllisch leer und hohl. Er ging in seinem ihn total beherrschenden Anzug bis zum Hafen. Rechnete damit, ermordet zu werden. Sah die Namen *Sea Wolf* und *Jack London Square*. Der Wind war jetzt so heftig, daß er auch Blechbüchsen durch die Straßen trieb. Langsam und gewissermaßen glücklich fuhr Halm mit seinem geliehenen Volvo aus der Weltuntergangs-Downtown in die grünen Paradiesviertel der Oakland-Hügel hinauf. Noch nie war die unter Türmchen und Giebeln vor- und zurückspringende Front des *Claremont Hotels* so knochenweiß gewesen. Auch eine Oper, dieses Hotel. Eine Unzahl von Tennisplätzen und wächterhafte Palmen trennen die mystische Fassade von der banalen Welt. Drunten am Hafen, das war *Holländer* gewesen. Im *Claremont* wurde der Parzival aus Münster zum Othello von Oakland gemacht. Allerdings heißt sein Jago auch Othello. Durchs Crocker-Tor zur *Walküre* also. Zum Glück wußte er, wo das Steiner Auditorium zu finden war in diesem Gelände, in dem es der Ehrgeiz eines jeden Gebäudes zu sein schien, vom nächsten Gebäude aus nicht gesehen werden zu können. Jedes Gebäude hier wollte sich einsam fühlen. Aber dann fand er Raum 98 nicht. Den schon gestern zu suchen hatte er nicht für nötig gehalten. Sofort brach Panik aus. Zum Glück war er wie immer viel zu früh da. Er rannte noch einmal alle Gänge entlang. Die höchste Zahl war 96. Und im ersten Stock fing es gleich mit 100 an. Es gab 98 nicht. Aber vielleicht fand er Raum 98 nur deshalb nicht, weil es ihm so wichtig war,

Raum 98 zu finden. Es mußte ihn ja geben, sonst hätte sie nicht gesagt, Raum 98, sieben Uhr. Sie war allerdings heute morgen nicht in die Stunde gekommen. Vielleicht bricht gleich die ganze Klasse lachend aus einer Tür heraus, zupft an seinem kognak-schwarz-gelben Anzug und brüllt: Brando-Malvolio! Nun war er doch noch hereingefallen. Er tappte ein drittes Mal die Gänge entlang. Endlich sah er jemanden, rannte hin, fragte, viel zu hastig, nach Raum 98, mußte seine Frage wiederholen, erfuhr: Raum 98, nein, gibt es nicht. Und die Wagner-Vorführung, fragte er. Die Wagner-Vorführung, sagte der Gefragte, der leider erst etwa vierzig und entsprechend verständnislos war, die ist in Raum 96, um sieben Uhr. Ach so, sagte Halm, 96, ach so, vielen Dank. Das war ja die Hausnummer in Sillenbuch, 96. Wo 96 war, wußte er. Er war der erste, er ging in dem von Sitzreihe zu Sitzreihe abfallenden Raum bis zur fünften Reihe hinab und setzte sich. Um sieben waren sieben Studenten da, drei Japanerinnen, ein Japaner. Die nahmen alle in den ersten fünf Reihen Platz. Sie schlugen Partitur-Bücher auf. Dann kam sie. Sie war überrascht, ihn hier zu sehen. Ach, Sie sind also doch gekommen, wie nett, sagte sie und stellte ihm ihren Freund Glenn Birdsell vor. Sie forderte ihren Freund und Halm auf, weiter nach vorne zu kommen. Sie setzte sich in der ersten Reihe in die Mitte direkt vor den Bildschirm und wies ihrem Freund und Halm die Plätze links und rechts von sich an. Es ergab sich, daß der Freund rechts neben ihr saß, Halm links. Sie sagte zu Halm, er kenne ja wahrscheinlich diese Chéreau-Inszenierung des Wagnerschen Rings. Halm sagte, nein, nein, er kenne nichts. Das meldete sie fröhlich dem Freund hinüber. Glenn sei also nicht der einzige, der nicht wisse, was ihn heute abend erwarte. Sie hatte kein Buch dabei, um mitlesen zu können. Dann trat auch schon der Herr, den Halm vorher nach Raum 98 gefragt hatte, vor die Sitzreihen; er war also der Professor. Er wünschte einen schönen Abend, sie seien ja alle wohl vorbereitet, und die Gäste, die nicht zur Klasse gehörten, wüßten sicher, was sie erwarte, sonst wären sie nicht gekommen. Das

Licht wurde schwächer, auf dem Bildschirm regte sich die Oper. Die Wälsungengeschwister Siegmund und Sieglinde finden einander. Fran Webb sah der Sieglinde ähnlicher als Halm dem Siegmund. Frans Freund sah einem Siegmund ähnlicher als der Sänger. Der Sänger war nicht soviel größer, breiter, stärker als seine Sieglinde, wie Frans Freund größer, breiter, stärker war als Fran. Halm bestand darauf, daß sein und Frans Augenausdruck zwischen ihnen etwas Geschwisterliches stifte. Aber was war im Toben dieser Wälsungennacht ein Augenausdruck! Was vor ihnen sich ganz schnell in eine furchtbare Temperatur hineinsteigerte, schmolz nicht ihn und Fran zusammen, sondern den blonden Riesen und Tournament-WPP und all-American Boy Glenn Birdsell und seine sowieso schon ihm zugetane und ganz gehörende Fran. Man konnte höchstens einwenden, daß ein so totales Paar wie die zwei in einer Oper nichts zu suchen hatte und sich – mangels jeder Gefahr und jeden Risikos – in einer Oper auch gar nicht abgebildet sehen, von einer Oper gar nicht als Schicksalsleidende einbezogen, gespannt, gepeinigt und erlöst werden konnte. Was, bitte, suchen Erlöste in einer Oper? Und trotzdem –, rechts von ihm saß die VERKÖRPERUNG des Paars, das auf dem Schirm nur sang. Allerdings, diese Frau Altmeyer-Sieglinde sang so, daß unter ihrer Stimme jede Eigenart schmolz und jeder Zuhörer in hemmungsloser Identifizierungsanmaßung verlorenging. Die Aktschlußaufgipfelung konnte, weil immer noch nicht alles ausempfunden war, lange nicht enden; Halm wußte, als es dann endlich doch fertig war, gar nicht mehr, wie er sich je wieder als er selber bewegen sollte. Aber das Licht wurde peinlich hell, der viel zu junge Professor sagte: Fünfzehn Minuten Pause. Fran stand auf, dehnte sich, wischte Tränen aus den Augen und verbarg nicht, daß das nötig war. Der Freund stand auf und lächelte. Er trug ein weißes Trikothemd, das tatsächlich überall von Muskeln ausgebuckelt war wie eine Rüstung. Um den Hals hing ihm das Zwillingskettchen von dem um Frans Hals. Die in den hinteren Reihen waren wohl schon draußen, der Professor war weg, das blonde Paar stand vor Halm, Halm saß und wußte nicht weiter. Er würde sich totstellen. Auf jeden Fall, hier war er nicht. Das schien das Paar auch so zu empfinden. Wie die, ohne das beabsichtigt haben zu können, jetzt voreinander standen, so kann man nur voreinander stehen, wenn man allein ist. Und wie die Bewegungen jetzt ineinanderflossen! Keine Zeitlupenaufnahme hätte sehen lassen können, wer anfing, wer folgte. Es gab zwischen den beiden nicht mehr Ursache und Wirkung. Ihr öffnete es den Mund, und sein Kopf war schon mit einem sich öffnenden Mund unterwegs. Sein Kopf schrägte sich beim Herunterkommen ein wenig. Wie eine Spezialmaschine, mit der man Präzisionsarbeit leisten kann, senkte sich sein Kopf so auf ihr sich hinaufdrehendes Gesicht herab, daß sein Mund voll auf ihren wie zum Hostienempfang geöffneten Mund traf. Dann mampften die Münder einander so, daß wiederum keine Zeitlupe hätte mehr bringen können, als Halm ohnehin sah. Irgendwann hatte Halm das Gefühl, er habe schon viel zu lange zugeschaut. Hoffentlich nahmen sie ihm das nicht übel. Falls sie es bemerkt haben sollten. Auf sozusagen freie Menschen muß das furchtbar wirken, wenn einer ihnen so zuschaut beim Küssen. So ein Verklemmter! Ein Spießbürger! Ein Hosenträgerträger! Und in den Händen schwitzt der! Stimmt, stimmt, stimmt. Aber tot nicht. Tot war er nicht. Bewegungsfähig war er. Und wie! Er mußte ja nicht alles anschauen. Er gehörte nicht zur Opernklasse. Federleicht war er. Lautlos hob es ihn hinweg. Ohne zu rennen oder zu trampeln oder zu keuchen, war er draußen. Im Freien sogar. Also ihn konnte niemand bemerkt haben. Er hatte sich ja nicht einmal selber bemerkt. So wie er aus Raum 96 hinausgekommen war, waren früher in den Legenden die Christen aus römischen Kerkern hinausgekommen. Bei unversehrten Schlössern und Türen. Im Gelände fand er sich. Abwärts gehend auf schwingenden Wegen. *Chevy – the absolute muscle package*, dröhnte es in seinem Kopf. *The Chevy man can*, echote es. Er ließ es jetzt gern zu, daß ihn die Slogans beherrschten. War er denn jemandem Rechenschaft schuldig?! Hatte er sein Bewußtsein rein zu halten von so was wie Slogans?! Aber bitte, überhaupt nicht. Mit reiner Wonne würde er die totale Verwüstung seines Bewußtseins durch Werbesprüche genießen. Jetzt fiel ihm ein, wie er aus Raum 96 entkommen war. Mit einem somersault. Glenn Birdsell wurde nämlich als ein Meister jenes Unterwasserpurzelbaums beschrieben, mit dem Schwimmer wenden, wenn sie eine Bahn hinter sich haben, oder WPPs sich befreien, wenn sie sich unversehens an den Rand gedrängt sehen. Ihm war ein phantastischer somersault gelungen. O ja. Er war nach unten weggetaucht. Deshalb war er so glimpflich hinausgekommen. Er durfte stolz sein. *Keep your age a secret.* Auch einer von diesen TV-Sprüchen. ʿEr trieb auf seinen Volvo zu. Er paßte nicht scharf auf. Diese durcheinanderlaufenden und jetzt romantisch beleuchteten Wegbänder würden ihn auf jeden Fall abwärts führen. Irgendwann würde er drunten auf die Bowl stoßen. Dann saß er tatsächlich im Volvo und kam sich unheimlich geschützt vor. Das hatte damit zu tun, daß der Volvo und er gleich alt waren. Ein Autojahr entspricht zehn Menschenjahren. Der Volvo war zehn, er hundert. Er fühlte sich sehr leicht jetzt. Wie zerstreut. Auf nichts konzentrierbar. Jenseits alles Bestimmten. Ein wenig hängt dir die liebe Kinnlade. Soll sie. Im Kopf wälzt sich etwas ununterbrochen. Es wird das Bewußtsein sein, das er glücklich abgeblendet hat, so daß nur eine Bewegung im Dunkeln übriggeblieben ist. Angenehm, nichts mehr zur Kenntnis nehmen zu müssen. Auch muß nichts empfunden werden. Die reine Unrast ist man. Kein Kommentar, ruft es im Dunkel, weiter! Und jetzt bist du ja auch schon gefahren. Verabschiede dich vom Auto! Danke für die Solidarität. Dich übernimmt sofort das Fernsehen. Du kannst dich darauf verlassen, daß dir da nichts zugemutet wird, was du nicht ertragen kannst. Das ist das schlechthin Wunderbare bei diesem amerikanischen Fernsehen: es paßt. Es rechnet offenbar mit den Erfahrungen, die du machst. Es kennt dich in- und auswendig. Es kennt dich besser, als du dich kennen willst. Es empfiehlt dir den Easy-Off Spray! Und breath deodorant! Das ist nicht die unangenehmste aller möglichen Erfahrungen: es muß Millionen geben wie dich, sonst wäre dieses Fernsehen nicht zu verkaufen. *Life is better on TV than at your front door.* Basta. Er würde, wenn er je wieder nach Sillenbuch käme, sein Nietzsche-Manuskript verbrennen. Er würde sich endgültig einreihen, wo er hingehörte, bei den Konsumenten. Verschwinden, das ist der Inbegriff der Erlösung. Ganz schnell mußte er sich noch den Kognak-Anzug runterreißen und das bonbonfarbene Hemd. Ekelhaft, dieses Kostüm. Dann blätterte er die Programme durch. Beim Rotwein, den er längere Zeit übergangen hatte, entschuldigte er sich mit tiefen, heimkehrerhaft seligen Schlucken. Ein Bildschirm-Boxkampf brachte, was er jetzt brauchte. In der 4. Runde lehnte der schwarze Boxer den Kopf gegen Aquinos Schulter und boxte ihn dabei ein bißchen. Beide würden lieber in einer Dauerumarmung übereinander herfallen, aber sie müssen weitermachen. Sie sind Berufsboxer. In jeder weiteren Runde sprechen aus beiden Gesichtern immer deutlicher nur noch Überanstrengung und Elend. Steve Hearon, der Schwarze, blutet. Sein Mund ist offen, die Öffnung ist völlig ausgefüllt vom verrutschten Mundschutz. The cut is open and getting larger, sagt der Sprecher wollüstig. Funny things happen on the way to championship, sagt er. Schließlich hat Aquino gewonnen. Sich kaum noch genierend nimmt Halm noch einen Western zu sich, dann ist die Flasche leerer als er, er kann ins Bett.

14

Die Katze kam. Sobald sie seine Füße auf die Terrasse hinab-
geschmeichelt hatte, warf sie sich auf den Rücken, leuchtete
mit Rosamund und -ballen herauf, daß Halm nicht anders
konnte, als einmal ausgiebig mit seinen Füßen zu antworten.
Wie die zum Schein Zähne und Krallen einsetzte, so setzte er
seine Zehen ein. Wenn beide es schön finden, aufeinander angewiesen zu sein, ist es schön, aufeinander angewiesen zu
sein. Es war fast eine Art Tanz, was sich aus dem Zustoßen,
Bohren und Beharren und Zurückziehen und Wiederkom-
men der Füße ergab. Warum soll man Vorschriften aus der
Hirtenzeit der Menschheit immer noch befolgen? Die werden
Gründe gehabt haben, mit ihrem Samen geizig gewesen zu
sein. Er spürte, daß er dieses plagende Gut nirgends so harmlos loswerden konnte wie an diese Freundin. Er müßte sie
aber ins Haus nehmen. Aber in vier Wochen war er nicht
mehr da. Er durfte nichts anfangen hier. Also nicht. Also auch
das nicht. Also... adieu, Wilde, Schmiegsame, Weichhaarige.
Nichts ist so richtig wie das, was unterbleibt. Du bist im Augenblick nicht du selbst. Sobald du keine Frau hast, wird dir
klar, was deine erste Bestimmung ist: Fortpflanzung. Es gibt
nichts mehr, was dich nicht daran erinnert. Keine Frau, die
du nicht daraufhin anschaust. Bevor du den Befehl Nummer
Eins nicht erfüllst, kannst du dir nichts vornehmen, was dich
persönlich anginge, interessierte. Das Mädchen ist nur das
Objekt, an dem dieser Befehl erfüllt werden muß. Das Mädchen ist Mittel zum Zweck. Köder, gelegt nur, den Geköderten verrückt zu machen. Wenn man das in jeder Sekunde
einsähe, sträubte man sich. Also hat das Anmachebrimbo-
rium, die so gepflegte Gefühlskarosserie schon einen Sinn. Sie
dient. Man spurt. Der Zweck der Verklärung wird erreicht:
man vergißt, daß die Verklärung einen Zweck hat. Das Mittel
wird zum Einundalles. Da aber auch der regierende Zweck
längst um seinen Sinn, die Fortpflanzung, betrogen ist, gilt die

Verklärung einem Scheinzweck, das heißt, der Schein arbeitet für einen Schein. Das ist das, was dich Tag und Nacht um deine Zeit bringt, um dein Leben. Ein Scheinschein.

Heute kamen ihm die Studentinnen und Studenten, die durchs Crocker-Tor strömten wie eine Truppe vor, die gerade eine Stadt erobert hat und jetzt hineinstürmt. Das waren alles Eroberer, ringsum. An ihm vorbei, links und rechts, stürmten sie vor. Sogar Gelähmte fuhren in ihren Elektrowägelchen bei dieser Erstürmung mit. Nein, es war keine Stadt, in die sie stürmten. Die in eine Stadt stürmen, haben die gleichmacherische Beschränktheit dessen, was sie erobern, im Gesicht. Die hier stürmten die Zukunft. Etwas, das es nicht gibt. Das macht ein anderes Gesicht. Ein schöneres. Eine gegenstandslose Helligkeit strahlte aus allen Gesichtern. Ein konkreter Jubel namens Jugend. Er mußte zugeben, daß das Leben, dem alle Veranstaltungen dienten, etwas Schönes sei. Er wollte sagen: Friedrich, mir ist danach. Aber in einer der offenen Telephonzellen an der Gazetten-Traufe lehnte sehr schräg die Studentin Fran Webb; in einer Hand den Hörer, in der anderen den Styroporbecher mit der Milch, die dem Körper guttut. Halm änderte seine Richtung sofort so, daß er nicht ihr Gesichtsfeld durchqueren mußte. Wahrscheinlich hätte sie ihn nicht gesehen. Wie sie da schräg am Hörer hing, sah sie wohl nichts. Sie kam groß heraus durch diese Schräglage. Mit wem sie so telephonierte, war klar. Wahrscheinlich hatte sie aufstehen müssen, als er noch schlief, jetzt rief sie ihn an, sagte, es sei gleich neun, ob er noch liege, wie er liege, ob... Halm schaute das Denkmal an am Wegrand kurz vor Coit Hall. Für die Fußballspieler des Jahrgangs 1899. Verglichen mit ihren heutigen Nachfolgern haben die damals überhaupt keine Rüstung getragen. Seit Wochen ging er an der grün verwitternden Gruppe vorbei, ohne hinzuschauen. Heute mußte er stehenbleiben und die beiden Buben anschauen. Es war keine Kampf- oder gar Siegesszene. Der eine verband dem anderen eine Verletzung. Als Halm vor der Klasse saß, hörte er sich das Thema Selbstmord vorschlagen.

Er intonierte das so leichtfertig wie möglich. Beneidenswert
Kalifornien! Hier ist Selbstmord kein Vergehen. Wo lebe m
lieber als da, wo man, falls einem danach sei, jederzeit Schl
machen könne, ohne sich deshalb noch komische oder dras
sche Ahndungen auf den erkalteten Hals zu ziehen. Gail w
furios gegen dieses Gesetz. Wenn sie in die Politik geh
werde sie dafür sorgen, daß Selbstmord in Kalifornien wied
zu einem Vergehen gemacht werde. Sie stieß vor lauter Err
gung eine ihrer Krücken um. Halm war der erste, der au
sprang und die Krücke wieder neben Gail an den Tisch lehn
Elaine sagte von ihrem Busen herauf, ein Erstsemester sei e
mal auf den Campanile und habe gedroht, er werde sic
wenn er kein *A* kriege, herunterstürzen. Jeff sagte, normale
weise geht, wer hier kein *A* kriegt, nach Los Angeles, bezal
der Loyola Universität 14 000 im Jahr, wird Arzt – und au
Dann zitierte er noch Camus. Howard ging an die Tafel u
schrieb hin, er habe eine Stimmbandentzündung und dür
keinen Ton hervorbringen. Halm sagte: Howard, das ist I
bester Beitrag so far, und das will angesichts Ihrer bisherig
Beiträge etwas heißen! Das war Howard! Stimmbandentzü
dung, aber er kommt! Halm schaute ihn noch länger herzli
an. Fran Webb saß wie immer, das heißt, sie hatte ein Be
angewinkelt und umfaßt und folgte dem Gespräch mit leic
verspäteten Kopfwendungen. Sie sah den, der gerade gespr
chen hatte, noch an, wenn schon der nächste sprach. Das g
ihr eine träge Präsenz, eine kuhhafte Größe, fast eine A
göttlicher Gegenwart. Sobald Halm ihren Mund sah, tauc
ten die Wälsungengeschwister auf, wie sie am Ende des Akt
tönten und tobten und wie dann Frans Kopf schräg wegsa
und der WPP-Kopf sich präzisionsinstrumentenhaft auf i
Schräggesicht senkte, bis die Münder einander aufnahm
und dann so ruhig wie gründlich mampften. Ihm tat es g
angesichts dieser ihren Jeans-Schenkel auswinkelnden Sitze
den, angesichts dieser grell Langsamen von hastigen Selbs
mordvorbereitungen, planmäßiger Kopflosigkeit und ra
schendem Sturz in die Bewußtlosigkeit samt Schlußknall z

schwärmen. Gail sagte, sie glaube ihm kein Wort. Ausgezeichnet, sagte er, sie habe ihn durchschaut, er schäme sich aber nicht, er bestehe darauf, daß es Passagen gebe, die könne man nur gesund überleben, wenn man andauernd vom Selbstmord rede. In jedem Augenblick Schluß machen zu können –, das ist das einzige, was dich rettet vor dem Schlußmachenmüssen. Gail sagte, das seien unsaubere Spielereien. Unfair gegenüber dem Leben. Zu leben sei das Höchste. Unter allen Umständen. Es gebe kein Entweder/Oder. Es gebe nur das Leben, sonst nichts. Gail hatte nasse Augen. Die anderen klopften Beifall auf die Tischplatte. Halm beteiligte sich dadurch, daß er, als es wieder still war, sagte: *A-Plus* für Gail. Alle lachten. Da meldete sich endlich einmal Cynthia, die sich einem nie körperlich zuwandte, sondern nur den Kopf herüberdrehte; aber auch das Gesicht wandte sie einem nur so weit zu, daß die Augen gerade noch herüberschauen konnten. So wie Carol manchmal abgewendet stand und herschaute, als sei das Herschauen schwer. Cynthia sagte, sie habe einen Bekannten gehabt, der habe sich umbringen wollen, weil ihm die Energie ausgegangen sei, dem habe sie gut zugeredet, es habe geholfen. Der war natürlich noch sehr jung, sagte Halm. Nein, überhaupt nicht, sagte Cynthia, der war schon bald vierzig. Tatsächlich, sagte Halm. Da er nicht einfach wegrennen konnte, flüchtete er zum Beispiel *Hemingway,* der habe sich erschossen, weil das Alter ihm etwas verboten habe. Bewundernswerter Hemingway, sagte Halm. Und stand auf. Wenn man etwas nicht mehr bekommt, worauf man nicht verzichten kann… entschuldigen Sie, Gail, was soll man tun? Es gibt immer einen Sport, sagte Gail, griff nach ihren Krükken und entblößte dabei ihre durch graue Ketten gefaßten Zähne. Die Stunde war überstanden. Halm öffnete Gail die Tür, aber im Gang überholte er sie mit termingeplagtem Gesicht. Er rannte richtig los. Heute war er nicht einzuholen. Unter der Katzenbuckelbrücke schäumte der Bach. Halm ließ sich auf den Stuhl vor Carols Schreibtisch fallen, als sei das die Freistatt selbst. Carol war zum Glück in der hellsten

Panik, weil Rainer morgen zur Dichtung- und Musik-Tagung nach Houston fliegen werde, ihr aber nicht eine Zeile zum Abschreiben gebracht habe. Das sehe sehr nach Katastrophe aus. Sie kenne Rainer. Der fliege nicht dahin und trete ohne Manuskript auf. Rainer stehe bei Vorträgen hinter dem Manuskript wie hinter einem Wall. Zuerst sehe es aus, als wolle er sich nur verbergen, aber dann hebe er beim Vortrag immer häufiger den Kopf, geleite seine Sätze mit immer galanteren Bewegungen aus seinem Manuskript in Richtung Publikum. Mit immer verschlagenerem Gesicht auch. Traut bloß diesen Sätzen nicht: das bedeute seine Gestik-Mimik-Begleitung bei seinen Vorträgen. Laßt euch bloß nicht hereinlegen von der scheinbaren Tiefempfundenheit und Totaldurchdachtheit meiner so sorgfältig summenden Manuskript-Sätze. Alles kalter Kaffee inzwischen, meine Damen und Herren. Das einzige, was jetzt stimmt, bin ich, der Vortragende, der seinem irgendwann geschriebenen Vortrag jetzt nicht mehr beipflichten kann. Oh, es gebe keinen lecturer von hier bis Boston, der so wenig einfach und doch so einfangend agiere wie Rainer Mersjohann. Aber er nehme, weil er so gründlich arbeite wie kein anderer, nicht jede zehnte Einladung an. Bisher sei jeder Vortrag mindestens dreimal von ihr abgeschrieben worden, ehe er von Rainer für vortragenswert befunden worden sei. Und morgen um 9.45 mit der United nach Houston. Und Rainer, der Verantwortung trägt wie eine Mutter das Embryo, eben so, als gebe es außer ihm keinen mehr, als sei die Gewissenhaftigkeit beim Teufel, wenn er sie nicht hegepflegewiege –, dieser Rainer hat keine Zeile gezeigt und antwortet am Telephon mit JA und NEIN und sonst mit nichts. Was, bitte, soll werden? Halm vermutete, daß Carol vor lauter Sorge um Rainer nicht dazu komme, die neue Freundin Fran über Halms neueste Torheiten abzuhören. Das war ihm recht. Plötzlich spürte er, daß er Carol gern erzählt hätte, was gestern abend im Steiner Auditorium passiert war. Er hätte die Wälsungen-Szene gern in Geschwätz verwandelt. Es wäre ihm wohler gewesen, wenn er jetzt richtig hätte losschwätzen dürfen. Carols dunkel glimmenden Augen die Trivial-Geschichte erzählen, bis ihr der vorwurfsvoll gewölbte Mund ein wenig schmachtend aufginge und die attraktive Lücke zwischen ihren Schneidezähnen zeigte... Aber er konnte nicht davon anfangen. Er werde Rainer anrufen, sagte er wichtigtuerisch. Als er sich verabschiedete, ohne Erlösung im Geschwätz gesucht zu haben, kam er sich ziemlich groß vor. Seine Schritte klangen förmlich im Gang. Dempewolf stand wieder vor dem Schwarzen Brett und tat, als studiere er die Bekanntmachungen der Universität mit hochmütigem Gesicht. Wahrscheinlich hatte er nur darauf gelauert, Halm abzufangen, um dem wieder einmal zu sagen, daß er Halms Besuch nicht erbettle, da das sein Stolz, den er sich von Schlesien über Sibirien bis nach Oakland nicht habe abkaufen lassen, nicht zulasse, aber willkommen sei ihm Halms Besuch immer noch, falls es Halm beim ersten Zusammentreffen in dem vergifteten Lebkuchenhaus an der Euclid Street ernstgemeint habe, als er Interesse zeigte an einem Mann, der sich lieber isolieren als integrieren lasse. Wenn nicht, bitte, dann bleibt's dabei: den Schlesier enttäuscht die Welt. Halm rief im Weggehen, also unwidersprechbar, er werde Herrn Dempewolf einen Terminvorschlag ins Fach legen, nächste Woche, im Augenblick fehle ihm der Überblick. Halm war froh, als er in seinem Volvo saß. Er bog hinaus und suchte sich langsam durch Nebenstraßen heimwärts. Die Bay blendete wieder so, daß man die Stadt dahinter fast nicht sah. Er sollte Rainer anrufen. Vielleicht konnte er dem noch helfen. Aber wie? Er war ohnehin nicht fähig, bis zum Telephon zu gehen, zu wählen. Und dann auch noch Rainer! Die Phase der Eindüsterung hat wieder begonnen. Bald würde Halm sich so fühlen wie vor seiner Ankunft in Kalifornien. Er mußte nur so sein, wie seine Lage war, dann war alles gut. Übereinstimmung mit sich selbst –, das war alles, was er brauchte. Keine Kontakte, keine Beweglichkeit, kein lockeres Hin und Her. Undurchsichtig sitzen. Starren ohne zu sehen. Auf diese blendende Bay, zum Beispiel. Bis die Augen völlig unempfindlich sind. Höchstens noch den Bildschirm anstarren. Jeder hat etwas, was er – auch vor sich selber – verheimlichen muß. Der Eindruck, das, was er verheimlichen muß, übersteige das, was er sich noch eingestehen kann. Was du nicht sagen kannst, wärmt dich. Das hast du hier gelernt. Verschwiegenes wärmt. So mußt du das auffassen. Der Westernheld, dem du hemmungslos zuschaust, wird durch die Dramaturgie des Genres in eine aussichtslose Alleingelassenheit hineingetrieben, gegen die sich deine Situation herzlich harmlos ausnimmt. Olivia de Havilland wird von den triumphierenden Bösewichtern in den eisernen Postwaggon hineingestoßen, um darin mit Erol Flynn und den Bergen von Post zu verbrennen, während die Bösen vom fahrenden Zug auf die von Komplizen hergeführten Pferde springen und davonreiten. Allerdings, für Flynn und de Havilland geht es dank eines dann doch noch vorhandenen Postmeistergewehrs gut aus. Er dagegen saß nach dem Film doch wieder allein da. Sabine anrufen? Er sollte die vielen Spiegel in diesem Haus zuhängen. Vor allem die drunten im Schlafzimmer und im Bad. Er konnte sich einfach nicht mehr sehen. Er sollte sich jetzt Gedanken über den Lehrer Labove und das Mädchen Eula machen. Warum, bitte, hat sie sich diesen Vergewaltiger ausgesucht? Und hätte sie, wenn er fest zugesagt hätte, zur Opernvorführung zu kommen, ihren Glenn Birdsell auch mitgebracht? Schluß! Diesen Totalkuß hätte sie vermieden, wenn sie auch nur einen Hauch von Gefühl besäße! Wenn dir dieser Totalkuß nicht reicht, dann bist du verloren. Unteachable, wie sie hier sagen. Ach ja, den Totalkuß willst du jetzt Wagner aufs Konto schreiben. Sie konnte nicht anders. Nach diesem Toben und Tosen war auch sie nur noch, was jetzt, aus aktuellem Anlaß, im Fernsehen a heat-seeking missile heißt… ICH-Halm beantragte Ende der Debatte. Eine Debatte über diesen Antrag wird nicht zugelassen. Er trinkt seine Flasche Rotwein zu Ende. Er geht ins Bett, ohne das Licht anzumachen. Er liegt im Bett wie ein Paket. Basta. Im Traum lag eine Frau nackt im Sand, er eng hinter ihr, umschlingt ihre Form, nichts fühlte sich je so an wie dieser Körper, nie war er so eng an jemandem, aber er lag noch nicht ganz richtig, und weil ihm im Rücken eine Aufpasserin lag, durften er und die, die mitgemacht hätte, sich kein bißchen rühren, kein bißchen. Als er erwachte, dachte er, er fühle sich flawed, und dachte, so dringt eine andere Sprache ein und besetzt dich. Somersault fiel ihm ein. Dieses den Anstoß vermeidende Wegtauchen. Wenn man einmal in einer solchen Lage war, vergißt man das Wort, das dafür in Frage kommt, nicht mehr. Er mußte aufstehen. Bloß kein Licht machen und in keinen Spiegel schauen. Da er jetzt jeden Abend eine Flasche Cabernet Sauvignon trank, mußte seine Nase als ein dickes rotes Segel im Gesicht stehen. Die Katze saß schon auf der obersten Stufe, dicht vor der Tür, schlüpfte sofort zwischen seine Füße und bediente die und sich an ihnen, von Stufe zu Stufe hinab und über die Terrasse und wieder abwärts bis zum Gras. Ins nasse Gras wollte sie nie. Da drehte sie um, sprang hinauf zu Schüssel und Teller und frühstückte.

In der Konversationsstunde schlug er vor, jeder solle den Traum der vergangenen Nacht erzählen, aber er bitte darum, nicht den Anfang machen zu müssen, seine Träume seien sogar für ihn selber peinlich, wie peinlich müßten sie für andere sein. Jetzt wollten alle nur seinen Traum hören. Er machte klar, daß er die Peinlichkeit seiner Träume nicht erwähnt habe, um sich dann zur Offenbarung derselben drängen zu lassen. Also, was ist, wer hat geträumt heute nacht? Zu Fran Webb schaute er nicht mehr hin. Es tat ihm wohl, zu Elaine, zu Cynthia, zu Gail hinzuschauen. Er versprach, keine Übersetzung der Träume in eine Tatbestandsermittlungssprache zu beabsichtigen. Wenn man Träume verstehen wolle, dürfe man sie nicht übersetzen. Es gebe keine zweite Sprache für einen Traum. Er verspreche, mit jedem Traum, der hier erzählt werde, zu beweisen, daß Träume schon als solche verständlich seien, viel verständlicher, als wenn man, was in ihnen vorkomme, für Verkleidung halte, die man entfernen müsse. Fran Webb meldete sich. Es war Ende November und Fran Webb meldete sich zum ersten Mal. Sie saß wie immer mit ausgestelltem Jeansschenkel, hatte das Gelenk mit der Rechten umfaßt, mit der Linken schaufelte sie, offenbar weil ihre Kühnheit sie verlegen machte, ihre grüngoldenen Haare von einer Seite zur anderen, aber dann sagte sie einen Traum auf, stockend, vorsichtig, als wolle sie beim Aussprechen nichts beschädigen. Sie geht in ihrem Traum über die große Terrasse ihres Elternhauses. Das Haus ist voller Menschen. Es geht im Haus zu wie in einem Fernsehstudio. Sie will unbedingt hinein, aber der Terrassenboden ist aus Daunen, grundlos, je heftiger sie auftritt, um so tiefer versinkt sie. Sie hört ihre Mutter im Haus singen. Die zweite Mutter. Sie singt einen scheppernden Schlager. Sie singt sehr unangenehm. Plötzlich stehen Männer zwischen Fran und dem Haus, die sehen ihr entgegen wie Fänger, vorgebeugt, mit tief ausgefahrenen Händen, bereit zum Zupacken. Auch Handschellen werden sichtbar; das empfindet Fran als Genugtuung. Handschellen hat sie nicht verdient. Ihr wird Unrecht getan hier auf der elterlichen Terrasse, auf der sie nicht vorwärts kommt, zum Glück nicht vorwärts kommt, sonst würde sie ja diesen wüsten Männern in die tief ausgefahrenen Hände rennen. Sie will ja eigentlich nur ins Haus. Sie muß der Mutter sagen, daß sie endlich mit dieser lächerlichen und unangenehmen Singerei aufhören soll. Da kommt von den Männern her mühelos Marlon Brando auf Fran zu. Sofort multiplizieren sich Farbtupfer, die bisher nur gelegentlich vorkamen. Alles ist jetzt voller Farbtupfer. Am meisten sie selber, ihre helle Kleidung und unter ihrer hellen Kleidung ihr Körper. Marlon Brando ist jetzt bei ihr, er packt sie an den Schultern, sie sieht, es ist Professor Mersjohann, sie kann aber nicht anders, sie nennt ihn Marlon Brando. An Professor Mersjohanns Gesicht sieht sie noch die Peinlichkeit und Schärfe ihres Irrtums. Sie hält Professor Mersjohanns erschütternden Gesichtsausdruck nicht aus, dreht sich aus eigener Kraft und Verzweiflung wieder zum Haus. Aber das Elternhaus ist weg, ein ganz anderes Haus ist da, sie geht hinein, eine fremde Familie sitzt am Tisch, Fran ißt mit, hält es aber gleich nicht mehr aus, rennt ins Bad, legt sich in die Wanne, die ist im Handumdrehen voll, das Wasser ist warm und voller Schaum, eine Oper fängt an, Wagner, *Walküre*, erster Akt, sie ist begeistert, stößt aber in ihrer Begeisterung so heftig mit dem Ellbogen gegen den Wannenrand, daß sie aufwacht.

Halm spürte, daß er jetzt besser dran gewesen wäre, wenn er vorher nicht so naseweis über die Unnötigkeit des Traumzergliederns geredet hätte. Zum Glück hatte das keiner ernst genommen. Fast alle machten sich jetzt über Frans Traum her, wollten sagen, was das wirklich heiße: farbige Tupfer, weiche Terrassenböden, fängerhaft postierte Männer, schnulzensingende Mütter, Mersjohann als Brando, verschwundenes Elternhaus, Schaumbad mit Wälsungenliebe, Erwachen am Ellbogenschmerz. Halm sagte nichts mehr. Ihm tat der schöne Traum leid, den die Klasse auseinandernahm, als wär's ein erlegtes Wild, das man ausweiden, ausbeinen und zerlegen müsse, um es für Topf, Pfanne und Magen zurechtzumachen. Und die waren ziemlich geschickt im Zerlegen und Benennen. Das waren lauter Psychologen. Zum Glück konnten sie sich nicht einigen. Fran Webb sagte nichts mehr. Sie und Halm saßen stumm zwischen den Traumdeutern, die von Howards noch nicht ganz gesundeter Stimme geleitet wurden.

Nach der Stunde ging das Mädchen wieder neben ihm her, als sei das das Selbstverständlichste. Sie sagte nichts. Zum ersten Mal war er kühn und sagte auch nichts. Sie gingen auf die Brücke zu. Rainer war zum Glück weit weg in der Luft oder schon in Texas. Auf dem höchsten Punkt der Katzenbuckelbrücke blieb Halm sogar stehen, um in den quirligen Okra-Bach hinabzuschauen. Dann sah er Fran an und sie ihn. Dann gingen sie doch ziemlich rasch weiter. Konnte sie jetzt an etwas anderes als an ihren Traum denken? Hoffentlich wußte sie, daß er jetzt auch nur an ihren Traum denken konnte. Er wußte nicht, warum, aber für ihn war der Traum und noch mehr die Tatsache, daß sie ihn erzählt hatte, ein Versuch, Halm für diese *Walküre*-Szene um Verzeihung zu bitten.

Oder war er unteachable? Als sie vor dem Seiteneingang zu Fillmore Hall standen, sagte er: Das war *A-Plus*. Sie ließ ihre Lippen sich gegeneinander verschieben. Die graublaugrünen, an der Nasenwurzel anliegenden Augen sahen einen immer fragend an. Dazu gehörte, daß das Mädchen den Kopf immer ein bißchen höher hielt als nötig. Sie sei schüchtern, hatte sie vor drei Monaten an dem Cafétisch gesagt, als sie miteinander das Panther-Gedicht übersetzt hatten. Damals war ein heißer, zupackender Wind von der Bay heraufgekommen, der an allem gezerrt hatte und versucht hatte, es mitzureißen. Heute schoben schwere Wolken über sie hinweg, aber um sie herum war es ganz still. Sie sagte, wie die anderen mit ihrem Traum umgegangen seien, finde sie blöd. Halm sagte: Es ist ein Bedürfnis, offenbar. Anstatt etwas zu erleben, will man etwas wissen. Er sagte ihr nicht, daß er, während die Klasse den Traum zerfleischte, ängstlich und gierig darauf gewartet hatte, daß einer oder eine in irgendeinem Traumstück ihn, Halm, entdecke. Jeff hätte doch bei Marlon Brando auf Halm hinweisen müssen. Es wäre Halm sehr peinlich gewesen. Aber gewünscht hat er es sich. Jeff kritzelte auf seinen Papieren herum und sagte am wenigsten von allen. Er brachte nur zum Ausdruck, daß er Traumdeuterei für eine priesterhafte Einflußnahme halte, also für etwas Verächtliches. Oh, da fällt ihr ein: darf sie ihm Ende nächster Woche ihren Aufsatz über ihren Lieblingshelden Labove geben? Aber ja! Er wird bis dahin das Faulkner-Buch ausgelesen haben. Das läse er ja auch am liebsten, ohne es zu verstehen, sagte er. Aber er gebe zu, das Bedürfnis zu verstehen, setze sich immer wieder durch. Man ist eben doch neugierig. Ach ja, dann möchte sie ihn noch einladen, falls er für Thanksgiving noch nicht wisse, wo er an einem Truthahn mitessen könne, bei ihr beziehungsweise bei ihren Eltern sei er willkommen. Zweitens wolle sie ihn zu einer Abschiedsparty einladen, er reise jetzt doch schon bald, nicht wahr. Am Samstag in der ersten Dezemberwoche vielleicht? Ja, gern. Aber für den Erntedankfest-Truthahn hat er sich schon einladen lassen. Schade, sagt sie, sie komme immer zu spät. Aber dann in ihrem Haus am Hill Court, am ersten Dezembersamstag? Ja, darauf freut er sich! Er rannte in sein Büro, spürte angesichts der immer noch ungemilderten Kinderzeichnungen wieder den Wunsch nach einem Plakat. Aber nein, er mußte diesen schwarzen Haufen ansehen, der auf orangefarbenes Papier gekleckst war, aus dem ein schwarzer Strich ragte, der oben in schwarze Palmblätter auslief, über allem ein schwarzer Klecks als Sonne und ein Flugzeug in voller Draufsicht, darin drei Fenster, darin drei Figuren, die sich riesig zu freuen schienen. Er gestand sich jetzt, daß er dieses Bild längst angeschaut hatte. Er hatte sofort Sabine, Lena und sich auf dem Rückflug gesehen. Unerträgliche infantile Drastik. So grinste nicht einmal er. Schon gar nicht auf dem Rückflug. Er hörte das aus Blech und Besen gemischte Geräusch, an dem er inzwischen Elisha, den schwarzen Chinesen, erkannte. Halm schaute jedesmal, wenn der eintrat, hin, der schaute nie her. Seine Haut war genauso schwarz wie gelb. Irgendwie sieht er staubig aus, dachte Halm. Aber wenn er Zahnarzt wäre, käme man sicher nicht auf diese Idee. Dann würde man denken, Dr. Elisha wirke irgendwie grausam.

Als Halm bei Carol eintrat, nickte sie nur. Halm sagte: Also geflogen ist er? Ja, sie erwarte aber in jedem Augenblick irgendeine groteske Nachricht aus Houston. Spätestens morgen nachmittag, wenn er seinen Vortrag halten soll. Komisch, wie unangenehm spannend das Leben wird, wenn man sich nicht mehr vorstellen kann, wie es jetzt überhaupt noch weitergehen solle. Es sei einfach unvorstellbar, daß der gewaltige Ordentliche auf einem aus ganz Amerika beschickten Kongreß ohne Manuskript auftrete. Auftreten aber müsse er. Aber ein Manuskript habe er nicht. Was also, bitte, tut da der auf nichts als auf seine Verläßlichkeit stolze Ordentliche? Was, bitte?! Halm konnte es ihr nicht sagen. Zum Glück fragte sie ihn nicht, ob er Rainer noch angerufen habe. Sie lud ihn zum Thanksgiving-Truthahn ein. Er sei schon. Sie verstehe. Sei ja auch ein bißchen spät. Aber an diesem Samstag, ob er da noch frei sei. O ja, an diesem Samstag schon, am nächsten wäre es schwieriger. Also am Samstag. Aber am Freitagabend rief Lena an und sagte, Elissa sei gerade aus Houston angerufen worden, ihr Mann sei in Zimmer 411 des *University of Houston-Hotel Conrad N. Hilton* am Freitagmorgen tot auf dem Bett gefunden worden. Halm ächzte. Lena sagte: Hallo. Halm sagte: Ja. Lena sagte: Bist du noch da? Halm sagte: Ja. Lena sagte: Elissa habe beschlossen hierzubleiben. Jamey werde, sobald er den Tod seines Vaters erfahre, sofort heimkommen, das wisse sie. Halm öffnete eine Flasche Roten. *Tränen des Berges.* Er fühlte sich zu jeder Reaktion berechtigt. Er spürte jene Art Lachreiz, die er bei Beerdigungen spürt. Deshalb ging er nicht gern zu Beerdigungen. Nirgends fühlte er sich so unfähig, dem Brauch zu genügen, wie bei Beerdigungen. Das war also ein super event. Die Washington University ist offenbar mit Recht berühmt für ihre events. Lieber Rainer Mersjohann, du hast den Vogel abgeschossen. Nun wird man also dir zulieb sitzen Tag und Nacht. So starr wie aufgeweicht. Und einigermaßen beengt. Eingeengt. Was die persönliche Freiheit angeht und so weiter. Zu wenig man selbst, sitzt man. Belagert von deinen windigen Manen, Mensch. Willst wohl nasse Augen sehen, was! *Stop pawing me. You old headless horseman Ichabod Crane!* Ach, die liebe Lena. Du, zurück? Sie habe mindestens eine Viertelstunde geläutet. Und zwei prallvolle Reisetaschen bringt sie mit. Elissa habe ihr, offenbar weil sie sie schnell loshaben wollte, eine Tasche mit Geschenken vollgestopft. Elissa sei unheimlich aufgeregt. Sie müsse allein sein jetzt. Keine Zeugen. Man sähe sich bald. Bloß nicht jetzt. Ihr gehe es gut, sehr gut, noch nie so gut, sie komme sich vor wie ein zum Tod Verurteilter, der plötzlich begnadigt wird. Bloß, sie müsse sich allein einfinden in den neuen Zustand. Ganz allein. Halm nickte. Ertappte sich bei dem, was er so lächerlich fand wie nichts anderes: beim Trauervergleich. Die eiskalte Elissa trauert dir nicht scharf genug, was! Elrod rief an. Nicht daß Halm denke, er dürfe sich vor dem Samstagabendbesuch drücken.

Nichts sei schmählicher, als anderer Leute Tod als Vorwand zu benutzen. Und Veilchen bedürfe einer Zerstreuung, die er, ein Greis, nicht leisten könne. Wenn man an Tränen verbluten könnte, wäre sie schon tot. Als Halm auf der Shattuck Avenue hinfuhr, um Blumen für die Elrod-Einladung zu kaufen, versagte der Scheibenwischer. Da inzwischen wieder der gewebehaft dichte Sprühregen niederging, mußte Halm sofort rechts ranfahren. Er rannte auf dem Trottoir nach einer dieser Kisten, aus denen man für einen Quarter eine Zeitung nehmen kann. Er fand eine, hatte aber keinen Quarter, also rannte er in ein Geschäft – es war ein Radioladen –, kaufte Batterien, schaute darauf, daß im Kleingeld Quarter waren, rannte zur Zeitungskiste, holte eine Zeitung, putzte die Scheibe, fuhr langsam weiter und hielt alle paar Meter, um die Scheibe zu putzen. Als er mit dem Rosenstrauß, der 17 Dollar gekostet hatte, zum Auto zurückkam, stand ein riesiger Schwarzer an der Autotür und nuschelte etwas. Er wollte Geld. Halm gab ihm die 70 Cent Kleingeld, die er in seiner Tasche fand. Gimme a dollar, sagte der Schwarze. Halm dachte an die 17 Dollar. Die taten ihm noch weh. 17 Dollar für einen Blumenstrauß, das war Wahnsinn. Er sagte, er sei nicht reich. Er zeigte auf seinen alten Volvo. Der Schwarze schaute beharrlich auf den großen, mit viel Grünzeug aufgeplusterten Rosenstrauch in dem Plastikgehäuse. Gimme a dollar, sagte der Schwarze, als sage er es zum ersten Mal. Halm fischte sozusagen fieberhaft nach einem Dollarschein in seiner Brusttasche und war glücklich, als das, was er hervorbrachte, nicht ein Fünf- oder gar ein Zwanzigdollarschein war. Er gab dem Schwarzen den Schein, versuchte aber, beim Übergeben noch auszudrücken, daß er sich beraubt vorkomme. Der Schwarze nahm den Schein so verächtlich wie möglich und ging, ohne zu danken, weg. Halm kam sich angespuckt vor. Er setzte sich ins Auto. Plötzlich ging der Scheibenwischer wieder. Halm war sicher, daß der Scheibenwischer nicht gegangen wäre, wenn er dem Schwarzen den Dollar nicht gegeben hätte. Als er ins Rinehart-Haus zurück-

kam, hörte Lena die Platte, die ihnen Rainer mitgebracht
hatte. *Der Tod und das Mädchen.* Ihn störte schon der Titel.
Und die Musik war ihm zu drastisch. Geigen, die sich so gegeneinander sträubten. Er sagte: Lena! Sie hörte ihn nicht.
Also rief er, schrie er fast: Lena! Sie erschrak. Er deutete auf
die Platte. Sie stellte sie sofort ab und fragte: Was ist? Er
wollte nicht sagen, was er sagen wollte, also sagte er: Gehst
du mit zu Elrods? Lena sagte: Nein. Und da sie annehmen
mußte, er habe sie bloß dieser Frage wegen beim Musikhören
gestört, ließ sie die Platte wieder laufen. Und zwar von vorn.
Er ging nach unten und zog sich um. Er hatte das Bedürfnis,
sich so fein wie möglich anzuziehen. Er zog alles heraus, was
er dabei hatte. Es war alles nichts. Außer dem grellen karibik-
haften Kognak-Schwarz-Gelb-Anzug, den er im höllenhaf-
ten Licht in Downtown Oakland zwei Stunden vor der
Walküre gekauft hatte. Auch das dort gekaufte himbeerbon-
bonfarbene Hemd zog er an. Als er im Spiegel seine eigene
Farblosigkeit – außer der Nase hatte an ihm nichts mehr
Farbe – so brandend farbig gekleidet sah, spürte er einen
Lachreiz. *Keep your age a secret.* Jetzt fiel ihm schon wieder
dieser aufgeschnappte Satz ein. Und bei *secret* dachte er an
Sekret, das kam ihm zweideutig vor. Er lachte nicht. Es war
nur so eine Art Rülpsen. Jaa, Brando-Malvolio.
Als Kirk Elrod Halm sah, sagte er: Richtig. Er habe schon ein
bißchen gefürchtet, Halm komme in Schwarz. Aber nur ein
bißchen. Wenn ein Maniak abdankt, kommt man mindestens
in Rot, sagte er. Er selber versank förmlich in einem tiefrot
gleißenden Hausmantel mit weiten Ärmeln, in die mit goldenen Fäden japanische Zeichen gestickt waren. Die *Swiss-
Lady,* dachte Halm. Carol war ganz in Weiß. Etwas sehr Enges. Man gönnte ihr direkt die Schlitze links und rechts. Ihre
Augen glänzten, als seien sie ganz flüssig. Der Mund noch
vorgewölbter. Die Unterlippe ein Wall. Der Kopf gesenkt,
weggedreht. Wie verstört. Man konnte gar nicht hinschauen.
Halm sagte zum Hausherrn, er sei froh, daß er noch einmal
habe an den Grizzley Peak Boulevard kommen dürfen, er

wisse ja immer noch nicht, wer die *Swiss Lady* sei! Das weiß nur John Frey, sagte Elrod. Auster sagte, das sei schon arg, wie leicht es sich die Belletristen machten mit ihren Quellen. Alles, was er sagte, sagte er jetzt deutlich zu seiner jungen Frau hin. Sie hatte ein wildes, dunkles, schweres Gesicht, aber schön freche Augen. Ohne diese Augen wäre das Gesicht sozusagen in Schmerz zerflossen. Halm dachte an Beethoven, als er diese wulstige Rachel ansah. Und er sah sie an wie etwas, das es zulassen muß, daß man es ansieht. Sie war ja die einzige, die zu Hause war im Yoknapatawpha-Yosemite-Land. Auster hatte, außer beim Essen, andauernd eine Hand seiner jungen Frau zwischen seinen Händen. Dazu mußte Rachel ganz eng neben ihm sitzen und eine Hand unter seinem Arm durchstecken, daß er vorne mit dieser Hand spielen konnte. Er tat das ausgiebig. Der Kontrast zwischen ihrer Hand und seinen Händen war so auffällig, wie ihn Roy berichtet hatte. Aber wie selbstverständlich Auster mit Rachels Hand spielte! Und wie angenehm es ihr war! Halm bewunderte dieses Paar. Und Auster bewunderte er noch mehr als Rachel. Nun war er schon mit zwei solchen Paaren zusammen. Er machte Auster Komplimente über das, was er schnell noch von ihm gelesen hatte. Auster sagte: Rachel, hast du das gehört, er lobt mich. Rachel streichelte ihm mit der freien Hand den Kopf, als sei er ihr Kind. Halm sagte: Ich gratuliere Ihnen. Auster sagte: Hörst du, er gratuliert mir. Frag ihn, zu was. Sie fragte. Halm sagte: Zu Ihrer Verheiratung! Ja, das können Sie, sagte Auster, mir schon. Mir auch, sagte Rachel. Auster sagte, er habe ja zu Halm einmal gesagt, ein verheirateter Philosoph sei wie ein Vogel im Käfig. Das war bei Rainer. An Ps Käfig. Er nehme das nicht zurück. Aber hinzufügen müsse er, es sei viel angenehmer in diesem Käfig, als er geahnt habe. Sie streichelte ihn wieder. Wir sind glücklich, und Carol ist traurig, sagte Auster betrübt. I'm just woebegone, sagte Carol, und Halm spürte, daß er Rainer vermißte, der seltenere Wörter immer deutsch dunkel dazwischen gesummt hatte, als tue er's nur für sich. Carol sagte ins allgemeine Schweigen: He didn't have a

mean bone in his body. Und in gebotenem Abstand fuhr Kirk
Elrod so rühmend fort: Er war ein Maniak. Carol zählte jetzt
in gleich schwerem, schmerzlich hingerissen rühmendem
Ton die Umstände auf. Völlig angezogen sei er auf dem Bett
im *Hilton* gelegen. Neben sich das Manuskript. Ein einziges
Blatt. Darauf ein einziger Satz: *Auch würde es sich ja schlecht
ziemen, ihr Männer, in solchem Alter gleich einem Knaben,
der Reden vorbereitet, vor euch hinzutreten.* Oh, sagte Auster, das ist nicht Mersjohann, das ist Zitat, Platons Sokrates
ist das, in der Schleiermacher-Übersetzung. Halm mußte, an
Rainer denkend, sagen: You know damn much. Er lobt mich
schon wieder, Rachel, sagte Auster, aber er zitiert und vari-
iert damit auch den Verstorbenen, der Anfang September zu
mir gesagt hat: You write damn much. Und er, Auster, habe
geantwortet: Publish or perish. Elrod sagte: Er hat sich für
perish entschieden. Auster sagte: Ich eben nicht. Über etwas
anderes als über Rainer Mersjohann wurde nicht mehr gesprochen. Wenn Auster etwas anderes sagte, sagte Carol einfach etwas über Rainer. Sie konnte nur über Rainer sprechen. Alle konnten plötzlich nur noch über Rainer sprechen,
über sonst nichts. Rainer füllte wirklich die Welt. Wie man
sich auch wandte, man stieß auf ihn. Halm erntete schöne
Schwereblicke von Carol, als er wissen ließ, er habe einen
Tag vor Rainers Abflug in seinem Kurs das Thema Selbstmord diskutieren lassen. Von sich selber erträgt man ja
ziemlich viel.
In der nächsten Konversationsstunde wollte Jeff, daß man das
Selbstmordthema im Licht der neuesten Ereignisse noch einmal diskutiere. Alle hatten Erinnerungen an Rainer, alle trugen Rainerornamente zusammen wie Blumen. Es war ein
Bedürfnis. Sabine fing beim sonntäglichen Telephongespräch, nachdem Halm sie informiert hatte, an zu stottern.
Dann gab sie es auf. Halm sagte auch nichts. Sie sagte nichts
mehr über ihren Vater. So lange ist vielleicht noch nie bei einem Europa-Kalifornien-Gespräch geschwiegen worden. Er
würde weder auflegen noch etwas sagen. Sabine sagte schließ-

lich schrill: Er war einfach anständig! Halm dachte: Das kann schon sein. Um so mehr, als Sabine ja ein Wort benutzte, das Rainer selber wichtig war. Wenn man einen mit seinen eigenen Wörtern beschreibt, ist jeder ziemlich vollkommen. Aber daß man das tut, das muß einer schaffen. Rainer hat das geschafft. Wo man hinkam, ging es ihm zu Ehren jetzt so tautologisch zu. Und jeder spürt nur, was er verloren hat. Halm spürte, daß er zu spät gekommen war. Die Zeit war zu kurz gewesen. Er hat die Gelegenheit nicht nutzen können. Er hat die Gelegenheit versäumt. Rainer hätte ein Freund werden können. Es war fast soweit gewesen. Wenn Rainer ihn nie mit dem Mädchen gesehen hätte, wenn Rainer nicht von Carol mit Nachrichten über Halm und Fran Webb versorgt worden wäre, wenn Rainer nicht dieses absolute Rechtsempfinden gehabt hätte, wenn Rainer aus seinem unüberprüfbaren Rechtsbewußtsein nicht auch noch verlangt hätte, Halm müsse sich von Sabine trennen... Wahrscheinlich wäre dieser furchtbare Kerl der einzige Freund gewesen, den er hätte haben können. Nun hatte er eben keinen. Wie vorher auch. Schluß. Bedaure dich nicht. Und ihn auch nicht. Schluß. Der peinlichste von allen Abenden war der im Tudor-Haus an der Euclidstraße. Elissa wollte sagen, was sie vorher nicht habe sagen können. Sie sei nicht zurechnungsfähig gewesen, als sie ihren Vater gebeten habe, Rainer ins *Claremont* einladen zu lassen. Sie habe sich rächen müssen an einer Bestie, an einem Mädchenskalpjäger. Spanischdozent war er, elegant, immer tänzelnd, immer vom Tod quasselnd. Von nichts als vom Nichts redete der. Auf den sei sie hereingefallen. Als sie mit Rainer im *Claremont* aufgetreten sei, habe es diesem Scheusal die Augen ein wenig aus den Höhlen getrieben. Das doch. Sie sei Rainer unendlich dankbar gewesen. Nie wollte sie ihm vergessen, daß er ihr diesen Auftritt verschafft hatte. Und Rainer konnte das, auftreten. Er verbreitete Distanz um sich her. Er konnte Formen erfüllen mit Komik. Er tat immer formvoll, immer mehr als nötig, und das Mehr brachte dann die Komik. Für die, die sehen konnten. Und er sei so toll gewesen, damals, so hinge-

rissen von ihr, so verehrungsfähig, so ernst. Er habe sie ange-
betet, sie habe nicht gewußt, daß es das gebe. Ein ziemlich
großer Kerl, und durch und durch süchtig, sich zu fügen, sich
ihr zu fügen, selber überhaupt nichts mehr zu sein, nichts als
Liebe zu ihr. Derart zart, aufopferungssüchtig, hingebungs-
voll. Als habe er eine Million Jahre auf sie gewartet, als wisse
er aus einer universalen Erfahrung, daß außer ihr überhaupt
nichts existiere, was einer Empfindung wert sei. Als sei er,
weil er alles bisher Gebotene ablehnen mußte, am Verdursten
und Verhungern gewesen –, und dann kam sie, die einzige
Nahrung, die es überhaupt geben konnte für ihn. Jetzt habe
er gewußt, warum er bisher im Stande der Ablehnung gelebt
habe. Na ja, ein paar Monate haben sie also gezehrt von seinem Rausch, von seinem Zartheitsvorrat. Dann war sie
schwanger. Dann gleich noch einmal. Aber dann setzte sich
in ihr endgültig durch, was sie längst wußte, was sie nur so
sagen kann: Wenn man selber nicht liebt, hat man nichts davon, geliebt zu werden. Das ist ein ziemlich furchtbares Gesetz. Eine Art Naturgerechtigkeit ist das. Und Rainer merkte
das und fing an, das, was sie einander versprochen hatten, ein-
zuklagen. Tag und Nacht. Offenbar glaubte er, man könne
Zuneigung, Liebe, Nähe, Enge, Verschmelzung einklagen.
Das Recht war immer auf seiner Seite. Und je deutlicher er
sah, daß es nichts nützte, im Recht zu sein, desto starrer forderte er es ein. Ob das dann noch Rechtens war, wenn er verlangte, sie müsse, was sie mit Männern erlebte, auf seine
Tonbänder sprechen? Am liebsten hätte er es auf Videoband
gehabt. Er wurde unersättlich in seinen Ansprüchen an die
Genauigkeit der Schilderungen ihrer Männergeschichten. Er
ließ es nicht gelten, wenn sie sagte, wie wenig ihr diese und
jene Affäre bedeutete. Auch von der unbedeutendsten Nacht
wollte er die ausführlichste Schilderung. Es gab für ihn nichts
Nebensächliches. Und er behauptete immer, daß er das ihr
zuliebe verlange. Wenn sie ALLES sage, könnten sie weiter
zusammenleben. Jede verschwiegene Sekunde sei Gift für
ihre Ehe. Wenn er ALLES wisse, könne er ALLES verzeihen.

Nur was er wisse, könne er verzeihen. Und so weiter. Sie habe anfangs harmlos gehorcht, habe alles gesagt. Aber die Wirkung sei entsetzlich gewesen. Also habe sie nicht mehr alles gesagt. Als er das merkte, wurde es noch schlimmer. Als Halms im August eintrafen, sei sie verzweifelt gewesen. Rainer habe sie umbringen wollen, das wisse sie. Er hätte es für Bestrafung gehalten. Er hatte die Gabe, alles, was er für nötig hielt, auch für gerecht zu halten. Er konnte nichts tun, wozu er sich nicht vorher durch eine Art Rechtsprechung ermächtigt hatte. Aber wenn er sich einmal ermächtigt hatte, dann war er offenbar zu allem fähig. Warum er jetzt sich selbst umgebracht habe, anstatt sie, sei ihr unerklärlich. Vielleicht habe sie's Lena zu verdanken. Von Lena habe er gesprochen wie von einer unmittelbaren Hilfe. Lena wollte er sogar gefallen. Lena sei, soweit Elissa wisse, die einzige Person, die er sozusagen neben sich gesetzt hatte bei seinen ununterbrochenen Urteilen. Als gedachte Schöffin sozusagen. Er habe ihr ziemlich unumwunden gesagt, daß ihr nichts passiere, solange er, was er ihr antun müßte, nicht Lena vorgelegt und Lena seinem Vorhaben nicht zugestimmt habe. Vielleicht sei das nur die neueste Variation seines Richterspiels gewesen. Er redete ja immer im Schwurgerichtsjargon über das, was ihre Ehe betraf. Er befand sich, was Elissa anging, in einer ununterbrochenen Schwurgerichtshauptverhandlung. Da sie seine Eltern nicht gekannt habe und da er seine Herkunft immer nur in Bildern darstellte, aber nie in direkten Aussagen verriet, wisse sie nicht, woher das alles stamme. Ihr sei es fremd genug. Sie wünschte, sie hätte dieses Unglück verhindern können. In seinem Zimmer habe sie ein Paket gefunden, das an Lena adressiert sei. Sie gab es Lena. Lena bedankte sich. Der Abschied war dann eher wortarm. Man war einander verbunden, ohne noch etwas füreinander tun zu können. Zuletzt sagte sie, daß sie jetzt ihre Söhne erwarte. Halm sagte, im Fall Elissa nach Europa komme, das sei seine Anschrift. Und gab sie ihr. Am meisten hatte ihm gefallen, daß sie Lena als Schöffin bezeichnet hatte. Das mußte er Sabine erzählen. Im Rinehart-

Haus öffnete er das an Lena adressierte Paket. Lena saß und schaute zu. Ein Manuskript kam heraus. Handgeschrieben. Ein Titelblatt:

Rainer Mersjohann
California Fragment
154 Sonette

Ein Brief an Lena lag auch dabei. Halm bat Lena, ihn zu öffnen. Er sah an Lenas Gesicht, daß ihr heute an weiteren Mitteilungen nicht liege, daß sie genug erfahren habe heute. Er sagte noch einmal und laut: Lena! Sie sah ihn verständnislos an. Also ging er hinunter ins Schlafzimmer, legte sich in das große Bett, ohne Rücksicht auf die gegen die Wand donnernden Verzierungen. Er hatte bis jetzt nie nach den Zeitschriften gegriffen, die auf einem zum Bett gehörenden Seitenbord lagen. Ein Stoß *Playboy* und ein Stoß *Moral Majority Report*. Er griff nach dem *Playboy*. Die Nummer, die er in den Händen hatte, war zehn Jahre alt, tat vielleicht seit zehn Jahren ihren ehrwürdigen Dienst in diesem Schlafzimmer. Eine aus Missouri stammende Irin streckte ihre geschlossene Falte her. Ein dunkler Strich unter dunkler Behaarung. Grove. O ja, *Hain* kann man hier noch sagen: hatte Rainer in seiner launigen Wegweisung geschrieben. Oben an der entscheidenden Hain-Stelle, eine scharfe Konzentration der Behaarung. Ein richtiges kleines Dickicht. Mitgeteilt wurde, dieses Mädchen habe noch nicht mehr als zehn Männer gehabt. Aber um die Gehabten zu zählen, brauche sie doch beide Hände. Er legte das Geschlechtsding weg. Jetzt mußte er noch das Licht ausmachen. Das fiel ihm schwer. Als er es endlich geschafft hatte und im Dunkel lag, dachte er an Fran Webb. Eine Art kitschiger Vision schäumte in ihm hoch: Fran als Opernschwan in einer Pariser Dekoration der Belle Epoque. Aber er dachte auch an Elissa, die Blasse, Schwerbrüstige, Kurzhaarige. Jetzt Witwe. Daran dachte er. Ja, daran dachte er. Elissa, allein in der Tarantelkirche. Er, allein, hier. Daran dachte er. Als er am Morgen in der engen Duschkabine stand, sah er das Wasser über seinen Leichnam laufen. Er seifte sich und wusch sich ab mit dem Gefühl, einen Leichnam zu waschen. Rainer hatte auch als Leichenwäscher gearbeitet. Am Freitag gab ihm das Mädchen ihren Aufsatz über Labove. Sie sagte: Also, bis morgen, sie freue sich. Carol wurde von der Kölnerin vertreten, er konnte also gleich heimfahren. Lena hörte wieder Rainers Schubert-Platte. Halm fand das wieder unpassend. Zu drastisch. Er schloß die Tür zum Arbeitszimmer und las Frans Aufsatz. Ihm kam es vor, sie sehne sich nach etwas Außerordentlichem, und sei es schmerzhaft, peinlich, entsetzlich. Schrieb sie das alles hin, weil ihr der WPP zu korrekt war? Hatte nicht Elissa Rainers Leben eingesetzt, um einem grandiosen und fiesen Spanischdozenten ein paar Schweißtropfen auf die Stirn zu treiben? Deine unbehebbare Unkenntnis weiblichen Innenlebens. Oder ist es Unkenntnis überhaupt? Morgen abend würde er ein bißchen mehr wissen. Wenn außer ihm niemand eingeladen war, gab es keinen Zweifel mehr. Lächle, Brando-Malvolio. Er war eine Stunde zu früh in der Straße, von der der Hill Court abging. Er wollte sicher sein. Das Auto parkte er viele Straßen weit weg. Zehn Minuten nach Termin läutete er an einem edlen, ernsten, nicht sehr großen Haus. Das Mädchen öffnete. Der Gang hinter ihr war schwach erleuchtet. Stimmenlärm. Sie machte das kühne Gesicht, als heiße sie Leif. Er gab ihr seinen Strauß. Sie erschrak freundlich. Rosen, sagte sie. Sie führte ihn hinein und treppab und links herum und rechts durch eine Tür: ihr Schlafzimmer. Ihr Bett. Fast zugedeckt mit Mänteln. Aber man sah noch, daß ihr Bettzeug mit Frühlingsfarben gemustert war. Eine Art Renoirwiese war ihr Bett. Wäre es, ohne die Mäntel. An den Wänden gerahmte Opernszenen mit Wagnerfiguren. In der Küche holte man sich Essen aus Töpfen und Schüsseln und Wein, Bier, Whisky. Überall standen und redeten Studenten. Nicht nur Studenten aus dem Konversationskurs. Fran führte ihn, wollte ihm behilflich sein, gab nicht auf, bis sie ihm droben in dem großen Wohnzimmer in der Nähe des riesigen Kaminfeuers einen Sitzplatz verschafft hatte. Das war eher eine Wohnhalle. Eine nordische vielleicht. Die Holzdecke wird von Balken getragen. Wo die Balken links und rechts aufliegen, sind die Steine mit fledermaushaften Figuren verziert. Und in der Raum-Mitte sind in jeden tragenden Balken geschwungene Kreuze gebrannt. Der Kamin ist eine Backstein-Architektur für sich. Ein hochstrebendes Backstein-Giebelrelief. Zum Glück sitzt Jeff in der Nähe. Im Schein das Kaminfeuers sieht Halm zum ersten Mal, daß Jeffs linkes Ohr oben eingeknickt ist; es lappt fast ein bißchen. Das findet Halm sehr sympathisch. Auf dem Boden vor dem Kamin liegen um den Holzstapel herum Tiere aus schmalen Eisenbändern. Zikaden vielleicht. Ziemlich große. Sie schirmen den Kaminbereich ab. Das Licht im Raum ist eher düster als trüb. Unter den Steinnasen, auf denen die die Decke tragenden Balken aufliegen, ragen eiserne Lampen aus der Wand. Aber sie leuchten so schwach gelb, als sollten sie den Eindruck der Düsternis verstärken. Die Kaminflammen sorgen dafür, daß die Düsternis lebt. Von unsichtbaren Lautsprechern dröhnt Musik. Man muß sehr eng zueinander hin, wenn man miteinander sprechen will. Halm weiß, daß er sehr schnell sehr viel trinken muß. Sonst kann er hier nicht bleiben. Möglichst wenig essen, überhaupt nichts essen. Essen abweisen. So als esse er überhaupt nie. Fran versorgt ihn. Sie zeigt ihm, daß sie alle paar Minuten wissen will, wie es ihm geht. Jeder und jede kommt einmal her, man macht Konversation und sagt dazu, daß man Konversation mache, also lacht man und Halm sagt, daß inzwischen alle auf *A-Plus*-Niveau angekommen seien. Elaines Gesicht ist heute geschminkt bis zu puppenhafter Starre. Der Riese Art hat in der Küche den Kopf angeschlagen und blutet. Howard sagt heute am wenigsten. Das Glas in seiner Hand ist immer gleich voll. Er trinkt also überhaupt nicht. Wirkliche Konversation liegt ihm offenbar nicht. Gail erzählt, daß sie morgen nach Daly City, auch so ein San Francisco-Anhängsel, fahre, in die Heilanstalt, in der der inzwischen eingefangene Pelikanquäler untergebracht sei. Sie will ihn retten. Auch den rapist will sie noch vor Weihnachten besuchen und ihm zureden, sich kastriren zu lassen. Sie ist jedes Wochenende im Einsatz. Man könnte fast alles Schlimme verhindern, sagt sie, wenn man rechtzeitig spricht mit den Menschen. Sie will Gouverneurin des Staates Kalifornien werden und diesen Staat zum menschenfreundlichsten Staat der USA machen. Fran fragt, jedesmal wenn sie herkommt, ob ihm etwas fehle. Er schüttelt den Kopf. Sobald sie weg ist, fürchtet er, er habe gegrinst beim Kopfschütteln. Eigentlich möchte er sie rücksichtslos ansehen. Sie soll an seinem Gesicht sehen, daß sie, auch wenn sie bloß spricht, ihn sozusagen entsetzt. Der WPP ist auf jeden Fall nicht da. Viele haben Freunde oder Freundinnen mitgebracht. Sie hätte ja genausogut den WPP herrufen können. Oder kämpft der heute in San Diego? Wenn sie gewollt hätte, daß er dabei sei, hätte sie einen anderen Abend gewählt. Also würden alle diese Eingeladenen nach und nach gehen. Er kann als letzter gehen. Oder bleiben. Je nachdem. Auf jeden Fall trinkt er jetzt. Er hat das Bedürfnis, nicht verantwortlich zu sein. Mein Gott, nun hat er sich doch lange genug gehalten. Jetzt, einen Abend lang, darf man wohl die Fesselung ein bißchen lockern. Und wie Fran immer wieder herkommt! Er muß sich nicht rühren. Hier am Kaminfeuer wird er sitzen bleiben, zu Füßen eine Truppe von eisernen Zikaden. Mehr trinken wird er als jeder andere und so tun, als vergesse er aufzubrechen. Plötzlich wird sie allein von der Haustür zurückkommen, zu der sie die allerletzten gebracht haben wird, dann nimmt sie endgültig Platz bei ihm am Kamin. Ihm gegenüber. Oder neben ihm. Egal. Hauptsache, man kann dann sprechen miteinander. Zum ersten Mal. Ein gutes Anfangsthema hat sie selber schon geliefert. Labove. Ihr bester Aufsatz, Fran, dieser Aufsatz über den Vergewaltiger im Schulzimmer. Nun haben die leider angefangen zu tanzen. Er will doch nicht tanzen. Er kann nicht mehr tanzen. Wenn er es je gekonnt hat. Zu dieser Musik hätte er nie tanzen können. Als Fran ihm die zweite Flasche Rotwein bringt, sagt sie, nun habe man soviel miteinander gesprochen, jetzt müsse man auch einmal miteinander tanzen. Ach so, sagt er. Ja, wenn sie es so sage, dann werde er natürlich tanzen mit ihr. Aber, sagt er großspurig, er tue den ersten Tanzschritt nie, bevor er nicht die zweite Flasche Wein ausgetrunken habe. Ausgetrunken! So ungewöhnlich sei es ja nicht, daß die Schritte um so sicherer würden, je weniger man wisse, daß man sie tue. Und bei ihm seien wenigstens zwei Flaschen nötig, bevor er seine Füße sich selbst überlassen könne. Sie sagt, er dürfe nicht glauben, daß er ihr so entkomme. Der Pakt gelte: sei die zweite Flasche leer, gehöre er ihr. O ja, sagt er, o ja, Fräulein Mephisto, das gilt. Er spürt noch, daß er sich, wie er jetzt redet, wenn er noch urteilsfähig wäre, nicht gern reden hören würde. Aber *seine* Studentinnen und Studenten genießen es offenbar, daß ihr Konversations-instructor sozusagen aus sich herausgeht. Halm redet, wie er schon lange nicht mehr geredet hat. Vielleicht hat er noch nie so geredet. Allmählich hat er das Gefühl, er könne alles sagen. Zumindest kann er jeder und jedem etwas sagen. Und was er zu Elaine und Gail und Cynthia und Jeff und Art und Howard sagt, ist genau das Richtige. Das Gefühl hat er. Er sagt jedem genau das Richtige. Er redet nur noch englisch jetzt. Die Lust, englisch zu reden, ist unbändig. Wie der Sänger, der sich selber nur zu seinem Vorteil hört, hält er sein Englisch jetzt für voll aufgeblüht. Es ist auch die Sprache, die ihn überwältigt. Wie reich man wird durch Auswanderung! Durch Fortsein! Das möchte er auch. Wie diese Sprache möchte er sein. So eine Anmaßung. Und hebt das Glas und ruft, er trinke auf die extenuating circumstances. Dann holt ihn also das Mädchen zum Tanzen. Will sie die Führung übernehmen? Das kann er nicht zulassen. Er wirbelt sie einfach ein paarmal herum. Ob das zur Musik paßt, weiß er nicht. Es geht um Wichtigeres. Und weil Fran bei diesen Drehungen offenbar Angst gekriegt hat, fällt sie danach ein bißchen an ihn hin oder bleibt ihm irgendwie im Arm hängen. Er hat auf jeden Fall das Gefühl, er könne sie herumschwenken, wie er wolle. Seine Kraft hat deutlich zugenommen. Dieses Mädchen herumzuschwenken ist überhaupt nichts. Die ist derart leicht. Und wird immer leichter. Und jetzt machen ihm auch die anderen Platz. Seine Drehungen fegen die Tanzfläche leer. Das wird eine Vorstellung. Peinlich ist ihm das nur wegen Gail. Er hatte eigentlich neben ihr sitzen bleiben wollen, um ihr zu demonstrieren, daß man, auch wenn man nicht tanze, nichts versäumt. Fran schaut ihm, er ihr in die Augen. Wie noch nie. Ihre Augen sind die Augen seiner Großmutter, sind seine Augen. Eine Blitzdauer lang sieht er sich als Leichnam, die tote Klette an der Lebendigen, *Death, Bound to*, arme Fran. Er ruft ihr zu: Nirgends mehr hinschauen! Sonst wird uns schwindlig! Auge in Auge! Dann gibt es keine Drehung. Wir stehen. Die Welt dreht sich um uns. Soll sie. Wir sind eins. Und unerreichbar von der sich um uns drehenden Welt. Das ruft er nicht, das denkt er. Fran hat keine Angst mehr, das sieht er. Ob es noch Musik gibt? Er weiß es nicht. Irgendein Geräuschtoben gibt es noch. Eher eine Brandung als Musik. Dann kommt er mit einem Fuß auf etwas. Das rutscht weg. In Kaminnähe. Bloß nicht ins Feuer! Er reißt Fran an sich. Es ist eine dieser eisernen Zikaden gewesen. Das begreift er noch. Dann stürzt er also. Oder sie stürzt. Beide stürzen über einen Stuhl und übereinander, auf jeden Fall liegen sie dann. Dann werden beide aufgerichtet. Er sieht Frans Gesicht. An ihrem Gesicht sieht er, daß an ihm einiges nicht in Ordnung ist. Er spürt auch, daß über sein Gesicht Blut läuft. Howards Stimme sagt: Ich fahre ihn ins Krankenhaus. Halm ist willenlos. Wie nicht da ist er. Auto, Stimmen, Krankenhausgang, eine Schwester, eine Liege, die Schwester macht an seinem Gesicht herum, dann kommt der Arzt, ein Chicano, der macht ihm auch im Gesicht herum, Halm spürt nichts, alles ist endlos. Der Arzt sagt, er habe zwei Jahre in Deutschland gearbeitet. In Bochum. Verglichen mit einem amerikanischen Krankenhaus, sagt er, sei ein deutsches die reinste Kaserne. Halm sagt: Ja, ja. Als ihm aufgeholfen wird, hört er den Arzt sagen: Six stitches. Er erkennt Howard. Howard fährt ihn in die Contra Costa Avenue. Ganz zuletzt wagt er es noch und fragt, was er die ganze Zeit schon fragen wollte: Und Fran? Alles in Ordnung, sagt Howard. Fran habe nur etwas am Knöchel. Am Knöchel, sagt Halm, Gott sei Dank am Knöchel. Und greift an seinen Kopf und stößt überall auf Verband. Nur das linke Auge ist frei. Er sagt: Howard, wie dankbar soll ich Ihnen eigentlich noch werden? Wenn Howard lächelt, endet das Lächeln nicht im Gesicht, sondern in seinem Bart. Oh, Ihre Brille, sagt Howard und gibt Halm ein Kuvert mit Scherben. Sie haben alles zusammengesammelt, Howard. Das wäre doch nicht nötig gewesen. Ach, Howard. Also, Howard. Danke. Halm tastet sich ins Haus. Das Unterhemd zieht er nicht aus. Er glaubt nicht, daß er es über den verbundenen Kopf brächte. Dann liegt er auf dem Rücken und denkt darüber nach, wie das Sabine mitzuteilen wäre, ohne daß sie vor Schreck stürbe. Am Morgen ruft er zu Lena hinauf, sie möge, bitte, an den Treppenschacht kommen. Als sie sich von oben meldet, sagt er: Bitte, nicht erschrecken, ich bin ein bißchen gestürzt, also ein bißchen verbunden, am Kopf. Dann erst zeigt er sich ihr. Sie erschrickt trotzdem. Da geht auch schon das Telephon. Er ruft: Laß nur, ich gehe schon hin. Es ist sicher Fran, die sich erkundigen will, wie es ihm gehe. Es ist Sabine. Der Vater ist tot. Heute morgen. Ach. Als ich tanzte, denkt er. Sabine sagt: Gott sei Dank, daß er es hinter sich hat. Halm sagt: Gott sei Dank, daß du es hinter dir hast. Komm bald, sagt sie. Ja, sagt er, jetzt kommen wir bald. Sabine war froh, daß Lena wieder bei Halm wohnte. Sie habe schon Angst gehabt, Lena bleibe hängen in Kalifornien. Also, sag mir, wann ich euch abholen kann. Ja. Also, bis bald. Sei stark. Du auch. Ja. Ja. Ja.

Als er aufgelegt hatte, fiel ihm ein, daß er seine gespaltene und mit sechs Stichen geflickte rechte Braue nun doch nicht gemeldet hatte. Armer Vater Gottschalk. Halm war aber froh, daß er nicht schon wieder auf diesen Friedhof mußte. Und er war froh, daß sein verbundener Kopf nun auch noch einen Grund abgeben konnte, an der Beisetzung von Rainers Urne auf dem Mountain View Cemetery nicht teilnehmen zu müssen. Es gab fast nichts, was er, um an einer Beerdigung fehlen zu können, nicht in Kauf genommen hätte. Nichts peinlicher als der bei

Beerdigungen unvermeidliche Vergleich zwischen mehreren Arten, Trauer zu zeigen. Abgesehen von dem Lachreiz, vor dem er bei solchen Gelegenheiten Angst hatte.

Halms Auftritt mit verbundenem Kopf war *issue* genug für eine Konversationsstunde. Fran war nicht da. Aber Carol saß wieder hinter ihrem Schreibtisch, also nahm Halm wieder auf dem profilerzwingenden Stuhl vor ihr Platz. Sie hatte immer noch die Starre und Schwere im Gesicht. Sie sah aus wie jemand, der nicht angesprochen werden will. Sie versuchen, sich anzupassen, sagte sie, als sie Halms Kopfverband sah. Fran habe einen angebrochenen Knöchel. Morgen komme sie wieder. Ein Gipsfuß und ein Gipskopf, damit demonstriere Halm seine Absichten. Halm sagte: Jetzt machen Sie wenigstens wieder Witze, Carol. Nichts weniger, sagte sie. Am Dienstag war Fran wieder da. Jetzt waren also zwei Mädchen mit Krücken am Tisch. Gail schien darunter zu leiden. Es gibt offenbar keine Grenze für Konkurrenz. Gail beteiligte sich überhaupt nicht an der Konversation über den Abend im Hill Court-Haus. Halm sagte, wer wegen seiner Note in den Kurs gekommen sei, könne den Rest der Woche Ferien machen, da er heute seine grades dem Computer übergebe. Aber am nächsten Morgen waren wieder alle da, und so bis Freitag. Am Donnerstag wurde Halms Verband abgenommen. Das rechte Auge war durch eine riesige, nahezu schwarze Schwellung völlig unsichtbar. Severe bruises. Das gehört jetzt zum Wortschatz. Die gespaltene Braue heilt gut. Er würde sich die Fäden in der nächsten Woche in Stuttgart ziehen lassen können. Das Auge selber sei trotz der severe bruises höchstwahrscheinlich unverletzt. Lena erschrak wieder, als Halm nur noch mit einem Pflaster, aber mit dieser gewaltigen schwarzblauen Schwellung zurückkam. Carol erschrak auch. Roy lachte und sagte, er müsse Halm für Sally photographieren. Die Studenten lachten und gratulierten. Das habe noch kein Professor geschafft, eine solche Horrormaske. Die Mädchen lachten weniger laut. Sie klemmten die Lippen zwischen die Zähne. Fran... Zu ihr schaute er nicht genauer hin. Von ihr erwartete er mehr als einen Gesichtsausdruck. Nach der Stunde ging er langsam mit ihr bis zum Platz am Springbrunnen, stand mit ihr, redete mit ihr über das, was sie über Labove geschrieben hatte. Und er sagte, wie sehr es ihm leid tue, daß sie durch seine Schuld so verletzt worden sei. Sie finde es ganz schick, einmal mit Krücken zu gehen, sagte sie. Er sagte, er wisse doch, wie wichtig ihr Laufen und Schwimmen sei. Sie übe jetzt eben mit Krücken, sagte sie, das sei interessant. Aber nicht schön, sagte er. Aber eben schick, sagte sie. Und in ein paar Wochen hole sie alles nach, was sie jetzt versäume. Er bestand darauf, daß er eine schwer erträgliche Schuld auf sich geladen habe. Aber überhaupt nicht, sagte sie. Sein Auge sei viel schlimmer als ihr Fuß. Schlimmer nicht, nur weniger schick, sagte er. Nein, sagte sie, schick sei es auch, sein Auge, sie seien ein schickes Paar jetzt, mit ihrem Fuß und seinem Auge. Er sagte, er wisse nicht, warum, aber ihn erinnerten diese Verletzungen an Benedick und Beatrice. Aber daß er schuld sei an den Verletzungen, mindere sein Vergnügen an dieser Vorstellung. Wenn er das Auge hätte und sie vielleicht eine verstauchte Hand, aber sie an Krücken, nein, nein, nein... Sie verbot ihm sein Bedauern, drehte sich und schwang sich rasch und sicher und um eine Art Grazie bemüht auf dem Abwärtsweg davon. Am Freitag verabschiedete sich Halm von allen und sagte allen, wie schön es gewesen sei und wie sehr er bedaure, dieses helle Land verlassen zu müssen, um zurückzukriechen unter eine immerwährende Wolkendecke, in ein Haus unter lichtraubenden Bäumen an einem sowieso lichtarmen Nordhang. Er bat alle, das Privileg, in einem hellen Land zu leben, zu genießen. Dies sei sein letzter Beitrag zur Konversation, zu der es ja auch gehöre, daß ein scheidender Gast dem Gastgeber seine Dankbarkeit in Form möglichst schmeichelhafter Bekundungen zum Ausdruck bringe, was natürlich leichter sei, wenn man, was man sage, auch noch ein bißchen empfinde. Ihm sei noch nie etwas so leichtgefallen wie diese Dankesbezeigung an seine kalifornischen Gastgeber. Nach augenfeuchtendem

Händedrücken mit allen ging er Richtung Crocker-Tor. Er ging langsam. Er wollte, daß das Mädchen ihn einhole. Sie kam, mit Jeff. Zu dritt gingen sie bis zum Platz am Springbrunnen. Jeff versprach – was auch Howard versprochen hatte –, er werde Halm in Sillenbuch besuchen. Jeff hat vor, seine Philosophie so bald wie möglich in Berlin zu studieren. Nun wolle er aber die beiden Lebensinvaliden nicht länger stören. Und schwang sich auf sein Zehngangrad und verschwand abwärts unter Bäumen. Auf dem Weg, auf dem in ein paar Minuten auch das Mädchen verschwinden würde. Der junge Bruder war fort. Die junge Schwester stand noch da. Tatsächlich stand sie sehr leicht zwischen den zwei Krücken. Sie sagte: Abschied, Herr Professor. Right, sagte er. Also, sagte sie. Meine Schuld bleibt, sagte er und zeigte auf die Krücken. Sie genieße ihre Krücken wirklich, das müsse er ihr glauben. Und so habe sie doch ein paar Wochen lang etwas, was sie spürbar und genießbar an ihn und an dieses schöne Semester erinnere. Konversation *A-Plus*, sagte er. Gelernt ist gelernt, sagte sie. Also, Mädchen, sagte er. Also, Professor, sagte sie. Sie gaben einander die Hand. Wie immer stand er dann da und schaute ihr nach. Aber diesmal machte sie, bevor sie unter den Bäumen verschwand, noch halt, drehte sich und winkte ihm mit der rechten Krücke. Dann ging sie, hielt nicht mehr, verschwand. Offenbar hatte sie immer gewußt, daß er, wenn sie ging, stand und ihr nachschaute, sonst hätte sie sich doch nicht noch einmal umgedreht.

Halm und Lena setzten das Haus und alles darin in einen Stand, in dem es, als sie ankamen, nicht gewesen war. Einmal rief noch Kirk Elrod an. Ob Veilchen bei Halm sei. Nein. Dann sei sie sicher beim Umtauschen. Sie kaufe immer zu rasch ein, dann stelle sie fest, daß sie das Falsche gekauft habe, dann müsse sie wieder zum Umtauschen. Das Umtauschen dauere bei Veilchen zehnmal so lang wie das Einkaufen. Vormittags um zehn sei sie weggefahren, jetzt sei es gleich sechs. Leider gebe es hier keine festen Ladenzeiten wie in Europa. Dem Umtauschen seien also keine Grenzen gesetzt. Na ja, dann warte er eben, bis Veilchen zurückkomme. Vom Umtauschen. Falls sie doch noch auftauche bei Halm, könne er ihr ja ausrichten, daß ihr Mann angerufen habe. Und wünschte noch einmal eine gute Reise. Halm hatte das Gefühl, Elrod habe ihm nicht geglaubt, daß Carol nicht bei ihm sei. Offenbar hielt Elrod das Umtauschen für einen Vorwand. Dann rief Sabine an. Ob alles gehe wie geplant. Ja, sagte Halm, sie dürfe nur, bitte, nicht erschrecken, er komme mit einem Pflästerchen über einem Auge heim. Ein kleiner Sturz. Das Auge öffne sich schon wieder ein wenig. Er werde es ihr erklären. Nur, bitte, nicht erschrecken.

Am letzten Morgen behielt Halm die Hausschuhe mit den harten Sohlen an, die der Katze einmal weh getan hatten. Sie begriff sofort. Sie rannte von der obersten Stufe weg, ohne auf seine Füße zu warten. Aber auf der Terrasse warf sie sich auf den Rücken, leuchtete mit Rosamund und -ballen aus dem weißen Fell herauf, er bückte sich, verrichtete heute alles mit den Händen, was er sonst mit den Füßen getan hatte, füllte ihr Schüssel und Teller wie noch nie, winkte zum blinden Mops hinüber und sagte zur Freundin: Auf Wiedersehen. Er pflückte eine Hibiskusblüte und drei Zitronen, dann schloß er die Terrassentür sozusagen für immer. Roy holte die zwei Halms pünktlicher ab, als Rainer die drei Halms abgeholt hatte. Roy war kein Maniak. Er war Chairman, bis der Nachfolger für Rainer bestimmt werden würde. Sally sagte, sie sei mitgekommen, weil Roy so von Helmuts Geschwulst geschwärmt habe. Halm sagte, das letzte, was er von Kalifornien sehe, sei also Sally, wie solle einer denn da überhaupt noch loskommen! Carol wollte auch noch kommen, sagte Sally. Wahrscheinlich ist sie noch beim Umtauschen, sagte Roy. Jetzt hält er doch andauernd seine Hand vor sein blühendes Auge, sagte Sally, er gönnt mir's nicht. Das hat er bei Leslie gelernt, sagte Roy. Aber seins, sagte Sally, ist doch nicht blind. Ach, Leslie ist blind auf diesem Auge, sagte Halm. Das hast du nicht gewußt, sagte Roy. Deshalb habe Leslie seine Sportkarriere vorzeitig beendet und sei Wissenschaftler geworden. Warum, glaubst du, hält der immer die. Hand davor! Ich hielt es für ein Leitmotiv, sagte Halm. Sally sagte: Sweet. Jetzt kam quer durch die Halle Carol. Sie ging wie jemand, der sich schleppt. Ihr Gesichtsausdruck erklärte, warum sie nicht grüßte. Sobald sie da war, sprach man nur noch über Rainer. Sie war die eigentliche Witwe. Sie selber sprach am wenigsten. Er hat sich viel erspart durch seinen Tod, sagte Sally. Carol sah so konkret weg, als sei sie gerade von irgendwoher gerufen worden. Er konnte nicht leben, sagte Roy. Er hatte so komische Ansprüche, sagte Sally. Du weißt, wie sie das meint, sagte Roy. Carol gab nicht zu verstehen, ob sie das wisse. Halm und Lena mußten durchs Gate. Carol holte aus ihrer Tasche ein Streifchen Papier. Da sei noch eines dieser chinesischen fortune cookies, die er so schätze. Er steckte es ein, dankte und sagte, er werde es im Flugzeug lesen. Liebe Sally, lieber Roy, liebeliebe Carol, vielen Dank, auf Wiedersehen. Carol sah, seit sie so traurig war, einem romantischen Schaf ähnlicher als Lord Byron. Halm spürte, wie diese schöne Schafstrauer ihn zurückhalten wollte. Vielleicht konnte diese schwarz glänzende Blickkraft hypnotisieren. Er wollte einfach bleiben. Er gehörte jetzt zu Carol. Rainer und Carol, bei denen sein, das kam ihm plötzlich so schön vor, daß er sich nicht mehr bewegen wollte. Er sagte ihr ins Gesicht: Jetzt muß ich aber gehen. Das öffnete ihr den Mund, noch einmal. Grüßen Sie Ti-Eitsch, sagte sie. Träf' er ihn, gern, sagte Halm. Ihr Mund hatte sich nicht mehr ganz geschlossen. Etwas von dem faszinierenden Abstand zwischen ihren Schneidezähnen blieb sichtbar. Er hatte hier wirklich alles, was falsch zu machen war, falsch gemacht. Ach Carol. Also. Halm machte eine ungeheure Losreißbewegung, kam sich dafür gleich wie ein Schmierant vor. Aber dieses Hinübergehen ins Flugzeug ist doch altgriechisch-theatralisch. Nicht bloß die windige christliche Seele haut ab, der ganze Leib hebt sich fort. Im Flugzeug las er Carols fortune cooky: *Redecorating will be in your plans.* Ach Carol, es gibt niemanden in Kalifornien, dessen Sprache ich so gut verstehe wie die Ihre. Mit diesem flotten Sätzchen hatte Carol zum Schluß den leichten Ton wiedergefunden. Nichts ist etwas Schwerem so angemessen wie ein leichter Ton. Er schaute noch hinab ins wegsackende Land, dann vergrub er sich in den *San Francisco Chronicle*. Den las er, als sei das seine Zeitung und seine Stadt, und er fliege nur schnell einmal weg und komme gleich wieder. Einiges vom Zeitungsstoff war ihm vertraut. Daß zum Beispiel dem rapist die Wahl angeboten wurde zwischen 30 Jahren Gefängnis und Kastration. Welch eine Wahl. Gail wird bei ihm gewesen sein. Herrliche Gail. Mit Krücken und Zahnketten, eine hemmungslose Helferin. Er tastete an seinem geschwollenen Auge herum. Wahrscheinlich ist das Abreisen durch diese kleine Unfalldramatik leichter geworden. In Brüssel landeten sie zwischen Eis und Schnee und wurden in Stuttgart auf Bahnsteig 16 abgeholt von Sabine, die ihrem Mann, bevor sie etwas sagte, die rechte Hand vom rechten Auge wegzog und dann aufschrie. Nicht laut, aber grell. Halm schüttelte den Kopf, sagte, er sehe unvermindert gut, es handle sich um nichts als eine Imponierbeule. Er wolle auch einmal als angeschlagener Odysseus heimkommen und für Augenblicke untergehen im süßen Schreckensschrei Penelopes. Ab jetzt, zeig uns dein Auto, Schickse! Sabine sagte nichts. Erst als sie das Auto vom Parkplatz steuerte, konnte sie sprechen. Sie sagte, als habe sie etwas zu entschuldigen, erst seit zwei Tagen schneie und friere es so in Stuttgart, vorher sei das Wetter besser gewesen, jetzt allerdings müßten Lena und er aufpassen, daß sie daheim nicht gleich den vereisten Gartenweg hinunterrutschten und sich was brächen. Den Knöchel, dachte er. Sie habe zwar gestreut, es sei aber immer noch glatt. Und wo ist Otto, fragte Halm. Ach Otto, sagte Sabine, der ist seit ein paar Tagen sehr still. Der Winter, sagte Halm. Vielleicht, sagte Sabine. Und du, Lena, hoffentlich freust du dich ein bißchen, daß du wieder da bist. Lena sagte: Hoffentlich.

15

Im dunklen Licht des Januarnachmittags saßen Sabine und Halm im Wohnzimmer. Ob es richtig war, daß der Bäcker Kugel das Wohnzimmer nach Süden schauen ließ, auch wenn dann Süden nichts war als ein steiler Hang, über den sich die Sonne von November bis Ende Februar kaum heben kann? Wie dunkel es hier ist, weiß Halm erst, seit er aus dem Pazifikland zurück ist. Man sitzt hier im Raum wie bestraft. Sie saßen einander nicht gegenüber. Auch nicht nebeneinander. Sabine saß auf dem ungemütlichen, unscheinbaren Sofa, Halm in einem der beiden Sessel, die zu diesem Sofa gehörten. Vor einem Vierteljahrhundert, als sie diese Möbel an einem Nachmittag zusammenkauften, hatte Halm gedacht, daß er irgendwann soviel Geld verdienen werde, um schöne Möbel zu kaufen. Er verdiente längst soviel Geld, daß sie andere Möbel hätten kaufen können. Aber sie hatten sich offenbar an diese Möbel gewöhnt. Jetzt fiel ihm zum ersten Mal auf, daß man nicht sein ganzes Leben mit solchen Möbeln verbringen sollte. Andererseits war es jetzt fast zu spät. Man hatte sein Leben mit diesen Möbeln verbracht. Seit er zurück war, dachte er jedesmal, wenn er mit Sabine beim Kaffee saß, daran, daß er Sabine fragen sollte, was sie von neuen Möbeln hielte. Er sagte: Es ist einfach kalt in diesem Haus. Sabine sagte, es sei überheizt. Er sagte, er friere. Seit er zurück sei, friere er. Wenn die Räume noch so warm seien, er spüre die Kälte in jeder Wärme. Er glaube, er spüre, wie kalt die Luft gewesen sei, bevor sie aufgewärmt wurde. Vielleicht liegt es am Licht, sagte er. Durch die Fenster dringt eine Art Lichtlosigkeit herein, gegen die jede Beleuchtung machtlos ist. Andererseits sei ihm die natürliche, durch keine Beleuchtung gestörte Lichtlosigkeit dieser Tage angenehm. Er wolle nichts sehen. Was zustande komme, wenn man diese tägliche Trübnis mit elektrischem Licht zu stören suche, tue ihm geradezu weh. Man sieht ja trotz der Lichtlosigkeit noch viel zuviel, sagte er und deutete zum Fenster hin. Alles kahl, starr, hart, kalt. Sabine sagte, das klinge alles wie gegen sie gerichtet. Sie lasse ihn jetzt allein, vielleicht tue ihm das gut. Und wenn es ihm überhaupt nicht mehr gefalle hier, bitte, Elmar habe bei Vaters Beerdigung deutlich gesagt, daß er jetzt nicht mehr länger zuschaue, wie hier gewirtschaftet werde. Er hat sich informiert. Was nebenan aufschieße, werde ein Achtfamilienhaus. Die Zeit der Kaffeetischreden sei vorbei, habe Elmar gesagt. Er werde Angebote von Baufirmen vorlegen. Vielleicht könne Helmut das in seine schmerzlichen Betrachtungen einbeziehen. Sie müsse in die Stadt mit Lena und sie einkleiden, weil Lena morgen abfahre. Nach ein paar Minuten kam sie zurück und legte die Post auf den Tisch und sagte: Die Post. Er könne ja noch ein bißchen mit Otto in den Garten gehen, das tue beiden gut.

Er fühlte sich wohler, sobald er allein war. Das heißt nichts gegen dich, Sabine, rief er ihr in Gedanken nach. Sobald er allein war, war der Zwang, gerechtfertigt sein zu müssen, weniger spürbar. Sobald er allein war, konnte er sein, wie er war. Auch wenn er unmöglich war. Allein ist es gleichgültig, wenn du unmöglich bist. Sobald Sabine im Raum war, war es peinlich, daß er, so, wie er war, nicht möglich war. Er war unentschieden, unbereit, ungut. Er war nicht hier, nicht dort. Er glaubte, es hier nicht aushalten zu dürfen. Aber hier war es auszuhalten. Hier würde er es aushalten. Es war alles gut. Er mußte nur nachgeben und alles so gut finden, wie es war. Das gelang ihm besser, wenn er allein war. Sobald Sabine im Raum war, spielte er sich vor, Sabine sei schuld, daß er jetzt hier sei und nicht dort. Als ob er hätte dort sein können. Als ob dort etwas möglich gewesen wäre. Als ob es nicht das Schlimmste überhaupt gewesen wäre, wenn dort etwas möglich gewesen wäre. Unausdenkbar, was passiert wäre, wenn Fräulein Webb gesagt hätte: Komm! Aber auch dieses Wenn-dann-Theater war überflüssig. Es war nichts. Es ist nichts. Es wird nichts sein. Es wird nichts gewesen sein. Und das ist alles andere als schlimm. Schlimm wäre das Gegenteil. So aber ist alles gut.

Wenn er allein war, wußte er das ziemlich genau. Natürlich wollte er am liebsten im Dämmer dieser Tage hocken und vor sich hinsabbern: Wenn du nicht bei mir bist, bin ich auch nicht bei mir... Nichts schien schöner, als sich ihren ersten Brief vorzustellen. Sie mußte schreiben. Vielleicht konnten sie schriftlich... Was, bitte, konnten sie schriftlich? Gar nichts. Rainer mußte sich natürlich auch noch einmischen. Rainer, der Maniak. Ja, das muß man können, ein hochempfindliches Rechtssystem entwickeln, das ausschließlich zu eigenen Gunsten funktioniert. Diese Kraft fehlte ihm. Vielleicht weil er wirklich schlechter war als Rainer. Er genierte sich vor Sabine wie noch nie. Er bettelte in Gedanken ununterbrochen um Aufschub. Es ist alles, wie es gewesen ist. Man kann es im Augenblick nur nicht aussprechen. Wenn Sabine von Rainer schwärmte, ihn zum Menschen aller Menschen erhob, nickte er. Er konnte zustimmen. Aus anderen Gründen. Aber er konnte Rainer auch verfluchen. Der hätte sich nicht umgebracht, Sabine, wenn du oder ich oder sonst jemand ihm irgend etwas bedeutet hätte. Der war fertig mit uns allen. Das werf' ich ihm vor, gefälligst. Und zwar für immer. Beschenkt Lena mit seinen 154 Liebes-Sonetten an Elissa! Und es sind doch nur Liebesgedichte an sich selbst. Werbeschriften zugunsten des armen Rainer an die grausame Uneinsichtige. Sie soll ihn gefälligst lieben. Das gehört sich. Und wenn sie's nicht tut, sagt er's der ganzen Welt, dann wird sie schon sehen. Als gebe es einen Anspruch auf Liebe! Als könne man verlangen, beliebt zu sein. Kein Standesamt könnte ihm das Gefühl verschaffen, er habe ein Anrecht auf Fräulein Webb. Also Schluß. Aber da er Rainer nicht mehr beschimpfen, verprügeln oder streicheln konnte, hatte alles Rechten keinen Sinn. Wer an Tote denkt, denkt an sich. Halm hätschelte Augenblicke. Wie Rainer einen über seine Brillenränder hinweg anschauen konnte, die Johanneshände steigen ließ und so weiter. Nun war er schon so und so alt und hatte immer noch nicht gelernt, sich dem Tod gegenüber zu verhalten. Der hatte ihm Rainer weggeschnappt. Wie ein Erwachsener einem Kind ohne jede Erklärung ein Spielzeug wegnimmt, hatte der Tod ihm Rainer weggenommen. Ja, weil du nicht aufgepaßt hast. Du hast ihn dir wegschnappen lassen. Du hast getan, als gebe es zehn Rainers. Jetzt gibt es keinen mehr. Hättest du ihn angerufen. Du hast gewußt, daß er keinen Vortrag hat und daß er das nicht aushält. Du hättest dir alles denken und dann das, was passieren wollte, verhindern können. Du hättest es verhindern können. Also gut. Nicht wahr, Otto! Wir zwei, nicht wahr! Warum hatte ihm Sabine die Post nicht in die Hand gegeben? Auf dem Tisch sah er die Post liegen. Zeitungen, Briefe. Vielleicht ein Brief von ihr. Er würde den Nachmittag lang sitzen und sich nicht rühren. Er würde sich beweisen, daß er nichts für möglich hielt. Er brauchte niemanden. Außer Sabine. Sabine sollte, wenn sie mit Lena zurückkam, die Post dort finden, wo sie sie hingelegt hatte. Das würde ihr beweisen, daß er nicht neugierig sei auf irgend etwas von außen. Auch entsprach es ihm am meisten, sich nicht zu rühren. Er würde doch nicht jetzt, nachdem es ihm gelungen war, fast vier Monate lang jedes peinliche Geständnis zu unterbinden, einen Brief schreiben und alles herausplappern. Sie würde den Brief Carol vorlesen. Und Carol hatte inzwischen schon ein zweites Mal mit Kiderlen telephoniert, also… Aber auch ohne diese Vorstellung der äußersten Peinlichkeit –, er würde einfach nicht schreiben. Und wenn heute ein Brief von ihr da wäre, wüßte er nicht, ob er ihn öffnen würde. Er würde ihn natürlich sofort öffnen. Sobald Sabine nicht mehr im Raum wäre. Aber er würde nicht antworten. Er würde natürlich sofort antworten. Aber eins ist sicher: er würde kein Wort mehr schreiben, als er gesagt hatte. Plötzlich stand er auf, ging auf die Post zu, an ihr vorbei, holte sich eine Flasche Wein, ging mit Flasche und Glas wieder an der Post vorbei, stellte Flasche und Glas auf das niedere Steintischchen und widmete sich Otto. Er schob ihm die Kissen unter, daß Otto wieder aufrecht sitzen konnte und leichter atmete. Sabine und Lena wollten einen Arzt zuziehen. Juliane schrieb zornige Briefe aus Berlin. So gehe man mit dem Alter nicht um! Sofort zum

Arzt! schrieb sie. Halm hatte nachgegeben. Morgen war der Termin. Ach, Otto, sagte Halm, als er seine Bordeaux-Flasche öffnete. Und Otto sagte, ohne herzuschauen, denn er konnte seiner Schwäche wegen nur vor sich hinschauen, also auch nur noch vor sich hin sprechen: *What's the matter, that you have such a February face, so full of frost, of storm and cloudiness?* Ach, Otto, daß du weißt, daß ich Benedick heiß! Otto antwortete nicht mehr. Er atmete schwer. Arbeit, jeder Atemzug. Halm kniete vor Otto nieder und suchte seinen Blick. Otto, hör zu, Sabine meint, wir sollten in den Garten. Oder willst du lieber hinauf in den Wald, unsere Strecke, Otto?! Oder den Eselsweg hinab nach Rohracker, zu den frommen Kommunisten? Sag, was du willst, Otto! Dir folg' ich am liebsten. Vielleicht Richtung Frauenkopf? Ist irgendwo wieder ein Hohenzollernsprößling eingezogen, den du mir zeigen willst? Oder willst du nebenan einen Baulöwen beißen? Komm, schön, sag's mir! Nur die sich wie durch Widerstand durchkämpfenden Atemzüge antworteten. Otto, das sage ich dir, hau nicht so schnell ab! Noch einen Sommer, Otto, einfach, daß du siehst, wir lassen dich nicht so allein wie letztes Jahr im August! Nie mehr, Otto! Otto, ich muß dir noch viel erzählen, von Kalifornien. Hunde gehen allein aus dort, wirklich, Otto, sie gehen in die Stadt, machen Besuche, jeder respektiert sie auf dem Trottoir, sie warten, bis Grün kommt, dann gehen sie über die Straße. Als Halm merkte, daß Otto nicht mehr so zuhörte wie früher, setzte er sich wieder in den Sessel und starrte in den Garten, der hereinstarrte. Unvorstellbar, daß er am Montag wieder in die Schule gehen würde. Wenn er wieder in die Schule gehen würde – was er sich noch nicht vorstellen konnte –, dann ohne Krawatte. Das war das einzige, was er sicher wußte. Und er würde sich nicht wie ein Kiderlen-Epigone vorkommen. Vielleicht würde er an einem heißen schwülen Julitag sogar seinen karibischen Oaklandanzug samt himbeerbonbonfarbenem Hemd anziehen. Als Sabine den Anzug gesehen hatte, hatte sie Oooh! gesagt. Das Mädchen und ihr Freund müssen ihn sehr komisch gefunden haben in diesem Anzug. Auf der Heimfahrt vom Steiner Auditorium werden sie gelacht haben. Einander überbietend. Was ist dagegen Malvolio, hat sie gerufen. Paß auf, hat er gesagt, du fährst noch auf einen Baum. So nackt, so bloß, wie man durch Denken wird, kann man körperlich nie sein. Er wollte sich das Äußerste sagen. Das Wichtigste. Du weißt es, aber du verschweigst es dir. Tu doch nicht so, als seist du in Kalifornien an einem Gefühlsinfarkt verstorben und wanktest hier als Gespenst herum! Preise deine Haltung, die es dir verbot, ein Klassenfoto produzieren zu lassen. Da warst du auf der richtigen Spur. Du hast nämlich dieses Mädchen keine Sekunde lang gebraucht. Du hast gespielt. Ein Hauch von Unausweichlichkeit durfte nicht fehlen. Liebe ist es ja nur, wenn du keine Wahl hast. Liebe ist die höchstgeschätzte Krankheit, die man am Symptom Dukannstnichtanders erkennt. Du wolltest so unglücklich sein wie ein Jüngerer. Schreien wie einer mit dreißig. Wüten, bohren, schwitzen, schlagen, rennen, klettern, fallen, aufstehen, weiterrennen, wie einer mit dreißig. Nicht nachgeben. Die oder keine. Die ganze Welt sei Zeuge... Asra-Anmaßung, das war's. Aber es war Anmaßung. Denn du lebst. Du hast es nicht über dich gebracht, dir einzugestehen, was in diesen Wochen dein Handeln ja doch bestimmte: daß du sie überhaupt nicht nötig hast. Glänzend kommst du aus ohne sie. Du bist schon so fühllos, daß du selbst an einem solchen Mädchen ungerührt vorbeigehen kannst. Nur eingestehen kannst du es dir noch nicht, daß du ungerührt bist. Du mußt dir eine Mordsinfektion vorspielen, Zirkus, um dir nicht eingestehen zu müssen, daß es vorbei ist. Alles. Nur Zirkus, sonst nichts.

War er wieder geteilt? Redete ER-Halm? Sich rächend für die Knebelung, die er sich hatte gefallen lassen müssen? Nein, Halm war nicht mehr geteilt. *New Balance* stand auf den Laufschuhen, mit denen er im Tilden-Park durch Eukalyptuswälder und Redwoodhaine gelaufen ist. Als er die Turnhose auspackte, knisterte in der verschließbaren Tasche, was er bei seinem Lauf von dem alle Hügel überwuchernden Gestrüpp gepflückt hatte. Rosmarin, hatte Sabine gesagt und hatte den Satz hinzugefügt, den er sich, als er das gepflückt hatte, von ihr gesagt vorgestellt hatte, daß er außer Schnee-glöckchen nix kenne, gell.

Rühren konnte er sich erst, als Sabine und Lena zurückka-men. Lena war der Meinung gewesen, sie brauche weder ei-nen neuen Mantel noch sonst etwas. Ihre Mutter war anderer Meinung gewesen und hatte sich durchgesetzt. Halm sprang auf, bat, das Gekaufte an Lena sehen zu dürfen. Mit gelinder Gewalt und zu zweit zwangen sie Lena ins Gekaufte hinein. Es war schön, paßte. Man mußte sie jetzt auch noch zwingen zuzugeben, daß sie diesen Zwang gebraucht habe und froh sei, daß er ausgeübt worden sei. Man muß die Kinder zwin-gen, alles zuzugeben, was man will, daß sie zugeben. Halm saß wieder und bat um die Post. Er wollte sie nicht anders als aus Sabines Händen. Wahrscheinlich hatte er, ohne sich's ein-zugestehen, gesehen, daß etwas aus Amerika dabei war. Diese Sorte Gelb gibt es bei großen Umschlägen nur in Amerika. Von Washington University, sagte er. Ach von der lieben Ca-rol, sagte er. Was schreibt uns denn die liebe Carol, sagte er. Sie schrieb: I slipped back into my routine, others were not so lucky as you can see here. Das war ihr ganzer Brief. Außer ihm fand sich im Umschlag ein chinesischer Spruchstreifen und ein Zeitungsausschnitt. Der Zeitungsartikel:
Youth Dies In 300-Foot-Plunge.
Two youths bounced down a cliff near Daly City Mussel Rock Beach Friday night in a BMW. One, Glenn Birdsell, was plucked from the steep cliff in a dramatic rescue by a Coast Guard helicopter. Fran Webb, Glenn's girl friend, died in the car which was her's. The vehicle went off the cliff from a park-ing lot. The ground gave way at the edge of the cliff as a result of a landslide, caused by the heavy rainfall of the season. Glenn Birdsell survived by being thrown out, unconscious, of the car before it plowed into the beach sand and ended up in the stormy surf. »It seemed like it took five minutes going down the cliff«, 22-year-old Glenn Birdsell said yesterday

*through swollen lips from his bed at Kaiser Hospital in South
San Francisco. »We were so shocked, we went kind of silent
as we hurtled and bounced down the cliff face«, he said.
Glenn, an outstanding water poloplayer, suffered a broken
collar bone, chipped teeth and other injuries, including pos-
sible damage to his right eye, which was closed by severe
bruises. Fran Webb, hampered by crutches due to a broken
ankle suffered three weeks earlier, was trapped as the surging
surf of the incoming tide washed over her demolished BMW
528. She was already dead when she was removed from the
car.*

Am Rand, eine Notiz von Carols Hand, daß der Memorial
Service am 3. Januar in der Grace Cathedral in San Francisco
stattgefunden habe.

Halm konnte es diesmal nicht beim Verstehen bewenden lassen, er mußte sich, was da stand, genau übersetzen. Das, was
ihn dort manchmal so verlockt hatte – alles in der schöneren
Schwebe zu lassen –, war jetzt undenkbar. Er konnte es nicht
genau genug erfahren. Zuerst klebte er, um es nicht zu verlieren, das Spruchstreifchen *(Optimism, versatility, all your
strengths)* auf den Zeitungsausschnitt. Auch von Juliane war
ein Brief gekommen. Sabine wartete schon darauf, ihn vorzu-
lesen. Julianes Briefe wurden meistens abends geschrieben.
Sie schrieb immer, wenn sie etwas loswerden mußte. Diesmal
waren es Herr und Frau Kempinski, die einen Brief nötig gemacht hatten. Durch Julianes Briefe kannten Halms längst
alle Insassen des Altersheims. Herr Kempinski ist der, der
fünf Minuten nach dem Frühstück vergessen hat, daß er ge-
frühstückt hat, der dann den ganzen Vormittag böse Briefe an
die Verwaltung schreibt, in denen er behauptet, kein Frühstück bekommen zu haben. Von seiner Frau verlangt er jeden
Tag, die Beschwerde noch vor dem Mittagessen zur Verwaltung hinüberzutragen. Die Frau wirft diese Briefe immer in
denselben Papierkorb im Gang des Verwaltungsbaus. Wenn
sie zurückkommt, findet sie ihren Mann kauend vor. Das will
er vor ihr verbergen. Er hat im Schrank ein Nest von Lebens-

mitteln, die er nur für sich haben will. Diesmal aber hatte er offenbar aus lauter Hast ein unzerkautes Zwiebackstückchen in die Luftröhre gebracht, ein Luftröhrenschnitt war nötig geworden, Herr Kempinski, 84, war gerettet, aber Juliane hatte von der Leitung schwere Vorwürfe einstecken müssen, weil sie zugab, von Herrn Kempinskis Freßlager gewußt zu haben. Jetzt war sie wütend auf die Kempinskis. Das arme Kind, sagte Halm. Sabine sagte, sie sei schon froh, daß Juliane in diesem Brief nichts von Brasilien geschrieben habe. Vielleicht überlegt sie es sich doch noch einmal. Was hörst du aus Kalifornien, fragte Sabine noch leichthin. Ach, sagte Halm, eher Trauriges. Eine Studentin, eine, die in meinem Konversationskurs war, ist mit ihrem Freund ans Meer gefahren. Ihr erinnert euch, wie dicht die Autos an der Küste standen, ganz vorn am Rand der Steilküste. Die fahren doch hinaus, bis es nicht mehr geht, dann sitzen sie im Auto mit dem Becher in der Hand und schauen aufs Meer. Erinnert ihr euch? Offenbar gibt es von dem vielen Regen immer wieder Erdrutsche. Das muß da auch passiert sein. Die rutschten ab, samt Auto, von Fels zu Fels, zirka hundert Meter abwärts, bis das Auto auf dem Strand liegenblieb; in der Brandung. Und, sagte Sabine. Ja, der Freund der Studentin wurde während des Absturzes herausgeschleudert, blieb auf einem Felsen liegen, wurde gerettet, mit Hubschrauber, severe bruises, aber lebend. Und die Studentin, fragte Sabine. Die wurde nicht herausgeschleudert. Sie hatte Krücken neben sich von einem Unfall, den sie kurz vorher gehabt hat. Die Krücken können verhindert haben, daß sie herausgeschleudert wurde. Bis sie das Mädchen aus dem Auto befreit hatten, war es zu spät. Sie war ertrunken. Die Brandung. Diese Winterstürme. Na ja. Armes Mädchen, sagte Sabine. Lena sagte: Gute Nacht. Und ging hinauf. Sabine sagte, Lena komme ihr ziemlich gefestigt vor. Unheimlich, wie Lena es geschafft habe, diese Narben zu einem Teil ihres Gesichtsausdrucks werden zu lassen, sagte Halm. Es sind gar keine Narben mehr, sagte er. Sie sieht einfach kühner aus als früher. Sabine sagte, sie müsse zugeben,

daß sie glaube, Kalifornien habe Lena gutgetan. Der Selbstan-
beter Traugott kann ihr auf jeden Fall nichts mehr anhaben,
sagte Halm. Aber warum gerade nach Bochum, sagte Sabine.
Es müsse eine Autostadt sein, hat sie gesagt, sagte Halm. Aber
sie will in den Altautohandel, sagte Sabine, so etwas Ausgefal-
lenes, Altautohandel, und das in Bochum, begreifst du das?
Bochum, dachte er, der Arzt mit den six stitches war in Bochum. Helmut, ich habe dich etwas gefragt? Wenn du nicht
mehr mit mir sprechen willst, mußt du es bloß sagen, dann
bin ich still. Halm sagte, er wolle mit Otto noch an die frische
Luft. Er habe das nachmittags leider versäumt. Ein paar
Schritte in Richtung Wald. Otto wollte nicht, aber Halm gab
nicht nach. Sobald beide im Freien waren, schonte er ihn.
Nach jedem Meter ließ er ihn verschnaufen. Erst als sie oben
auf der Straße waren, ging Halm voraus, als kümmere er sich
nicht darum, ob Otto mitkomme oder nicht. Otto kam mit.
Irgendeine Erinnerung an frühere Gänge belebte ihn. Halm
ging bis zum Wald und in den Wald hinein. Zum ersten Mal,
seit er zurück war, tat ihm die Kälte gut. Otto setzte sich
plötzlich hin. Gut, sagte Halm, dann kehren wir um. Halm
ging wieder voraus. Als er ein Auto hörte, blieb er am Straßenrand stehen und schaute zurück. Otto ging, als höre er
nichts, in der Mitte der kleinen Straße. Der Fahrer mußte ihn
sehen, er fuhr ja mit aufgeblendeten Lichtern. Trotzdem rief
Halm noch: Otto! Aber es war zu spät. Der alte rote Volks-
wagen – so einen hatte Halm zuletzt in dem Film gesehen, in
dem eine Prostituierte und Studentin der Meeresbiologie ihren Lehrer liebt – überfuhr Otto und hätte, wenn Halm es
nicht erzwungen hätte, wahrscheinlich nicht einmal gehalten.
Halm rannte hin, aber bevor er Otto erreichte, stand der auf,
machte ein paar Sprünge, erreichte noch das Neubaugelände,
rannte gegen einen Ziegelsteinstapel, fiel um und blieb liegen.
Die Augen waren offen. Aber er rührte sich nicht mehr. Der
Fahrer war Halm nachgerannt. Er roch nach Bier. Als er sah,
was passiert war, heulte er hell auf. Daß ee e Hondle ieberfahre muaß, noi, noi, so ebbes, ee e Hondle ieberfahre, wenn

ee dees de meine sag derhoim, was moined Se, was dia deend mit mir, dia brenget me om, ee saag Ehne, dia brenget me om, au no en Schbaniel, deesch doch en Schbaniel, des derf ee deene ned sage, en Schbaniel, noi, noi, noi... Die Tränen liefen ihm über das rote Gesicht. Er komme von zwei Elternversammlungen, in zwei verschiedenen Schulen, habe zwei Töchter, habe bei keinem der Lehrer auch nur das geringste Verständnis gefunden, hart wie Stoi seien die, beide Töchter werden also sitzenbleiben, aus, amen, da habe er noch einen Schluck trinken müssen, und jetzt dees, e Hondle ieberfahre, so e liebs Hondle, en Schbaniel, noi, noi, noi... Der Mann schrie geradezu. Halm blieb nichts anderes übrig, als ihn zu beruhigen. Halm fragte, ob er eine alte Decke im Auto habe. Ja, das habe er. Ihm sei doch keine Decke zu schad für so e liabs Hondle. Sie legten Otto in die Decke und trugen ihn abwärts. Er wird also jetzt jedesmal, wenn er durch das Gartentor geht und die Hausnummer 96 sieht, an den ersten *Walküre*-Akt im Steiner Auditorium, Raum 96, denken. Offenbar sieht die Wirklichkeit im Lauf der Zeit immer mehr wie eine Verschwörung aus. Sie legten Otto im Garten unter eine Tanne. Der Mann wollte die Decke unbedingt dalassen, aber Halm drängte sie ihm auf. Dann begleitete er den zurück zu seinem Auto und bat ihn, langsam heimzufahren. Der Mann nickte nur noch und schnaufte geräuschvoll durch seine vom Weinen verstopfte Nase. Halm ging zurück zu Otto. Ach, Otto, wem erzähl ich jetzt... Halm ging hinein, holte Sabine. Sie sagte, man könne Otto doch nicht im Freien liegenlassen! Wahrscheinlich sei er nur bewußtlos. Sabine holte ein Bettuch, darin trugen sie Otto in den Keller. Sabine wollte ihn bei Licht untersuchen. Aus Ottos Mund kam jetzt Blut. Halm sagte, wenn Lena morgen früh nicht von selber nach Otto frage, sollten sie ihr nichts sagen. Sabine sagte heftig, erzürnt, weinerlich: Immer diese Verheimlicherei, was soll'n das?! Halm sagte: Im Augenblick der Abreise auch noch das, das muß doch nicht sein, oder? Sabine zuckte die Schultern. Solange er mit Otto unterwegs gewesen sei, habe Kiderlen angerufen. Er freue sich auf die Zusammenarbeit mit Halm. Er werde morgen wieder anrufen, vielleicht auch vorbeikommen. Der habe sich direkt angestrengt. Du meinst, he bent over backwards to please, sagte Halm. Halm sprach an diesem Abend nur noch englisch. Als Sabine nervös wurde, schrie er sie an. Dann entschuldigte er sich. Aber in Englisch. Erst als Sabine im Schlafzimmer in die Hausschuhe ihrer Mutter schlüpfte, hörte er auf mit seinem Englisch. Er sagte: Wie lange willst du noch in diese Dinger schlüpfen? Oh, sagte Sabine, welcome back. Ach Sabine, sagte er, mir bleibt nichts anderes übrig, als mich auf die Schule zu freuen. Auf Kiderlen! Ich gebe es zu, plötzlich kommt mir vor, Kiderlen sei überhaupt kein Problem. Halm öffnete den Kleiderschrank und holte den Anzug aus Oakland heraus. Nein, den würde er nie mehr tragen. Dieser grelle Kognakton mit den schwarzgelben Rechtecken! Was für ein Licht muß das gewesen sein! Er sagte: Weißt du noch, Sabine, abends, die Bay mit ihren Lichterschnüren, drüben die Stadt mit ihren goldgrünen Patzen, den hochgeordneten. Wie von Klee. Er verstummte. Das Mädchen hatte goldgrüne Haare gehabt. Je nach der Umgebung. Als sie auf dem Grab lag, zum Beispiel. O Vergil. Sabine sagte, wenn es nach ihr ginge, führe Lena morgen nicht nach Bochum. Halm sagte nichts. Sabine sagte: Warum Bochum! Kannst du mir das sagen? Halm sagte: Nein. Und die andere nach Brasilien, sagte Sabine, begreifst du das? Und jetzt auch noch Otto, sagte Sabine. Nach einer Weile: Es ist, wie wenn er die Jahre, in denen er da war, mitgenommen hätte. Dann sagte sie: Aber Bochum! Warum Bochum? Halm gab einen Laut, aus dem Sabine hören sollte, Halm sei gerade am Einschlafen oder sei schon eingeschlafen. Falls Sabine noch länger zu kämpfen hatte, konnte er ja wieder den Erwachenden spielen und sich beteiligen am Hin- und Herwenden des Elterntextes. Aber er hoffte, er werde vorher einschlafen. Der kleine warme Dunkelraum seines Bettes schützte ihn. Er tastete nach seinem abgeschwollenen, aber noch blau getönten Auge, legte die Hand darüber wie Leslie Ackerman. Dieser Glenn hat also auch was am Auge, es war geschlossen by severe bruises, bleibt vielleicht beschädigt. Schuld war, genaugenommen, eine dieser eisernen Zikaden, die vor dem Kamin auf dem Boden herumlagen. Er war mit dem Fuß auf ein solches Eisending gekommen, das war weggerutscht, er war weggerutscht, die Drehung brach, der Sturz begann. Er wußte nichts mehr von diesem Sturz. Die Drehung wußte er noch. Das war etwas Festes gewesen. Dann dieses Wegrutschen und Stürzen. Über das Gesicht der Klippe sind sie hinuntergestürzt. Das kann man doch alles gar nicht übersetzen... hurtled and bounced down the cliff face... in die Brandung. Drowned in the surging surf. Vielleicht heißt das *brausende Brandung*. Diese wundervolle Frau des Skandinavisten wollte die Walküren aus der Brandung kommen lassen... Er hörte, daß Sabine, anstatt abzuebben, immer unruhiger wurde. Dieses Aufschnaufen und Umdrehen und Stöhnen drückte aus, daß sie wußte, er höre ihr zu. Sie demonstrierte. Er antwortete mit den regelmäßigen Atemzügen des Schlafenden. Mal sehen, ob er sie nicht überzeugen konnte. Sie sagte, sie halte es nicht mehr aus. Was denn sei, fragte er. Das frage sie ihn, sagte sie. Immer soll ich den Beruhiger spielen, hier, sagte er. Sie antwortete nicht mehr. Er atmete wieder wie der Einschlafende. Morgen würde er sich die Platte anhören, die sie von Rainer bekommen hatten. Wenn es so zugeht, so drastisch, dann mußte man sich das einfach gefallen lassen. Wenn er geschwollen daherredete, wußte er doch immer, daß er geschwollen daherredete. Nur dadurch fühlte er sich dazu berechtigt. Aber wenn es wirklich so drastisch zuging... Elissas Kaminschmuck, daran konnte man denken. Ein Totenkopf mit allen Zähnen, auch noch ein weiblicher, angeblich, und das Tarantelskelett und die nackte Frauenfigur auf den Holzscheiten. So soll es sein. Dekorativ! Joyce Ackerman mit ihrem immer geöffneten Rechteckmund, der Brille von Zopf zu Zopf –, ein Totenkopf. Und zwar ein hübscher Totenkopf. Ein schöner Totenkopf. Das Mädchen hatte auch eine Ähnlichkeit mit einem Totenkopf. Unsinn. Aber sie hatte! Ja, sie hatte. Jeder hat. O Vergil. Die viel zu weiche Tasche über ihrer Schulter. Und während sie in diese Tasche griff, schaute sie ihn an. Er hat ihr mehr als einmal gesagt, er sei schuld, daß sie jetzt Krücken brauche. Sie hat es abgelehnt. Er hat wiederholt, daß er schuld sei. Sie hat ihm gewinkt mit der Krücke. Jetzt kommen Sie doch, Professor. Aber warum hat sie sich dann umgedreht? Weil er sich nicht gerührt hat... Sabine schleuderte die Decke weg und sprang auf und rannte aus dem Zimmer. Er rannte ihr nach. Sie saß schon unten, im Sessel. Sie war ganz starr. Er kniete neben ihr, vor ihr auf dem Boden, sie drehte sich immer weg. Er sagte: Entschuldige, bitte, Sabine. Bitte, Sabine, entschuldige. Du hast recht. Bitte, entschuldige. Er zog sie vorsichtig aus dem Sessel. Als ihre Starre nachließ, wollte er sie hinaufführen. Sie wollte in den Keller, zu Otto. Er sagte: Du erkältest dich. Aber er ging mit. Sie standen vor Otto. Die Füße lagen ein bißchen abgebogen, als schlafe er. Aber die Augen waren offen und aus dem Mund kam Blut. Halm zog Sabine weg. Er führte sie an ihr Bett, bettete sie hinein, ging in sein Bett, legte sich aber so, daß er so nah wie möglich bei ihr lag. Also, sagte er. Er schob eine Hand hinüber. Er glaubte, sie sei ruhiger jetzt. Das ließ ihn auch ruhiger werden. Er schlief ein. Als er wieder erwachte, war es noch Nacht. Er hatte geträumt. Studenten hatten das Haus bestürmt. Es war Weihnachtsabend. Sie lärmten, warfen Steine gegen die Läden, rüttelten an den Türen, das Haus ächzte. Sie seien ohne Quartier. Es sei eiskalt. Sie pochten auf ein Recht. Ihnen sei hier Quartier versprochen worden. Er hatte sich nicht rühren können. Sabine war im Nachthemd hinausgerannt, und sofort war es draußen still geworden. Sabine war zurückgekommen, es war still geblieben, aber Halm hatte vor Angst, daß der Lärm gleich wieder ausbreche, nicht mehr atmen können. Daran war er aufgewacht. Halm rutschte jetzt vorsichtig zu Sabine hinüber und brachte sich in ihrer Wärme unter. Ihr Schlaf schläferte ihn bald wieder ein. Aber er erwachte noch einmal. Wieder an einem Traum. Diesmal war es ein Abiturtraum. Er mußte einen Abituraufsatz korrigieren. Während er korrigieren mußte, saß er auf einer Bühne. Auf der Bühne wurde gespielt. Der Saal war voller Leute. Der Aufsatz, den er korrigieren mußte, war sein Abituraufsatz und behandelte ein Shakespeare-Stück. Das Stück, von dem sein Abituraufsatz handelte, wurde auf der Bühne gespielt, auf der er seinen Aufsatz in aller Öffentlichkeit korrigieren mußte. Jeder im Publikum sah ihm an, daß er seinen Aufsatz schlecht fand. Jeder merkte, daß er sich bemühte, keinen merken zu lassen, wie schlecht er seinen eigenen Aufsatz fand. Gerade als er sich eine bessere Note geben wollte, als er verdiente, beugten sich die Schauspieler über sein Papier. Jetzt war nichts mehr zu verbergen. Die Blamage würde sofort in theatralischer Vergrößerung auf der Bühne erscheinen. Als es vor Peinlichkeit nicht mehr auszuhalten war, biß Otto ihn in die Hand. Der mit roter Tinte gefüllte Schreiber verspritzte rote Tinte über das Blatt und fiel zu Boden. Halm griff nach seiner von dem Biß blutenden Hand und erwachte. Sein Arm schmerzte. Offenbar war er so auf dem Arm gelegen, daß der nicht mehr richtig durchblutet gewesen war. Er schob sich langsam in sein Bett hinüber. Er war nicht daran interessiert, gleich wieder einzuschlafen. Zuerst wollte er diesen Traum verrinnen lassen. Er dachte dem Traumverlauf nach. Der Traum sollte einfach noch einmal ablaufen in seinem Bewußtsein. Das war ihm immer das Angenehmste, Träume, die so drastisch verliefen, daß sie ihn quälten und dann weckten, noch einmal ablaufen zu lassen. In der Wiederholung konnten sie ihm nichts mehr anhaben. Er genoß es geradezu, Handlungen, die gerade so peinlich gewesen waren, jetzt als sozusagen gezähmte noch einmal zu betrachten. Ohne jede schmerzliche Zusammenziehung konnte er jetzt anschauen, wie er vor allen Leuten auf der Bühne saß und den eigenen mißratenen Aufsatz in einen gelungenen umfälschen wollte. Auch Ottos Biß schmerzte jetzt nicht mehr. Oder war es seine Freundin gewesen, die kalifornische Katze? Und ohne daß er im Traum rote Tinte gesehen hatte, hatte er sofort gewußt, was da nach dem Biß übers Papier spritzte, war rote

Tinte. Man weiß nicht, woher man alles so schnell und so genau weiß im Traum. Wieviel weiß man da und wie schnell! Man ermißt die höchsten Potenzen jeder Situation durch und durch und sofort. Der Biß stammte sowohl von Otto wie auch von der kalifornischen Katze. Und von dem Mädchen. Für den Traum kein Problem. Das Mädchen hatte Halms Augen, die die Augen seiner Großmutter waren, die immer mehr einer Katze gleichgesehen hatte... Aber bevor Otto als kalifornische Katze und die als das Mädchen zugebissen hatte, das fiel ihm jetzt ein, hatte er etwas Schmerzliches verhindern wollen, deshalb war er aufgesprungen und hatte in den Zuschauerraum, der der Vortragsraum im Faculty Club war, gerufen: Ich lade Sie ein zu einem Staatsbesuch. Dann der Biß. Er hatte im Traum gewußt, daß er allen im Saal zugerufen, aber nur eine gemeint hatte: das Mädchen. Daß man sich träumend zu einem Staatsmann macht, der jemanden, der ihm unerreichbar ist, zu einem Staatsbesuch einladen kann, fand er wohltuend. Was für eine Hilfe hat man doch im Traum, dachte er. Genau die Hilfe, die man braucht. Allerdings, das Mädchen lebte nicht mehr. Nicht einmal ein Staatsbesuch könnte sie herschaffen. Diese Nachricht hatte das Quellengebiet der Träume noch nicht erreicht. In den nächsten Nächten wird es ihn mit Träumen versorgen, die auf dem laufenden sein werden. Immer dieser Lachreiz. Dem Reiz zu weinen eng benachbart. Sein Traum hatte sich ausgewirkt, jetzt. Konnte er sich jetzt nicht wohler fühlen? War sein Gewicht jetzt nicht besser verteilt? Er lag nicht mehr an einem Punkt schwer auf jetzt. Sabines Atemzüge, die wie leiseste Geigenstriche ein- und ausfuhren, versicherten ihm, daß sie tief schlafe. Was er, ihr zuhörend, empfand, war ihm vertraut. Alles tat sich zusammen und forderte ihn auf zu gestehen, daß er sich jetzt daheimfühle. Da es so dunkel ist, dachte er, kann ich sogar nicken. Was tut man nicht alles für einen ruhigen Schlaf. Aber gleich wieder einzuschlafen traute er sich nicht. Was würde er, wenn er jetzt einschlief, träumen müssen? Er blieb lieber noch wach und dachte nach. Die Entblößung durch Gedanken war ihm lieber als die in den Träumen. Er hatte jetzt Angst vor seinen Träumen. Er sagte so leise, daß nur er selber es hören konnte: Sabine. Sabine sagte sofort und zu laut: Ja. Er sagte, er müsse ihr etwas sagen. Sabine sagte: Ja. Also, sagte er. Also, sagte sie. Durch dieses Hin und Her hatten sie zu der Lautstärke gefunden, die für beide die richtige war. Jetzt konnte er anfangen. Er fing an mit dem zweiten Ferientag, als er im Bad vor dem Spiegel stand, das Rasieren hinter sich hatte, aber nicht aufhören konnte, sein Gesicht mit einer unauflösbaren Mischung aus Mißgunst und Genuß zu betrachten.

Zeittafel

1927 Geboren in Wasserburg/Bodensee, am 24. März
1938–1943 Oberschule in Lindau
1944–1945 Arbeitsdienst, Militär
1946 Abitur
1946–1948 Studium an der Theologisch-Philosophischen Hochschule Regensburg, Studentenbühne
1948–1951 Studium an der Universität Tübingen (Literatur, Geschichte, Philosophie)
1951 Promotion bei Prof. Friedrich Beißner mit einer Arbeit über Franz Kafka
1949–1957 Mitarbeit beim Süddeutschen Rundfunk (Politik und Zeitgeschehen) und Fernsehen
In dieser Zeit Reisen für Funk und Fernsehen nach Italien, Frankreich, England, ČSSR und Polen
1955 *Ein Flugzeug über dem Haus und andere Geschichten*
Preis der »Gruppe 47« (für die Erzählung *Templones Ende*)
1957 *Ehen in Philippsburg*. Roman
Hermann-Hesse-Preis (für den Roman *Ehen in Philippsburg*)
Umzug von Stuttgart nach Friedrichshafen
1958 Drei Monate USA-Aufenthalt, Harvard-International-Seminar
1960 *Halbzeit*. Roman
1961 *Beschreibung einer Form* (Druck der Dissertation)
1962 *Eiche und Angora*. Eine deutsche Chronik
Gerhart-Hauptmann-Preis
1964 *Überlebensgroß Herr Krott*. Requiem für einen Unsterblichen
Lügengeschichten
Der Schwarze Schwan (geschrieben 1961/64)
1965 *Erfahrungen und Leseerfahrungen*. Essays
Schiller-Gedächtnis-Förderpreis des Landes Baden-Württemberg
1966 *Das Einhorn*. Roman
1967 *Der Abstecher* (geschrieben 1961)
Die Zimmerschlacht (geschrieben 1962/63 und 1967)
Bodensee-Literaturpreis der Stadt Überlingen
1968 *Heimatkunde*. Aufsätze und Reden
Umzug nach Nußdorf

Bertolt Brecht
im Suhrkamp Verlag und
im Insel Verlag

Gesammelte Werke. Dünndruckausgabe in acht Bänden. Herausgegeben vom Suhrkamp Verlag in Zusammenarbeit mit Elisabeth Hauptmann. Leinen und Leder

Band I: Stücke 1. Stücke 1918-1931
Band II: Stücke 2. Stücke 1931-1945
Band III: Stücke 3. Stücke bis 1956. Bearbeitungen, Einakter, Fragmente
Band IV: Gedichte 1913-1956
Band V: Prosa 1
Band VI: Prosa 2
Band VII: Schriften zum Theater
Band VIII: Schriften zur Literatur und Kunst, Politik und Gesellschaft
Supplementband I: Texte für Filme 1920-1956
Supplementband II: Gedichte aus dem Nachlaß 1913-1956

Werkausgabe in zwanzig Bänden. Diese Ausgabe ist textidentisch mit der achtbändigen Leinenausgabe. Leinenkaschiert
– Supplementbände zur Werkausgabe. Leinenkaschiert
Arbeitsjournal 1938-1955. Herausgegeben von Werner Hecht. 3 Bände. Leinen
– Arbeitsjournal 1938-1955. 2 Bände. Leinenkaschiert
Briefe. Herausgegeben und kommentiert von Günter Glaeser. 2 Bände. Leinen
Tagebücher 1920-1922. Autobiographische Aufzeichnungen 1920 bis 1954. Herausgegeben von Herta Ramthun. Leinen, kartoniert und es 979
Versuche. 4 Bände in Kassette
Erste Gesamtausgabe in 41 Bänden von 1953 ff.:
Die Einzelbände dieser Ausgabe sind nur noch teilweise lieferbar, sie werden nicht mehr neu aufgelegt, da der Text für die Gesammelten Werke 1967 nochmals revidiert wurde.

Einzelausgaben:
– Aufstieg und Fall der Stadt Mahagonny. es 21
– Ausgewählte Gedichte. es 86
– Ausgewählte Gedichte Brechts mit Interpretationen. Herausgegeben von Walter Hinck. es 927
– Baal. Drei Fassungen. Kritisch ediert und kommentiert von Dieter Schmidt. es 170
– Baal. Der böse Baal der asoziale. Texte, Varianten und Materialien. es 248

Bertolt Brecht
im Suhrkamp Verlag und
im Insel Verlag

2/4.86

Bertolt Brecht
im Suhrkamp Verlag und
im Insel Verlag

11/3/4.86

Bertolt Brecht
im Suhrkamp Verlag und
im Insel Verlag

Bertolt Brecht
im Suhrkamp Verlag und
im Insel Verlag

11/5/4.86

suhrkamp taschenbücher
Eine Auswahl